vabfs  VAL
SEREN

Sereno, Carmen, 1982- author
Nadie muere en Wellington
33410017255813   08-28-2021

Nadie muere en Wellington

NADIE MUERE EN WELLINGTON

Carmen **Sereno**

CHIC

Primera edición: marzo de 2020

© Carmen Sereno, 2020
© de esta edición, Futurbox Project S.L., 2020
Todos los derechos reservados.

Diseño de cubierta: Taller de los Libros

Publicado por Principal de los Libros
C/ Aragó, n.º 287, 2.º 1.ª
08009, Barcelona
info@principaldeloslibros.com
www.principaldeloslibros.com

ISBN: 978-84-17972-11-0
THEMA: FRD
Depósito Legal: B 5239-2020
Preimpresión: Taller de los Libros
Impresión y encuadernación: Black Print
Impreso en España — *Printed in Spain*

Cualquier forma de reproducción, distribución, comunicación pública o transformación de esta obra solo puede ser efectuada con la autorización de los titulares, con excepción prevista por la ley. Diríjase a CEDRO (Centro Español de Derechos Reprográficos) si necesita fotocopiar o escanear algún fragmento de esta obra (www.conlicencia.com; 91 702 19 70 / 93 272 04 47).

A mi familia

«Creemos que morir es duro, pero morir es lo de menos. Lo difícil es seguir viviendo mientras todo muere a nuestro alrededor».

Chump Change, Dan Fante

«Era el suyo ese afecto sólido que surge (si es que llega a surgir) cuando al conocerse dos personas descubren primero los aspectos más ásperos de sus respectivos caracteres y desconocen los mejores hasta mucho después, mientras el amor va creciendo en los intersticios de una dura masa de realidad prosaica».

Lejos del mundanal ruido, Thomas Hardy

Prólogo

A principios de noviembre, el alumbrado ya estaba listo en casi todas las calles importantes del centro de Londres. Como de costumbre, la concurrida Oxford Street había sido la primera en encender las miles de luces blancas que la mantendrían iluminada hasta enero. Aquel año, la inauguración fue todo un acontecimiento. El ayuntamiento, que no había escatimado en gastos, cortó el tráfico mucho antes que en ocasiones anteriores y habilitó un escenario el doble de grande cerca de Marble Arch para la ceremonia del encendido oficial. El encargado de hacer los honores fue Ronan Keating, el cantante de moda que volvía locas a todas las adolescentes del Reino Unido. Supe por el *Sun* del día siguiente que había interpretado esa dichosa canción que no paraba de sonar en todas las emisoras de radio del país, «When you say nothing at all», y que los servicios sanitarios se habían visto desbordados a causa del elevado número de desmayos entre el público. Por si eso fuera poco, los grandes almacenes, como Marks & Spencer o Selfridges, tuvieron la brillante idea de ofrecer ese mismo día un nada desdeñable veinte por ciento de descuento en casi todos sus artículos, lo que supuso el pistoletazo de salida a la campaña de compras navideñas más agresiva que se hubiera visto jamás. Se generó tal colapso en Oxford Street que se necesitó la intervención de una unidad especial de la Policía Metropolitana para disolver a la muchedumbre congregada en la zona. Menos mal que tuve la precaución de mantenerme lo bastante alejada del West End, porque, según contaba el tabloide, la gente se había vuelto completamente loca.

Era 1999. Por aquel entonces, los medios de comunicación británicos no hablaban de otra cosa. Lo llamaban «el efecto 2000» y se había convertido en el tema estrella de los debates televisivos en horario de máxima audiencia. Se creía que una especie de epidemia informática volvería locos a los ordenadores de todo el mundo con la llegada del nuevo año y que eso provocaría un colapso general de las comunicaciones que pondría el planeta patas arriba. Y todo por una inocente imprevisión técnica: el salto de centuria en sus relojes. Como estos solo cambiaban dos dígitos, se presumía que regresarían a 1900. Así que, cuando el nueve-nueve deviniera en cero-cero, las máquinas no entenderían qué año era y se apagarían. No habría electricidad ni teléfono y nos sumiríamos en el caos. La amenaza parecía tan plausible que el gobierno laborista de Tony Blair se había visto obligado a anunciar un paquete de medidas económicas extraordinarias para hacer frente a los daños colaterales derivados del posible apagón —unas medidas que, por otra parte, no satisfacían a los *tories;* conque, si el espectáculo en la Cámara de los Comunes ya era grotesco de por sí, resultaba mucho peor envuelto en esa especie de bruma preapocalíptica—. El discurso profético había calado hondo en el ánimo de muchos ciudadanos y la sensación de que la Navidad de 1999 marcaría un punto de inflexión histórico flotaba en el ambiente con una premura catastrofista. Todo, absolutamente todo, giraba en torno a la posibilidad de que el mundo se fuera al garete a las doce en punto de la noche del 31 de diciembre. Ya nadie se acordaba del desempleo, la especulación inmobiliaria, el IRA o el terrible choque de trenes de Paddington en plena hora punta, y eso que no había pasado ni un mes desde la tragedia. Treinta y un muertos y más de quinientos heridos, el peor accidente ferroviario de la historia del Reino Unido. Sin embargo, el luto nacional no había durado más que unos pocos días. Los cadáveres aún estaban calientes, pero parecía que lo único que interesaba a los londinenses era celebrar la Navidad a lo grande y especular acerca del futuro inmediato.

Malditos egoístas.

PRIMERA PARTE

El destino en una caja de galletas

Uno

Nada podría haber presagiado lo que sucedió aquella mañana de principios de noviembre de 1999. La lógica de la rutina dictaba que ese día sería prácticamente idéntico a los anteriores, sin imprevistos ni sobresaltos, pero me había equivocado por completo. Observé mi imagen en el espejo del aséptico cuarto de baño y me costó reconocerme. Esa chica no era yo, no podía serlo; yo siempre mantenía las emociones bajo control. Jamás me había ocurrido nada parecido en los cinco años que llevaba ejerciendo de auxiliar forense en la morgue judicial de Westminster, y eso que había sido testigo de auténticas atrocidades: cadáveres carbonizados, desmembrados, troceados o en avanzado estado de putrefacción. Conozco bien el punto de degradación al que puede llegar un cuerpo sin vida y, desde luego, es muy desagradable. Pero cuando has convivido tanto tiempo con la muerte te acabas endureciendo y das por sentado que ya nada puede afectarte. Así es la costumbre: una inclemente apisonadora capaz de convertir hasta lo más indigno en algo habitual. No es falta de sensibilidad, sino una mera cuestión de supervivencia. Al fin y al cabo, no hay cosa más perjudicial para desempeñar un trabajo como el mío que rendirse al sentimentalismo.

Hasta que, de pronto, sucede algo que te recuerda que eres humana.

Minutos antes de haber llegado a esa conclusión, me limpié las lágrimas con agua del grifo y, mientras me secaba la cara con un poco de aquel papel higiénico áspero como una lija, traté de buscar una explicación a lo que acababa de suceder.

Liberé el aire que aún retenía en los pulmones para serenarme y dejé que el lado racional de mi cerebro me diera una respuesta convincente.

«Solo estás cansada, Emma».

En parte era cierto. El enrojecimiento de la esclerótica y los profundos surcos oscuros bajo los párpados eran los signos vitales de la falta de sueño. Había trabajado sin parar durante las últimas semanas y me sentía extenuada. Corrían malos tiempos para la seguridad ciudadana. La ola de crímenes que azotaba Londres había alcanzado sus cotas más elevadas y los cuerpos comenzaban a amontonarse de forma peligrosa en las cámaras frigoríficas del depósito sin que los prebostes del Ministerio de Justicia hiciesen nada por remediarlo. Estábamos desbordados debido a la falta de personal y el trágico accidente ferroviario de Paddington no hizo más que empeorar las cosas. De manera que, cuando el doctor Fitzgibbons me pidió casi a la desesperada que participase de un modo más activo en las labores de identificación de las víctimas del siniestro, no tuve alternativa. No es frecuente ni ortodoxo que una simple auxiliar asuma competencias para las que no está cualificada, pero se trataba de una situación extraordinaria que requería de medidas extraordinarias. El fiscal presionaba, la prensa especulaba y las familias sufrían; había que actuar con diligencia.

El proceso rutinario de identificación de un cuerpo se llama necrodactilia y es bastante sencillo. Una vez se han desinfectado bien las manos del sujeto para evitar dactilogramas de mala calidad, hay que masajearlas hasta ablandar la rigidez cadavérica, entintar los dedos y tomar las huellas dactilares. En ocasiones, también es necesario inyectar agua o glicerina mediante una jeringa hipodérmica para contrarrestar la deshidratación de la piel. Por desgracia, la mayoría de las víctimas del choque de trenes habían quedado tan destrozadas a causa del impacto que su identificación suponía una labor compleja incluso para el doctor Fitzgibbons, un auténtico especialista en casos difíciles. Puede que mi superior fuera uno de los mejores forenses del Reino

Unido, pero su mano docta no era infalible. Rondaba la sesentena y había empezado a mostrar indicios de un agotamiento cada vez más acusado. «Tarde o temprano, esta profesión te acaba pasando factura», llegó a confesarme una vez, con un inusual tono melancólico. Y llevaba razón, solo que entonces yo no lo sabía.

El caso es que aquella mañana todo parecía igual que siempre. La misma temperatura gélida dentro de la sala de autopsias; la misma mezcolanza de olor a vísceras, humedad y formol; el mismo zumbido de la cámara frigorífica; la misma luz que amplificaba la presencia de la muerte y la volatilidad de la vida. El viejo reloj que colgaba sobre la pared alicatada marcaba algo más de las doce. El doctor Fitzgibbons acababa de cerrar la incisión estándar con forma de Y sobre la cavidad toracoabdominal del hombre que yacía en la mesa de acero inoxidable. Apartó a un lado la gran lámpara fluorescente de cuello de cisne y se bajó la mascarilla.

—Se acabó. Con este hemos terminado por fin.

A continuación, dejó ir un suspiro que denotaba alivio, rotó el cuello a un lado y al otro y relajó los hombros. Contempló con orgullo la sutura y añadió:

—No sé si es usted consciente de que hemos llevado a cabo un total de treinta y una autopsias en las últimas semanas, señorita Lavender. —Alzó la vista y me miró por encima de sus gafas de protección ocular—. Deberían concedernos una medalla, dadas las circunstancias.

—Yo solo he hecho mi trabajo, doctor.

—Tonterías. De no haber sido por su implicación, el que estaría ahora mismo en la cámara frigorífica sería yo. No debería ser tan modesta. Si hemos funcionado como una máquina perfectamente engrasada, ha sido gracias a usted. —Hizo una pausa—. ¿Ha pensado ya en lo que le dije el otro día? Me refiero a lo de matricularse en la facultad. Con un poco de suerte, se licenciará antes de que yo me jubile.

—Para eso necesitaría unos medios económicos de los que carezco —atajé.

Era una manera cuidadosa pero irrevocable de decir que estudiar Medicina no entraba dentro de mis planes.

—Pero usted ha nacido para esto, señorita Lavender —concedió con entusiasmo—. Tiene estómago, es meticulosa y fría como la hoja de un bisturí. Y lo más importante: ha aprendido del mejor —añadió, e hizo un gesto con las cejas que resultaba extemporáneo en un hombre de su reputada posición.

Una oleada de temor mezclada con ira me trepó por la espina dorsal. Apreté los labios mientras me esforzaba por esbozar una sonrisa y me dispuse a preparar la solución de hipoclorito de sodio que utilizaba para la desinfección del instrumental. Pero las palabras del doctor Fitzgibbons rebotaban de un lado al otro de mi cerebro como una pelota y no me permitían concentrarme.

«Fría como la hoja de un bisturí».

Herida interiormente, tragué saliva. Las pupilas me ardían con una rabia que no sabía contra qué verter. Era consciente de que lo que me había dicho tenía una connotación positiva, desde un punto de vista profesional. Y también de que, después de tantos años, mi jefe me tenía estima. Aun así, que se hubiera referido a mí en esos términos me dolió de un modo inexplicable. ¿Tanto me había curtido?

Posé la vista sobre el cadáver y me fijé en la etiqueta identificativa que colgaba del dedo gordo del pie cianótico, pero no sentí más que un inmenso agujero en el estómago. El mismo que al llegar a la parte más alta de una montaña rusa. Aquello me aterró. Un grito mudo me subió hasta la garganta y me tapizó el paladar de un extraño sabor metálico. Observé el techo, que cada vez parecía más bajo. Observé mis manos, que temblaban inmisericordes bajo los preceptivos guantes de nitrilo. Observé al doctor, cuya imagen se desfiguraba delante de mí igual que el tiempo en un reloj de arena.

—¿Se encuentra bien, señorita Lavender? Se ha puesto pálida de repente.

El aire empezó a escasear.

—Yo… creo que… estoy un poco mareada —musité con dificultad.

El doctor Fitzgibbons dijo algo, pero no lo escuché. Me quité los guantes y los lancé sobre la bandeja del instrumental. Presa de la ansiedad, me lavé las manos y, sin molestarme siquiera en despojarme de la túnica quirúrgica, abrí la maciza puerta de doble batiente que aislaba el mundo de los muertos del de los vivos y salí de allí. Curiosamente, el portazo sonó como si una lápida cayese a plomo en mitad de un cementerio. El neón desvaído que iluminaba el pasillo parpadeó y mis ojos se desenfocaron un instante. Cuando la vi, una molestia que amenazaba con convertirse en dolor se acomodó en mi pecho. La mujer caminaba con aire luctuoso a lo largo de aquel lúgubre corredor con olor a desinfectante. Se movía de un modo impreciso, llevando los pies de un lado a otro, como si no supiera adónde debía dirigirse. Me fijé en sus pómulos hundidos y en las abultadas sombras bajo unos ojos sin brillo que la envejecían. En su rostro asomaba un amago de llanto, pero intentaba contenerlo a toda costa.

—No. Mi hijo no. Es imposible. Imposible —murmuraba una y otra vez de forma ausente y sin dejar de cabecear.

No hay nada más triste en este mundo que una madre que no se resigna a dejar de serlo, a pesar de que ya no lo es.

Enseguida deduje que el hijo que había perdido esa pobre mujer y el hombre al que acabábamos de abrir en canal eran la misma persona, y no pude evitar sentirme miserable por lo que había experimentado minutos antes en la sala de autopsias; esa especie de indiferencia pasiva por el dolor no compartido. En ese momento, caí en la cuenta de que ni siquiera le había pasado la mano por el rostro para cerrarle los ojos y, al punto, noté cómo me rompía por dentro, partícula a partícula, igual que un trozo de tela que se desgarra por la mitad. Me eché a llorar allí mismo, yo, que no era una persona de llanto fácil, y tuve miedo de mis propias lágrimas, de la puerta que acababan de abrir. Entonces hubo un cruce de miradas. La mujer me observó de un modo tan compasivo y desprovisto de egoísmo, como si hubiese dejado a un lado su propio dolor, que fui incapaz de soportarlo y corrí a refugiarme al cuarto de baño más cercano.

Inspiré con fuerza y solté poco a poco todo ese aire cargado de cuchillos que me había comprimido la caja torácica. Acababa de darme cuenta de dos cosas y supe con certeza que el descubrimiento iba a romper todos mis esquemas mentales. La primera, que las muertes que no duelen tarde o temprano acaban haciendo daño. Y la segunda, que ni siquiera yo tenía tanta resistencia.

Ni siquiera yo era tan fría.

—No he nacido para esto —pensé en voz alta.

En ese preciso instante, todo lo que creía saber de mí misma se convirtió en fuego fatuo.

Dos

Aunque parecía decepcionado por la manera impetuosa y poco profesional en la que había abandonado la sala, el doctor Fitzgibbons accedió a que me tomase el resto del día libre.

—Está bien, está bien —concedió ondeando la mano con desmayo—. Váyase y descanse. Pero mañana quiero a la misma Emma Lavender de siempre, dura como una roca.

Una roca insospechadamente frágil.

Me disculpé, le di las gracias y le aseguré que así sería, pero ni yo misma me lo creía. Al salir de la morgue, giré la cabeza y contemplé aquel gran edificio de ladrillo rojo con la extraña aunque certera sensación de que no volvería a pisarlo. La calle me acogió con un frío intenso y la neblina habitual. Me abroché el abrigo, me calé el gorro de lana hasta las cejas y apreté el paso. El tráfico en Horseferry Road aún era denso a aquella hora. Los coches dejaban una estela de humo que apestaba a gasolina y me obligaba a toser, pero en aquel momento cualquier cosa me habría parecido mejor que el olor a muerte que tenía incrustado en la nariz. Todavía era pronto para volver a casa. En otras circunstancias, me habría dejado caer por la inmensa, polvorienta y desordenada librería Foyles, en Charing Cross Road, para echar un vistazo a su magnífica sección de literatura victoriana. Me encantaba pasar el rato allí, aunque no comprase nada. En Foyles podía encontrarse casi cualquier libro que se hubiese publicado desde la Biblia de Gutenberg. Y a muy buen precio. Bastaba con armarse de paciencia y saber buscar. O estar de suerte y que el título en cuestión estuviera en la estantería correspondiente según el listado informático. A solo unos pocos pasos se encontraba la Patisserie Valerie, cuyos deliciosos cruasanes de mantequilla podrían competir con los de cualquier pastelería francesa y ganar por goleada. Y dado que la genética me había bendecido con una constitución invariablemente delgada, podía permitirme el lujo de visitarla al menos un par de veces a la semana. A tía Margaret le fastidiaba mucho que volviera a casa con las manos vacías, pero el doctor Sharma le había prohibido terminantemente el azúcar. Claro que a ella, que era un espíritu libre, por así decirlo, le entraba por un oído y le salía por el otro. Todavía me hierve la sangre al pensar en las cajas de galletas Cadbury que solía encontrar en algún escondrijo de la cocina. Cuando eso sucedía, y sucedía muy a menudo, me metía en el papel de sobrina enfadada, con dos dedos de frente más que su tía, y la regañaba. Ella repetía esta frase como una letanía:

«Ya que vamos a morir de todos modos, al menos hagámoslo de forma placentera».

Y a continuación, se encendía un cigarrillo; era exasperante.

Pero ni Foyles ni la Patisserie Valerie constituían una opción válida en un momento de crisis existencial como ese. Lo que necesitaba era aclarar las ideas y tomar un poco de aire fresco, si es que aún quedaba algo de eso en aquella gran urbe que languidecía entre jirones de bruma espesa flotando como fantasmas. Crucé el puente de Lambeth sorteando la vasta corriente humana que iba y venía con prisas y decidí caminar un rato por Southbank. Docenas de cabañas de madera bordeaban la orilla sur del Támesis y conformaban el mercadillo navideño más popular de la ciudad. La gente se amontonaba bajo los tejados y tomaba vino caliente de baja graduación para entrar en calor. A través de los altavoces sonaban en bucle los mismos villancicos de cada año. «Jingle bells», «Silent night», «White Christmas» y otros igual de originales. Todo el mundo parecía alegre. Había quien, contagiado del espíritu generoso que marcaba el calendario, se acercaba a dar unos peniques a alguno de los vagabundos que se arremolinaban con las palomas junto al río. Deduje que serían turistas porque siempre he creído que el principio más elemental de la urbanidad londinense consiste en no dar muestras de empatía en público. Nunca, bajo ningún concepto. De hecho, a día de hoy sigo pensando que Londres no es más que una proyección del carácter inglés, sin sentimentalismos ni grandes pasiones —salvo el fútbol, que es un asunto de la máxima gravedad, el té de la marca Tetley y la familia real, naturalmente—, y con un corazón tan gris como el tiempo. Percy B. Shelley no iba desencaminado cuando describió la ciudad como lo más parecido al infierno: populosa y llena de humo y niebla. Londres siempre ha sido un vasto océano donde la supervivencia es incierta. Un gigante gordo e insaciable que devora más de lo que produce. De ahí que, según una leyenda, su nombre derive del adjetivo celta *londos*, que significa «feroz».

Suspiré asqueada y me centré en el paisaje a mi izquierda.

A lo lejos, la majestuosa cúpula de la catedral de San Pablo se recortaba contra el horizonte. Un poco más al este, se divisaban las siluetas de los rascacielos cubiertos con cristales reflectores azul metálico de la City, esa especie de metrópolis virtual donde cada día se cierran miles de transacciones económicas entre palmadas en la espalda de progreso y confianza. Y todavía más allá, aunque más que verse se intuía, el Londres moderno y efervescente se hundía de repente en un caótico microcosmos multirracial, sucio y contaminado conocido como el East End. Justo ahí, en el corazón de ese suburbio infame, maloliente y abandonado a su suerte, vivíamos tía Margaret y yo.

Muy a mi pesar.

Pero no siempre había sido así. De hecho, ni siquiera soy londinense. Nací y crecí en Dulverton, un pueblecito de postal al sur de Inglaterra. Vivía con mis padres —él, un entregado profesor de literatura inglesa que me inculcó el amor por los libros; ella, una cocinera prodigiosa. Todavía me relamo cuando recuerdo los *mince pies** que preparaba por Navidad— en una casa grande y luminosa en mitad de la campiña inglesa. Podría decirse que tuve una infancia feliz hasta el verano del 79. Aquel funesto domingo de julio, mis padres y yo nos dirigíamos al Parque Nacional de Dartmoor por la carretera A38 después de que me hubiera pasado la semana entera dándoles la murga para que me llevaran. En la radio del viejo Triumph 1300 color verde botella de mi padre sonaba una canción de Tom Jones pasada de moda; mi madre subió el volumen y se puso a canturrear. Yo iba en el asiento de atrás. Hacía un calor espantoso, pero la manivela estaba rota y la ventanilla no se podía bajar, así que me cambié de lado. Mi muñeca Katie Kopycat se coló debajo del asiento delantero y me agaché a recogerla, pero el espacio era tan estrecho y mi brazo tan corto que no logré dar con ella. Mi padre alargó la mano, cogió la muñeca y se giró para dármela. En apenas unas milésimas de segundo, mi vida iba a cambiar de forma radical; ojalá lo hubiera sabido. Tal vez, lo que me salvó del choque frontal contra otro vehículo fue estar parapetada tras el asiento del conductor. O tal vez fue el destino. Recuerdo que me mordí la lengua por el sobresalto y que sentí una fuerte presión en el pecho. El espacio a mi alrededor se redujo de pronto, como si las paredes del coche me hubieran engullido. Los oídos me zumbaban. También recuerdo las vueltas de campana y la imagen de los cuerpos lanzados uno contra el otro sin voluntad, al antojo de la inercia. Después, todo se fundió a negro. Yo salí indemne del accidente, pero mis padres murieron en el acto.

Tenía ocho años.

El desapacible viento frío que soplaba sobre el Támesis me arrojó a la cara un par de gotas de agua. Enseguida comenzó a caer esa llovizna fina tan habitual en otoño y tuve la sensación de que el paisaje se diluía como en una acuarela de grises. Chasqué la lengua. Una de las cosas que más me molestaban

---

* Pastelitos de picadillo de fruta consumidos tradicionalmente en época navideña en el Reino Unido.

de Londres era el clima local. Saqué el paraguas del bolso, lo abrí y di media vuelta; ya iba siendo hora de volver a casa. El trayecto desde Embankment hasta Aldgate Station no era muy largo, pero se me hizo eterno. Siempre me ha resultado curioso que los extranjeros profesen una admiración tan exacerbada por el metro de Londres, como si esos convoyes viejos de vagones estrechos, asientos cochambrosos y olor empalagoso —sobre todo en plena hora punta, cuando los pulmones cargados de aire matinal despiden una desagradable esencia acre desde lo más profundo de sus bocas— tuvieran algo de romántico. A mí, en cambio, la simple mención de la Circle Line me producía una angustiosa sensación de asfixia.

Como de costumbre, el vagón iba muy lleno, así que me quedé de pie, junto a la puerta. Al observar mi imagen reflejada en el cristal, pensé en lo mucho que me parecía a mi madre. Había heredado de ella la espesa melena castaña que adquiría un tono rojizo a la luz y los ojos grises y grandes, en contraste con una nariz y una boca pequeñas, enmarcadas en un rostro salpicado de pecas que me otorgaban un aire aniñado. No era demasiado alta ni podía presumir de tener unas curvas espectaculares, pero Benedict siempre había sostenido que no existe nada más *sexy* en el mundo que una mujer cuyos pechos puedan abarcarse con la mano.

Benedict (en adelante, Ben) era lo más parecido a un novio formal que había tenido nunca. Nos habíamos conocido en la morgue, tres años antes. A él lo acababan de nombrar subinspector del Comando de Homicidios y Delitos Graves de la Policía Metropolitana y se enfrentaba a su primer caso de asesinato. No duró ni cinco minutos en el depósito. En cuanto vio el cadáver sobre la angarilla, se puso blanco como los azulejos y supe con certeza lo que pasaría a continuación. Después de que una arcada inmisericorde le hubiera exigido vaciar de inmediato todo el contenido del estómago en un recipiente para deshechos, se disculpó y salió disparado de la sala. Regresó pasados diez minutos. Se tapó la nariz y la boca con la mano y aguantó el tipo como pudo. Estaba tan avergonzado que no pude evitar compadecerme de él.

—No se preocupe, les pasa a todos —le aseguré. Y a continuación le tendí un pequeño frasco que contenía un ungüento a base de esencia de eucalipto, alcanfor y mentol—. Extiéndase un poco sobre el labio superior. Le ayudará a soportar el olor.

Una sonrisa de agradecimiento sincero germinó en sus labios. Tres semanas más tarde, tuvimos nuestra primera cita.

No puedo decir que su físico fuera lo que más me atraía de él. Tenía el cabello pajizo, tan fino que parecía que podía quebrarse con un soplo de aire, los ojos saltones, la nariz aguileña y los labios, perfilados en una línea casi inexistente. Era flaco y larguirucho, tirando a desgarbado, y su piel, pálida de septiembre a mayo y rosada el resto del año, demasiado británica para mi gusto. Puede que lo más atractivo que tuviera fuesen los hoyuelos que se le dibujaban al sonreír, aunque ahora mismo no estoy segura de que no se tratara de marcas de acné juvenil. No hablaba mucho y ni siquiera era divertido, pero con él las cosas resultaban fáciles y yo me sentía segura. Ben me había sugerido hacía ya unas cuantas semanas que me fuera a vivir con él. Sin grandes ceremonias, todo hay que decirlo. Y es que, si había un hombre poco apasionado en el mundo, ese era él. Pero, de todas maneras, lo contaré. Aquella noche llovía a mares, para variar —puñetero clima local—. Nos encontramos junto al edificio de New Scotland Yard y fuimos a cenar pato laqueado al Soho. Le gustaba cómo lo preparaban en aquel restaurante asiático de Gerrard Street, y Ben era un animal de costumbres. Mientras comíamos, me quejé de que Randy, mi casero (en adelante, Randy el Maloliente) —un tipo con una barriga cervecera descomunal que hablaba con un marcado acento *cockney* y despedía un olor a grasa, sudor y dientes podridos tan desagradable que era difícil contener las ganas de vomitar. Joder, qué asco—, había amenazado con subirnos el alquiler a tía Margaret y a mí. Según él, el East End, que no había dejado de crecer en los últimos años, iba a revalorizarse con la llegada del año 2000, lo que presagiaba una invasión de jóvenes *yuppies* de la City en busca de una vivienda con un precio algo más asequible. Y él pensaba aprovechar el filón, porque, como tantos otros londinenses, Randy el Maloliente pretendía vivir de la especulación inmobiliaria. Ben, que me había escuchado con atención, se limpió la comisura de los labios con la servilleta y dijo:

—En ese caso, podríamos compartir mi apartamento de Kingsgate. Ya sabes que el alquiler solo cuesta setecientas cincuenta libras.

Así, con esas palabras.

Nada de «quiero que vengas a vivir conmigo porque llevamos tres años saliendo juntos y eso sería lo lógico». No, claro. Ni, por supuesto, «quiero que vengas a vivir conmigo porque estoy loco por ti —aunque no te lo haya dicho nunca en todo este tiempo, pero es que soy londinense, ¿sabes?—». No obstante, eso era lo más parecido a una declaración de intenciones que jamás obtendría de Ben, un hombre práctico cuya idea de una velada romántica consistía en invitarme a unas cuantas pintas de cerveza en The Coal Hoal mientras veíamos algún partido del Arsenal.

—Ya. ¿Y qué pasa con tía Margaret? —pregunté.

—Tu tía es muy mayor, Ems. Deberías plantearte llevarla a una residencia para poder independizarte de una condenada vez.

Sorbió fuerte por la nariz y miró para otro lado.

Tendría que haberme imaginado que me soltaría algo así. Que él y tía Margaret se detestaban no era ningún secreto. Puede que Ben fuese educado por consideración hacia mí, pero ella no escatimaba en esfuerzos para demostrarle lo poco que lo apreciaba. Lo llamaba Flojeras de forma despectiva. Flojeras esto, Flojeras lo otro. Según tía Margaret, ese esmirriado no tenía madera de policía. Le faltaban pelotas. Era un insulso sin sangre en las venas. «Pero ¿a quién va ser capaz de detener, con esos brazos como alambres? ¡Menudo poco hombre! Seguro que hasta te pide permiso para meter el pajarito en la jaula». ¡Qué irreverente era tía Margaret! En cualquier caso, no me gustó que me pidiera que me deshiciese de ella, así que negué enérgicamente con la cabeza y, como venganza, no le dije que tenía restos de pato laqueado entre los dientes. Ben no volvió a mencionar el asunto y yo permanecí callada el resto de la cena. Estaba claro que nuestras posturas a ese respecto eran irreconciliables. Lo de irme a vivir con él no era un mal argumento, a pesar de todo. Reconozco que, por una parte, quería largarme de los suburbios. Veinte años en el East End y aún no había logrado acostumbrarme ni al olor a ropa húmeda, industria química y cocina oriental que flotaba en el ambiente, ni a su ruido persistente. Pero ¿acaso no era ese un razonamiento un poco egoísta? No había que ser ningún genio para darse cuenta de que Ben y yo no estábamos enamorados, sino más bien acostumbrados el uno al otro. En realidad, lo que él y yo teníamos se parecía más a una amistad con beneficios y sin estridencias que a una relación de pareja. Y luego estaba tía Margaret y la promesa que me había hecho a mí misma de no abandonarla jamás.

Una promesa que colisionaba de forma directa contra cualquier deseo de empezar una vida en otra parte.

Tres

Cuando salí de la estación de Aldgate seguía lloviendo, pero eso no suponía ningún impedimento para que las calles estuvieran concurridas y rebosantes de actividad comercial. Whitechapel era un barrio de contrastes en el que convivían diferentes nacionalidades. Los rótulos de la plétora de establecimientos que se sucedían a lo largo de la avenida principal daban cuenta de la multiculturalidad de la zona: restaurante chino Mr. Chung, carnicería islámica Raj, panadería Malkovik o compra-venta de electrodomésticos Surindel. Pero las tulipas rotas de las farolas, los coches sin matrícula y esos cretinos del Frente Nacional que distribuían su asquerosa propaganda racista a la salida del metro mostraban a las claras que la convivencia no siempre era pacífica. Hasta cierto punto era lógico. El aburrimiento cotidiano de vivir en un entorno pobre y poco atractivo es suficiente para quebrantar el espíritu de los más débiles. Dejé atrás un bloque de pisos prefabricados y giré por Osborn Street, el callejón desolado y lleno de grafitis en el que vivíamos tía Margaret y yo. Allí mismo, sobre ese suelo encharcado contra el que repiqueteaban mis botas, se halló en 1888 el cadáver de la primera víctima de Jack el Destripador. Recientemente, la calle se había convertido en el punto de partida de una morbosa ruta turística que hurgaba en la vida y milagros del asesino en serie más famoso de la historia del Reino Unido. Al llegar a casa me encontré a Randy el Maloliente bajo la cornisa del edificio, enfundado en un ridículo chubasquero azul celeste que le iba dos tallas más pequeño. Estaba engullendo un kebab grasiento y, para más inri, un pegote de salsa de yogur le había manchado la comisura del labio y amenazaba con precipitarse hacia su barbilla.

Desvié la vista asqueada.

—¿Qué haces ahí, Randy? —le pregunté de mala gana mientras subía de dos en dos los escalones que conducían a la puerta—. ¿Vienes otra vez a insistir con lo del dichoso alquiler?

Cerré el paraguas y saqué las llaves del bolso.

—Hola, vecinita. Johnny Lee se ha vuelto a colar por la ventana de la cocina —respondió con la boca llena.

Suspiré. Johnny Lee era su gato, una enorme bola de pelo negro que tenía por costumbre visitar los domicilios ajenos. A mí me daba igual, pero tía Margaret, que era muy supersticiosa, se ponía histérica cada vez que se encontraba al animal husmeando en la cocina.

—Así que me he dicho «Randy, más vale que vayas a por el jodido gato antes de que la vieja lo meta en una olla de agua hirviendo y haga sopa con él». —Hizo una pausa para masticar y tragó—. Pero parece que no hay nadie.

Fruncí el ceño y me quedé absorta en el pegote de salsa que, para entonces, se había convertido en una mancha blancuzca en su chubasquero. Las llaves tintinearon entre mis dedos. «Qué raro», pensé. Tía Margaret siempre estaba en casa. Decía que Whitechapel era peor que un gueto de Nueva Delhi y le aterraba que «algún indio de esos» la atacara por la calle. Puesto que no estaba en condiciones de trabajar, se pasaba todo el santo día plantada delante de la caja tonta con el mando a distancia en la mano. Lo suyo eran los concursos del estilo de *La ruleta de la fortuna* y el críquet. Ah, y por supuesto, las series. No se habría perdido un episodio de *Coronation Street* ni por todo el oro del mundo. De vez en cuando cambiaba la tele por los escándalos que contaban las páginas de *The Sun*, del que era una fiel suscriptora desde la muerte de *lady* Di. Solo salía si tenía cita con el doctor Sharma o con Daloris, la peluquera jamaicana de Brick Lane que le hacía la permanente por menos de cinco libras, y, que yo supiese, ese día no tenía planes ni de lo uno ni de lo otro.

Metí la llave en la cerradura y empujé la puerta. Las bisagras chirriaron y me sentí invadida por un sentimiento inequívoco de que algo no iba bien. Noté el aliento pútrido de Randy el Maloliente en la nuca mientras avanzaba hacia el interior con sigilo, como si estuviera a punto de irrumpir en la escena de un crimen. Llamé a tía Margaret con un hilo de voz, pero no hubo respuesta. Me dirigí al salón con el pulso acelerado, pero allí no había nadie. La tele estaba encendida. En la pantalla aparecía Tony Blair en su tribuna de la Cámara de los Comunes. «Puedo prometer y prometo que el ejército británico está preparado para movilizarse la noche del 31 de diciembre, si así fuese necesario, y garantizar la paz de Su Majestad». Volví a llamar a mi tía mientras me encaminaba hacia la cocina con pasos vacilantes. Johnny Lee se relamía de forma indolente sobre la encimera después de haberse zampado los filetes de perca que yo misma había sacado del congelador por la mañana, antes de irme a trabajar. Al vernos, bufó y salió disparado por la misma ventana por la que se había colado; era un gato muy arisco.

—La de veces que le habré dicho que no la deje abierta...
—mascullé mientras la cerraba.

Y ni rastro de tía Margaret.

Aquello empezaba a darme muy mala espina.

Con el corazón latiendo a un ritmo desorbitado, subí despacio la estrecha escalera de caracol que conducía al piso de arriba. Randy iba detrás de mí, sin soltar el kebab. Primero eché un vistazo en su dormitorio y, después, en el mío. Nada. La casa no era muy grande, así que el único sitio que me quedaba por revisar era el cuarto de baño. La puerta estaba cerrada, pero un fino haz de luz se filtraba a través de la rendija inferior.

—A ver si va a estar cagando.

Ignoré el comentario de Randy el Maloliente y golpeé varias veces con los nudillos. No obtuve respuesta, así que sujeté el pomo con los dedos temblorosos y abrí. Todos mis temores se materializaron en cuanto vi el cuerpo orondo de tía Margaret tendido bocabajo sobre la moqueta.

—¡La madre que…! —exclamó mi casero—. ¿Está muerta?

Pausa. En ese lapso de apenas un par de segundos tenía que decidir si:

a) Dejaba que el mundo entero se me cayese encima,

o

b) Me apresuraba a recabar datos empíricos que pudieran dar una respuesta a la pregunta de Randy.

Me decanté por la opción b. Así que, con toda la rapidez que requería la situación, me arrodillé a su lado y comprobé su pulso presionando suavemente los dedos índice y corazón sobre la yugular. Era débil, pero al menos había esperanza.

—Está viva.

—Pues espero que no tengamos que bajarla nosotros. ¡Menudo cachalote!

Chasqué la lengua con fastidio, pero contuve las ganas de soltar una imprecación.

—¿Por qué no llamas al 999, Randy?

—Vale, pero te advierto que, si se muere, te subiré el alquiler de todas formas.

Llegados a ese punto, estaba a tres inspiraciones profundas de arrancarle el puñetero kebab de las manos y estrellárselo contra la cara. Pero algo me detuvo. Un sonido similar a un ronroneo que emergía de la parte de atrás de la garganta de tía Margaret. Estaba consciente. E intentaba decirme algo.

Agaché la cabeza y me percaté de que el párpado izquierdo le colgaba un poco y que tenía la boca ladeada.

—Tranquila, tía, todo irá bien. La ambulancia no tardará en llegar.

Le cogí la mano y volvió a emitir ese sonido perturbador con muchísimo esfuerzo, de forma lenta y penosa. Estaba extenuada, pero insistía. Parecía tratarse de algo importante, así que acerqué el oído a sus labios. Entonces lo capté con claridad. El sonido era, en realidad, una palabra.

«Galletas».

Cuatro

El reloj de la sala de espera marcaba las seis y cuarto. Las agujas se movían muy poco a poco. Tic tac. Tic tac. Tic tac. ¿Por qué será que en los hospitales el tiempo siempre pasa tan miserablemente despacio? Nadie me había informado aún del estado de tía Margaret y yo comenzaba a desesperarme igual que un animal enjaulado. Me levanté de aquel incómodo banco con respaldo de plástico y me asomé a la ventana. Seguía lloviendo y las gotas de agua se estrellaban contra el cristal. Hacía rato que había oscurecido y el cielo se había convertido en una densa masa negra llena de nubes bajas. El edificio de enfrente mostraba varias hileras de ventanas iluminadas; supuse que serían oficinas. A lo lejos, se distinguían de forma vaga las luces rojas, azules y blancas de la ciudad, y reconocí algunas siluetas: el campanario de la iglesia episcopal de Santa Elena y la famosa torre de vidrio con forma de pepinillo.

—¿Se sabe algo ya?

Ben había vuelto de la cafetería con un vaso de poliuretano humeante entre las manos. Una bolsita de té Darjeeling nadaba en el agua y la teñía de una tonalidad indefinida. Asentí con agradecimiento, cogí la bebida y di un pequeño sorbo. Era el té más horripilante que había probado nunca, pero no dije nada.

—Todavía no.

Suspiró y se frotó los ojos con vehemencia. Parecía impaciente y se notaba que no le apetecía lo más mínimo estar allí, que había venido solo por cumplir y no porque quisiera acompañarme en un momento tan delicado como ese. Ben no era un mal tipo, pero, tal vez, según su propio código de buenas prácticas amorosas, bastara con pasarse por el hospital cinco minutos y llevarle el tan socorrido té a su novia. La sangre me hirvió al pensarlo.

—Vete a casa, Ben.

—¿Estás segura, Ems? No me importa quedarme contigo.

Qué mal mentía.

—Tranquilo, puedo manejar esto yo sola. Ya te llamaré cuando tenga noticias.

Su semblante, tenso hasta ese momento, demudó en un notable alivio. Un beso rápido en la mejilla y se largó. En cuanto hubo desaparecido, tiré aquel terrible brebaje a la papelera y volví a sentarme. Brazos cruzados sobre el pecho, cabeza contra la pared, bolso encima de las piernas. Bostecé de puro aburrimiento. «Ojalá pudiera matar el tiempo de alguna manera», me dije. Miré hacia un lado. Pasillo atestado de camillas, sillas de ruedas, pacientes y personal sanitario. Miré hacia el otro. Reparé en las revistas amontonadas sobre una anticuada mesa de cristal en medio de la sala. No es que antes no las hubiera visto, lo que ocurre es que ni *Hello!* ni *Country Living* ni *Private Eye* me interesaban en absoluto. Sin embargo, encima de esa pila de ejemplares manoseados, había uno de *National Geographic* en el que no había reparado hasta entonces y pensé que podría estar bien echarle un vistazo. Alargué la mano y tomé la revista. La abrí por una página al azar, ignorando que, con aquel gesto, había invitado al destino a venir hacia mí con las fauces abiertas. Mi retina registró una imagen hermosa y la gélida bola de acero que se balanceaba en mis tripas comenzó a disolverse. Un cielo vertiginoso y sin una sola nube se derramaba sobre un océano brillante por los destellos del sol. La línea blanca, curva y espumosa de una ola engullía la orilla de una playa salvaje de arena negra recortada por un espeso valle verde. En ese preciso instante, la química de mi cerebro comenzó a trabajar. Es posible que experimentara algo parecido al síndrome de Stendhal porque, de repente, fui consciente de que me temblaban las manos y el corazón me latía a un ritmo más rápido de lo normal. No podía dejar de mirar la fotografía; era hipnótica, parecía de otro mundo. Aquel lugar, si es que existía, desprendía tanta luz y tanta vida que, por un momento, me olvidé de que estaba en la sala de espera de un hospital, rodeada de personas de rostro macilento que murmuraban letanías lastimeras. Pero sí que existía.

Esa playa estaba en Wellington, Nueva Zelanda, la tierra soñada de los británicos. Así lo indicaba el pie de foto. Algo, aunque no sabría precisar qué, se removió en mi interior y me dejé llevar por las sensaciones. Notando un hormigueo eléctrico en los dedos, comencé a leer con atención el artículo que acompañaba a la imagen. Se titulaba «Nadie muere en Wellington» y sostenía que la capital neozelandesa encabezaba la lista de las ciudades con la tasa de mortalidad más baja del mundo. Eso se debía a que, en general, los lugareños gozaban de una salud de hierro que se traducía en una esperanza de vida muy larga. Pero, más allá de otros aspectos influyentes, como las bondades de un clima templado todo el año, los escasos índices de contaminación, un estilo de vida saludable y un sistema público de salud fuerte y no deficitario, lo que de verdad explicaba la extraordinaria longevidad de los wellingtonianos era la felicidad. En Wellington, la gente era feliz y por eso no moría. O moría de vieja. De muy vieja. Para una chica como yo, para quien la muerte había sido una constante, aquello debía de ser algún tipo de señal del universo. Pero entendí que tendría que interpretarla más tarde, porque, para entonces, un médico de gesto serio acababa de hacer acto de presencia en la sala. Preguntó por mí. Me guardé la revista en el bolso a toda prisa y me acerqué a él mientras tiraba hacia abajo de las mangas de mi grueso jersey de lana.

—Soy Emma Lavender, la sobrina.

El hombre me dio un apretón de manos breve, pero no por ello menos cálido; firme, aunque quizás algo inestable. La clase de apretón que precede a las malas noticias. Sentí un escalofrío anticipatorio.

—Su tía ha sufrido un infarto cerebral severo —anunció mientras me miraba por encima de sus gafas de montura al aire—. Hemos hecho todo lo que hemos podido. Lo siento mucho, señorita Lavender.

No pude decir nada. Una extraña sensación se había abatido sobre mí, como si estuviera suspendida en el aire y no tuviera forma de alcanzar el suelo. Él continuó hablando, parecía que quisiera darme tiempo para reaccionar. Su tono era profesional y suave a la vez.

—Verá, es crucial disminuir al máximo el tiempo que transcurre entre los primeros síntomas de un episodio vascular y el inicio del tratamiento, y en el caso de su tía…

Dejé de escucharlo. Lo oía, pero no lo escuchaba. Su boca se movía para emitir sonidos que se diluían en algún punto indeterminado en la trayectoria de su voz. Miré a mi alrededor. A la izquierda, un hombre tosía sin parar. A la derecha, una mujer movía las rodillas de forma intermitente. Arriba, una mosca zumbaba alrededor del fluorescente del techo. Abajo, una baldosa suelta bailaba bajo mis pies. Y en mi cabeza, mis propios pensamientos acelerados habían construido ya un epitafio. «Aquí yace tía Margaret, quien, a pesar de las adversidades, lo hizo lo mejor que pudo (afirmar otra cosa sería muy egoísta por mi parte). Descanse en paz».

Decidí interrumpir al médico antes de que la sobrecarga de estímulos me enloqueciera.

—Quiero verla.

Tía Margaret reposaba inerte en una cama de la Unidad de Cuidados Intensivos. Bocarriba, tapada hasta el pecho con una sábana blanca y los brazos descansando con lasitud a ambos lados del cuerpo. Tenía los ojos cerrados y el gesto relajado; parecía que descansaran de forma plácida. En el rostro, una palidez casi cenicienta. Las manchas rojizas del *livor mortis* que tenía en el cuello indicaban que había fallecido hacía muy poco. Una enfermera acababa de desconectar el monitor de constantes vitales y se disponía a retirarle la vía intravenosa de la mano. Me fijé en lo extraordinariamente rugosa y amoratada que la tenía.

—No se preocupe, querida. No ha sufrido —me consoló mientras me tocaba el hombro al pasar por mi lado. Esbozó una mueca de sonrisa que pretendía servir de apoyo.

—Gracias. ¿Le importaría dejarme a solas unos minutos?

La enfermera asintió y se marchó. Me acerqué al borde de la cama y acaricié las manos tibias de tía Margaret. Dicen que justo antes de morir, la conciencia se prepara para el gran salto al más allá. En los momentos finales, muchas personas tienen experiencias extracorpóreas, sienten una mayor conexión con el universo y ven una luz brillante al final de un túnel. Dicen que no hay miedo, ni dolor, ni pena, ni arrepentimiento. Tan solo una abrumadora sensación de paz que mece el cuerpo y lo traslada en línea recta hacia un lugar indeterminado. Dicen que, entonces, cuando la conciencia ha terminado su ceremonia de despedida, el alma se eleva y se prepara para marchar. Dicen que la muerte resulta casi acogedora.

Dicen tantas cosas…

Pero la única certeza irrefutable que tenemos es que la vida no es más que un espacio entre paréntesis.

Un juego absurdo que siempre termina de la misma manera.

—Adiós, tía Margaret. Saluda a papá y a mamá de mi parte —susurré antes de besarla en la frente.

Estaba sola otra vez. Me había vuelto a quedar huérfana.

Cinco

No es fácil quedarse huérfana a los ocho años. La primera noche que pasé en casa de tía Margaret no fui capaz de pegar ojo. Las paredes crujían, los muelles del colchón rechinaban y el ruido atronador de las sirenas se colaba incesantemente por la ventana. Las horas caían una tras otra del reloj sin que hallase consuelo. Pensé en mis padres y en la que había sido mi confortable habitación hasta entonces —nada que ver con aquel cuarto forrado de un horroroso papel de flores de vete a saber cuándo y orientado a un callejón oscuro en el que se sucedían las peleas entre las prostitutas y los borrachos—, y me eché a llorar. Eran las primeras lágrimas que derramaba desde el accidente y serían las últimas en mucho mucho tiempo; digamos que aprendí a bloquearlas. La muerte de mis padres se había convertido en una especie de pensamiento abstracto envasado al vacío que me negaba a aceptar. Pensar en ellos era como tirar piedras al fondo arenoso de mi mente. Me sentía muy culpable. Si mi padre no hubiera tenido que extender el brazo para coger a Katie Kopycat, quizá no habríamos chocado. Y si yo no me hubiese cambiado de sitio, la muñeca no se habría caído bajo el asiento delantero. Supongo que no estaba preparada para pagar el doloroso peaje que suponía su pérdida y necesitaba aferrarme a la convicción de que el accidente podría haberse evitado. Aquella noche, en esa cama extraña, la tristeza alcanzó sus cotas máximas cuando asumí que se habían ido para no volver.

Antes de eso, solo había visto a tía Margaret un par de veces en mi vida. De ella, únicamente recordaba que era vieja ya antes de ser vieja y una solterona entrada en carnes que fumaba como un carretero. Vivía en Whitechapel, en una pequeña casa de dos plantas cuya ventilación era más bien deficiente. Toda la vivienda olía a una mezcla bastante desagradable de tabaco, naftalina y curry, porque los aromas del restaurante paquistaní colindante se filtraban por las paredes. En el piso de abajo había una cocina diminuta de techo ennegrecido y un saloncito con los muebles viejos y llenos de carcoma. Una escalera de caracol tímidamente iluminada llevaba a los dos dormitorios del piso de arriba y a un cuarto de baño enmoquetado de un color rosa de lo más hortera. «¿Tenemos que vivir aquí?», recuerdo que le pregunté con perpleja consternación, a lo que ella respondió con ironía que, si no estaba conforme, podía ir a probar suerte al palacio de Buckingham. Era un auténtico cuchitril suburbano, pero con el tiempo entendí que era lo más decente que mi tía podía permitirse con su irrisoria pensión. En los veinte años que viví en Osborn Street nunca fui capaz de considerar aquel sitio un hogar. El destino puede obligarte a vivir en cualquier lugar, pero no puede obligarte a que lo sientas como algo tuyo. Odiaba Whitechapel y Londres con todas mis fuerzas porque me hacían pensar en el profundo zarpazo que me había propinado la vida sin que lo hubiera visto venir. También intenté odiarla a ella, pero no pude; al fin y al cabo, era la única familia que me quedaba en el mundo.

A su manera, tía Margaret cuidó de mí. Me arropaba por las noches y me permitía dormir con la luz encendida para que los monstruos nocturnos no tuvieran la tentación de salir de debajo de la cama. A diferencia de mi madre, no era una gran cocinera, pero al menos se preocupaba de preparar el desayuno cada mañana. Para mí, un tazón de leche con cereales; para ella, huevos fritos con tocino y una lata de judías recalentadas, con las consabidas flatulencias posteriores. Una inyección de colesterol diaria directa a las arterias, esa fue su perdición. Pero tía Margaret vivía con arreglo a sus propias normas. Si quería comer, comía. Si quería fumar, fumaba. Con la bebida, ídem.

«Me importa un rábano lo que diga el médico». Era extraordinariamente cabezota. Una mujer de ideas claras. Es verdad que su cariño hacia mí era más bien aséptico y que prodigarse en muestras afectivas no formaba parte de su naturaleza, pero siempre procuró estar cerca por si necesitaba un empujón. Tía Margaret trató de enseñarme a hacer frente a las frustraciones y a tomarme los disgustos con actitud flemática. Con ella compartí algunas de las primeras veces más importantes de los años venideros: el primer día de clase en mi nueva escuela, mi primera menstruación, la primera Navidad sin mis padres o el primer aniversario de su muerte. Era el único referente que tenía y, tal vez, gracias a eso, no me parecía a la mayoría de adolescentes del East End: no fumaba, no tomaba drogas y no me metía en problemas. También es cierto que me costaba bastante hacer amigos, aunque eso, posiblemente, se debiese a mi condición de huérfana. Tía Margaret quería que fuese una chica fuerte e independiente y, por ese motivo, me repetía estas frases como si fueran un mantra:

«Emma, querida, si te caes siete veces debes levantarte ocho».

O: «Emma, querida, recuerda que los aviones siempre despegan con el viento en contra».

O: «Emma, querida, llorar es una pérdida de tiempo. Lo único que conseguirás llorando es que te salgan patas de gallo».

Y mi favorita: «Emma, querida, lárgate de esta ciudad infernal en cuanto tengas la oportunidad. Lárgate muy lejos y no mires nunca atrás».

Los años fueron dejando desnudo al calendario, pero la esencia de los días era siempre la misma. Con el tiempo, fui yo quien tuvo que cuidarla. Pero el peso de su cuerpo maltrecho por lustros de dejadez acabó agriándole el carácter hasta convertirla en una insoportable vieja obesa y cascarrabias. Lidiar con tía Margaret era una tarea tan agotadora que la mayoría de las veces solo deseaba esfumarme y no verla nunca más. Ocuparme de ella era como arrastrar un pesado lastre durante cientos de kilómetros. Pero jamás la habría abandonado, se lo debía todo.

Y ahora ya no estaba. La vida se le había escurrido entre los dedos en un abrir y cerrar de ojos, como a un pez fuera del agua. Al menos me quedaba el consuelo de que no había padecido.

※

Los trámites para el registro del fallecimiento se habían alargado más de lo esperado y cuando volví a casa, la lluvia había cedido el testigo a la noche cerrada. Dicen que en los momentos posteriores a la muerte de un ser querido hacemos cosas mecánicas: fregar los platos, barrer, planchar o regar las plantas. Es como si así preserváramos el orden natural de una rutina alterada. Pero yo estaba exhausta y sentía todos los músculos del cuerpo entumecidos, así que me limité a dejar la bolsa con las pertenencias de tía Margaret —su ropa, su reloj, su documentación y su dentadura postiza— encima de la mesa y me desplomé en el sofá como un peso muerto. Cielos, qué comparación tan inapropiada. El olor de su colonia habitual aún flotaba en el ambiente y aquello me entristeció; me habría gustado que alguien me hubiese abrazado en ese momento. La casa se me antojó de repente demasiado vacía y silenciosa, así que encendí la tele. Me abstraje viendo anuncios de productos tan inútiles como un desodorante para el trasero, un reductor de papada o un deshuesador de aceitunas en la teletienda y, al poco rato, cerré los ojos abducida por el cansancio. Traté de dormir, pero no lo conseguí. Y no lo conseguí porque, justo en ese momento en que la conciencia empieza a diluirse y se abandona lentamente a una especie de narcosis, un fogonazo en la memoria reciente me desveló para devolverme al estado de vigilia.

«Galletas».

—¿Qué habrás querido decir con eso, tía Margaret?

Seis

Estadísticamente, el último sitio en el que busca un ladrón cuando desvalija una vivienda es la cocina. Primero revuelve el salón, luego los dormitorios y, por último, el cuarto de baño. Pero casi nunca le da por pensar que el verdadero botín se encuentra en el mismo cajón donde se guardan cosas tan inofensivas *a priori* como unas varillas de batir huevos o un sacacorchos. Quien dice «cajón» dice «ese armario de ahí arriba». Un armario que no se había abierto por lo menos desde la ceremonia de coronación de la reina Isabel II. Primero, porque estaba altísimo. Y segundo, porque tía Margaret me lo había prohibido. La razón: que el agua —de no se sabía dónde— se había filtrado dentro —no se sabía cómo—, así que había que esperar a que alguien viniera a arreglarlo —no se sabía ni quién ni cuándo—.

Excusas y más excusas.

Desconozco qué mecanismo provocó que una bombilla se encendiera sobre mi cabeza, podríamos llamarlo corazonada o asociación de ideas, pero el caso es que me levanté del sofá de un bote y corrí a la cocina. Me subí en una silla resuelta a eliminar el veto impuesto sobre aquel viejo armario, inundada por una suave desesperación algodonosa y el convencimiento reforzado de que encontraría algo importante. Un fuerte olor a humedad me golpeó en las fosas nasales en cuanto lo abrí. A pesar del riesgo potencial a toparme con algún desagradable insecto que hubiera encontrado allí su paraíso particular de oscuridad —paradojas de la vida, los bichos me producían más aprensión que los muertos—, introduje la mano y examiné el interior palpándolo a tientas. Mis dedos tropezaron con algo y los replegué, asustada, en un acto reflejo, como si me hubiera quemado. Exhalé y volví a intentarlo. Lo único que encontré fue un libro de recetas con las hojas mohosas y unas cuantas latas de comida preparada que habían caducado hacía tiempo.

—Pero no puede ser… Tiene que haber algo más.

Me puse de puntillas y alargué la mano cuanto pude. Fue entonces cuando mis yemas dieron con algo al fondo del armario, un recipiente metálico.

—¡Eureka!

Se trataba de una vieja caja de galletas de latón, de esas que traían escenas campestres ilustradas a los lados. En la tapa, se leía en letras desgastadas *The original English custard cream biscuits*. Al agitarla, tintineó. Bajé de la silla con impaciencia y retiré la fina capa de polvo que cubría la tapa. Clac. Un movimiento seco de muñeca y descubriría la verdadera razón por la que tía Margaret no me había permitido acercarme a ese herrumbroso armario en años. Lo que encontré en el interior me dejó boquiabierta: seis mil trescientas setenta y seis libras esterlinas en billetes de cinco, diez y veinte y alguna moneda que conté justo después de haber leído la carta que las acompañaba. La hoja, doblada en cuatro partes. Escrita a dos caras. La tinta del bolígrafo, azul. La caligrafía, trazada con evidente dificultad. Se notaba el temblor de la mano, la falta de firmeza en los grandes rasgos de las mayúsculas.

Era la letra de tía Margaret.

Queridísima Emma:

Escribo estas líneas desde el convencimiento de que mi hora está cerca. Como sabes, mi corazón ya no es el que era y no quisiera morirme sin haberte dicho antes unas cuantas cosas. Para empezar, que este dinero es tuyo. Te estarás preguntando que de dónde ha salido y la respuesta, mi estimada sobrina, es que llevo un tiempo ahorrándolo para ti. Sí, sé lo que piensas, te conozco muy bien, así que míralo como una inversión de futuro. No es mucho, pero confío en que será suficiente para darte el empujón que necesitas.

A veces pienso que he vivido a medias porque nunca me ha pasado nada memorable. No he salido de Londres, no he desempeñado ningún trabajo interesante y ni siquiera he conocido el amor verdadero. Si echo la vista atrás para hacer balance, solo veo vacío, tiempo perdido y ausencia de experiencias que merezcan la pena ser contadas. El único consuelo que me queda es el de irme al agujero con la esperanza de que tú sí seas feliz.

Lo creas o no, siempre te he querido como si fueras mi propia hija. Y, precisamente por eso, no soporto ver cómo te condenas a repetir mis propios pasos. El destino te trajo a mi puerta en unas circunstancias terribles. No eras más que una niña que tuvo que hacer frente a una desgracia intolerablemente injusta. Las pérdidas siempre son dolorosas, sobre todo cuando son tan absurdas e inexplicables como la que tú sufriste. Sin embargo, te has convertido en una mujer fuerte, valiente y tenaz (me tomaré la libertad de pensar que tengo algo que ver con eso), dispuesta a sacrificarse por el bienestar de su vieja y rolliza tía (siempre te estaré agradecida por haber cuidado tan bien de mí todos estos años, y reconozco que no siempre te lo he puesto fácil).

No obstante, querida Emma, ha llegado el momento de que pienses en ti y en tu futuro, de que te abras al mundo y te empapes de todas las posibilidades que te ofrece. Porque el tiempo pasa rápido y si sigues empeñada en vivir en tu pequeña burbuja, te perderás tantas cosas que después será demasiado tarde para recuperarlas, lo cual no me tranquiliza en absoluto.

Escúchame bien: Londres no está hecho para alguien como tú, siempre te lo he dicho. Esta ciudad gigantesca y monstruosa no es más que una saqueadora de almas y sueños en la que siempre hace mal tiempo y huele mal.

Abre bien los ojos y observa a tu alrededor. Dime, ¿qué ves? Responderé a esa pregunta por ti: insatisfacción, tedio y muerte. Sé que en el fondo tienes miedo; el miedo siempre encuentra sus razones. Pero ¿de verdad vas a conformarte? Aún eres muy joven para caer en las redes del conformismo y la frustración. Hay periodos en los que es necesario sufrir, pero tú ya has penado con creces. ¡Tu vida acaba de empezar, Emma! No sigas desperdiciándola y dale algún sentido, es una orden. Debes prometerme que cogerás este dinero y te irás cuanto antes de aquí, lo más lejos posible. Busca un lugar donde haya luz y donde el aire todavía sea puro. Donde las personas te miren a los ojos. Busca tu sitio en el mundo y, cuando lo hayas encontrado, empieza de nuevo. Cuando yo me vaya, ya no quedará nada que te ate a esta ciudad infame. Ni ese horrible y macabro trabajo tuyo, ni estas cuatro paredes sucias ni ese botarate de Flojeras. Te mereces algo mejor, querida Emma. La vida plena que tuvieron tus padres. O la que yo nunca he tenido.

Con amor,
tía Margaret

Londres, septiembre de 1999

Caí en la cuenta de que me temblaban las manos y dejé la carta sobre el regazo mientras intentaba tranquilizarme. Una lágrima rebelde se precipitó sobre el papel y la tinta se emborronó. La palabra «Londres» había quedado ilegible y sentí que se me erizaban las fibras del cuero cabelludo. Si no fuera una escéptica, me habría inclinado a pensar que tía Margaret estaba haciendo de las suyas desde el más allá. Mezclé el llanto con una risa de aire expulsado por la nariz que terminó siendo incontenible. Lo bueno de algunas evidencias es que vienen acompañadas de ciertas dosis de alivio. Y en ese momento comprendí que la melancolía no existe para sumirnos en un abismo de desasosiego y futilidad permanentes, sino para obligarnos a inventar una versión mejorada de nosotros mismos.

A veces, la única diferencia entre la vida y la muerte no es más que la capacidad de conservar la esperanza.

Hay muchas formas de despedirse y cada uno debe buscar la suya. Mi tía había escrito aquel adiós hecho de tinta apenas dos meses antes de su fallecimiento desde la serenidad de quien ha aceptado que le queda poco tiempo, y eso me reconfortó. Como también lo hizo saber que por lo menos había alguien en este mundo que me conocía de verdad. Negar lo que eres no hará que desaparezca. Ella tenía razón. Todo en mi vida giraba sobre un mismo eje. La muerte siempre revoloteaba a mi alrededor, pertinaz como un insecto: el accidente de mis padres, mi trabajo en la morgue, la calle en la que vivíamos. Incluso mi relación con Ben estaba muerta, si lo analizamos fríamente. Y Londres era el telón de fondo de una existencia que se había convertido, sin que me diese cuenta —o sin que quisiera darme cuenta—, en una sucesión de días turbios y carentes de sentido que morían sin remedio ahogados en el lodo del tedio. Supongo que por eso aborrecía la ciudad. Su clima gris y su niebla identitaria, sus gentes, sus calles, su caótica red de metro, su estúpida obsesión navideña, sus puñeteras palomas, su olor.

Todo.

Pensar en Londres me hizo ver mi vida con cierta sensación de derrota retrospectiva, como si de repente me hubiera despojado de cualquier pretexto. Tenía veintiocho años y me sentía igual que un pajarillo que no necesita más que migajas para sobrevivir. Hay una palabra en el argot mortuorio que describía mi estado a la perfección: catalepsia. No era feliz, de eso no cabía duda. Mi felicidad se había quedado en el Dulverton de mi niñez, al que nunca volví, relegada a una colección de instantáneas y momentos congelados en el tiempo y preservados del inexorable olvido. Pero los recuerdos son como la carcoma, taladran el presente con un ruido insoportable. Funcionaba en piloto automático, amoldada a la costumbre. Tenía un trabajo en el que ya no cabían los sobresaltos, una relación donde la pasión se parecía demasiado a la confortabilidad y una rutina autoimpuesta que raras veces se salía del guion. Cuidar de tía Margaret era mi prioridad absoluta. Había aprendido a no querer nada más, a no necesitar nada más por si el azar me lo arrebataba de nuevo. Y eso se había traducido en una existencia disuelta en tristeza que ya no podía prolongarse más.

Porque sí quería algo más.

Una revolución nunca estalla de un día para otro. Se cuece a fuego lento, casi sin hacer ruido, al mismo tiempo que el silencioso germen de la decepción empieza a echar raíces. Lo que me había ocurrido por la mañana en la morgue había sido el preludio de un gran estallido. La evidencia incuestionable de que no me gustaba la persona resignada en la que me había convertido. «Fría como la hoja de un bisturí». Llevaba demasiado tiempo luchando para mantener las emociones a raya, pero ya no necesitaba seguir forcejeando más contra mí misma. Lo que necesitaba era romper para siempre ese estúpido muro defensivo. Hacer que mi existencia importase. ¿No decía John Lennon que la vida es lo que te sucede mientras estás ocupado haciendo otros planes? Quizá ya iba siendo hora de planear menos y actuar más.

Pero eso solo lo conseguiría si tomaba la decisión correcta.

De pronto, recordé algo. Espoleada por un ansia vivaz y repentina, volví al salón, cogí mi bolso de encima de la mesa y saqué de su interior el ejemplar arrugado del *National Geo-*

graphic que me había llevado del hospital. Pasé las páginas con el pulgar sobre la tripa de la revista como si fuera un acordeón hasta que encontré la imagen de la playa salvaje de arena negra y me detuve. La observé de nuevo y, esta vez, permití que mi retina diera cuenta de una serie de detalles nuevos de los que antes no había sido consciente. Un faro diminuto en la lejanía. Un pájaro que volaba muy alto. Y un puñado de conchitas dispersas a lo largo de la orilla, como si formaran un camino. Puede que la suma de todos aquellos detalles fuera la inefable señal del universo cuya interpretación había dejado suspendida. Después, llevé la vista a la página siguiente. «Nadie muere en Wellington», volví a leer. Y todo encajó a la perfección. Hay momentos en los que es necesario obedecer al instinto para alcanzar un objetivo superior.

Siete

En los días posteriores al fallecimiento de tía Margaret, la euforia y la urgencia se impusieron al duelo. Un vértigo cercano al miedo me palpitaba en el estómago y la ilusión me hormigueaba en los dedos. Mi mente era incapaz de calmarse ni de día ni de noche y volaba de acá para allá como un moscardón impaciente, tejiendo imágenes futuribles, sin poder sustraerse de la curiosidad. Me sentía extraordinariamente libre y viva, como no recuerdo haberme sentido nunca. Pero que nadie me malinterprete. No es que la pérdida de mi tía no me doliera; al contrario, la echaba mucho de menos. La obstinada presencia de sus cosas en la casa que habíamos compartido durante veinte años me recordaba que ya no estaba conmigo. Su paquete de cigarrillos rubios Dunhill a medias. El crucigrama inacabado del último *The Sun* que sostuvo entre las manos. Sus descoloridas zapatillas de estar por casa. Los cabellos canos enredados en su peine. La forma de su cabeza en la almohada. Todo eso me entristecía. Pero cada vez estaba más convencida de que los acontecimientos recientes respondían a una exigencia del destino a la que no podía desobedecer. Puede que eso suene a frase hecha, y es posible que lo sea, pero si de algo estaba segura era de haber encontrado el asidero que necesitaba para mantenerme a flote.

Mi tía siempre había dicho que la idea de que la sepultasen bajo tierra durante toda la eternidad le hacía sentir claustrofobia, así que decidí incinerarla. Cuando me entregaron sus restos, llevé la urna con sus cenizas al puente de Blackfriars y las lancé al Támesis en el crepúsculo desapacible y neblinoso de aquel día. Era difícil saber si en ese polvo negruzco aún quedaba algo de la mujer que había cuidado de mí toda su vida, pero, de todas formas, lo hice despacio, para que las partículas de lo que alguna vez había sido se fundieran en el aire y volaran muy lejos.

—Buen viaje, tía Margaret.

Dos semanas más tarde, me marché de Londres.

Pero antes, tuve que solucionar algunos asuntos prácticos como:

- Rellenar la solicitud para la expedición del pasaporte y enviarla por correo a la Oficina de Pasaportes.
- Solicitar un visado de trabajo al consulado (por suerte, el trámite fue extraordinariamente rápido gracias a los acuerdos migratorios entre el Reino Unido y Nueva Zelanda).
- Reservar un billete de avión lo más barato posible (aunque para ello tuviera que hacer escala en cuatro ciudades con husos horarios diferentes).
- Encontrar un sitio decente para vivir.
- Ir a Foyles y comprar una guía de viaje sobre mi nuevo destino (puede que me hubiese convertido en una aventurera, pero seguía siendo una chica que prevé posibles contingencias).
- Donar a la beneficencia todo lo que no pudiera llevar conmigo (de lo que más me costó deshacerme fue de mis libros).

Después de todo eso vino lo difícil de verdad: dejar el trabajo, dejar la casa de mi tía y dejar a Ben (en ese orden).

Según el doctor Fitzgibbons, estaba cometiendo un terrible error.

—No está siendo razonable, señorita Lavender. Va a tirar por la borda cinco años de trabajo y una magnífica prospección de futuro solo porque está pasando por una especie de crisis existencial. ¿Es que no ha aprendido nada en todo este tiempo?

Según Randy el Maloliente, le estaba haciendo una putada de las gordas.

—Me has jodido a base de bien, vecinita. A ver a quién cojones le alquilo yo ahora este cuchitril.

Y según Ben, hubiese sido mucho peor si hubiera decidido irme a los Estados Unidos.

—Al menos no abandonas la Commonwealth.

Eso fue todo lo que mi novio dijo la noche en que me presenté en su apartamento y le conté que me iba a Wellington siguiendo un impulso. La despedida fue más bien gélida. No hubo preguntas ni reproches ni me pidió que me quedara o que recapacitase, como habría cabido esperar. Ni siquiera parecía sorprendido por mi repentina decisión de dejarlo todo y largarme nada más y nada menos que a las antípodas, otro indicio más de que nuestra relación no se aguantaba por ninguna parte. Reconozco que su reacción, o, mejor dicho, su falta de ella, me facilitó las cosas, pero no pude evitar sentir una leve punzada en el pundonor. Era evidente que no saltaban chispas entre nosotros cuando estábamos juntos, pero, por el amor de Dios, ¿acaso no habíamos compartido, de un modo u otro, un tiempo preciado de nuestras vidas?

—¿Es que no piensas decir nada más? —le pregunté mientras lo miraba con incredulidad.

Volteó las manos y las dejó caer con esa indiferencia que imprimía a cualquier cosa que no que fuera Scotland Yard o la Premier League.

—¿Y qué quieres que te diga, Ems? Eres adulta y, por lo tanto, capaz de tomar tus propias decisiones. ¿Quieres irte? Adelante, vete. Persigue tu destino o lo que sea que se te ha metido en la cabeza. Pero no esperes que me ponga de rodillas y te suplique que te quedes porque no lo haré. Ese no es mi estilo. Estuvo bien mientras duró, pero aquí se bifurcan nuestros caminos.

«Maldita sea, eso tendría que haberlo dicho yo».

Después de toda aquella palabrería cargada de orgullo de macho herido que solo era el preludio de algo peor, trató de besarme en los labios. Sentí que una cólera creciente ascendía desde mi estómago y me quemaba el cielo de la boca, pero no me arredré y lo aparté con brusquedad.

—Pero ¿qué mierda haces?

—He pensado que podríamos echar un polvo de despedida. Quién sabe el tiempo que pasará hasta que encuentre a alguna mujer dispuesta a acostarse conmigo gratis —se envaró. Y a continuación lo intentó de nuevo, solo que esta vez la arremetida por mi parte fue bastante más violenta.

Me levanté de su horrible sofá marrón tapizado y, adoptando un aire de dignidad, le espeté:

—¡Lo que hay que oír! Te consideraba un hombre civilizado, pero acabo de descubrir que no eres más que un maldito cerdo.

Él resopló y se pasó las manos por la nuca.

—Ems, por favor. No te pongas dramática. No te pega nada. Tú no eres así.

—¿Y cómo soy, Ben? ¿Acaso lo sabes?

En ese instante, se produjo un silencio tan elocuente en el salón de aquel apartamento de Kingsgate que ninguno de los dos tuvo la necesidad de replicar. Mi convicción de que nuestra relación se había basado en ciertos beneficios mutuos que poco o nada tenían que ver con lo sentimental se vio reforzada. Y como no había mucho más que hablar, me puse el abrigo y me largué.

—Hasta nunca, Benedict —dije antes de marcharme.

Las palabras sonaron a sentencia.

Cuando salí del edificio, estaba oscuro y no se veía ni un alma en la calle. La lluvia embestía con fuerza contra el pavimento y mi aliento dibujaba nubes de vaho en el aire; con toda probabilidad, era una de las noches más desapacibles del año. Noté cómo la adrenalina hacía acto de presencia y tuve ganas de gritar. O, mejor aún, de ponerme a cantar bajo el chaparrón como el mismísimo Gene Kelly. Mi corazón era una bomba de relojería que explotaría en cualquier momento, pero estaba segura de que tía Margaret se habría sentido muy orgullosa de mí. Miré al cielo al pensar en ella y me di cuenta de dos cosas:

La primera, que aquella sería mi última noche en Londres.

Y la segunda, que, en Wellington, Nueva Zelanda, en ese momento era verano.

Dicen que todo tiene una causa última. Y yo estaba a punto de pasar mi primera Navidad en manga corta gracias a una caja de galletas.

Contemplé la extraña belleza de las volutas de humo que salían de mi boca y sonreí.

SEGUNDA PARTE

La ciudad del viento

ISLA NORTE
TE IKA A MAUI
Auckland
NUEVA ZELANDA
AOTEAROA
Estrecho
de Cook
WELLINGTON
Picton
Mar de
Tasmania
Océano Pacífico
Ashburton
Christchurch
Milford Sound
Dunedin
ISLA SUR
TE WAIPOUNAMU

WELLINGTON
Estadio Westpac
ORIENTAL BAY
Casa
de Rose
Casa de
los Paretene
Hunter's
Marae
Red
Rocks
OWHIRO
BAY

Ocho

Wellington se halla en el fondo de una bahía protegida por densas colinas de arbustos y follaje encrespado. Sin embargo, ese encierro no la salva de los vendavales que soplan desde el Pacífico austral hacia el mar de Tasmania. De hecho, la llaman Windy Welly por el viento furioso y encrespado que sopla sin tregua y llega a alcanzar rachas de hasta sesenta kilómetros por hora. Situada sobre un terreno propenso a sufrir terremotos, se ubica en el extremo occidental de la isla Norte, muy cerca del estrecho de Cook, donde dicen que las aguas son las más peligrosas del mundo debido a la gran cantidad de corrientes submarinas que las azotan. El viento, que siempre sopla de lejos, aumenta la sensación de lejanía de la pequeña y próspera capital de Nueva Zelanda.

Impresionante, ¿verdad?

Nada de eso fue un impedimento para que todo cuanto vi, toqué o probé al llegar a Wellington me resultase fascinante, con los sentidos rendidos a lo inesperado. Aquella ciudad no tenía nada que ver con Londres. Puede que conservara algo de inglés en su esencia, quizá ciertas reminiscencias de un pasado bajo el auspicio del Imperio británico y el clima como tema de conversación probable. Pero, mirase donde mirase, el paisaje resultaba mucho más exótico, luminoso y colorido. A la luz del sol, las calles se veían limpias y acogedoras. Debido a su situación en el hemisferio sur, las estaciones están invertidas y, por eso, en Nueva Zelanda la Navidad se combina con las vacaciones de verano. Me pareció chocante que las tiendas estuvieran decoradas con escenas de nieve, ya que la temperatura era de lo más agradable. Las fachadas de los edificios —en su mayoría, villas de madera de estilo colonial, con grandes porches, ventanas de guillotina y tejados rojos a dos aguas— no presentaban las clásicas costras de *smog* londinense. Apenas había tráfico, aunque se tratase de la capital. El aire era transparente y no olía al humo tóxico de los tubos de escape, excrementos de perro o patatas fritas nadando en abundante grasa, sino a sal, piedra caliza y helecho. Me sorprendió comprobar que los nativos no solían fumar, hablaban con un tono de voz moderado, sonreían sin causa aparente y caminaban sin atropellarse los unos a los otros. Y, curiosamente, muchos lo hacían descalzos o en *jandals,* que es como llaman ellos a las chancletas de playa, algo impensable en una ciudad sucia y contaminada como Londres. La gran variedad de acentos y rasgos étnicos que se mezclaban en el ir y venir urbano sin fricción aparente ponía de relieve que aquel lugar no hacía preguntas a quienes buscaban un nuevo comienzo. Era una tierra amable habitada por gentes amables, a pesar del fuerte viento austral, la meteorología cambiante y el estado de alerta permanente en el que obligaban a vivir los movimientos tectónicos.

Y yo me había enamorado de ella incluso antes de ser capaz de imaginármela.

Los primeros días me sirvieron para aclimatarme. Tenía un *jet lag* terrible. Las casi cuarenta y ocho horas de trayecto habían sido agotadoras, pero no hay cansancio en el mundo capaz de abatir a alguien que siente que ha llegado al paraíso. Wellington es una ciudad compacta que invita a caminar, así que me resultó muy cómodo deambular por sus calles como una turista más, con un mapa y la cámara de fotos de segunda mano que había comprado en el mercadillo dominical de Brick Lane antes de marcharme. Toda esa vida de la que hablaba el artículo del *National Geographic* estaba ahí, palpitando en cada esquina. Me gustó mucho pasear por el barrio del puerto, contemplar la mítica escultura de helechos de Neil Dawson colgando en Civic Square, empaparme de historia en el Museo

Te Papa Tongarewa y montar en tranvía. Uno de los trayectos más atractivos era el que salía de la céntrica calle de Lambton Quay, en el barrio de Te Aro, y llegaba hasta el jardín botánico, un bosque de veinticinco hectáreas con todo tipo de vegetación autóctona; perderse por sus senderos fue toda una experiencia. En una ocasión, me atreví a subir al monte Victoria, un volcán extinto desde cuyas laderas se podía disfrutar de unas increíbles vistas panorámicas de la ciudad. Fue allí arriba donde descubrí que Wellington era una especie de anfiteatro natural que discurría entre el mar y una cadena de frondosas colinas. Y como dio la casualidad de que el día estaba despejado, incluso divisé los montes de Kaikoura, en la isla Sur.

Me sentía llena de vida, como si despertara después del letargo. El verano vibraba con una alegría inquebrantable y yo empezaba a sacarme de encima esa sensación de polvo y mortalidad que había arrastrado conmigo tanto tiempo. El aire puro, el calor del sol, la fuerza del cielo claro, la temperatura suave y la ausencia de horarios y obligaciones a corto plazo me mantenían en un estado de bienestar de cuya naturaleza efímera era consciente, aunque me negara a aceptarla todavía. Pero, con el paso de los días, la Emma más responsable acabó aflorando para recordarme:

a) que el dinero de tía Margaret no duraría para siempre
    y
b) que el estilo de vida provisional o errante no estaba hecho para mí.

—¿Otra vez me ha preparado la cena, Rose? —pregunté al encontrarme la mesa puesta para dos—. No debería haberse molestado, podría haber comido cualquier cosa en la calle.

Cuando todavía estaba en Londres inmersa en los preparativos del viaje, tuve la suerte de dar con Rose a través de una página de internet que encontré navegando desde la biblioteca municipal y de que me ofreciera alojarme en su coqueto apartamento de Cuba Street, una de las calles más ajetreadas y polícromas de la ciudad, por un precio muy razonable. En realidad, Rose no necesitaba el dinero. Había enviudado hacía algunos años y, aprovechando la marcha de Pyke, su único hijo, a Melbourne, Australia, por trabajo, decidió vender la casa familiar y mudarse a un piso de alquiler más pequeño y más céntrico. Al contrario que a mi tía, a Rose le gustaba la gente, el ruido y estar en la calle. Imagino que si me ofreció la modesta habitación que tenía libre fue porque, en el fondo, anhelaba tener un poco de compañía y sentir algo parecido al abrigo de un hogar. «El frío quema más que el calor»; no sé en qué libro leí esa frase alguna vez. Rose y yo llegamos a un acuerdo verbal, sin complicaciones contractuales. La única condición que me impuso fue que, cuando Pyke volviera —«porque volverá con su madre, de eso estoy segura»—, yo tendría que marcharme. Y me pareció justo.

—Oh, no es ninguna molestia. Me gusta cocinar para los demás, hace que me sienta útil. Y, por otra parte, estás muy delgada. Deberías procurar engordar un poco, querida, a los kiwis les gustan las chicas rollizas.

Me encogí de hombros.

—Me temo que mi complexión es así. Y, de todas maneras, no estoy buscando novio, precisamente —zanjé.

Rose era una buena anfitriona. Una mujer sociable que disfrutaba preparando deliciosos platos típicos de la gastronomía del país como la crema de almejas o el estofado de cordero. A esas alturas, el orgullo nacional y el espíritu generoso de los neozelandeses era algo de lo que yo ya era consciente.

—Pero sentémonos a la mesa, que se va a enfriar la carne. Cuéntame, ¿cómo ha ido el día? ¿Ha habido suerte?

Poco después de haberme instalado en casa de Rose, me concentré en buscar empleo. Como disponía del permiso de trabajo, no tuve problemas para inscribirme en todas las agencias de colocación de la ciudad. Sin embargo, la búsqueda estaba resultando del todo infructuosa. Habría trabajado de cualquier cosa que me permitiese salir adelante modestamente, pero, *a priori,* no parecía que hubiera nada que encajase conmigo en Wellington. Pensé en retomar mi oficio, pero, como el índice de mortalidad era tan bajo, apenas se practicaban autopsias, por lo que tampoco había demanda de auxiliares forenses. Por suerte. Entonces llegó diciembre y temí haberme precipitado.

Me senté frente a Rose, corté un trocito del aromático cordero y me lo llevé a la boca. La carne se deshizo con rapidez y paladeé su intenso sabor.

—Pues no, hoy tampoco —reconocí desanimada—. Quizá podría dedicarme a recolectar kiwis. He oído que hace falta mucha mano de obra.

Rose sonrió de manera indulgente.

—Podrías intentarlo si estuviéramos en abril, que es cuando comienza la temporada de recolección. Además, la gran mayoría de cosechas se encuentran en la región de Bay of Plenty, al este de la isla.

Inspiré profundamente y, al soltar el aire, sentí que me desinflaba como un globo.

—Nadie dijo que los inicios fueran fáciles, pero no debes rendirte. Confía en tu instinto; las vísceras nunca traicionan.

—Es usted muy optimista, señora.

—No puedo remediarlo, querida. Soy kiwi, lo llevo en la sangre.

Terminé mi plato en silencio y me retiré a mi cuarto. El instinto me gritaba a voces que volver a Londres no era una opción.

Nueve

—La parada del autobús está a dos calles, justo aquí. —Trazó una cruz en el mapa—. Bájate al final del trayecto. Tendrás que caminar un rato por una carretera que se llama The Esplanade, pero no te preocupes, no es peligroso. Además, el paisaje en la bahía sur es espléndido. Kilómetros y kilómetros de playas hermosas. Las más hermosas que hayas visto en tu vida, te lo garantizo —añadió con una sonrisa deslumbrante.

Aquel día me había despertado con la necesidad perentoria de volver a sentir el impulso que me había llevado hasta Nueva Zelanda. Tenía miedo de flaquear; no quería regresar a la insatisfacción triste del Londres ajetreado, donde ya no me quedaban más que un puñado de recuerdos difusos. A mi modo de ver, Wellington era un punto y aparte, un metafórico rayo de luz al final de un día horrible. Volver a Inglaterra supondría un fracaso personal e incumplir la promesa que le había hecho a tía Margaret. Pero yo nunca he sido una persona que falte a su palabra ni que se rinda con facilidad. «No vas a venirte abajo todavía ni vas a conformarte con una derrota temprana, Emma Lavender. Tienes fuerza de sobra para cambiar el curso de tu vida», me dije para reforzar mis convicciones. Así que cogí el ejemplar del *National Geographic* que custodiaba bajo la almohada como si fuese un tesoro y se lo mostré a Rose.

—Necesito que me diga cómo llegar aquí —le pedí al tiempo que le mostraba la imagen de la playa.

Ella sonrió de forma premonitoria y no hizo preguntas; era una de sus mejores virtudes.

Llegué al lugar llamado Owhiro Bay alrededor de cuarenta minutos más tarde. Era una mañana hermosa. El sol brillaba con intensidad y salpicaba el mar de destellos dorados. El viento soplaba con furia y me agitaba la melena, que me caía desordenada sobre el rostro. Hice visera con la mano y entrecerré los ojos. Ante mí se extendía una inmensa playa de arena negra y aspecto salvaje. Lo que experimenté entonces fue algo extraño, una especie de nostalgia irreal, como si hubiera echado de menos un lugar donde en realidad no había estado nunca.

Caminé hacia el interior sin quitarme las zapatillas deportivas. No se veía ni una sola alma. Las olas rompían con fuerza contra las rocas, oscuras, serradas y cubiertas de sargazos, y balanceaban una espesa mata de algas rojizas en la orilla, donde el agua jugaba a acercarse y alejarse de manera caprichosa. Daba por sentado que el mar era azul, pero no encontré la tonalidad exacta que definiera los matices del increíble espectáculo que centelleaba más allá de la ribera. Observé con curiosidad las extrañas aves zancudas que sobrevolaban la línea de la costa. Luego me puse en cuclillas, agarré un puñado de arena y dejé que resbalara entre los dedos. A lo lejos, divisé un faro, el mismo de la revista. Ni siquiera en mi imaginación existía algo tan hermoso como lo que tenía ante mis ojos. Y bajo aquel cielo claro y brillante, aspiré el olor del resurgimiento de la vida y sentí una esperanza cálida en mi interior.

El instinto había hablado. Solo debía tener paciencia.

Cuando me di la vuelta, oteé varias casitas de madera en la falda de un frondoso valle, junto a unos exóticos árboles de flores color carmesí —entonces lo desconocía, pero se llaman pohutukawas, crecen cerca de la costa y anuncian la llegada de la Navidad. Algunas de sus raíces quedan al aire y forman asientos en forma de cuencos— que protegían la ladera de las embestidas del viento. Una de las casitas, la que estaba más apartada de la playa, me llamó la atención y me encaminé hacia ella. Tenía la madera desportillada, seguramente por la erosión del mar. Del tejado pendía un letrero que la ventisca agitaba con inclemencia. «Hunter's Café», se leía en unas letras rojas descoloridas por la acción del sol. Había un pequeño cobertizo adosado a una de las paredes laterales y una motocicleta clásica Yamaha aparcada justo delante. Eché un vistazo a través de la puerta principal de la cafetería, pero apenas vi nada porque el cristal estaba polvoriento. No parecía que dentro hubiera actividad alguna. A decir verdad, desde fuera daba la sensación de que estuviera cerrado. De no haber sido por el delicioso aroma que flotaba en el aire y que consiguió que me rugieran las tripas de inmediato, me habría marchado de allí.

«Cielos, ni siquiera en la Patisserie Valerie huele tan bien», pensé.

Al abrirla, la puerta rechinó como en una película de terror. Tal y como sospechaba, el establecimiento estaba vacío. Si por fuera lucía un poco descuidado, por dentro no era mucho mejor. El suelo era de láminas de madera clara, pero la gran cantidad de arena acumulada se había encargado de teñirlo de una extraña tonalidad oscura. A las paredes, más bien rústicas, les hacía falta una capa de barniz de forma urgente. Imperaba la austeridad decorativa: un reloj de la marca nacional de refrescos Lemon & Paeroa parado a las siete y diez de vete a saber cuándo, un calendario cuyas hojas habían dejado de pasar en septiembre y un póster de los All Blacks en el Torneo de las Tres Naciones de *Rugby* de 1996 junto a un televisor con la antena rota que debía de ser de la época del rey Arturo como mínimo. El local no era demasiado grande. Apenas contaba con unas pocas mesas y tres o cuatro taburetes descascarillados que bordeaban un pequeño mostrador que en ese momento estaba vacío. Desde luego, aquel lugar no invitaba a quedarse. Sin embargo, el olor que parecían exudar las paredes resultaba demasiado apetecible como para marcharse.

Observé que había luz en la trastienda y, al punto, oí unas voces que procedían de allí. Me acerqué despacio al aparador y aguardé.

—No sé si eres consciente de que tu plan de negocio es un auténtico desastre, David —dijo un hombre con tono enérgico.

Una voz grave, con un acento ligeramente distinto, le contestó:

—Yo no tengo ningún plan de negocio.

—A eso mismo me refiero. No es muy normal cerrar una cafetería a las once de la mañana en pleno verano, ¿no crees?

—¿Y qué quieres que haga si el «producto estrella» —remarcó con sorna— se ha terminado? No puedo estar en dos sitios a la vez, Kauri. Si no tengo nada que ofrecer, es inútil que mantenga el local abierto. La gente no viene aquí por mí.

El hombre llamado Kauri dejó ir un resuello sarcástico.

—No hace falta que lo jures, *cuz*.* Tú no eres Míster Simpatía, precisamente. —Hizo una breve pausa y oí un trajín impreciso—. Lo único que digo es que necesitas ayuda. No puedes seguir encargándote tú solo de todo, David, estás tratando de abarcar más de lo que eres capaz. Alguien tiene que ocuparse de atender a los clientes mientras tú te dedicas a hacer lo que mejor se te da. Si contrataras a alguien…

—No voy a hacerlo, Kauri. No necesito a nadie. Puedo arreglármelas.

Su interlocutor profirió un gruñido exasperado.

—¡Jodido *pakeha*[†] orgulloso! Solo sabes decir que no. No a esto, no a lo otro. Cualquiera que te oiga pensará que eres el tipo más amargado del mundo.

En ese instante decidí que ya era suficiente y tosí para llamar su atención. Tras un corto silencio, el hombre de voz grave que respondía al nombre de David vociferó desde el interior de la trastienda:

—¡Está cerrado!

—No seas tan antipático —lo reprendió el otro.

---

* Del *slang* neozelandés. Procede de la palabra *cousin,* que significa «primo», aunque raras veces se utiliza con ese significado literal.

† Todo neozelandés de origen no indígena.

Me llevé un susto de muerte cuando, acto seguido, uno de los dos apareció y se aproximó hacia mí. Su enorme estatura y ancha complexión bastaron para que su presencia resultara imponente. Debía de rondar los veinticinco. Tenía las típicas facciones polinesias —cabello largo, liso y oscuro como el azabache, piel aceitunada, ojos rasgados, nariz ancha y cara redonda— y sus brazos, de un perímetro poderoso, estaban cubiertos de tatuajes con formas curvadas y patrones en espiral. Llevaba una camiseta extragrande de Demoniac, una banda de *black metal* nacional, y unos pantalones negros de cuyo bolsillo delantero colgaba una gruesa cadena metálica. Se le marcaban tanto las venas de las sienes y los tendones del cuello que resultaba intimidante. Me temblaron las piernas. Parecía una especie de ángel del infierno maorí.

—Disculpe, creía que estaba abierto.

Las comisuras de los labios se le abrieron hasta quedar a una insignificante distancia de las orejas y me tranquilicé enseguida. Su sonrisa parecía hospitalaria, a pesar de estar enmarcada en un rostro de rasgos feroces.

—*Kia ora!*[*] Tranquila, puedes quedarte. Y tutéame, por favor. Eres inglesa, ¿verdad?

Le devolví la sonrisa y asentí.

—¿Tanto se me nota el acento?

Me examinó con detenimiento de arriba abajo y dijo:

—No es por eso. Es que llevas un calzado demasiado cerrado para ser kiwi.

Su comentario me pareció ingenioso y, al instante, decidí que aquel chico me caía bien.

—Me llamo Kauri. —Me estrechó la mano con una fuerza proporcional a su tamaño y los colgantes de *pounamu*[†] de sus pulseras de cuero tintinearon—. Antes de que me lo pregun-

---

[*] Saludo informal en lengua maorí. Literalmente, significa: «Que tengas salud».

[†] Piedra de Jade de Nueva Zelanda que se usa para hacer tallas. Para los maoríes, tiene un estatus sagrado.

tes, es un árbol autóctono. Y tú eres…

—Emma Lavender.

—Bonito nombre. Y dime, Emma Lavender, ¿qué te trae por aquí?

Pausa.

No supe qué contestar, así que opté por decir la verdad.

—Quiero empezar de nuevo.

Kauri enarcó las oscuras cejas con aire de sorpresa.

—¿No eres un poco joven para eso?

—Oh, no te fíes de mis pecas. Tengo veintiocho años.

Esbozó una sonrisa y unas agradables arrugas aparecieron en torno a sus ojos achinados.

—En ese caso, debes saber que estás en el lugar idóneo. Nueva Zelanda es la tierra de las segundas oportunidades. —Y ahí estaba, una vez más, el orgullo nacional—. Aunque, en realidad, me refería a qué haces en Owhiro Bay —precisó.

—¿La verdad? Una corazonada —confesé.

Fue entonces cuando la voz grave irrumpió en el espacio.

—Perdone, pero ya le he dicho que está cerrado.

Volví la cabeza y, al verlo, me quedé sin palabras. Era alto, fuerte y de espaldas anchas. No tanto como Kauri, pero lo suficiente para impresionarme. Tenía el cabello castaño, ondulado y salpicado de destellos plateados que lo situaban pasada la frontera de los treinta y cinco, y un llamativo y solitario mechón grisáceo que le nacía a un lado de la frente; las cejas espesas y expresivas; una barba de apariencia áspera de unos cuantos —bastantes— días; la nariz recta y bien formada; los labios carnosos y rosados; la mandíbula cuadrada, muy masculina. Y unos ojos de un azul tan claro que daban la sensación de querer sublevarse contra la dureza de unos rasgos angulosos. Era muy atractivo. Mucho. La clase de hombre con la que una no suele toparse por la calle en un día cualquiera. Pero lo más impactante no era esa belleza tan fuera de lo común, sino el velo de resignación y grito encerrado que parecía cubrir su expresión. En el semblante de aquel hombre había una tristeza profunda, anhelos y nostalgias que se asomaban al precipicio aterciopelado de su mirada. Era tan hermoso y turbador al mismo tiempo que me sentí invadida por un enjambre de sensaciones nuevas para mí.

El hombre llamado David se acercó despacio y con gesto impasible, aunque, a diferencia de Kauri, permaneció parapetado tras el mostrador, imponiendo una distancia física entre nosotros que se antojaba insalvable. Caminaba con sencillez, con una inclinación en los hombros apenas perceptible, aunque apreciable, que le otorgaba un aire de independencia que no por ello resultaba arrogante. Vestía una camisa de cuadros rojos remangada hasta los codos encima de una camiseta blanca que debía de haber vivido épocas mejores. No parecía que su aspecto fuese la mayor de sus preocupaciones y, no sé por qué, la idea me resultó terriblemente *sexy*. Me fijé en cómo se limpiaba las manos con el delantal blanco que llevaba anudado a la cintura y me sobrevino un deseo acuciante de vérselas más de cerca. Siempre he creído que las manos de una persona hablan por sí mismas.

Tragué saliva antes de contestar.

—Lo siento, no había ningún cartel en la puerta que lo indicara. Me iré enseguida, no quiero molestarlos —me excusé.

—¡Pero si no molestas! —terció Kauri—. Además, no está cerrado. Oye, David, ¿por qué no le preparas a nuestra amiga un café mientras se acaban de hornear los *bagels*? Ya que ha venido hasta aquí, al menos que pruebe la especialidad de la casa —añadió y me guiñó un ojo.

—A decir verdad, preferiría un té.

David me miró con expresión calibradora y, a continuación, respondió con un tono frío y contemplativo:

—No hay té.

Me fijé en las líneas de expresión de su rostro y pensé que, más que por la edad, parecían trazadas por una corrosiva amargura interior. Desde luego, muy simpático no parecía.

Kauri chascó la lengua y resopló molesto.

—Lo que quiere decir este asocial es que la tetera está estropeada, pero si te apetece un café, te lo preparará con mucho gusto. ¿A que sí? —añadió dirigiéndose a él.

David sacudió la cabeza con aire de resignación, se dio la vuelta y puso en marcha la cafetera.

—Entonces, ¿eso que huele tan bien son *bagels*?

—Sí. Los hace él con sus propias manos y están buenísimos. Viene gente de toda la ciudad a buscarlos, ¿sabes? —En la trastienda sonó un pitido y Kauri apuntó al techo con el dedo índice—. Mira, parece que ya están listos. Te traeré uno para que lo pruebes.

Dio media vuelta, enfiló hacia la parte de atrás del establecimiento y me dejó a solas con aquel hombre misterioso. Posé la vista sobre su espalda, tenía los músculos tensos por la inercia del movimiento, y me quedé absorta. Llevaba unos viejos vaqueros que acentuaban las formas tersas de sus nalgas. El borboteo de la cafetera me sacó de mi ensoñación. David vertió el café en una taza y la dejó sobre la barra, frente a mí.

—¿Azúcar?

—No, gracias.

Permanecimos unos segundos en silencio, mirándonos como si cada uno examinara la presencia del otro. Él lo hacía con una fijeza que resultaba intimidante, pero era imposible discernir lo que estaba pensando. Una capa en su rostro cubría las aguas agitadas que debían de esconderse bajo una superficie en apariencia serena. De repente, me sentí desprotegida; una inminente sensación de peligro se cernió sobre mí. Desvié la vista y pensé en decir algo, cualquier cosa que me mantuviera a salvo de su escrutinio. Pero no fui capaz, las palabras se me habían quedado atascadas en las cuerdas vocales, así que me refugié en el café.

Que, por cierto, era delicioso.

Intenso.

Amargo.

Y oscuro.

Como el hombre que tenía delante.

Me recompuse y, por fin, me animé a hablar.

—¿Hay algún sitio de interés por los alrededores? Me gustaría explorar un poco la zona —dije, tratando de sonar simpática.

—Esto es Nueva Zelanda, señorita. Aquí todo tiene interés —contestó de una forma un tanto brusca. Exhaló como si se disculpara y, luego, añadió en un tono un poco más conciliador—: Hay una colonia de focas a un par de kilómetros al sur, en Red Rocks. Es difícil verlas, sobre todo en esta época del año, pero merece la pena intentarlo. El paisaje es hermoso.

—Nunca he visto una foca de cerca, ni siquiera en el zoológico de Londres. ¿Y usted?

Afirmó con un ligero cabeceo.

—Una vez rescaté a una cría que se quedó atrapada entre dos peñascos.

—¿De verdad? Vaya, ahora sí que ha despertado mi curiosidad. ¿Cuál es la mejor forma de llegar hasta allí?

—Andando. Los vehículos no pueden circular por ese camino, es una zona protegida. Pero no le aconsejo que vaya sola. El terreno es escarpado en algunos tramos y cuanto más cerca está uno del estrecho, más fuertes son las rachas de viento.

Suspiré.

Kauri apareció justo en ese momento y nuestra conversación se quedó a medias. Traía un plato con un panecillo agujereado en el medio y me lo ofreció.

—Aquí tienes. Estoy seguro de que no has probado nada parecido en toda tu vida. Los *bagels* de David Hunter son únicos, te lo garantizo.

—Por el amor de Dios… —farfulló David mientras se frotaba la nuca; parecía avergonzado.

Le di las gracias y partí un pedazo. La masa se deshizo poco a poco entre mis manos, desprendiendo volutas de humo, y mis fosas nasales se impregnaron de un aroma irresistible. Empecé a salivar. Cuando me lo llevé a la boca y paladeé las notas ácidas de la levadura, cerré los ojos y dejé ir un expansivo suspiro placentero. Era inevitable. Si el olor era delicioso, el sabor era incluso superior. Estaba exquisito. Crujiente por fuera y tierno por dentro, con la textura y el punto de sal perfectos. Sabía a algo hecho con muchísimo esmero.

—Santo cielo… —murmuré con la boca aún llena mientras miraba a David maravillada—. Tiene usted unas manos prodigiosas, señor Hunter.

Él esbozó una leve sonrisa incómoda y movió la cabeza en un gesto de asentimiento casi imperceptible.

Kauri pareció iluminarse de repente.

—¿No estarás buscando trabajo por casualidad, verdad?

David y yo arqueamos las cejas a la vez. Parecía que su ofrecimiento nos había pillado desprevenidos a ambos.

—Pues ahora que lo dices, sí. Encontrar un empleo en Welly está resultando más difícil de lo que me imaginaba —Compuse una sonrisa nerviosa— y empiezo a preocuparme, mi cuenta corriente no tardará mucho en quedarse en números rojos.

—Calma, tengo la solución a tu problema. Y al tuyo, David —añadió deslizando una mirada a su amigo, que le devolvió una caída de párpados que denotaba que su paciencia estaba a punto de agotarse—. ¿Te gustaría trabajar aquí?

Fui incapaz de dosificar mi entusiasmo y exclamé:

—¡Claro que sí! ¡Me encantaría! ¡Sería fantástico!

Pero apenas unos segundos después, la gran sonrisa de mis labios se destensó a la misma velocidad que un arco tras lanzar una flecha. La ilusión se había marchitado hasta secarse por completo.

—El problema es que no tengo experiencia como camarera.

—Pero habrás trabajado con gente, ¿no?

«Naturalmente. Salvo que casi todos estaban muertos. Aunque ese es un detalle que debería omitir si quiero el empleo», pensé.

David fulminó al maorí con los ojos.

—¿Podemos hablar en privado un momento?

No esperó a que su amigo respondiera y lo empujó con ímpetu hacia la trastienda. Fue inevitable que oyera lo que dijo a continuación:

—¿Se puede saber qué haces? Te recuerdo que el propietario de este negocio soy yo. Que seamos amigos no te da derecho a tomar decisiones sin consultarlas antes conmigo. ¿Y qué demonios te has creído que es esto? ¿La Oficina Nacional de Empleo?

—Oye, la chica acaba de llegar de Inglaterra en busca de una oportunidad, así que ¿por qué no se la das?

—No veo por qué habría de hacerlo. Ya la has oído, ni siquiera tiene experiencia, y lo último que me apetece es tener a una *pommie** revoloteando todo el día por aquí para que le explique cómo funciona la cafetera.

—Pero parece espabilada, seguro que aprende rápido. Y aunque no quieras reconocerlo, necesitas ayuda. Vamos, David. Un poco de compañía no te vendrá mal, pasas demasiado tiempo solo.

—Me gusta estar solo.

—Entonces hazlo por solidaridad. Sabes mejor que nadie lo duro que es empezar de cero. Además, si la comparamos con el resto de candidatos a ocupar el puesto, Emma es la mejor.

—No hay más candidatos.

—Exacto.

Oí cómo chasqueaba la lengua con desdén y me sentí profundamente ofendida. David no parecía muy de acuerdo con la propuesta de Kauri y, en cualquier caso, nadie podía obligarlo a contratarme si no quería. Me acerqué a la trastienda y, con toda la dignidad de la que fui capaz, dije en voz alta:

—No se preocupe, señor Hunter. Seguiré buscando. Ha

---

* Término despectivo usado en Nueva Zelanda y Australia para referirse a los británicos. Deriva del acrónimo histórico POME *(Prisoners of Mother England).*

sido un placer conocerlo. —Rectifiqué de inmediato—. Conocerlos.

Dejé un billete de cinco dólares sobre el mostrador y di media vuelta, pero una mano me interceptó antes de llegar a la puerta.

—Espere.

Giré la cabeza y me encontré con su mirada azul como un fiordo en verano. Me di cuenta de que veía mi reflejo. Eso era inquietante, verme a mí misma en los ojos de otra persona. David exhaló al tiempo que se frotaba la áspera barba.

—Está bien. Me temo que no podré pagarle mucho, pero si quiere el trabajo, es suyo.

—Pensaba que no le apetecía tener a una *pommie* —recalqué con sutil acritud— revoloteando por aquí todo el día.

Un halo de culpabilidad tiñó su semblante y percibí su arrepentimiento. Puede que no fuera tan desagradable, después de todo.

—Siento que hayamos empezado con mal pie. Le pido disculpas, he sido un grosero.

—Pues sí, lo ha sido.

—Si todavía le interesa el empleo, estoy dispuesto a ayudarla.

—¿Por qué?

—¿Le interesa o no?

Había una expresión tensa en la línea fuerte y cincelada de su mandíbula, en los pómulos y en ese rostro tan masculino.

—Por supuesto que sí.

—Bien. En ese caso, venga mañana a primera hora. Y no se olvide de traer su documentación.

—De acuerdo. Se lo agradezco muchísimo, señor Hunter.

—Llámeme David, por favor.

Nos dimos la mano para sellar el acuerdo y por fin pude observar con detalle la suya. Grande, áspera al tacto, tostada y un tanto callosa. Sin duda, era la mano de un hombre hecho a sí mismo, que había trabajado duro y vivido mucho. Pero también había sufrido. Me había tendido la mano izquierda, así que supuse que sería zurdo. No llevaba anillo de casado y, aunque aquello no significaba nada, me reconfortó de un modo irracional. En el mismo instante en que las yemas de sus dedos entraron en contacto con mi piel, sentí una suave presión en el pecho y una intensa descarga eléctrica me sacudió entera y me provocó un calor latente que no había experimentado antes.

Estaba ahí.

Mi corazonada.

Diez

Apenas había comenzado a despuntar el alba cuando llegué a Owhiro Bay. La fina hierba que cubría el cerro recibía la caricia del viento con una intensidad variable. El verdor del paisaje se percibía húmedo, cada poro parecía abierto y cada tallo, hinchado. Los árboles se mecían desde la copa hasta la base del tronco y algunas ramas, las más frágiles, se quebraban en su lucha desesperada. El canto de los pájaros más madrugadores se propagaba por el aire como una suave melodía. En la playa, teñida de la poética luz azafranada del amanecer, las algas secas se agitaban con la brisa y giraban sobre sí mismas por el efecto de las ráfagas. El sonido de la marejada llegaba hasta mis oídos con un efecto sedante. Me encaminé hacia la cafetería y observé que la motocicleta seguía aparcada en el mismo sitio que el día anterior. Era muy temprano, por lo que el establecimiento todavía estaba cerrado al público, pero, al acercar el rostro al cristal, divisé un espacio de luz rectangular al fondo del local y la silueta de su propietario se dibujó en la abertura. La puerta estaba abierta, por extraño que parezca, así que entré y me dirigí a la trastienda.

O lo que es lo mismo, el centro de operaciones del Hunter's.

Aquella cocina parecía un océano en plena tormenta. Docenas de cacharros se amontonaban al retortero a lo largo de la encimera de acero inoxidable en un equilibrio más bien precario, junto a un frigorífico con el esmalte ajado. Encima del fregadero, había una estantería avejentada sobre la que reposaban todo tipo de recipientes sin orden ni concierto, de entre los que me llamó la atención una decrépita lata de té conmemorativa del Día de Waitangi.* «No sé cómo puede trabajar con tanto caos», pensé, acostumbrada a la pulcritud obsesiva del doctor Fitzgibbons en la sala de autopsias. David, sin embargo, parecía ajeno al discurrir de mis preocupaciones y aproveché la tesitura para observarlo de cerca. Amasaba en una robusta mesa de madera contigua a un horno de proporciones industriales encendido. Sus movimientos eran lentos, aunque dotados de una energía templada, y las pequeñas arrugas que le surcaban la frente daban cuenta de la gran concentración a la que estaba sometido. Reparé en el mimo con que sus manos de tacto áspero trabajaban la masa, envolviéndola entre los dedos como si fuera un delicado pañuelo de seda, y, en ese instante, supe que, a pesar del aspecto algo deslustrado de la cafetería, David Hunter era un hombre que respetaba lo que hacía.

—¡Buenos días! —lo saludé con entusiasmo.

Se sobresaltó y volvió la cabeza en mi dirección con un fulgor de extrañeza en los ojos.

—Vaya. Veo que lo de la puntualidad británica no es ningún mito. No la esperaba tan temprano.

Me aclaré la garganta con nerviosismo.

—Quería causarle una buena impresión. —Acompañé mis palabras de una sonrisa que no me fue devuelta—. Pero, si lo prefiere, puedo volver más tarde.

Una verdad a medias. Lo cierto es que me había pasado la noche dando vueltas en la cama, nerviosa e impaciente ante el rumbo que iba a tomar mi vida en unas pocas horas. Todo había cambiado de pronto. Las preguntas se amontonaban en mi cabeza y mi imaginación galopaba como un caballo desbocado, impidiendo que me rindiera al sueño. Por eso, antes de que el reloj marcara las cinco, me planté en la parada del autobús que llevaba a Owhiro Bay, soñolienta y expectante. Sin embargo, debo admitir que mi nuevo empleo no había sido lo único

---

* Es el Día Nacional de Nueva Zelanda. Conmemora la firma del Tratado de Waitangi el 6 de febrero de 1840, el día en que Nueva Zelanda pasó a formar parte del Imperio británico.

que me había mantenido en vilo. No cabía la menor duda de que la irrupción en escena de aquel misterioso hombre de ojos azules, mechón grisáceo y mirada atormentada había ejercido sobre mí un efecto demasiado excitante.

—No, quédese. ¿Le apetece tomar una taza de café? Le ofrecería un *bagel*, pero aún no están listos.

—Me conformo con ese café.

David se limpió los restos de harina de las manos con el delantal y me sirvió una taza humeante que me tomé de pie, mientras él continuaba en silencio la tarea que había dejado a medias. Lo escudriñé intrigada. A diferencia de su amigo Kauri, no parecía muy extrovertido.

—¿Tiene por costumbre dejar la puerta abierta? —pregunté, tratando de entablar conversación.

—Nunca cierro con llave, no me gusta —repuso sin desviar la vista de la masa ni un milímetro.

—Pero podrían entrar a robar.

Volvió la cabeza y me dedicó un parpadeo lento.

—O podría producirse un incendio, lo cual es mucho más probable, créame.

Decidí cambiar de tema.

—¿A qué hora abre la cafetería?

—A las siete en punto. Pero empiezo a preparar los *bagels* alrededor de las cuatro. El proceso es largo y laborioso. Verá, la masa necesita reposar al menos sesenta minutos antes de meterla en el horno. Eso es lo que le proporciona esponjosidad y un exterior ligeramente crujiente.

—Entiendo. ¿Y a qué hora cierra?

Terminó de amasar la mezcla de harina, agua, sal, azúcar y levadura e hizo una enorme bola con ella antes de cubrirla con un paño limpio. Cruzó los brazos sobre el pecho y me miró de un modo hierático.

—Alrededor de las cinco.

Lo que suponía unas diez horas, más o menos. Eso sin tener en cuenta las que necesitaba para preparar los *bagels*. Y sin que nadie le hubiera ayudado hasta el momento. «Por Dios, pero ¿cuándo descansa?». Me costaba imaginar que un trabajo tan sacrificado fuese compatible con una vida personal más allá de las paredes de la cafetería. Deslicé una mirada fugaz hacia sus manos, semiocultas bajo los brazos en tensión, y el mismo pensamiento del día anterior volvió a aflorar en ese instante.

«Entonces no está casado».

—De todos modos —continuó—, no es necesario que usted se quede hasta tan tarde. Como ya le dije ayer, no podré pagarle mucho.

—Me quedaré el tiempo que haga falta —repliqué, quizá con demasiado ímpetu.

Quería demostrarle que era una persona responsable y trabajadora y, aunque no tuviera la más mínima idea de cómo funcionaban una cafetera industrial o una máquina registradora, aprendería a desenvolverme con rapidez. No era ninguna muchachita desvalida, por más que mi aspecto aniñado pudiera llevar a pensar lo contrario. Si había sido capaz de ayudar en la disección de cadáveres sin que me temblara el pulso, la barra de un pequeño local en el último confín del mundo no supondría problema alguno para mí.

O eso creía.

—Usted se ocupará de servir a los clientes mientras yo me encargo de hacer los *bagels*. —Contrajo el rostro y endureció la mirada—. La cafetería será su territorio y la cocina, el mío. Yo no la molestaré y usted no me molestará a mí. No me importa que entre aquí si necesita decirme algo o hacer una pausa. Y, por supuesto, es libre de coger lo que le apetezca. Pero hay una norma en mi cocina y debe usted cumplirla a rajatabla: nunca, bajo ningún concepto, se encienden los fogones. Nunca. Está prohibido. ¿Lo ha entendido, Emma?

Oír mi nombre en sus labios me resultó inesperadamente agradable. Y, aunque me habría gustado conocer el motivo de esa extraña prohibición, la calidez con que su voz grave y un poco ronca lo había pronunciado me disuadió de hacer preguntas.

—Nunca. Bajo ningún concepto —repetí, tajante.
Supongo que la convicción llama a la convicción.

Aquella era la tercera taza que se me caía al suelo; no daba una. «Y yo que creía que esto sería pan comido». Me había pasado toda la mañana andando del mostrador a las mesas y de las mesas al mostrador como un pollo sin cabeza, tratando de recordar las instrucciones que me había dado David antes de marcharse.

—El café cuesta un dólar con sesenta. El *latte,* dos. No cargue demasiado el filtro si quiere que el sabor sea intenso. Los *bagels,* cuatro dólares cada uno. Hay Nutino, mantequilla y mermelada en el frigorífico, pero tienen un suplemento adicional. Oh, y asegúrese de servirlos calientes, por favor.

—¿De verdad tiene que irse? —pregunté mientras notaba que una repentina inseguridad hacía temblar cada músculo de mi cuerpo.

—Debo formalizar su contrato, Emma. No me gustaría tener problemas con el Departamento de Trabajo y Migraciones.

«Pero se fía de dejarme sola el primer día sin conocerme de nada».

Si a esas alturas yo no hubiera comenzado a sospechar que los neozelandeses eran un poco cándidos por naturaleza, habría creído que David Hunter era un incauto, por mucho que quisiera atenerse a la legalidad.

—No se preocupe, volveré en un par de horas como mucho. Además, estoy convencido de que lo hará bien.

Arqueé las cejas.

—Así que ha cambiado de parecer con respecto a mis capacidades.

—Es posible que me inspire usted cierta confianza.

Entonces esbozó una sonrisa que, si bien fue breve y sutil, bastó para aplacar mis nervios. Se puso las gafas de sol de estilo aviador que llevaba colgadas del bolsillo de su camisa vaquera y se marchó. Desde la barra lo vi montarse en su Yamaha. Se enfundó un casco modular y, después de arrancar, la carretera lo engulló tras una estela de humo negro.

El problema es que no lo hice bien. Para ser exactos, lo hice todo al revés. No hubo manera de preparar un solo café medio decente; me equivoqué en varias ocasiones al devolver el cambio porque todavía pensaba en libras esterlinas y porque aquellas monedas acuñadas con imágenes de kiwis, pingüinos e iguanas me parecían muy peculiares; confundí algunos pedidos; y, para más inri, destrocé una cantidad nada desdeñable de tazas. Menos mal que los clientes fueron muy pacientes conmigo, una muestra más del carácter afable que los oriundos de aquel lugar llevaban imprimido en el ADN.

Recogí la loza hecha añicos a toda prisa y la tiré al cubo de la basura con gran frustración.

—Habrá días mejores, querida. Nadie nace sabiendo —me consoló el señor O'Sullivan—. Y, personalmente, la prefiero a usted, con todos sus errores, antes que a ese desabrido de Hunter, por muy buenos que estén sus *bagels*.

Las palabras de ánimo de aquel anciano entrañable de origen irlandés que chupaba sin parar caramelos de miel de manuka[*] me sacaron una sonrisa. Pronto descubriría que el señor O'Sullivan —café solo y sin azúcar, tres *bagels* para llevar y uno con mantequilla para tomar allí mientras leía el *Post* con una tranquilidad de espíritu solo posible con la edad— era uno de los clientes más fieles del Hunter's. Pagó la cuenta, dejó el periódico doblado con esmero sobre la barra y, después de desearme que tuviera una buena tarde, se marchó.

Eran más de las dos cuando los *bagels* se terminaron. No quedaba ni uno en el aparador, pero David aún no había regresado y empecé a sospechar que tendría que acostumbrarme a aquella anarquía. ¿Por qué tardaba tanto? ¿Y qué se

---

[*] Arbusto de gran utilidad, también llamado «árbol de té».

suponía que debía hacer yo? Aprovechando que la cafetería se había quedado vacía, me puse a recoger. Fregué los platos, limpié el mostrador, coloqué las sillas de forma ordenada junto a las mesas y barrí. Incluso llegué a pensar, espoleada por una repentina sensación de pertenencia, que quizá podría comprar algunos adornos navideños y vestir la desnudez de aquellas paredes de madera rústica. «A este sitio le hace falta un poco de color», me dije. Cuando el teléfono sonó de pronto, me asusté; no esperaba ninguna llamada. Corrí hacia su ubicación, junto a la máquina registradora, y lo descolgué al cuarto tono.

—¿Dígame? —Carraspeé y rectifiqué—. Quiero decir… Cafetería Hunter's, ¿dígame?

—Soy yo, Emma. David.

Su voz me propició una sacudida salvaje y me quedé sin habla. Notaba un incómodo cosquilleo en el estómago con el que no estaba acostumbrada a lidiar.

—¿Emma? ¿Está usted ahí?

De fondo se oía un ruido indeterminado, como de maquinaria pesada. Tragué saliva y conté hasta tres.

Uno. Dos. Tres.

—Sí, David, estoy aquí.

—Verá, la moto me ha dejado tirado en mitad de la carretera y la grúa ha tenido que llevársela. Una avería en las bujías, por lo visto. Ahora mismo estoy en Te Aro, en el mecánico, esperando a que la reparen, así que no sé cuándo volveré. Siento haberla dejado sola toda la mañana.

—Vaya, lo lamento. Pero no se preocupe, me las he arreglado muy bien —mentí—. ¿Quiere que lo espere?

«Que diga que sí, que diga que sí».

—Preferiría que se marchase a casa.

—¿Tan pronto?

—No me gustaría abusar de usted el primer día.

Suspiré.

—Como quiera. De todas formas, los *bagels* se han terminado.

—Llamaré a Kauri y le pediré que la acompañe, es lo menos que puedo hacer. Nos vemos mañana. Que descanse.
—Usted también. Adiós, David.
En el tono de mi voz había una ineluctable nota de decepción.

Once

Aunque a esa hora el sol ardía como una gran hoguera roja sobre Happy Valley Road, el vasto cúmulo de nubes enredado en las estribaciones de las montañas daba cuenta de la climatología local cambiante. Al alba solía estar nublado, pero el sol salía enseguida y la bruma se disipaba hasta bien entrada la tarde. De hecho, los neozelandeses se tomaban con sentido del humor el hecho de que, en ocasiones, en un mismo día podía hacer falta un paraguas por la mañana y protección solar por la tarde. Abrí la ventanilla del copiloto de la vieja y ruidosa camioneta roja de Kauri y el furor del viento me golpeó en la cara. La pequeña aleta de tiburón metálica que colgaba del espejo retrovisor tintineó. El zumbido imposibilitaba una conversación, así que volví a cerrarla.

—¿Qué significan los tatuajes? —pregunté con curiosidad.

Kauri bajó el volumen de la radio y la voz de James Hetfield se disolvió entre los acordes de «Nothing else matters».

—Son mucho más que tatuajes —respondió orgulloso—. Nosotros los llamamos *tā moko* y son un arte ancestral, lleno de simbolismo y espiritualidad, que está ligado a nuestra cultura. El verdadero *tā moko* no se hace con una pistola, sino con un cincel de hueso de albatros.

—Vaya, eso tiene que doler.

—De cojones. Pero es único e irrepetible, porque cuenta la historia de la persona que lo lleva. Por eso, no hay dos tatuajes maoríes iguales.

—¿Como una especie de carné de identidad?

—Más o menos. Por ejemplo, ¿ves esto de aquí? —Se remangó ligeramente la camiseta y se señaló una figura con forma de anzuelo que tenía en el hombro izquierdo sin desviar la vista de la carretera—. Se llama *hei matau* y representa la fuerza y la capacidad de resistir a los vientos y a las mareas. La tortuga —Descendió hacia la mitad del brazo— simboliza el hogar y el amor por la familia. Y esta espiral parecida a un helecho de aquí abajo es un *koru,* la expresión de los nuevos comienzos.

Lo contemplé impresionada.

Fuerza. Hogar y familia. Nuevos comienzos. ¿Toda esa tinta negra contaba su historia o más bien la mía?

—¿Tú no llevas ninguno? —quiso saber.

—¿Yo? Qué va. No sé si me atrevería. En el fondo, soy una cobarde.

Cabeceó con énfasis.

—No creo. Solo una persona valiente se habría atrevido a empezar de cero al otro lado del globo.

Encogí los hombros con humildad; no me parecía que fuera para tanto.

—Cuéntame, ¿a qué te dedicabas en Inglaterra?

Me llené los carrillos de aire y, a continuación, lo expulsé de golpe.

—Era auxiliar forense.

La larga melena azabache se agitó sobre su espalda, pero él no se inmutó. Seguía atento a la carretera que discurría frente a la luna delantera de la camioneta, con las grandes manos aceitunadas sujetas con relajo al volante.

—¿No dices nada?

—¿Qué esperas que diga? Me parece un trabajo como otro cualquiera —dijo con una naturalidad inusitada.

La gente no suele reaccionar así cuando le dices que tu día a día transcurre entre cadáveres. Habitualmente, la muerte —sobre todo si se produce en circunstancias antinaturales— causa gran fascinación. Muchos se dejan impresionar por la parte más morbosa de una realidad a menudo distorsionada por las películas de asesinos en serie como *Seven, El silencio de los corderos* o *El coleccionista de huesos* y te acribillan a preguntas de lo más macabro. «¿Qué es lo más perturbador que te has encontrado en la mesa de autopsias? ¿Y lo más increíble que has extraído del estómago o de algún orificio de un cadáver? ¿Alguna vez has bromeado sobre los tatuajes del difunto, el tamaño de sus genitales o cosas por el estilo?». Otros, en cambio, sienten repulsión o aprensión. Pero nunca me había topado con alguien que, sin formar parte del entramado de la medicina legal, se mostrase del todo indiferente.

—Eres la primera persona que no parece sorprendida.

—En mi cultura creemos que existe algo más allá del cuerpo. Para nosotros, la muerte no es un final, sino el inicio de un nuevo ciclo. Quizá por eso le tenemos respeto y no miedo. El pasado no concluye, sino que se entrelaza con el aquí y el ahora.

Era una forma muy pragmática de verlo. Al menos, serviría para ahorrar mucho sufrimiento.

Observé a través de la ventanilla cómo se extendía el paisaje en línea recta y esbocé una sonrisa ausente. A pesar de lo cerca que estaba el centro de Wellington, la bahía sur conservaba un aire silvestre que le otorgaba un encanto especial. La carretera era angosta. El océano la flanqueaba a un lado, bajo un abrupto despeñadero. Al otro lado, las ovejas pastaban con mansedumbre en los prados revestidos de lino, ajenas al furor del mar y del viento. Decidí dar el tema por zanjado y pregunté a mi acompañante por su trabajo.

—Mi familia posee una pequeña empresa de reparaciones y hago chapuzas aquí y allá. Fontanería, albañilería, lampistería... ya sabes, un poco de todo. De hecho, así fue como conocí a David.

Al oír su nombre, sentí que todos mis sentidos se aguzaban de forma involuntaria.

—Cuando le compró el Hunter's al antiguo propietario, el local estaba hecho un asco. El dueño se lo había alquilado a unos tipos de Auckland que montaron una tienda de tablas de surf, pero el negocio se fue a pique en dos días. En mi opinión, no eran más que unos niñatos jugando a ser empresarios. Y para colmo, lo dejaron todo destrozado. Yo arreglé los desperfectos y lo ayudé a acondicionarlo para que viviera allí —admitió, satisfecho de sí mismo.

Fruncí el ceño.

—¿David vive en la cafetería?

—En el piso de arriba. ¿No has visto las escaleras de madera que hay al fondo de la cocina?

—Sí, pero creí que llevarían a un almacén o algo así.

Aquello me pareció muy triste. Por un momento, me imaginé cómo serían las noches de ese misterioso hombre que parecía soportar un peso invisible sobre sus hombros y la elocuente soledad de la escena me heló la sangre. Todo el tiempo que dedicaba a su trabajo tal vez no fuera un sacrificio, sino un refugio.

—¿Hace mucho que sois amigos?

—Unos tres años. Nos conocimos poco después de que se estableciera en Welly.

—¿No es de aquí?

—Oh, no. David es de la isla Sur.

Para entonces, mi curiosidad se había incrementado en un doscientos por cien.

El resto del trayecto, Kauri no dejó de hablar de esto y de aquello, pero mi mente, que había volado indefectiblemente hacia otra parte, trataba de discernir qué habría llevado a David Hunter a abandonar su hogar para empezar una nueva vida. Por lo visto, él y yo teníamos más cosas en común de lo que parecía, y se me ocurrió que, a veces, las personas estamos ligadas de un modo misterioso, sin ni siquiera imaginarlo.

Doce

Las cosas mejoraron poco a poco en el Hunter's y con el paso de los días comencé a adaptarme a mi nuevo empleo de camarera. Logré acostumbrarme a los dólares, con lo que dejé de equivocarme al devolver el cambio, y conseguí que el café me saliese cada vez mejor. Podría decirse que empezaba a disfrutar de lo que hacía. Trabajaba todos los días, excepto los domingos, y mi rutina era siempre la misma. Me despertaba muy temprano, cuando el mundo aún no se había puesto en pie, y me subía al primer autobús en dirección a Owhiro Bay. Llegaba a la cafetería sobre las seis y desayunaba con David, que tenía el detalle de esperarme. A mí me encantaba que lo hiciera, aunque lo más probable es que el gesto no tuviera nada de especial. Ambos tomábamos lo mismo: café, kiwis y feijoas —fruta que de verdad sabía a fruta y no a los sucedáneos brillantes y maquillados que vendían en los supermercados de Londres—, y un par de *bagels* recién hechos que cada vez me gustaban más. No solíamos hablar mucho, más allá de breves conversaciones que giraban, sobre todo, en torno a la actividad en la cafetería y que, por regla general, iniciaba yo.

Como, por ejemplo, esta:

—Le prometo que nunca había comido algo tan delicioso, David. ¿Cuál es el truco para que le salgan así de bien?

—Materia prima de calidad y paciencia, no hay ningún secreto.

—¿Dónde aprendió a hacerlos? No será una de esas recetas que pasan de una generación a otra y se van perfeccionando con el tiempo, ¿verdad?

—Nada de eso. Soy autodidacta. A veces, uno no tiene más remedio que ingeniárselas solo para hacerse un lugar en el mundo.

Sí, sabía muy bien de lo que hablaba.

David era un hombre reservado y de carácter taciturno que actuaba como si todo le resultara indiferente más allá de su pequeña burbuja de agua y harina. Nunca escuchaba la radio ni leía el periódico y las pocas veces que el televisor estaba encendido ni siquiera le prestaba atención. En ocasiones dudaba que fuera consciente de que estábamos en diciembre de 1999 y de que tres cuartas partes de la población mundial vivían sumidas en la preocupación por una inminente hecatombe tecnológica. Era parco en palabras, distante y poco proclive a sonreír. Desde que yo me había convertido en el rostro visible —y según decían algunos, «más amable»— del Hunter's, apenas se relacionaba con los clientes, algo con lo que ambas partes parecían estar conforme. No es que David fuera antipático o grosero, pero las relaciones interpersonales no eran su fuerte. A él le gustaba abstraerse del mundo en la soledad de su cocina, enterrar las manos en la masa y entregarse en cuerpo y alma a su oficio. A menudo me preguntaba cuál sería el motivo por el que parecía siempre tan lejos de todo y, aunque una parte de mí esperaba que la razón hallara su respuesta en una personalidad introvertida y solitaria, la otra intuía que la vida había debido de tratar a David Hunter con crueldad. Hay momentos en que somos capaces de percibir la realidad mucho antes de conocerla, sobre todo su lado más abyecto. No sabía casi nada de él, salvo lo poco que me había contado Kauri, y me intrigaba tanto que me pasaba el tiempo tratando de descifrar el rompecabezas de su enigmática existencia. «¿Quién eres?», «¿Qué te ocurrió?», «¿Por qué viniste a Wellington?» o «¿De qué huías?» son solo algunas de las preguntas que no me atrevía a plantearle. Y entretanto, sumida en el desconcierto, buscaba constantemente cualquier excusa, por mínima que fuera, para acercarme a él. Sería ridículo que negase que me sentía atraída por David

Hunter como una polilla por la luz. Pero mis sentimientos, inclasificables pero irreprimibles, se ahondaban día tras día sin que en él se produjese, en apariencia, ningún efecto correspondiente. David no estaba interesado en mí y supongo que por eso jamás me hacía preguntas de ningún tipo. La naturaleza de nuestra relación era de una simpleza descorazonadora. No obstante, el desayuno era el mejor momento de la jornada para mí porque pasábamos un rato a solas, lo que me permitía observarlo de cerca y analizar sus gestos. Había descubierto que, antes de preparar la masa, se apretaba los nudillos de ambas manos hasta que los huesos le crujían, fruncía el ceño cuando estaba concentrado, se rascaba la barba cuando sopesaba una idea y encogía los ojos a menudo. Cuando parecía perdido en el dédalo de sus pensamientos, se mordía el labio inferior, y ese gesto inocente destilaba tanta sensualidad que me veía obligada a apartar la vista. Era tan atractivo que me costaba mirarlo sin sentir que me ruborizaba. A veces me daba miedo que descubriera lo que había empezado a sentir por él y otras, en cambio, me desesperaba que no llegase a saberlo nunca.

Tal y como habíamos acordado, yo me dedicaba a atender a la clientela y él se quedaba casi todo el tiempo trabajando en la cocina, haciendo *bagels* sin parar, pues la demanda se había disparado en los últimos días. Kauri me había contado que, antes de que yo llegara, las cosas no iban del todo bien. Por un lado, que estuviera solo en la cafetería dificultaba la producción. Y por otro, su carácter distante le había granjeado la antipatía de algunos parroquianos que, aunque sabían que su producto era único, habían optado por dejar de consumirlo. En resumidas cuentas, el negocio generaba algunas pérdidas. Por suerte, Kauri se había encargado de hacer que corriera la voz en el vecindario de la llegada de la nueva camarera *pommie* y la curiosidad había hecho que muchos volvieran. Ahora teníamos más pedidos, así que David hacía más *bagels*. Casi nunca sobraban, pero si quedaba alguno al final del día, él mismo me lo envolvía en un papel para que me lo llevara a casa, para goce de Rose y su paladar.

Puede que fuera un tipo serio, pero era muy detallista, solo había que prestar atención. En ocasiones se ausentaba para realizar alguna que otra gestión, se montaba en la moto y ya no volvíamos a vernos hasta el día siguiente. En qué ocupaba el tiempo libre era un auténtico misterio para mí, puesto que esa callada modestia que lo envolvía imprimía en su presencia la idea de que era un hombre sin grandes ambiciones mundanas. Sin embargo, su cuerpo atesoraba una excelente forma física, lo que me llevaba a pensar que practicaba deporte con regularidad.

A pesar del desencanto pertinaz que me provocaban sus ausencias —las literales y las figuradas—, se notaba que me había ganado su confianza, así que no me importaba quedarme al cargo de la cafetería. Me encantaba charlar con los clientes y anticiparme a sus deseos. La gente entraba y salía, me contaban sus problemas, recogían sus pedidos, dejaban el dinero sobre el mostrador y yo les devolvía el cambio. Buenos días. Buenos días. La señora Donovan, por ejemplo —dos cafés con azúcar para llevar y media docena de *bagels* mojados en leche templada que insertaba en la boca de sus diabólicos trillizos, Lenny, Heeni y Mylo, para que se mantuvieran calladitos—. La pobre andaba siempre con tanta prisa que, todos los días, a las ocho en punto de la mañana, yo ya tenía su pedido listo para que no esperara. O el señor Patel, con cuyos gustos estaba ya tan familiarizada que a diario le reservaba los panecillos más tostados sin que tuviera que molestarse en recordarme cómo los prefería. Y luego estaban los Shui, un matrimonio de ancianos de origen asiático que a menudo se olvidaban de pagar la cuenta. Y Ralph —café *latte* y un *bagel* con crema de queso— que era de los Hurricanes,[*] y a menudo discutía de forma acalorada con Omaha —café *latte* y un *bagel* con mantequilla y mermelada—, que era de los Crusaders,[†] mientras desayunaban. Aunque debo admitir que yo sentía una especial predilección por

[*] Equipo de *rugby* de Wellington.

[†] Franquicia de *rugby* masculino con sede en Christchurch.

el señor O'Sullivan. Y estoy convencida de que el sentimiento era mutuo.

Un día me dijo:

—¿Sabe qué, jovencita? Este lugar no parece el mismo desde que usted llegó. Fíjese, ¡si hasta lo ha decorado! —apuntó, en alusión a las luces navideñas, los ramitos de acebo y el muérdago sujeto con cintas de color rojo que había colocado por toda la cafetería, a pesar de las reticencias iniciales de David. «Detesto la Navidad, Emma. Me deprime tanta obligación de felicidad», había alegado él, en un arrebato de sinceridad.

—¿Cómo sabe que ha sido cosa mía y no del dueño?

El señor O'Sullivan dejó ir un resuello sarcástico.

—A ese sosaina nunca se le habría ocurrido hacer algo así, ¿no ve que carece de gracia? Hunter ha tenido mucha suerte de encontrarla. Espero que al menos la trate como es debido y no como un cretino.

En sus labios se dibujó un ligero arqueo de desdén.

—Señor O'Sullivan... —lo regañé—. No hable así de David. Se equivoca usted con él. Puede que no sea muy sociable, pero es un buen hombre. De no haber sido por su generosidad, probablemente me habría visto obligada a regresar a Inglaterra —dramaticé.

—¡Ah, no, eso sí que no! —Ladeó la cabeza de forma enérgica—. Usted no puede irse de Wellington. ¿Qué será de mí si la pierdo? ¡Oh, señorita Lavender! Es usted la más bonita y delicada flor inglesa que he visto jamás. Si yo tuviera veinte años menos, tenga por seguro que no la dejaría escapar.

No pude evitar reírme.

—Me pregunto qué opinaría al respecto la señora O'Sullivan.

—Seguro que no le importaría. Mi esposa es una mujer muy comprensiva.

—¡Qué cara más dura tiene usted, señor O'Sullivan! De todas formas, si supiera a lo que me dedicaba en Londres, no pensaría que soy tan delicada.

—¿Se trata de algo sórdido?

—Oh, sí, muy sórdido —me burlé.
—Pero cuéntemelo, no se haga de rogar.
—Otro día.

Quizá fuera verdad que la atmósfera en el Hunter's era más alegre desde que yo trabajaba allí, pero lo cierto es que me sentía tan a gusto con mi nuevo empleo que el hecho en sí ni siquiera me parecía encomiable. ¡Qué diferente era el ambiente de aquella pequeña cafetería neozelandesa al de la gélida sala de disecciones de la morgue de Westminster! ¡Qué distinto era el olor! Y cuántos aspectos de mí misma desconocidos hasta entonces había descubierto. O tal vez siempre habían estado ahí, abotargados por la implacabilidad de la costumbre. Siempre me había considerado una persona de ánimo atemperado, moderada en las pasiones, con tendencia acomodaticia y puede que demasiado formal. Algo rígida también, acaso contagiada por la apariencia de los cadáveres a los que tan habituada estaba. Incluso mi forma de vestir era aburrida, gris y uniforme. Pero había empezado a soltar el lastre de mi vida anterior y a dejarme llevar por la fascinante inercia de esta otra. En el trabajo, hablaba y escuchaba, sonreía y me reía con facilidad, y me esmeraba en satisfacer a los clientes, porque no había nada tan gratificante como contribuir modestamente a su disfrute. Mi rutina era sencilla, sí. Pero hay veces que las cosas más sencillas son las que más llenan. No sé qué habría pensado tía Margaret del nuevo horizonte que se había abierto para mí en Wellington, ni si aquello se parecería en algo a la idea de felicidad que ella había perseguido hasta el punto de sentirse mortificada, a tenor de su confesión escrita. Quién sabe; tal vez a ella le habría sabido a poco y me habría presionado con su sarcasmo inherente para que fuera más ambiciosa.

Mi querida sobrina, yo no he ahorrado seis mil libras para que termines sirviendo cafés y bagels *a un puñado de aborígenes destripaterrones en el culo del mundo. ¿Bagels? Por el amor de Dios... Solo espero que ese tal David Hunter no sea judío.*

Tía Margaret y sus prejuicios.

Sí, era muy posible.

Pero a mí me bastaba. Desde que había llegado a Nueva Zelanda sentía una tranquilidad de espíritu sustentada en pequeños placeres diarios —la caricia del sol austral; el rumor del océano, sereno por la mañana y tan bravo al atardecer que hacía bullir la energía de la tierra; la sonrisa perenne de Kauri; mis conversaciones con el señor O'Sullivan; el irresistible aroma de los *bagels* horneándose; el sabor intenso de los guisos de Rose— que se parecía mucho a la felicidad. Porque todo irradiaba vida y luz a mi alrededor. Cada partícula del aire, cada átomo. Todo era nuevo, un espacio inexplorado lleno de posibilidades que colmaban mis expectativas. Era como si el mundo hubiera vuelto a ser el lugar hermoso y habitable anterior a la muerte de mis padres. Solo había algo que me inquietaba y me robaba el sueño por las noches, que amplificaba mis tormentos en la solitud de la oscuridad, donde todo cobra una dimensión dramática e inexorable: la turbadora presencia de David.

Kauri y yo habíamos congeniado muy bien desde el principio debido a su carácter extrovertido, que, dicho sea de paso, contrastaba con una imponente apariencia. Pasaba por la cafetería casi todos los días, unas veces para desayunar o tomar un bocado y otras, para ayudar a su amigo en las tareas de mantenimiento del local. Siempre había algo que reparar —el grifo de la cocina que goteaba, una teja que se había desprendido de la techumbre o la hoja de la ventana, resquebrajada a causa del vendaval— y Kauri era un auténtico manitas al que no se le resistía nada. Todos lo apreciaban porque era uno de esos seres humanos que escasean en el mundo que siempre están dispuestos a ayudar, cuando sea, como sea y por quien sea. Sin esperar nada a cambio. A diferencia de David, hermético como una caja de seguridad, Kauri era un libro abierto. Pero, además, tenía un gran sentido del humor y le encantaba contar chistes. Sus favoritos eran los de australianos.

—Desde la torre de control, le preguntan a un piloto australiano por su altura y posición y este responde: «Mido un metro ochenta y cinco centímetros y estoy en el asiento delantero».

También contaba de ingleses.

—Oye, Emma, ¿sabes cuál es la diferencia entre los ingleses y los cerdos? Que los cerdos no se convierten en ingleses cuando beben.

—Ja. Ja. Ja. Qué gracioso.

Yo le sacaba la lengua a modo de burla, pero sus chorradas parecían divertir a David hasta el punto de llegar a arrancarle una carcajada; lo nunca visto.

—Vas a conseguir que se cabree —se lamentaba este después de las risas.

Pero nada más lejos de la realidad. Me gustaba verlos juntos. Creo que Kauri, además de un amigo de verdad, era la única persona capaz de conseguir que David bajara la guardia y se relajara un poco. Aunque fuera a costa de mi nacionalidad.

Cuando terminaba la jornada, si daba la casualidad de que Kauri aún estaba en el Hunter's, me llevaba a casa en su camioneta. La asiduidad de los trayectos terminó creando una complicidad entre ambos cada vez más cercana a la amistad. Era un chico muy hablador y yo disfrutaba escuchando todo lo que me contaba acerca de su cultura, de la que se sentía muy orgulloso. Supe que vivía con su familia en una gran casa en la montaña, a unos pocos kilómetros de Owhiro Bay, mientras él mismo se construía la suya propia. Como la gran mayoría de los maoríes de Nueva Zelanda, los Paretene habían asimilado el estilo de vida de los *pakeha* desde hacía ya varias generaciones. No obstante, Kauri y los suyos conservaban muchas de sus antiguas tradiciones con el ánimo de preservar su identidad. Si el *tā moko* era un aspecto importante, la lengua era fundamental. Los padres de Kauri formaban parte de Kōhanga Reo, un movimiento político que luchaba por la recuperación del maorí, prohibido en las escuelas hasta finales de la década de los ochenta. Por desgracia, la historia de su pueblo era una crónica de injusticias y atrocidades cometidas por pura avaricia.

Los problemas comenzaron con la llegada de los colonos europeos a finales del siglo XIX —cazadores de focas y ballenas, misioneros cristianos y comerciantes en busca de lino y madera—. Supuestamente, el Tratado de Waitangi, firmado en 1840 entre la Corona británica y los jefes de las tribus maoríes, convertiría a Nueva Zelanda en una colonia a cambio de protección. Sin embargo, el pacto solo resultó beneficioso para una de las partes; es fácil adivinar cuál. Así, mientras la Corona favorecía a los *pakeha* otorgándoles todo tipo de privilegios, los maoríes eran considerados ciudadanos de segunda y se empobrecieron de forma paulatina. La población maorí comenzó a disminuir de un modo drástico en pro de los blancos. Su cultura fue aniquilada y sus tierras, expoliadas. Por fortuna, la situación era muy diferente en 1999. A mediados de los sesenta, un nutrido grupo de activistas indígenas gestó un proceso de renacimiento de la lengua y la cultura maoríes. La multitud de protestas reivindicativas organizadas en grandes núcleos urbanos como Wellington, Auckland o Christchurch contribuyeron a la creación, en 1975, del Tribunal de Waitangi para la reparación histórica. En 1987, el maorí se convirtió en un idioma oficial de nueva Zelanda.

Para Kauri, no obstante, aquello no era suficiente.

—Hemos conseguido avances, sí, pero todavía queda mucho por hacer. Las diferencias sociales y la segregación siguen existiendo. A muchos de los tuyos les da por el culo que aún estemos aquí; si por ellos fuera, nos habrían desterrado a la isla Stewart o a las Chatmans. El desempleo castiga a mi gente, ¿y qué ha hecho el gobierno de Jenny Shipley aparte de llenarse la boca hablando de las tierras expropiadas que ha devuelto? Nada. Una real mierda. Ya veremos qué hace la nueva; esa

Helen Clark no me gusta un pelo. ¿Y sabes qué es lo peor? Que la desigualdad solo comporta violencia. ¿Has oído hablar de los Black Power o los Mongrel Mob? Pues esos pandilleros controlan el mercado negro de rifles y armas semiautomáticas, restringidas desde la masacre de Aramoana.*

Había una chica de la tribu a la que pertenecía Kauri, Whetu —tenía algún grado de parentesco con ella que nunca llegué a comprender del todo—, de la que estaba enamorado en secreto desde hacía algún tiempo. Cada vez que hablaba de ella lo hacía con una devoción tan profunda que yo no podía evitar sentir una punzada de celos en mi interior. No porque albergara sentimientos románticos hacia él, sino porque, en el fondo de mi corazón, yo también ansiaba que alguien sintiera por mí lo mismo que Kauri sentía por aquella chica a la que describía como «un ser hermoso en fondo y forma». Era algo nuevo para mí, un anhelo fuerte y poderoso que no había experimentado jamás, ni siquiera durante mi relación con Ben —especialmente, durante mi relación con Ben—, pero que ahora me asaltaba con la misma violencia de un enjambre de avispas.

A menudo hablábamos de David. La confianza que había nacido entre nosotros servía para que, poco a poco, me atreviera a hacer preguntas, lo que a su vez sirvió para que un día Kauri se diera cuenta de lo mucho que me interesaba su amigo.

—¡Lo sabía! ¡A ti te gusta ese *pakeha!* —me acorraló.

Enseguida noté que la sangre me ardía en las mejillas. Incómoda por mi turbación, traté de negarlo todo, pero fue inútil; el temblor de mi voz al pronunciar su nombre, nervioso, desaforado y franco como el día, ya me había delatado. No podía seguir negando la evidencia.

—¡Oh, Dios! —exclamé mientras escondía el rostro en mis manos—. ¿Tanto se me nota?

---

* La masacre de Aramoana fue un tiroteo que ocurrió el 13 de noviembre de 1990 en el pequeño pueblo costero de Aramoana, al noreste de Dunedin (Nueva Zelanda). Hubo trece víctimas mortales.

—*Kaore e taea e koe te huna i te paowa ki te tahuna e koe te ahi*. Es un proverbio maorí ancestral y significa que no puedes esconder el humo si ya has encendido el fuego. Eres demasiado transparente, Emma.

Avergonzada, volví la cabeza hacia la ventanilla y centré la vista en la silueta de los grandes pohutukawas de hojas rojizas que flanqueaban ese lado de la carretera, apareciendo y desapareciendo ante mis ojos con rapidez.

Suspiré.

—Ni siquiera entiendo por qué me atrae tanto. No sé nada de su vida. Apenas habla conmigo, excepto para decirme algo relativo a la cafetería.

—No tienes por qué racionalizarlo, Emma. La atracción es pura química, no tiene nada que ver con lo mucho o poco que lo conozcas. Además, David es un tipo guapo y atormentado, y eso, a las mujeres, os vuelve locas. Es lógico que te hayas fijado en él, hasta yo lo habría hecho si me gustaran los hombres. Que, por supuesto, no es el caso.

Sus palabras removieron mis esquemas mentales más de lo que me habría gustado. Guapo y atormentado. «Demasiado simple», me dije. Desconocía qué había despertado esas sensaciones nuevas que me empujaban hacia él como una fuerza motriz imparable, pero dentro, muy dentro, intuía que se trataba de algo más profundo que un mero cliché.

Miré a Kauri de forma directa.

—Háblame de sus heridas. Necesito saber algo, esta incertidumbre me acabará matando.

Rio con sorna.

—¿Ves? Soy un jodido experto en psicología femenina.

—Lo digo en serio, Kauri.

—Está bien, está bien. Yo sé lo mismo que tú: que vino a Welly hace tres años y montó su propio negocio. No tengo ni idea de qué o de quién huía, jamás me lo ha contado. Una vez le pregunté por su vida anterior en la isla Sur y me contestó de forma tajante que la única vida que tenía era esta. Entendí que algo muy gordo debía de haberle sucedido para que quisiera enterrar así su pasado y no insistí más. David es como un hermano para mí, pero hay límites que no se pueden traspasar. Sé que no está preparado para hablar de ello; sea lo que sea, todavía le hace daño.

Apoyé la cabeza en la palma de la mano y mis ojos se perdieron en las nubes que navegaban en el cielo. Pensé en él, en sus silencios y en sus claroscuros. Su mirada triste y llena de fantasmas era todo lo que ocupaba mis pensamientos desde que la había visto por primera vez. Una parte de mí quería seguir indagando, necesitaba certezas, respuestas a las preguntas que revoloteaban de un extremo a otro de mi mente como un insecto atrapado en una botella. Pero la otra acababa de comprender que nunca descubriría más de lo que él estuviese dispuesto a mostrar.

David Hunter tenía heridas demasiado profundas.

Pero quizá no quería que sanasen.

—No le cuentes nada de esto, por favor —pedí, juntando las manos en actitud de súplica—. Me gustaría conservar mi empleo y, de todos modos, no aspiro a que se fije en mí. La mayoría de las veces me da la sensación de que soy invisible para él.

Kauri esbozó una sonrisa cómplice.

—No hay nada en este mundo que pueda permanecer escondido durante mucho tiempo, *taku hoa*,* sobre todo cuando se trata de sentimientos. Pero no te preocupes, tu secreto está a salvo conmigo. Sin embargo...

—¿Qué?

—No deberías desanimarte tan pronto. Sé que crees que acercarte a él es imposible y no te culpo; David vive tras un muro con el que se protege del mundo. Pero todos los muros tienen alguna grieta, lo único que necesitas es encontrarla.

—Haces que parezca muy fácil, Kauri.

---

* «Amiga mía», en lengua maorí.

—No lo puedo evitar, soy maorí. Me han educado en la creencia de que no hay nada imposible. Todo está al alcance de tu mano, Emma; solo es cuestión de que alargues el brazo y lo cojas.

Yo, en cambio, tenía la impresión de estar andando sobre una fina capa de hielo que podría resquebrajarse en cualquier momento.

Quizá mucho antes de lo que me imaginaba.

Trece

Aquel día habíamos tenido más trabajo de lo normal. Era el quinto cumpleaños de los trillizos de la señora Donovan y todos los niños de la zona habían venido al Hunter's a celebrarlo. Cuando por fin acabó la fiesta, la cafetería parecía un campo de batalla. Las ventanas estaban salpicadas de limonada; las paredes, sucias de restos de la tarta Pavlova* que con tanto esmero había preparado la señora Donovan; las mesas, pintarrajeadas; y el suelo, lleno de globos pinchados, platos rotos y juguetes desperdigados. Ni siquiera las luces de Navidad habían resultado indemnes a la contienda.

—Ay, Señor —se lamentó David mientras contemplaba el desastre despavorido—. Ya le dije que esto era una pésima idea, Emma.

Tardamos más de una hora en limpiar el local. Cuando terminamos, eran cerca de las siete de la tarde y, contra todo pronóstico, David se ofreció a llevarme a casa.

—Oh, no se moleste. Puedo ir en autobús. Estará usted muy cansado.

Me sentía culpable. La brillante idea había sido mía. Días atrás, la señora Donovan me había comentado que el cumpleaños de los trillizos se aproximaba. La pobre estaba aterrorizada ante la perspectiva de que se le llenara la casa de, cito textualmente, «pequeños monstruos gritones que lo tocan todo, lo rompen todo y se suben a todas partes como si fueran ninjas». Así que, al preguntarle que por qué no celebraba la fiesta allí

---

* Tarta de merengue con cobertura de fresas. La bailarina rusa Anna Pavlova inspiró su nombre durante una visita que realizó a Nueva Zelanda.

mismo, se le iluminó la cara como si las puertas del cielo se hubieran abierto ante ella. Convencer a David no fue tan fácil. «¿Una fiesta infantil? ¿En mi cafetería? Pero ¿es que se ha vuelto usted loca? No, ni hablar. No quiero ver ni un solo mocoso revoloteando por aquí, ¿está claro?». Acabó cediendo, como de costumbre —su generosidad era proporcional a mi capacidad de persuasión—, pero con la condición de que fuese yo quien se ocupara de vigilar a los críos.

—Igual de cansado que usted. Y no es ninguna molestia. Además, es tardísimo. Me quedaría más tranquilo si la acompañara.

—Está bien.

Lo esperé fuera de la cafetería mientras hacía el cierre de caja y ultimaba algunos detalles. Como siempre, su Yamaha estaba aparcada en la puerta. El casco modular y la cazadora de cuero que solía ponerse cuando conducía colgaban del manillar. Deslicé los dedos sobre el sillín y el lustroso depósito de gasolina. Aunque era un poco vieja y de vez en cuando le daba algún que otro disgusto, se notaba que la cuidaba. David salió a los pocos minutos. Se dirigió al pequeño cobertizo adyacente y regresó enseguida. Traía un casco en la mano que deduje que sería para mí.

—¿Le gusta? —preguntó, en referencia a la motocicleta.

—Pues sí, la verdad. No entiendo mucho de motos, pero reconozco que esta impresiona bastante. Es ruda y atractiva al mismo tiempo.

«Como su dueño», pensé.

Él esbozó una sutil mueca de sonrisa. Parecía complacido con mi apreciación.

—Es una *Street Scrambler*. —Pasó los dedos con suavidad por las mismas zonas por las que lo habían hecho los míos escasos instantes antes—. La compré de segunda mano hace tres años, cuando llegué a Welly. Conducirla es uno de los placeres de esta vida que considero inigualable.

Un estremecimiento me recorrió la columna vertebral. Me quedé quieta, sentía todo el cuerpo enardecido debido a la percepción de que, por algún motivo, David se estaba abriendo a mí. Era la primera vez que me contaba algo personal y, aunque ya conocía esa parte de su historia, callé con la esperanza de que me revelara algún detalle más.

Pero no lo hizo.

Me dio el casco que traía y me lo coloqué sin dificultad. Olía a nuevo, parecía sin estrenar. Supuse que, dada su innegable inclinación a estar solo, aquélla sería la primera vez que llevaba a alguien y no pude evitar sentirme especial en cierto modo. Mientras él se ponía el suyo, me escrutó con una mirada valorativa.

—No me diga que no tiene chaqueta.

Ni siquiera titubeó. Agarró su cazadora del manillar y me la pasó por los hombros con tanta delicadeza que el corazón me dio un vuelco.

—Póngase la mía, el aire siempre es frío en la carretera. No me gustaría que se resfriara.

En la punta de la lengua sentí ese hormigueo nervioso que precede al tartamudeo.

—¿Y us… usted?

—Descuide; yo tengo la piel curtida —afirmó mientras replegaba el caballete.

¿Por qué me daba la sensación de que todo lo que David Hunter decía encerraba un doble sentido?

A continuación, se montó en la moto con destreza y yo me quedé plantada contemplando el fascinante ángulo que formaban sus brazos torneados al agarrar el manillar.

—¿Es que no piensa subir?

«Menuda idiota».

—Sí, sí, claro. Disculpe.

Me abroché la cazadora y me senté detrás de él con un movimiento bastante torpe, similar al de un pato mareado, tratando con suma dificultad de que mis muslos no rozaran sus caderas para no derretirme al instante. Las manos me sudaban y era incapaz de calmar los violentos latidos de mi corazón. Las llevé hacia atrás y aprisioné entre ellas el asa trasera. Entonces, David volvió la cabeza y masculló con cierta ironía:

—Puede tocarme, ¿sabe? No soy la reina de Inglaterra.

Apreté los labios para contener la risa. Tenía razón, estaba siendo ridícula, así que tomé aire y me abracé a su cintura. El contacto con aquel cuerpo firme y duro me sobrecogió. Era lo más cerca que había estado nunca de él. Muy muy cerca. Tanto que noté la respiración ondulante de su abdomen bajo las torturadas palmas de las manos.

—Agárrese fuerte.

Arrancó y se dirigió al nordeste por Happy Valley. Su rostro de facciones serias y ceño fruncido se reflejaba en el espejo retrovisor; estaba muy concentrado en la conducción, como si toda su actividad neuronal se redujera a mantener las dos ruedas en el asfalto. Al pasar junto a la extensa reserva natural de Tawatawa, aceleró y yo me aferré a él con un instinto feral; había aumentado tanto la velocidad que noté la presión del viento sobre mí y temí que fuera a caerme. Incluso sentada detrás de sus anchos hombros, el aire me golpeaba en la cara y azotaba los mechones aislados fuera del casco. La sensación de desequilibrio sin control sobre la velocidad me hacía sentir muy vulnerable.

—¡¿Está bien?! —preguntó alzando la voz por encima del ruido del motor.

—¡Sí, perfectamente!

Mentira. No había estado tan nerviosa en toda mi vida.

Inspiré y apoyé la cabeza contra el lienzo de su espalda, sumergiéndome al mismo tiempo en la mezcla de aromas que emanaban de su chaqueta.

Cuero.

Gasolina.

Agua de mar.

Gel de ducha.

Harina.

Y decidí que David era una combinación de todo eso. Una misteriosa y seductora combinación. Supongo que hay cosas que solo se nos revelan cuando estamos muy cerca de otra persona.

Teniendo en cuenta la velocidad a la que íbamos, no tardamos mucho en aproximarnos a Te Aro.

—¿Dónde la dejo?

—En Cuba Street.

Giró a la derecha hacia la State Highway 1 y, unos cien metros después, a la izquierda. Habíamos llegado. Como gran parte de esa calle era peatonal, se detuvo en la esquina con Garrett Street y aparcó la moto en un chaflán, frente a un restaurante llamado Floriditas. Me tendió la mano para ayudarme a bajar y sentí la misma energía eléctrica, casi excesiva, que me salía por los poros cada vez que notaba el roce de su piel.

—¿Vive muy lejos?

Al quitarse el casco, el llamativo mechón plateado se le desparramó sobre la frente.

—A un par de manzanas de aquí. Pasado Dixon Street.

—La acompaño, entonces.

Dejó los cascos asegurados y enfilamos hacia nuestro destino. Caminamos despacio bajo los últimos rayos de sol de un día que comenzaba a extinguirse. David tenía las manos en los bolsillos de los vaqueros y parecía distraído. Yo, en cambio, lo observaba todo con creciente atención, como si quisiera empaparme de la efervescencia de los locales, el sonido de las risas y la música que salía a través de las ventanas de los coloridos edificios. A pesar de que era tarde, los comercios seguían abiertos, bullían de actividad. La calle olía a vida. En esa época del año, con las vacaciones de verano al caer, la gente salía a pasear antes del anochecer y las terrazas de las cafeterías, *pubs* y restaurantes de Cuba Street se llenaban de gente que comía y bebía disfrutando del buen tiempo.

—¿Sabe? No deja de resultarme chocante que estemos en Navidad —confesé—. En Londres, diciembre es uno de los meses más gélidos y lluviosos de todo el año. En cambio, aquí, mire donde mire solo se ve piel.

David trató de reprimir una sonrisa, pero sus ojos no pudieron disimularla.

—¿Lo echa de menos?

Era la primera vez que se interesaba por mí y me preguntaba algo de carácter personal.

Meneé la cabeza con un gesto enérgico.

—Mentiría si dijera que sí. En Londres hace un frío que se te mete en los huesos. Es una ciudad húmeda y gris, inmensa y demasiado agitada para mi gusto. No tiene nada que ver con Wellington. Fíjese en esta calle, por ejemplo. Nunca había visto tanta energía, luz y color concentrados en unos pocos metros. ¿No le parece increíble el hecho de que dos lugares tan diferentes entre sí formen parte de un mismo mundo?

—Lo que me parece es que aquí hay demasiado ruido.

El desconcierto se hizo patente en mi tono de voz cuando le contesté:

—Pues sí que es usted aburrido.

Me salió así, sin pensar. Él se detuvo y me escrutó con detenimiento. Sentí que sus ojos penetrantes me atravesaban como un rayo en mitad de una tormenta. Y, dado que estábamos bastante cerca el uno del otro, el azul concentrado de su mirada resultaba particularmente intenso.

—De modo que soy así, según usted. Un hombre aburrido.

Alcé el rostro con un punto de desafío.

—No lo sé, David. Así es como yo lo veo, al menos. No puedo saber cómo es en realidad porque es demasiado hermético.

La frase sonó a reproche y me arrepentí enseguida de haberme dejado llevar. Y esa súbita valentía se esfumó igual de rápido que la estela de un avión en el cielo.

—Perdóneme, no debería haber dicho eso, ha sido inapropiado. Y siento haberlo llamado aburrido.

Podría haberme contestado que su forma de ser no era asunto mío o que era una insolente. Pero lo único que se limitó a decir con una voz que sonó hueca y apagada fue que no tenía importancia. Sin embargo, sí la tenía. La sensación de que lo había estropeado todo y que había deshecho el frágil lazo de confianza que parecía haber comenzado a tejerse entre ambos me apremió, y durante unos instantes no supe qué decir, qué hacer ni cómo actuar. Continuamos caminando en un silencio pegajoso hasta que por fin llegamos a casa de Rose y me detuve frente al portal.

—Aquí es, en el segundo piso.

A mi modo de ver, lo que ocurrió a continuación marcaría un punto de inflexión en mi relación con David. Nos miramos de forma sostenida durante un larguísimo minuto y sentí que todo lo que nos rodeaba —el edificio, la calle, el mundo entero— se desvanecía. Había algo distinto entre nosotros. Algo minúsculo y casi imperceptible que no supe identificar, pero ahí estaba, flotando en el ambiente como una niebla espesa y evanescente. La sensación era vertiginosa, pero igual de irresistible que un salto al vacío.

De pronto, habló.

—Mire, yo no sirvo para la charla intrascendente. Soy un tipo discreto y disfruto estando solo. Me gusta la tranquilidad y aspiro a vivir sin exigencias. Nada más. Espero que esto satisfaga su curiosidad.

Una brisa fresca circulaba formando remolinos transparentes en torno a su rostro. Tenía el ceño fruncido, pero no parecía molesto. Noté la boca seca. El corazón me latía con una fuerza inusitada.

—Puede que me conforme por el momento.

David se frotó la barba y subrayó el gesto con un parpadeo lento y sensual.

—Tenga cuidado, Emma. Saber demasiado a veces es peligroso.

—Asumiré el riesgo. Pero gracias por la advertencia —rebatí, dejándome contagiar por su tono retador.

Entonces hizo algo que rompió mis esquemas por completo. Me retiró de la frente una hebra de cabello alborotado por el viento que siguió con los ojos muy abiertos, como si un imán los mantuviera anclados a mí. La tensión defensiva de su rostro desapareció. Pensé que habría sido un gesto inocente, un acto reflejo carente de cualquier intención que se prestase a una segunda lectura. Aun así, logró que me sintiera indefensa y se me encendieran las mejillas.

—Cuando se ruboriza, parece una niña.

Tragué saliva.

—Será por las pecas —repliqué con un hilo de voz apenas audible.

El silencio volvió a instalarse entre nosotros, pero esta vez era distinto, expectante, y el momento se prolongó hasta resultar incómodo.

—En fin, gracias por acompañarme. Ha sido usted muy amable. —Sonreí de forma tímida y nerviosa—. Será mejor que suba, ya lo he entretenido bastante, y Rose debe de estar preocupada. Hasta mañana.

Lo saludé con la mano y di media vuelta. Saqué las llaves del bolso y me dispuse a abrir el portón, pero la caricia de su voz grave me congeló el movimiento.

—Emma.

Un sudor gélido me descendió por la espalda. Mi nombre sonaba distinto en sus labios, como una tormenta de verano salvaje y peligrosa. Contuve el aire y giré la cabeza despacio, anegada por una catarata de sensaciones difícil de etiquetar. La ansiedad ganaba vigor y dominio sobre mí. Algo estaba a punto de suceder.

—¿Sí?

—La chaqueta.

—¿Qué?

—Que me devuelva la chaqueta.

En ese preciso instante, comencé a hundirme en las arenas movedizas del fracaso.

—Oh. Claro, qué tonta.

Hasta que David no se hubo marchado, no fui capaz de reemplazar la tensión por el alivio. Exhalé hasta el fondo de los pulmones y subí a casa. El tentador aroma a carne asada que me recibió en cuanto abrí la puerta me recordó lo hambrienta que estaba y poco a poco sentí que recuperaba la calma. Sin embargo, la expresión mortificada de Rose me hizo comprender de inmediato que mi tranquilidad estaba a punto de desmoronarse igual que un castillo de naipes.

Catorce

La noticia me cayó como un jarro de agua helada. Pyke, el hijo de Rose, regresaba a casa en Nochebuena. La había llamado de forma inesperada esa misma tarde para decirle que volvería de Melbourne en tres días y eso significaba que yo tendría que dejar la habitación que ocupaba en el pequeño apartamento de su madre, tal y como habíamos acordado.

—Lo siento muchísimo, querida —se lamentó Rose, compungida de veras—. No tenía ni idea de que las cosas le iban tan mal en Australia. Por lo visto, la empresa de construcción en la que invirtió todo su capital se ha declarado en bancarrota y no le queda ni un miserable centavo. ¡Hay que ser inconsciente! Si su padre levantara la cabeza... Ojalá me hubiese avisado de que volvería con algo más de antelación; al menos habría podido ayudarte a buscar otro sitio.

—No importa, Rose —la consolé con la mano sobre su hombro—. Ya me las arreglaré.

Pero sí importaba. Porque por muy acostumbrada que estuviera a salir adelante sin la ayuda de los demás, Wellington no era como Londres. La oferta de habitaciones en alquiler no era ni de lejos tan abundante como en la capital británica y, aunque lo hubiese sido, solo contaba con tres días de margen para encontrar una que se ajustara a mi presupuesto, bastante limitado, por cierto. Por desgracia, era muy improbable que volviera a tropezarme con una ganga como el apartamento de Rose e intuía que la inminencia de la Navidad y las vacaciones de verano añadirían un plus de dificultad a la búsqueda.

Sopesé una por una todas mis posibilidades:

1) Podría irme a un hotel, si daba con alguno que dispusiera de habitaciones en plena temporada alta. Pero, en cualquier caso, eso seguía sin solucionar el problema.
2) Podría pedirle a Kauri que me dejara quedarme en su casa unos días. Por supuesto, contribuiría a sufragar los gastos, ayudaría en las tareas domésticas y procuraría causar las mínimas molestias. Lo malo es que, para los maoríes, una mujer que duerme en la misma casa que un hombre que no es de su familia se convierte en su esposa de forma automática y, por muy bien que me llevase con Kauri, casarme con él no entraba dentro de mis planes a corto o medio plazo.
3) O tal vez podría dormir en la playa, bajo el auspicio del cielo y las estrellas. No sería la primera persona que hace algo así; a los kiwis les encanta estar al aire libre y dar rienda suelta a su espíritu aventurero. De hecho, si no hubiera sido por el viento que soplaba infatigable de día y de noche, habría considerado muy seriamente esa posibilidad.

La base de mi equilibrio había saltado por los aires.

—No me está escuchando, jovencita.

La voz me percutió en el oído y mi cerebro procesó las palabras al instante. Regresé al momento de la conversación.

—Lo siento, señor O'Sullivan. Hoy no tengo un buen día —confesé con un tono quebradizo y ausente.

—Eso salta a la vista, señorita Lavender. No es usted la misma de siempre, parece triste. ¿Qué sucede, que tanto la aflige? Espero que Hunter no sea el culpable de su estado de ánimo o tendrá que vérselas conmigo.

4) También podría pedir ayuda al bueno del señor O'Sullivan, pero dudo que a la señora O'Sullivan le pareciera apropiado.

—Descuide, David no tiene nada que ver —zanjé.

Decidí que lo más prudente sería guardarme mis problemas para mí y continué con mis tareas. «Tranquila, Emma. Pronto encontrarás una solución». Pero estaba lejos de sentirme tranquila. ¿Cómo iba a estarlo, con lo desastrosa que había sido mi suerte en las últimas horas? Para cuando terminó la jornada, había acumulado tanta angustia que los lagrimales me ardían de contener el llanto. Era viernes, día de pago. David contaba los billetes delante de mí. Tenía la costumbre de hacerlo antes de meter el dinero en un sobre que me daba en mano justo antes de que me marchase a casa.

—Cien, doscientos, trescientos…

—No tengo adonde ir —solté de sopetón.

Alzó la vista y me miró con una expresión contrariada.

—¿Cómo dice?

Entonces comencé a hablar de forma atropellada.

—El hijo de la propietaria del piso donde vivo regresa de Melbourne en Nochebuena y tengo que devolverle su habitación y no conozco a nadie que pueda alojarme de forma temporal porque a Kauri no puedo pedírselo y no es que vaya a quejarme de lo que usted me paga ni nada por el estilo pero tampoco tengo dinero para costearme un hotel y…

Hipé. Las palabras, realzadas por unas manos que gesticulaban con énfasis, habían salido disparadas de mi boca, pisándose las unas a las otras sin pausa para el aliento.

—… y ya ve, estoy en la calle —rematé, abatida.

—Cálmese, por favor.

De pronto, el peso que sentía en el pecho se aligeró y la respiración se ralentizó. Me sentí aliviada, pero inmediatamente después de haber dejado escapar la angustia, noté también cierto remordimiento. Me avergonzaba de haber acudido a él como si fuese una damisela en apuros. Nunca se me había dado bien pedir ayuda, era algo que iba en contra de mis principios. Odiaba que se compadecieran de mí. Puede que la vida me hubiera privado de muchas cosas, pero gracias a eso había aprendido a salir adelante sola. Me sentía tan frustrada por haber mostrado mi fragilidad que terminé derramando una lágrima de impotencia.

—Olvídelo, no tiene importancia.

Volví la cabeza para que no fuera consciente del intenso malestar que se había adueñado de mí, pero fue en vano. David siguió con los ojos la trayectoria de aquella lágrima rebelde y, antes de que se precipitara al vacío, la secó con la yema del pulgar. La piel me ardía como un bosque en pleno verano. Fue un acto muy íntimo y el pulso comenzó a latirme con una intensidad trágica. Pero su cercanía apenas duró unos segundos, pues se apartó de mí como si también se hubiera quemado y se pasó la mano por el rostro enrojecido, profundamente azorado.

—De modo que eso era lo que la tenía tan preocupada.

—Entonces se ha dado cuenta.

—Por supuesto que me he dado cuenta, Emma. Hasta un ciego lo vería. —Hizo una pequeña pausa—. Escuche, puede quedarse aquí, si quiere. No aquí en la cafetería, claro, sino en el piso de arriba; vivo ahí mismo. No es que disponga de grandes comodidades, pero si no le importa dormir en el sofá, será bienvenida.

Me sentí tan turbada que no logré articular palabra. En ningún momento se me había pasado por la cabeza pedirle ayuda; sin embargo, él no había dudado en ofrecérmela, puede que luchando contra sus propias normas. Yo sabía que para un hombre como David —«Me gusta la tranquilidad y aspiro a vivir sin exigencias»—, aceptar la invasión de su espacio suponía un sacrificio. Con todo, esas reconfortantes palabras habían brotado de sus labios como un soplo de aire fresco. Pero ¿era prudente aceptar su proposición, cuando mis sentidos reaccionaban de una forma tan desaforada frente a su proximidad? La idea comenzó a resultarme más estresante que la perspectiva de quedarme a vivir bajo un puente. ¿Qué debía hacer?

Me aclaré la garganta antes de responder.

—No quisiera abusar de su generosidad.

David apretó la boca componiendo una mueca de disgusto.

—He sido yo quien se lo ha ofrecido. Y si lo he hecho es porque considero que es mi deber ayudarla. —Dejó los billetes de mala gana sobre el mostrador y cruzó los brazos por encima del pecho. La prominencia de las venas que le palpitaban en las sienes parecía indicar que se había ofendido—. ¿En serio cree que voy a tolerar que se quede en la calle?

La disyuntiva era simple. Quizá no fuera prudente, pero era mi mejor opción.

—Se lo agradezco mucho. Una vez más, me ha salvado la vida. ¿Cuántas van ya? —Esbocé una estúpida sonrisa nerviosa—. De todas maneras, le garantizo que será temporal. Me iré en cuanto encuentre una habitación disponible.

Exhaló profundamente y dejó caer los brazos con abandono a ambos lados del cuerpo.

—Puede quedarse todo el tiempo que necesite, Emma. A mí no me importa.

Su generosidad me conmovió.

—Es usted un buen hombre, David.

Una extraña atmósfera, pegajosa y densa, nos envolvió. David cerró los ojos un instante y, al volver a abrirlos, el azul de sus pupilas destilaba dolor y culpa. Solo quien ha sufrido la más amarga desesperación es capaz de reconocerla en otra persona.

—Si me conociera de verdad, no pensaría lo mismo —confesó con una voz situada a una eternidad de distancia.

En su mirada perdida y melancólica parecían concentrarse rostros y momentos del pasado, recuerdos del mundo lejano que ya había dejado de existir.

Quince

Me instalé en su casa esa misma noche. David le había pedido a Kauri que me acompañara a Cuba Street para que trajera cómodamente mi equipaje en su camioneta y, aunque me negaba a seguir debiendo favores a ninguno de los dos, no hubo discusión posible; David podía llegar a ser muy obstinado cuando se lo proponía. En el trayecto, el maorí se lamentó de que no se lo hubiera contado a él primero.

—Entiendo que prefieras a David porque es más guapo que yo —se quejó, empleando un exagerado tono infantil—, pero si me hubieses pedido que te acogiera, lo habría hecho encantado. A estas alturas ya deberías saber que te considero una buena amiga.

—Lo sé, Kauri. Yo también te considero un buen amigo. Pero supongo que no sería apropiado que durmiéramos bajo el mismo techo, teniendo en cuenta que para tu gente eso significaría que tú y yo... —Junté los dedos índices de ambas manos— ya sabes. ¿Qué dirían tus padres? ¿Y Whetu? ¿Has pensado en lo que diría Whetu?

—Para Whetu soy invisible. Ni siquiera sabe lo que siento.

—Pues quizá va siendo hora de que se entere. ¿Cuánto tiempo hace que estás enamorado de ella?

—Uf, no lo sé, he perdido la cuenta. Lo único que tengo claro son mis sentimientos. A veces, salgo con otras chicas, no soy ningún santo. Pero ninguna es como ella.

—Entonces díselo.

Kauri frunció los labios y repiqueteó los dedos nerviosamente contra el volante.

—Pero ¿y si me rechaza? ¿Y si resulta que está enamorada de otro?

—¿Y si cae un meteorito sobre la Tierra el 31 de diciembre? —repliqué imitando su salmodia.

—No sé, Emma. Que Whetu sienta algo por mí es tan poco probable como que se cumplan las profecías de *Blade Runner*. En el fondo, somos muy diferentes.

Resoplé.

—Déjate de excusas y díselo, Kauri. Merece saberlo. Y no prefiero a David antes que a ti.

El maorí dejó escapar una carcajada teatral.

—Mientes fatal, *taku hoa*. ¿Nunca te lo han dicho? —Suspiró y se pasó una mano por la larga melena azabache—. De todas formas, me alegro de que te quedes con él. David necesita alguien especial en su vida y no se me ocurre nadie mejor que tú.

—Dudo mucho que él lo vea de ese modo. Solo me está ayudando porque lo considera su deber.

—Ya, bueno. ¿No has oído una expresión que dice que el roce hace el cariño?

Un escalofrío distinto a todos me recorrió desde la nuca hasta las plantas de los pies, pero no dije nada más.

Alrededor de una hora y media más tarde, cuando terminé de recoger mis cosas, Rose y yo nos despedimos con un cálido abrazo en la puerta de su apartamento de Cuba Street.

—Muchas gracias por todo, Rose.

—No hay de qué, querida. Espero que tengas suerte y encuentres por fin lo que tanto tiempo llevas buscando. Y ven a visitarme alguna vez, ¿de acuerdo?

—De acuerdo.

Al marcharme, volví a tener la sensación de que estaba a punto de empezar una etapa nueva.

La planta superior del Hunter's era muy modesta y daba más la impresión de ser un sitio de paso que un hogar. Un olor a harina y a pan cocido cubría otro más profundo, como a casa vacía y llena de ausencias. A casa cuyas paredes habían acabado absorbiendo el dolor de su dueño. Era bastante luminoso, a decir verdad, pero tan solo disponía de un pequeño salón, un cuarto de baño algo estrecho y un dormitorio más bien aséptico.

—Le he dejado una toalla y sábanas limpias ahí encima. Por la noche refresca incluso en verano, así que le sugiero que se tape bien. —Señaló una manta de franela que había sobre el sofá—. No tengo ningún juego de llaves extra, pero tampoco le harán falta. Ya sabe que no cierro la puerta, así que puede entrar y salir a su antojo, está usted en su casa. Es libre de bajar a la cocina y hacerse algo de comer, si tiene hambre. Hay fruta, queso, Vegemite[*] y cerveza en la nevera; coja lo que quiera. Pero recuerde: nada de encender los fogones, ¿entendido?

Asentí con gesto enérgico.

—Si necesita cualquier cosa, lo que sea, estaré aquí al lado. Solo tiene que llamar a la puerta. Bueno, me voy a la cama. Que descanse.

—Usted también, David. Hasta mañana.

Cuando hubo desaparecido, dejé el equipaje en el suelo y observé a mi alrededor con creciente curiosidad. Un sofá de color verde algo desvencijado, aunque bastante amplio, ocupaba la mayor parte del espacio. Delante había un mueble de aspecto anticuado. La capa de polvo que cubría el televisor, situado en uno de sus estantes, hacía pensar que el aparato no se había encendido en siglos. En un nivel superior, unos cuantos libros sobre la fauna y la flora autóctonas, una pequeña planta de aloe vera y una curiosa figura tallada en madera de Tawhiri, el dios del viento según la mitología maorí. Pero, más allá de

---

[*] Marca registrada para una pasta de untar de carácter alimenticio, de color marrón oscuro y sabor salado, elaborada con extracto de levadura. Se emplea principalmente como ingrediente de untar en los sándwiches y las tostadas. Es muy popular en Australia y Nueva Zelanda.

eso, no había nada que revelara ningún detalle acerca de la enigmática personalidad de David. Frente a la ventana salediza con cristales dobles había una vieja mesa de madera con pinta de haber sido rescatada de algún contenedor. Encima se amontonaban de cualquier manera varias pilas de papeles, una calculadora, algunos bolígrafos y un pequeño flexo cuya bombilla estaba fundida. No pude resistirme a la tentación de echar un vistazo más de cerca. Parecían albaranes de entrega, facturas y otros documentos de poco interés. Pero algo entre el montón me llamó la atención. Era una postal. Mostraba la imagen de un fiordo que discurría entre picos nevados y en ella se leía: «La octava maravilla del mundo». El deseo acuciante de darle la vuelta me hormigueaba en la mano y mi conciencia emprendió una guerra contra la curiosidad. Una guerra que acabó perdiendo porque, aun sabiendo que lo que estaba a punto de hacer era del todo incorrecto, lo hice.

Querido Dave:
Ayer estuvimos en Milford Sound y lo pasamos muy bien. Sin duda, es uno de los paisajes más bonitos de Nueva Zelanda, si no del mundo entero. Te echamos mucho de menos. ¿Vendrás a casa por Navidad?
Con amor,

y una firma ininteligible. El matasellos era de un lugar llamado Ashburton y databa del 15 de diciembre de 1999, hacía solo seis días. El pulso comenzó a martillearme en las sienes y dejé la postal tal y como la había encontrado.

«Entonces, tienes otra vida además de esta, David Hunter», pensé.

Dieciséis

Desperté más tarde de lo habitual. Una franja de luz anaranjada se colaba a través de la cortina semiabierta y el rastro aromático de los *bagels* recién hechos flotaba en la estancia. Deduje que David estaría a punto de abrir la cafetería, así que me levanté de un brinco y me arrastré al cuarto de baño para darme una ducha rápida que me espabilara. Me vestí a toda prisa y bajé a la cocina. Estaba hecha un desastre. Aún tenía el pelo mojado y las sandalias sin atar, pero no quería que pensara que me había empezado a relajar en lo respectivo a mis obligaciones. Allí estaba él, con las manos manchadas de harina y esa elegancia ascética que caracterizaba su técnica de amasado.

—Buenos días, David.

Dejó volar su mirada sobre mí y me obsequió con una de esas breves muecas de sonrisa con las que había empezado a prodigarse un poco más.

—Buenos días, Emma. ¿Qué tal ha dormido?

—Oh, muy bien, gracias. Su sofá es muy cómodo.

Mentira. Todos los músculos de mi cuerpo habían amanecido agarrotados, desde el cuello hasta las piernas, pero reconocerlo habría sido desconsiderado por mi parte; al fin y al cabo, él se había portado muy bien conmigo. Tampoco podía ser sincera y confesarle que el descubrimiento de esa otra vida suya en un lugar llamado Ashburton me había mantenido en un abismo insondable durante gran parte de la noche, porque eso habría significado reconocer que había estado husmeando en sus cosas. Después de haber leído la postal fui incapaz de pensar en nada más. Una y otra vez me preguntaba quién se la habría escrito. Por qué se habría marchado de la isla Sur y si el motivo guardaba relación con la melancolía que se empeñaba en ensombrecer sus ojos. Si un pasado turbio o demasiado doloroso sería el culpable de que mantuviera bajo llave sus preocupaciones y anhelos. «Solo él sabe lo pesada que es la carga de sus recuerdos», pensé mientras daba vueltas en el tremebundo sofá, esperando con una angustia sofocante la llegada de la mañana.

—¿Tiene hambre? Los *bagels* ya están listos. —Señaló la humeante bandeja sobre la encimera—. Siéntese y desayune con calma, ¿quiere? Todavía quedan diez minutos hasta que abramos.

Acepté la oferta de buena gana. Puede que David Hunter fuera algo huraño y que tuviera una personalidad difícil de descifrar, pero se había revelado como un hombre capaz de conquistar a base de pequeños detalles. Eso me gustaba y me aterraba a partes iguales. Me senté en un taburete detrás de la barra y lo observé con una adoración desmedida mientras me servía un café.

Un pensamiento me atravesó como un rayo.

—¿Puedo hacerle una pregunta, David? —No esperé a que contestara—. ¿Por qué es usted tan generoso conmigo?

Arqueó las cejas con incredulidad.

—Solo le he ofrecido una taza de café, no veo qué tiene de especial.

—No me refiero a eso, sino a todo lo que está haciendo por mí a cambio de nada.

Su gesto se endureció. Apoyó las manos sobre la barra y me miró con fijeza.

—A cambio de nada, no. Usted trabaja aquí. Y muy duro, para lo poco que le pago. Es puntual, responsable y encantadora con los clientes; no me extraña que se los haya metido a todos en el bolsillo en tan poco tiempo.

—¿Por qué lo dice?

—Porque tengo ojos en la cara. Ese carcamal irlandés no es el único que la adora, créame. Mire, esta cafetería es todo lo que tengo. Que no me deje ver mucho no significa que no esté al corriente de lo que sucede fuera de la cocina. Y sé que es justo por ese motivo por lo que las cosas han empezado a ir mejor últimamente. En concreto, desde que usted llegó. Así que, si hay alguien que está siendo generoso aquí, esa es usted, Emma.

Sentí que los nervios me aprisionaban el estómago como una garra. Era lo más sincero que me había dicho desde que nos conocíamos y me reconfortó saber que me consideraba a la altura como empleada. Sin embargo, no trascendía en sus palabras ni la más remota posibilidad de que hubiera empezado a desear mi cercanía de la misma manera que yo deseaba la suya. Tan solo me había ayudado porque creía que estaba en deuda conmigo. Decidí que, tal vez, hubiera sido mejor no preguntar.

—De todas formas, me ha salvado la vida en varias ocasiones.

Entonces todo saltó por los aires de forma inesperada. David crispó el puño y se lo llevó a la boca en una muestra de gran frustración. Emitió un gruñido exasperado, preludio de la tormenta que estaba a punto de caer sobre mí, y vociferó:

—¡Deje ya de decir eso, por favor! ¡No hace más que repetirlo y no es verdad! ¡Yo no la he salvado, ¿entiende?! Si tuviera idea de la clase de persona que soy en realidad, comprendería que yo no puedo salvar a nadie.

Las manos le temblaban al gesticular y en su voz había verdadera angustia. Quise alegar algo en mi defensa, pero no lo hice; hay veces que el silencio es más elocuente que un puñado de palabras vacías y pronunciadas porque sí. David me miró a quemarropa y le aguanté la mirada como si quisiera contrastar en sus ojos la veracidad de aquellas palabras. Pero vi tanto resentimiento que me resultó imposible no apartar los míos. A continuación, desapareció hacia el interior de la cocina y yo permanecí donde estaba.

Aquel hombre era un océano por el que había que navegar con cautela.

Había sido un día extraño. Necesitaba despejarme, así que, después del trabajo, fui a la playa. Me quité las sandalias, me remangué los vaqueros hasta los tobillos y me senté en la arena con las piernas cruzadas. Estaba tan cerca de la orilla que el aleteo del agua me salpicaba los pies. Abrí el ejemplar de *Cumbres borrascosas* que había comprado unos días atrás en la librería Pegasus y me dispuse a entregarme a la pasión indómita entre Catherine y Heathcliff.

«Si todo pereciera y él se salvara, yo podría seguir existiendo; y si todo lo demás permaneciera y él fuera aniquilado, el universo entero se convertiría en un desconocido totalmente extraño para mí».

Suspiré.

Era una novela maravillosa, una de esas desgarradoras historias cuya lectura trae consigo la sensación permanente de estar a punto de precipitarse hacia el abismo. Un abismo oscuro y aterciopelado en el que yo también deseaba caer. Pensé en David y un sentimiento de desamparo me asaltó de pronto. Había algo del Heathcliff hosco y resentido de Charlotte Brontë en esa rabia que rugía en su interior y que había rebosado como la lava aquella misma mañana. De hecho, apenas me había dirigido la palabra desde entonces.

Después de lo sucedido, se había escabullido a la cocina y permanecido allí encerrado hasta que, unas horas más tarde, terminó la siguiente hornada de *bagels* del día. Al advertir el pitido del horno desde la barra, sentí que todo mi cuerpo se tensaba. Me pregunté si seguiría irritado conmigo. En el fondo, sabía que no debía tomarme lo ocurrido como algo personal, pero eso no significaba que me doliera menos. No quería estar a malas con él, no lo soportaba. Sobre todo, ahora que compartíamos el mismo techo, aunque fuese circunstancial. La incógnita se despejó al cabo de unos minutos. David salió de la cocina con una bandeja en las manos enguantadas para no quemarse y me dedicó una breve mirada en la que creí percibir un brillo compasivo. Ninguno de los dos dijo nada; era demasiado difícil encontrar las palabras adecuadas. Dejó la bandeja encima de la barra y se agachó a mi lado para colocar los *bagels* en el aparador. Lo observé de reojo. Enfadado o no, me seguía pareciendo igual de inalcanzable y atractivo. «Por Dios, ¿qué es esto que despiertas en mí?». Todavía agachado, volvió a mirarme, aunque esta vez lo hizo de forma más prolongada. Era difícil saber si en la cafetería había alguien más aparte de nosotros, porque me parecía imposible fijarme en otra cosa que no fueran esos ojos azules capaces de traspasar hasta la última fibra de mi ser. Apretó la mandíbula y dijo por fin:

—Escuche, Emma, yo...

Pero sí había alguien más. Y ese alguien hizo trizas un momento que nos pertenecía solo a nosotros cuando se acercó a la barra para pedir un café y media docena de *bagels* para llevar.

—Claro, enseguida.

David se incorporó y volvió a parapetarse tras el muro impenetrable de siempre.

Exhalé profundamente. El infatigable viento antártico se empeñaba en volar las páginas de *Cumbres borrascosas* y, como tampoco era capaz de concentrarme en la lectura, cerré el libro. Pensé en quedarme un rato allí sentada, pero la subida progresiva de la marea me obligaba a ir retrocediendo. Decidí dar un paseo por la orilla. El paisaje era hermoso a aquella hora de la tarde. La luz del cielo todavía era blanca y muy brillante, aunque pronto empezaría el descenso del día. El sol se ocultaría tras la colina en un último esfuerzo antes de morir y poco después comenzaría a hundirse allí donde el mar trazaba una curva y formaba una larga línea sobre el horizonte. El océano bulliría con energía. Habría adquirido una tonalidad crepuscular solo rota por esos flecos de espuma blanca que lamían la orilla rocosa como una lengua. La cálida brisa del sur abanicaría las flores rojas de los pohutukawas que crecían junto a la costa. A lo lejos, una banda de cormoranes batiría las alas y emprendería el vuelo con decisión hacia los riscos. Había sido testigo del atardecer en Owhiro Bay otras veces. Sin embargo, cada paso de mis pies descalzos sobre la húmeda arena negra hacía que me sintiese como si fuera la primera. Como si estrenara un nuevo mundo, una nueva vida.

Esa era la magia de aquel lugar.

La paz que se respiraba en la playa era reconfortante. El único sonido era el pulso del mar. A veces las olas se quedaban calladas, pero el agua siempre estaba ahí, acariciando la tierra, tragándosela. A pesar de estar en pleno verano, no se veían muchos bañistas en la zona. Según Kauri, eso se debía al fuerte oleaje que azota la costa sur de Wellington, más apta para el surf que para el baño, pero yo había acabado sacando mis propias conclusiones a base de observar el entorno. Tal vez el pasado colonial de los neozelandeses se viera reflejado en muchas de sus costumbres, pero, en realidad, los kiwis no se parecen tanto a los británicos. Para empezar, son más educados, amables y respetuosos con el medio ambiente. Además, tienen un miedo cerval a las radiaciones ultravioleta y se protegen del sol a conciencia —podría decirse que, por aquel entonces, el agujero de la capa de ozono les preocupaba más que «el efecto 2000»—. En cambio, a los británicos, siempre se nos ha distinguido sin que tuviéramos la necesidad de abrir la boca, solo por ese intenso tono de piel rosado adquirido tras una larga exposición solar en alguna playa del Mediterráneo —y por la propensión a tomar más cerveza de la cuenta en las calurosas noches veraniegas—. Tal vez suene a estereotipo, pero es un hecho probado.

Me encontraba inmersa en esas disquisiciones cuando, de pronto, vi a David aproximándose hacia mí. Iba enfundado en un traje negro de neopreno O'Neill que realzaba su figura atlética y llevaba una tabla de surf bajo el brazo.

—¡Vaya! —exclamé sin poder ocultar mi asombro—. No sabía que practicara surf.

Él sonrió de una forma tímida pero dulce, inédita hasta ese momento, y clavó la tabla en la arena.

—Bueno, como el noventa por ciento de los kiwis —replicó encogiendo los hombros con modestia—. Aunque no soy ningún experto. Aprendí hace apenas tres años, ¿sabe?

—Supongo que cuando llegó a Wellington desde la isla Sur.

«Concretamente, desde un lugar llamado Ashburton».

David contrajo el gesto con expresión interrogante.

—¿Cómo sabe que soy de la isla Sur?

Fui rápida en mi respuesta.

—Kauri me lo contó.

Asintió con aquiescencia y prosiguió:

—Pues sí, supone bien. Antes de eso, no había cogido una tabla en mi vida. Y ahora es como una droga para mí. El mar tiene algo poderoso, ¿sabe? Cuando estás en el corazón de la ola, el mundo se detiene unos segundos y no hay más realidad que el tubo de agua por el que desfilas.

Acababa de descubrir algo sobre él, algo bueno, y me encantó que lo hubiese compartido conmigo.

—Veo que lo suyo son las emociones fuertes.

David sonrió y continuó hablando; parecía más animado que de costumbre.

—Es posible. En esta playa hay unas rompientes idóneas para surfear. —Señaló hacia el mar con la cabeza—. Me gusta venir al atardecer, antes de que caiga el sol.

El aire cambió de temperatura y se agitó con mayor brío. Una ola se estrelló frente a mí y sus largos dedos de espuma se retorcieron en torno a mis tobillos.

—¿No tiene miedo del viento?

Entonces, un brillo extraño le iluminó la mirada y adiviné en su rostro un destello de emoción contenida. Sonrió de nuevo, aunque, esta vez, el gesto venía cargado de ausencias.

—El viento es como el dolor, uno aprende a soportar su zarpazo.

Reconozco que su franqueza me pilló desprevenida. Había expresado tanto en tan pocas palabras que ni siquiera supe qué contestar. Tras un breve silencio en el que el tiempo se arrastraba muy despacio y el sol empezaba a descender en medio de una neblina ocre, dijo:

—Siento muchísimo lo que ha ocurrido esta mañana, Emma. No debería haber reaccionado así, usted no se lo merece. No es culpa suya que mi existencia sea tan miserable.

—¿Por qué dice eso, David?

Pero no contestó. Y no lo hizo porque aquella demostración de confianza no había sido más que un acto reflejo de debilidad humana. Su realidad volvió a él enseguida y lo arrastró una vez más hasta el centro de la tormenta oscura y densa donde habitaba. A David no le gustaba exponerse y, por eso, cuando intuía que podía perder el control sobre sus defensas, reforzaba la coraza.

Su expresión se tornó ausente y deduje que se arrepentía de lo que había dicho.

—Se está haciendo tarde —anunció de repente, dirigiendo la mirada hacia el sol—. Será mejor que me meta ya en el agua o me perderé las olas.

—Sí, claro. En fin, disfrute de su droga. —Dibujé una estúpida sonrisa nerviosa—. Yo intentaré disfrutar de la mía —dije mientras agitaba el libro— en algún sitio con un poco menos de viento; qué derroche de adrenalina, ¿verdad? —añadí con ironía—. Hasta luego, David.

—Adiós, Emma.

Las palabras se propagaron por el aire con una cadencia triste. David agarró su tabla y se alejó mar adentro y yo sentí una ligera punzada de decepción.

&

Cuando abrí los ojos ya había anochecido. Miré mi reloj, pero no veía qué hora era. Toda la estancia se encontraba sumida en la oscuridad, salvo la mesa situada delante de la ventana, sobre la que se reflejaba la luz de la luna. El ejemplar de *Cumbres borrascosas* seguía abierto sobre mi regazo y me figuré que me había quedado dormida mientras leía. Lo cerré y lo dejé a un lado del sofá. Me arrebujé en la manta, hacía fresco. El silencio era casi aterrador. Supuse que David estaría en la cama y me pregunté si me habría visto al volver de la playa. La posibilidad de que me hubiera observado mientras dormía hizo que me sintiera expuesta, aunque, al mismo tiempo, la idea me sedujo.

Pero solo era una posibilidad.

Todavía somnolienta, me levanté y me dirigí hacia el cuarto de baño. Recorrí el pasillo a oscuras, guiándome por mi propia intuición. El suelo de madera crujió con estrépito bajo mis pies descalzos. Estaba tan aturdida que ni siquiera advertí la franja de luz debajo del umbral de la puerta. No llamé, abrí sin pensármelo.

Lo primero que me vendría a la cabeza cada vez que recordara ese momento sería una gran nube de vapor golpeándome en la cara como una bofetada.

Lo segundo, la expresión consternada de David.

—Pero ¿qué demonios...?

Lo tercero, su cuerpo semidesnudo envuelto en la tonalidad evanescente de los sueños.

Estaba cubierto de cintura para abajo con una pequeña toalla blanca que me permitió gozar de unos privilegios visuales de los que de ninguna otra forma podría haber disfrutado. Abrí los ojos como platos y sentí que se me encendían las mejillas, avergonzada por haber profanado su privacidad a bocajarro.

—¡Dios mío, qué vergüenza! ¡Lo siento, lo siento! No tenía ni idea de que estaba usted en el cuarto de baño.

—Pues ahora ya lo sabe. Y si no es mucho pedir, me gustaría terminar de secarme tranquilo.

Cualquier persona con un poco de sentido común habría cerrado la puerta de inmediato y se habría esfumado. Eso habría sido lo lógico. Pero mi mente y mi cuerpo tomaron caminos distintos. La situación tenía mucho de magnético, poco de lógico y algo de cómico. No me moví de donde estaba, como si la fuerza de un imán me mantuviese enganchada al marco de la puerta, y la bruma terminó por disiparse. Sin soltar el pomo, contemplé las ondas de su cabello mojado, que caía a un lado y otro de la frente, la masculina angulosidad de su rostro, las mejillas pobladas de barba, la boca carnosa. Me fijé en la forma de sus orejas, en su cuello y en sus hombros anchos y salpicados de gotas, unidos a unos brazos que parecían de acero. Y después, en el abundante vello oscuro de su torso atlético, en la circunferencia perfecta de su ombligo, en la dureza de unos muslos todavía húmedos que se insinuaban bajo la toalla. Era tan atractivo que las yemas de mis dedos despedían chispazos de las ganas que tenían de tocarlo.

David se acercó a mí.

—Emma...

Entonces, vi algo terrible reflejado en el espejo.

Lo último que me vendría a la cabeza cada vez que recordara ese momento serían las terribles cicatrices que tenía en la espalda, a la altura de la costilla izquierda.

Sofoqué un grito con la mano y aparté la vista, presa de una repentina incomodidad cada vez más acuciante. No podía seguir mirando, tenía la sensación de estar presenciando algo que no me correspondía ver. Algo que me dolía como si el pecho se me hubiera llenado de cristales. Mis ojos, sedientos de información, se encontraron con los suyos, rendidos ante la evidencia del desgarro.

—No haga preguntas y váyase, por favor.

Su tono sonó oscuro, casi perentorio.

—David...

—Por favor, Emma. Váyase —suplicó sacando la voz más áspera y más grave del fondo de la garganta.

Asentí en silencio, cerré la puerta con cuidado y me dejé caer contra la pared, respirando con dificultad porque el aire se había llenado de inquietud de repente. El sueño tampoco me ofrecería descanso aquella noche. La necesidad de saber no se aliviaría. El dolor no remitiría. Y en la desoladora ciénaga de mis pensamientos, una sola pregunta resonaría como si fuera eco en la montaña: «¿Cuánta alma te han quitado en vida, David?».

Diecisiete

Era notorio que había tratado de evitarme durante todo el día. Su incomodidad se manifestaba en las miradas huidizas que me dispensaba, como un ciervo a punto de ser cazado. Los silencios se habían multiplicado y habían aumentado la distancia que imperaba entre nosotros. Fogonazos de la noche pasada acudían a mi mente de forma obsesiva y me torturaban con imágenes que florecían en mi cabeza y amenazaban con echar raíces. Me esforzaba por no seguir pensando en ello, pero no servía de nada; no podía olvidar lo que había visto. Su cuerpo semidesnudo, la espalda llena de cicatrices. Me habría gustado rebobinar y que las cosas sucediesen de otra manera. «Ojalá no hubiera sido testigo accidental de un secreto tan terrible. Ojalá me lo hubiera revelado de forma voluntaria». La presión sorda que sentía en el esternón me recordaba lo que tantas veces había pensado desde que lo conocía: que David Hunter estaba atrapado en un lugar lejano y tenebroso, bajo la alargada sombra de la desgracia.

Así lo demostraba la huella física de la tragedia que ensombrecía su existencia, fuera cual fuese.

Cuando regresaba de mi tranquilo paseo por la playa, lo vi subido a una escalera en la puerta de la cafetería. Tenía un destornillador en la mano con el que estaba reforzando la fijación del letrero, que solía aflojarse por la acción continua del viento. Sus movimientos eran precisos, como si hubiese hecho lo mismo cientos de veces, pero también había cierta brusquedad en ellos. Observé su figura desde abajo, haciendo visera con la mano, y me acerqué algo timorata, forzando una sonrisa que intuía que no me devolvería.

—¿Hoy no va a hacer surf? —pregunté.

David me dedicó una mirada errática y cabeceó. Mi intuición no había fallado.

—No creo. Todavía tengo mucho que hacer.

Me aproximé un par de pasos y le sujeté la escalera por iniciativa propia.

—Qué pena. Hay unas olas espectaculares esta tarde —apunté en un intento de acercar posturas.

Suspiró resignado y se secó el sudor de la frente con el reverso de la mano. Parecía ausente, creo que ni siquiera oyó lo que le había dicho.

—¿Le importaría entrar y decirle a Kauri que se dé prisa? Me estoy abrasando aquí arriba.

—Oh, no sabía que hubiera venido. Claro, iré enseguida.

Kauri se encontraba en la cocina llenando un cubo con agua y jabón, que supuse que sería para limpiar el letrero a fondo.

—Dice David que te des prisa.

—¡Ya voy! ¡Ya voy! —Profirió un gruñido y movió sus enormes brazos tatuados haciendo aspavientos. Llevaba el pelo recogido en una coleta que también se agitó—. ¡Joder!

—Oye, no mates al mensajero, ¿vale?

—Lo siento, pero es que hoy está insoportable. ¿Se puede saber qué mosca le ha picado? ¡Y yo que creía que vivir contigo le sentaría bien!

—Técnicamente, soy *yo* quien vive con él. Y te recuerdo que es temporal —maticé. Hice una pausa y exhalé abatida—. Está cabreado conmigo, eso es lo que le pasa.

Kauri cerró el grifo de un manotazo y me dedicó una mirada de preocupación.

—*Aue!** ¿Qué ha ocurrido?

Intuí que no sabría lo de sus cicatrices y contemplé la posibilidad de contárselo, pero decidí que lo correcto sería guardar-

---

* En maorí, exclamación de consternación o desesperación.

me lo que había visto para mí. Puede que fueran buenos amigos, pero si David había escogido mantenerlo oculto, ¿quién era yo para traicionar su voluntad?

Opté por un lugar común.

—Digamos que es complicado.

Mi voz sonó a fracaso.

Se acercó a mí y me colocó las grandes manos callosas sobre los hombros, como si quisiera consolarme.

—*Taku hoa,* ¿sabes qué dice mi abuela Mere? Que la única manera de lograr lo imposible es creyendo que sí es posible.

Sonreí apesadumbrada.

—Tu abuela es una mujer sabia, pero demasiado optimista.

—También dice que la caminata más larga comienza con un paso.

—El problema es que cada vez que doy un paso hacia delante, él da dos hacia atrás. Soy incapaz de llegar a él, no sé cómo debo tratarlo ni cómo atravesar toda esa bruma de reserva que lo rodea. —Suspiré y me dejé vencer por el abatimiento—. David es como el viento en un poema de Emily Dickinson, tan volátil que no se puede atrapar con las manos.

Kauri arrugó los labios como si estuviera meditando y, por fin, dijo:

—No sé quién es esa tal Emily Dickinson, pero se me acaba de ocurrir una idea. Vamos, ven conmigo.

Cuando salimos al exterior, David parecía a punto de perder la paciencia. Volvió la cabeza en nuestra dirección y apuntó a su amigo con el destornillador.

—¡Ya era hora, maldita sea! ¿Por qué cojones has tardado tanto?

—Estaba meando, ¿vale? ¿Es que uno ya no puede ni mear tranquilo? ¡Eres peor que mi madre, Hunter!

No pude reprimir las ganas de reír. David, en cambio, dejó ir un sonoro resuello de fastidio.

—Terminemos esto de una vez, que me estoy muriendo de calor. Pásame el paño, ¿quieres?

Kauri lo escurrió dentro del cubo con agua y jabón que había traído de la cocina y se lo acercó, pero antes me miró con disimulo y me guiñó el ojo.

—Escucha, colega. ¿Recuerdas que te dije que tenía entradas para el segundo encuentro de la Copa Bledisloe?

—Ajá —concedió David con aire ausente mientras frotaba el letrero a conciencia.

—Pues resulta que a mi madre se le ha metido en la cabeza que hay que ir a arreglar el *marae** precisamente mañana y me la voy a perder. ¡Menuda putada!

Observé a Kauri intrigada. ¿Qué demonios estaría tramando? Según había oído, la Copa Bledisloe era uno de los acontecimientos deportivos más importantes para los kiwis. Se trataba de una competición de *rugby* que se disputaba cada dos años entre la selección nacional de Nueva Zelanda, los All Blacks, y la de Australia, los Wallabies. En la cafetería no se había hablado de otra cosa en los últimos días. Hasta el señor O'Sullivan, que no era demasiado aficionado, se había dejado convencer para participar en la apuesta organizada entre los parroquianos por un módico precio de participación de tres dólares.

—El caso es que sería una pena desperdiciar esas entradas, con lo cotizadas que están; no todos los días se tiene la oportunidad de ver en vivo y en directo cómo Jonah Lomu† machaca a esos malditos *copiabanderas*. —Rio con orgullo—. Así que se me ha ocurrido que podríais ir vosotros dos.

Solo entonces David dejó lo que estaba haciendo y prestó atención. Nos miró a uno y a otro de forma alternativa y, componiendo una expresión de sorpresa, preguntó:

—¿Te refieres a Emma y a mí?

* Lugar de reunión de las comunidades maoríes de Nueva Zelanda.

† (1975-2015) Jugador neozelandés de *rugby* que jugaba como ala. Entre 1994 y 2002, participó en 63 partidos con los All Blacks. Es memorable su actuación en la Copa Mundial de *Rugby* de 1995 y en la de 1999.

—Claro, *cuz*. ¿Acaso ves a alguien más por aquí?

Al comprender lo que Kauri pretendía, abrí la boca para protestar, pero él agitó la mano con discreción para indicarme que me mantuviera callada.

—Vaya, eso es… En fin, te lo agradezco mucho, pero no sé si es una buena idea. Tengo muchas cosas que hacer mañana.

—¿Qué cosas? —preguntó Kauri con suspicacia.

David frunció los labios y desvió la mirada.

—Esto y aquello, ya sabes.

—Ya. ¿Y es «esto y aquello» tan importante como para que ni siquiera puedas permitirte pasarlo bien un rato? Lo siento, David, pero no me lo trago; te conozco muy bien. Dime una cosa. ¿Desde cuándo no sales por ahí a divertirte y haces algo fuera de tu rutina?

—No veo qué tiene de malo mi rutina.

Kauri resopló y entrecerró los ojos en un claro gesto de exasperación.

—Nada, David. Tu rutina no tiene nada de malo. Lo malo es que no seas capaz de romperla de vez en cuando. —Juntó las manos en actitud de súplica—. ¡Tío, que estamos hablando de los All Blacks! Además, Emma todavía no ha estado en el Westpac,* y es una pena porque a nuestra *pommie* favorita le encanta el *rugby*. ¿Verdad que sí?

Enarqué las cejas. «Esa sí que es buena», pensé.

—Sí, claro. Me fascina el *rugby*.

Mentira. No había visto un solo partido en mi vida.

David se frotó la barba con parsimonia, como si calibrara su respuesta, y yo comencé a pensar que aquello había sido una pésima idea. ¿Existe algo peor que presionar a un hombre para tener una cita con una chica que no le interesa lo más mínimo y que, para más inri, no hace más que cometer un error tras otro con él? Apretó la mandíbula y me escrutó con intensidad. Cuando me miraba así, yo perdía la noción del es-

---

* Estadio situado en Wellington donde tienen lugar importantes acontecimientos deportivos.

pacio. Los contornos de la realidad se desdibujaban y lo único que veía eran esos ojos azules capaces de leerme por dentro.

Entonces sucedió el milagro.

Exhaló, se guardó el paño en el bolsillo trasero de los vaqueros desgastados y bajó de la escalera. Observé la abertura de sus labios llenos de prometedoras palabras a punto de ser pronunciadas y me mordí los míos.

—De acuerdo. Supongo que a ambos nos vendrá bien distraernos un rato —dijo sin quitarme la vista de encima.

Kauri suspiró aliviado.

Dieciocho

Llevaba todo el día esperando con ansia que llegara ese momento, pero cuando se desea algo con muchas ganas parece que el tiempo se empeña en pasar indefectiblemente despacio. No es que el *rugby* me interesara lo más mínimo, pero bienvenido fuera si suponía que David y yo pasáramos un rato juntos, lejos de la rutina del Hunter's o la casualidad de la playa. Necesitaba conocerlo, saber quién era. Por suerte, cuando el reloj marcó las cuatro de la tarde, él mismo puso fin a mi suplicio. «Vayan terminando, amigos. Hoy cerramos antes», informó a los clientes sin que le temblara la voz ni un ápice.

Me repasé el pelo por última vez frente al espejo del cuarto de baño, dudando si sería una buena idea que me lo dejara suelto, y bajé al piso inferior con el pulso acelerado, la boca seca y un temblor en las manos que delataba mi creciente nerviosismo. Me sentía como una adolescente en su primera cita con el chico más guapo del instituto, solo que aquello no era una cita, sino una especie de avenencia casi forzosa. David me esperaba en la puerta, junto a su moto. Su lenguaje corporal —pasos cortos de acá para allá, manos en los bolsillos y un atisbo de expectación en la mirada— denotaba que quizá yo no era la única que estaba histérica, después de todo. Llevaba el mismo tipo de ropa sencilla de siempre, una camisa azul de cuadros y unos vaqueros, pero le sentaba bien. Yo, en cambio, estrenaba un vestido veraniego amarillo que dejaba gran parte de las piernas a la vista e, incluso, me había puesto un poco de rímel en las pestañas. Al verme, tomó aire y me miró como si sometiera mi figura a examen. Sus ojos me recorrieron de arriba abajo y se quedaron anclados al vuelo de mi vestido durante unos segundos de más.

—Caramba. Está usted... —Los tendones de la garganta se le agitaron cuando tragó saliva—... diferente.

Sentí que me ruborizaba y sonreí con timidez.

—Gracias, supongo.

En sus pupilas anidaba un resplandor distinto. Creo que esa fue la primera vez que se atrevió a mirarme como a una mujer.

—Si está lista, deberíamos irnos ya. El partido empieza dentro de una hora.

Ya a lomos de la moto, me abracé a él con la fuerza de la vez anterior y noté que se había perfumado.

~~~

Que el *rugby* era mucho más que el deporte nacional lo comprendí en cuanto pisé el estadio. Al Westpac se lo conocía coloquialmente como *The Cake-Tin* por su forma de envoltorio de pastel. Se había construido hacía muy poco para reemplazar al Athletic Park, que había dejado de considerarse adecuado para eventos internacionales debido a su ubicación y su estado de deterioro y, de algún modo, el olor a novedad flotaba en el ambiente. Observé a un lado y a otro de la gradería sin poder contener la emoción. Había banderas neozelandesas por todas partes y pancartas con mensajes de apoyo al equipo local. Sin contar aquella ocasión a los veintitrés en la que fui a un concierto de *sir* Elton John al Wembley Arena de Londres, ese era el estadio más grande en el que había estado nunca. El ambiente era espectacular. A través de los altavoces sonaba «Can you hear us» —una canción que Neil Finn, el exvocalista de Crowded House, había compuesto especialmente para los All Blacks— y todo el mundo la cantaba animado. No cabía ni un alfiler en el recinto, con capacidad para treinta y seis mil espectadores. Contábamos con unas localidades magníficas a cielo descubierto desde las que se gozaba de una visión privilegiada y me dio pena que Kauri hubiera renunciado a un acontecimiento como la Copa Bledisloe solo para ayudarme a estar más cerca de David.

David bebió de una de las dos latas de cerveza Lion Red que había comprado en un puesto de bebidas antes de que nos sentáramos.

—¿No le parece impresionante? —preguntó, henchido de orgullo kiwi.

La luz irradiaba de él y hacía que todos sus colores destelleasen como una vidriera. El azul de sus ojos, el castaño de su barba, el plateado de sus canas. Era la misma persona que veía cada día, sí, pero iluminada.

—Ya lo creo. Es una lástima que Kauri se lo haya perdido.

—Sí, ojalá hubiera podido venir. Todavía no me explico que su madre lo haya convencido para quedarse en el *marae* justamente hoy, con lo que le gusta el *rugby*. Y las entradas deben de haberle costado un riñón.

No pude evitar sentirme todavía más culpable.

—Esperemos que sirva de algo —mascullé.

—¿Cómo dice?

—Nada. No me haga caso.

Cuando a los pocos minutos los quince jugadores de los Wallabies salieron al terreno de juego fueron recibidos con insultos y abucheos. Aunque debo admitir que, comparados con los *hooligans,* los kiwis resultaban civilizados. Los integrantes del equipo australiano, de verde y amarillo, se agruparon a un lado de la línea de medio campo y comenzaron a calentar dando saltos y corriendo distancias cortas a ritmo variable mientras rotaban los hombros hacia delante y hacia atrás. Cuando fue el turno de los All Blacks, de negro riguroso y con una hoja de helecho plateado[*] sobre el pecho por emblema, la muchedumbre enloqueció. Todo el mundo —incluido David, a quien jamás había visto tan exaltado— se levantó de su asiento

---

[*] Uno de los símbolos nacionales de Nueva Zelanda.

y jaleó al equipo como si la victoria ya se hubiera proclamado. Yo hice lo mismo, para no desentonar. Algunos aficionados comenzaron a encender bengalas. «¡Pateadles el culo!», gritó un tipo a mi espalda.

David se acercó a mí y, subiendo la voz una octava, me dijo muy cerca del oído:

—¿Ve a ese de ahí? —Señaló al jugador con el dorsal número once, una auténtica mole a la que le calculé, a ojo de buen cubero, unos cien kilos de peso y un metro noventa de altura—. Es Jonah Lomu, el héroe de los All Blacks. Anotó ocho ensayos en la Copa Mundial del pasado octubre. Es el mejor ala que ha tenido la selección en toda su historia.

Y yo me estremecí. Pero no porque me hubiera impresionado la marca de ese tal Lomu del que hablaba todo el mundo —por Dios, si ni siquiera sabía qué demonios eran un ensayo ni un ala—, sino porque David me había rozado la oreja con sus labios carnosos.

—Parece que usted también es un gran aficionado.

Dije eso, pero en realidad querría haberle dicho «Parece que hay algo en el mundo capaz de entusiasmarlo, aparte de los *bagels,* su moto *Street Scrambler* y el surf».

Él sonrió abiertamente y mostró una bonita hilera de dientes blancos. «Vaya, pero si sabe sonreír», pensé. Lo cierto es que así, risueño, resultaba deslumbrante.

—Soy kiwi, Emma. El *rugby* lo es todo para nosotros, así que sería un crimen que no me gustara.

Los *flashes* de las cientos de cámaras fotográficas comenzaron a centellear por todo el estadio a la velocidad de un parpadeo perpetuando los detalles del encuentro. Los jugadores del equipo nacional se agruparon en tres filas impares frente a los rivales. Uno de ellos, el que parecía el capitán de los All Blacks, comenzó a dirigirlos.

David volvió a acercarse a mí y, sin quitar la vista de lo que acontecía en el campo, dijo:

—¿Ha visto alguna vez un *haka*?

Tragué saliva con nerviosismo. Puede que todo el mundo estuviera alborotado por lo que sucedía sobre el césped, pero a mí, lo que de verdad me hacía sentir como si en mi estómago revolotearan mariposas, era la certeza de que, si volvía la cabeza para responderle, mi boca chocaría contra la suya.

—En la tele —contesté temblorosa, sin variar mi postura ni un solo centímetro.

Me puso la mano en el hombro y me lo apretó con suavidad. La piel se me erizó al instante.

—Entonces prepárese. Porque eso no es comparable a lo que está usted a punto de presenciar.

Todo el estadio enmudeció cuando el capitán de los All Blacks profirió un vehemente «*Come on!*» que dio el pistoletazo de salida al simbólico *haka*. Como si de un grupo de soldados bien entrenados se tratase, el resto del equipo adoptó de inmediato una apabullante posición de piernas y brazos flexionados.

«*Ahu, ahu, ahu!*».

La boca se me secó. Desde luego, era impresionante.

—Verá, el *haka* es una especie de danza ritual que los guerreros maoríes utilizaban para intimidar a sus oponentes —me explicó David, cuya cercanía mantenía mi corazón palpitando a un ritmo descontrolado.

La alineación de los corpulentos hombres de negro respondía al unísono a las consignas de su capitán, que se paseaba como si fuera un poderoso prócer gritando palabras ininteligibles.

—Representa el orgullo, la fuerza y la unidad de un grupo.

De pronto, los soldados se agacharon en formación, clavaron una rodilla en el suelo y, con una expresión en el rostro que recordaba a una posesión demoníaca, sacaron la lengua y pusieron los ojos en blanco en actitud amenazante.

—Hay muchos tipos de *haka* y no todos son de naturaleza bélica. Este es el oficial y se llama *Ka Mate*.

Mientras entonaban cánticos en lengua maorí, se palmeaban los antebrazos varias veces seguidas sin abandonar la ferocidad de sus semblantes.

—¿Qué significa lo que cantan? —pregunté en voz muy baja. David tradujo de forma simultánea.

—¡Preparaos, preparaos! ¡Aguantad! ¡Golpeaos los muslos con las manos! ¡Golpead con los pies tan fuerte como podáis!

Los jugadores del equipo rival se agarraron de las manos los unos a los otros como si formaran una gran barrera defensiva.

—¡Tan fuerte como podáis!

Entonces vi que los temibles All Blacks golpeaban el suelo con los puños y enseguida se ponían de pie en un ágil movimiento, con las piernas muy abiertas y semiflexionadas.

«*Ka mate! Ka mate! Ka ora! Ka ora!*».

Las venas del cuello y los músculos de las extremidades se les tensaron como cuerdas a punto de romperse. Daban miedo de verdad.

—¡Muero, muero! ¡Vivo, vivo!

Después de eso, se acercaron a los australianos dando pequeños pasos al tiempo que extendían los brazos hacia el cielo para acabar golpeándose el pecho de forma rítmica.

—¡Este es el hombre valiente que trajo el sol y lo hizo brillar de nuevo!

Una vez más, volvieron a palmearse los muslos y los antebrazos.

—¡Un paso hacia arriba! ¡Otro más! ¡El sol brilla!

Luego, los despiadados hombres de negro simularon degollar a los rivales como colofón final, lo que hizo que sofocara un grito con la mano que puso a David en alerta.

—Tranquila —me susurró.

Las sensaciones que me despertaba su proximidad se volvieron más vivas e incontenibles que nunca. Giré la cabeza. En ese momento, su boca de labios carnosos y dientes blancos ocupaba todo mi campo visual. La manera en que la había dejado entreabierta, como una tentadora invitación, ejercía un extraño magnetismo sobre mí que hacía que fuera incapaz de apartar la vista. Aquello era más de lo que podía soportar.

—¡Atrás! —gritó entonces el capitán de los All Blacks dando por finalizado el *haka*.

Tras la ovación enardecida del público, David se separó de mí y el corazón volvió a latirme con normalidad.

❧

David estaba exultante. Nueva Zelanda se había impuesto a Australia con un resultado de 43 puntos a 31, lo que suponía una inyección de autoestima para los locales después de una desastrosa derrota en el encuentro anterior, y se había alzado con la Copa Bledisloe. El juego, muy reñido desde el principio, había mantenido al estadio entero con el vértigo en el pecho y había conseguido que se vivieran momentos verdaderamente emocionantes, incluso para una neófita como yo. Lomu había marcado tres ensayos, en cada uno de ellos galopando cuarenta yardas con el balón y llevándose por delante a media docena de australianos, como si se tratase de un toro arremetiendo contra un rebaño de ovejas. Mi acompañante, que para entonces ya había descubierto que mis conocimientos en materia de *rugby* eran más bien escasos, me explicaba con paciencia cada jugada para que no perdiera detalle.

—Eso que está ocurriendo ahora mismo se llama *scrum* y es una de las situaciones de disputa que pueden parar el juego. Fíjese, ocho jugadores de los All Blacks se enfrentan a ocho de los Wallabies, agazapados y agarrados entre sí. Usted no puede verlo desde aquí, pero el balón está en el medio. Así que en breve comenzarán a empujarse los unos a los otros con el fin de obtenerlo, pero, eso sí, no pueden tocarlo con la mano. El grupo que lo consiga primero debe sacarlo sin tocarlo por detrás de la formación. Y luego, alguno de esos jugadores de ahí, esperemos que Wilson, Randell o Umaga, lo cogerá y continuará con el juego.

Estaba tan animado que parecía una persona muy distinta al hombre con aire de soldado en el exilio que conocía. De alguna manera, entendí que, si se rascaba la superficie, afloraba otro David menos oscuro, y aquello me infundió esperanza. En ocasiones se levantaba de la butaca y vociferaba con energía.

—¡Eso ha sido un fuera de juego en toda regla! ¡Por el amor de Dios! ¿Es que no lo ha visto el árbitro?

O discutía con el tipo de al lado, el de delante o el de atrás como si se conocieran de toda la vida, con esa complicidad fortuita que suele darse entre quienes comparten una afición deportiva. Que si las tácticas, que si el entrenador, que si ese jugador debería haber jugado en vez de ese otro. Lo que nunca me habría imaginado que sucedería es que, justo en el instante en que el marcador decretase el final del partido y un profundo estallido de júbilo sacudiera al estadio entero, él me abrazaría. Pero sucedió. Me abrazó. Y mi cuerpo estuvo a punto de explotar como una granada cuando me rodeó con los brazos y me estrechó contra su pecho.

—Lo… Lo siento —se excusó enseguida, apresurándose a separarse de mí con una nota visible de turbación en el rostro—. Me he dejado llevar.

※

Su moto estaba aparcada en las inmediaciones del Westpac, así que, en cuanto logramos salir del estadio y dejar atrás a la marea humana, nos dirigimos hacia allí. Varios centenares de aficionados coreaban al equipo ganador y entonaban canciones en un ambiente de celebración que comenzaba a alcanzar cotas etílicas elevadas, sin llegar a ser preocupantes.

—¿Qué le ha parecido la experiencia? —preguntó.

—Ha sido más apasionante de lo que esperaba. Y me alegro de que hayamos ganado *nosotros*. Aunque debo confesarle que nunca había visto un partido de *rugby*.

No se me escapó el sutil movimiento de las comisuras de sus labios y me pareció leer algo parecido a un «No me diga» en la expresión indulgente de su mirada.

—De todos modos, he disfrutado mucho. ¿Sabe? Me he dado cuenta de que tenía una idea preconcebida, pensaba que se trataba de un deporte bastante más violento. Incluso me ha sorprendido que los jugadores salieran al campo sin protecciones.

—Eso le pasa a mucha gente. En realidad, el *rugby* es un deporte de caballeros con aspecto de guerreros feroces.

Dejé ir un resuello sarcástico.

—¡Ja! No sé si opinaría lo mismo si uno de los equipos enfrentados hoy hubiera sido inglés. Ya sabe lo dados que son mis compatriotas al juego sucio y a las trifulcas extradeportivas.

—Nunca he estado en Inglaterra —confesó de pronto, sin que viniera a cuento.

—Bueno, no se pierde gran cosa.

Un brillo de algo parecido a la nostalgia resplandeció en sus ojos.

—Lo cierto es que nunca he salido de Nueva Zelanda.

Parecía que hablara para sí mismo, como si se reprochara algo.

—Si le sirve de consuelo, hasta que llegué a Wellington yo tampoco había salido de Gran Bretaña. De hecho, no recuerdo haber ido más allá del condado de Devon. Pero si he aprendido algo últimamente es que la vida puede ser imprevisible.

—Sí, lo sé. Lo sé muy bien, créame —dijo con una voz tan queda que apenas pude oírlo.

Podría haber permanecido callada como en otras ocasiones, pero sus palabras habían sonado tan cargadas de aflicción que decidí reconducir la conversación para tratar de levantarle el ánimo. Después del rato tan agradable que habíamos pasado en el estadio, lo último que deseaba era que volviese a imperar entre nosotros la ley del silencio y la distancia por la que solía regirse.

—Si pudiera escoger un solo lugar en el mundo, ¿adónde iría?

David frunció los labios, como si calibrara la respuesta, y se tomó su tiempo para contestar.

—A cualquiera en el que hubiera buenas olas —meditó—. ¿Y usted?

—A Italia. A alguna de esas románticas villas rodeadas de viñedos de la Toscana.

Sonrió y unas profundas arrugas se trazaron alrededor de sus ojos.

—No parece que usted y yo seamos demasiado compatibles.

En ese momento me sentí invadida por un repentino e irracional sentimiento de euforia. Estaba convencida de que David había empezado a abrir una puerta y no quería perder la oportunidad de descubrir qué había al otro lado antes de que volviera a cerrarla. Porque estaba segura de que, tarde o temprano, lo haría. Así que me detuve, posé la mano en su antebrazo y le dije con determinación:

—Déjeme demostrarle que está equivocado.

David me observó sin que su expresión revelara una sola pista acerca de lo que pensaba. El sonido de un tren de cercanías irrumpió traqueteando sobre las vías, que quedaban detrás de nosotros, y nos concedió una pausa. Un parpadeo. Se le oscurecieron los ojos. Dos. La pupila devoró el azul del iris. Tres. Y, por fin, cabeceó en señal de asentimiento.

—De acuerdo. ¿Le gustaría dar un paseo conmigo?

Diecinueve

Los primeros pasos fueron discordes y confusos, e iban acompañados de sonrisas tímidas y miradas furtivas que evidenciaban lo desacostumbrado de la situación. Después, a medida que el día perecía en el paseo marítimo de Waterloo Quay, con el graznido de las gaviotas y el aleteo del agua al chocar contra los diques del puerto como telón de fondo, la tensión en los hombros se diluyó. No era demasiado tarde. Las nubes navegaban en el cielo que, aunque todavía era azul, había comenzado a mutar en una franja anaranjada en la lejanía. Las ventanas de las mansiones de estilo victoriano que poblaban los cerros refulgían bajo la vibrante luz como si tras ellas crepitara un incendio. Dejamos atrás la estación de tren, el muelle del transbordador, el distrito financiero y el Museo Te Papa Tongarewa.

Señalé la moderna megaconstrucción de colores gris y mostaza.

—¿Sabe que el Te Papa fue uno de los primeros lugares que visité nada más llegar a Wellington?

David volvió la cabeza en dirección al edificio.

—Yo todavía no lo he hecho. Con la cafetería, apenas tengo tiempo para nada más.

—Lo entiendo, pero es una pena. Créame, este sitio es muy interesante y alberga todo tipo de curiosidades sobre la historia y el ecosistema de su país. ¿Sabía que Nueva Zelanda se llama *Aotearoa* en maorí y significa «la tierra de la gran nube blanca»? ¿O que se cree que formaba parte de Zealandia, un continente que se sumergió hace unos veinticinco millones de años? ¿O que fue el último confín del mundo habitable en ser poblado? ¿O que hay diez ovejas por cada persona, seis especies distintas de pingüinos y unos insectos enormes que se llaman wetas gigantes?

El sol iluminó su sonrisa de un modo poético.

—De hecho, son los más grandes del mundo —apuntó con tono didáctico.

—Me encantaría ver uno.

—Quién sabe, quizá tenga suerte. Esos bichitos viven en los bosques de kauris que hay por toda la costa oeste de la isla Norte.

—Ah, y también me gustaría ver un kiwi.

—Eso sí es complicado. Me temo que esas aves están en peligro de extinción. Además, solo salen por la noche y son bastante huidizas.

—Parece que es usted todo un experto en especies autóctonas.

David rio expulsando el aire por la nariz.

—No se crea. Siempre me ha interesado el tema, eso es todo. De hecho… —Hizo una pausa y tomó aire—. Me habría gustado estudiar Biología y dedicarme a la observación de la fauna y la flora locales.

Aquello sí que era una auténtica sorpresa.

—¿Y por qué no lo hizo?

—Porque tenía demasiadas obligaciones que atender y no podía permitirme el lujo de abandonarlas para ir a la universidad. Verá, el campus está en Dunedin, a unos trescientos kilómetros de donde vivía antes. Si me hubiera matriculado en la facultad, habría tenido que mudarme allí y dejar las ovejas.

Alcé una ceja con expresión de asombro.

—¿Ovejas?

—Era ganadero —aclaró entre suspiros—. Tenía una granja en un pequeño pueblo de la región de Canterbury que se llama Ashburton. No me mire así, Emma, parece que haya visto un fantasma. En la isla Sur, las competiciones de esquileo son muy comunes; la industria lanar es uno de los principales motores de la economía allí abajo. Y usted misma lo ha dicho: «En Nueva Zelanda hay diez ovejas por cada persona».

En realidad, había sido otra cosa la que me había llamado la atención. El pulso se me había disparado al recordar la postal que había descubierto pocos días atrás en el salón de su casa, entre una montaña de papeles. *Ashburton, 15 de diciembre de 1999.* Un montón de preguntas acudieron a mi cabeza y avivaron el deseo acuciante de saber más, pero debía ser prudente si no quería echar por la borda todos los progresos que había conseguido hasta el momento, así que decidí conceder una tregua a mi curiosidad.

—De todas formas, usted todavía es joven. Aún puede estudiar Biología y recorrer el mundo en busca de una buena ola.

Esbozó la sonrisa más triste que le había visto jamás y dejó ir una exhalación profunda.

—Gracias por los ánimos, pero dejé de soñar hace mucho.

—Sin embargo, los sueños son lo que nos mantiene vivos.

—Se equivoca, Emma. Lo que nos mantiene vivos son los recuerdos.

La rotundidad de su afirmación me hizo entender que el dardo se había clavado muy cerca de la diana y el silencio volvió a precipitarse sobre nosotros como un alud. Por suerte, la cosa mejoró cuando llegamos a Oriental Bay, una animada zona de cafés y restaurantes. Había una feria navideña junto a la playa y David tuvo el bonito detalle de comprarme un delicioso helado de *hokey pokey** en uno de los quioscos.

—Qué diferente se ve aquí la Navidad. No me extrañaría que Santa Claus cambiara su clásico abrigo rojo por una camiseta de los All Backs y que los niños dejaran kiwis para los renos junto a la chimenea.

Me encantó que mi inherente sarcasmo británico fuera capaz de provocarle una sonora carcajada.

---

* Helado de vainilla con trocitos de caramelo, típico de Nueva Zelanda.

—¿Sabe una cosa? La voy a echar mucho de menos cuando deje la cafetería.

—¿A qué viene eso? No tengo ninguna intención de dejarla, me gusta estar… —Rectifiqué—… trabajar con usted.

—Vamos, Emma… Ambos sabemos que solo está de paso en el Hunter's. No parece la clase de chica que se conforma con menos de lo que quiere, lo cual es perfectamente comprensible.

Que lo tuviera tan claro me dolió casi tanto como una bofetada, así que desvié la vista y me concentré en lamer la bola de helado para no tropezarme con la intensidad de su mirada. No obstante, sentí cómo clavaba los ojos en mi boca durante más tiempo del que se consideraría apropiado.

Se humedeció los labios y carraspeó.

—¿Está cansada? ¿Le apetece que nos sentemos un rato?

Los pies me dolían después del largo paseo, de modo que accedí. Atravesamos la frondosa hilera de árboles de col que bordeaba el paseo marítimo y caminamos hacia el pequeño embarcadero de Clyde Quay. Al sentir cómo su mano me rozaba de forma inocente la caída de la espalda, contuve el aliento. David era capaz de conseguir que me tambalease con cualquier gesto que implicara contacto, por mínimo e imperceptible que fuera. Nos descalzamos y nos sentamos el uno al lado del otro. Él, con el torso un poco reclinado, apoyado sobre las palmas de las manos; yo, con las mías cruzadas sobre el regazo. Metí los pies dentro del agua y exhalé al recibir la fresca caricia del océano en los tobillos.

—¿Es posible que la vida pueda ser así de placentera o son imaginaciones mías?

—Es posible —repuso David, dedicándome una sonrisa adorable—. Muy pocas veces, pero es posible.

Crucé los tobillos y comencé a balancearlos hacia delante y hacia atrás. A lo lejos, la luz del atardecer había teñido de un tono ambarino la inalcanzable línea del horizonte. Miré en su dirección y me aparté de la frente un mechón de pelo alborotado por el viento.

—¿Por qué vino a Wellington? ¿Por qué dejó Ashburton?
Endureció la mirada y fijó la vista en algún punto en el infinito.
—Porque tuve que hacerlo. Pasó algo y… no me quedó alternativa. —No tuve ocasión de averiguar a qué se refería. Enseguida giró la cabeza y me dio a entender con la mirada que no había lugar para las preguntas—. ¿Y usted, Emma? ¿Qué hace aquí?
Asumí que nuestra comunicación sería más fluida si hablábamos de mí.
—Intento empezar de nuevo.
—Eso ya lo sé, pero ¿por qué en Welly?
—Por el *National Geographic*.
David compuso una expresión a caballo entre la incredulidad y el asombro, y mi mente retrocedió hasta la tarde en que tía Margaret murió.
—Por el *National Geographic* —meditó, sin poder ocultar que aquello escapaba a su entendimiento.
—Así es. En concreto, por un extenso artículo del número de octubre titulado «Nadie muere en Wellington», que, además, incluía una foto de Owhiro Bay alucinante.
—Cielos… Desde luego es un título sugerente, aunque no sé si tanto como para impulsar a alguien a hacer las maletas y largarse al otro lado del hemisferio. ¿Y qué decía ese artículo, si se puede saber?
—Que esta es una de las ciudades con la tasa de mortalidad más baja del mundo.
Se mesó la barba y advertí cómo se le llenaba la frente de surcos. La extrañeza inicial seguida de una expresión cargada de incredulidad se dibujó en sus rasgos.
—Y eso se debe a…
—A varios factores, pero sobre todo a la felicidad. La premisa del artículo podría resumirse en que aquí la gente es feliz y por eso —dije, y entrecomillé con los dedos— no se muere. O se muere poco.

David arrugó la nariz.

—¿De veras? ¡Qué explicación tan *naif*! Como si la felicidad existiera de verdad.

—Bueno, depende de cuál sea su concepto de felicidad.

—¿Cuál es el suyo?

—Es posible que todavía me encuentre en proceso de definirlo, pero creo que tiene que ver con lo que uno mismo escoge. De todas formas, presiento que navego en buena dirección.

—Así que Nueva Zelanda es una especie de viaje iniciático para usted, ¿no?

—Digamos que, cuando aquel ejemplar del *National Geographic* cayó en mis manos, sentí la necesidad de dar un giro copernicano a mi vida. Estaba pasando por un momento personal extraño, me costaba reconocerme a mí misma y aquello fue un auténtico revulsivo. Me di cuenta de que no quería seguir siendo la chica de siempre que se queda cruzada de brazos viendo cómo pasan los días sin atreverse a cambiar su curso. Y por eso estoy aquí.

—¿Nunca se ha arrepentido de haber tomado esa decisión?

Aparté de la mente el malestar ocasionado por el recuerdo del pasado y me concentré en la visualización de un futuro prometedor. Sonreí expulsando el aire por la nariz.

—Mire a su alrededor. ¿No le parece hermoso lo que ve? A mí sí. Mucho. Tanto que ya casi no me acuerdo de ese Londres oscuro y frío que me hacía infeliz. Me gusta esto, David. Y no es menos de lo que quiero, se lo aseguro.

Cerré los ojos y aspiré el aire puro de aquel verano que se presentaba tan lleno de posibilidades. Cuando volví a abrirlos, David me contemplaba con un brillo diferente en la mirada, como si yo fuera una ensoñación.

—Emma Lavender, es usted una criatura fascinante.

Veinte

Las vistas desde el Coene's Bar & Eatery eran inmejorables. Nuestra mesa en la terraza atestiguaba el encanto del puerto de Oriental Bay, con sus pequeñas embarcaciones mecidas suavemente por el aire. La noche había caído sobre Wellington sin que nos hubiéramos dado cuenta y el cielo y el mar se habían teñido de azul cobalto. Más allá de la quietud de la ensenada, las cálidas luces de la ciudad refulgían como la llama de una cerilla.

David exprimió un poco de limón sobre sus mejillones verdes de Marlborough al vapor y se llevó uno a la boca, a la que deslicé una mirada sin un ápice de disimulo.

—¡Joder! —exclamó dibujando una expresión de gozo que se atenuó enseguida—. Lo siento, pero no sabe la de tiempo que hacía que no probaba algo tan bueno. ¿Le apetece?

Asentí y cogí un mejillón después de que David me invitara a hacerlo con un gesto de la mano. La carne del molusco me explotó en el paladar y me proporcionó un sabor jugoso y refrescante.

—Caramba… Si lo llego a saber, no pido pescado frito con patatas —me lamenté haciendo pucheros. Aunque debo admitir que mi pargo también estaba delicioso, como comprobé minutos más tarde.

David y yo rompimos a reír a la vez. Que estábamos a gusto el uno con el otro había quedado claro desde el mismo instante en que él me había invitado a cenar. «Hace una noche muy agradable y no me apetece volver aún» fue el argumento que había esgrimido. Yo había aceptado sin reservas. «Hacía mucho que no lo pasaba tan bien con alguien, así que ¿por qué no?» fue el mío.

Serví un poco de vino blanco en ambas copas y alcé la mía; él me imitó.

—Por Windy Welly, tierra de los inmortales y paraíso para las almas incomprendidas.

Brindamos mirándonos a los ojos sin pestañear. Sus pupilas brillaban a la cálida luz del candil que iluminaba nuestro pequeño rincón de un modo romántico. Las notas afrutadas del vino me acariciaron las papilas gustativas al beber, estremecidas ligeramente ante su leve acidez.

—¿Sabe una cosa? Me acabo de dar cuenta de que esta es la primera vez que lo veo comer algo caliente que no sea un *bagel*. Me tiene tan acostumbrada a su gusto por la fruta, el queso, los pepinillos encurtidos y el jamón de Parma que incluso me sorprende. —Hice una pausa—. David, ¿puedo preguntarle por qué nunca enciende los fogones de la cocina ni me deja encenderlos a mí? ¿Acaso están estropeados?

—No están estropeados. Es solo que estoy más tranquilo si permanecen apagados.

—Pero ¿por qué? ¿Qué problema tiene? Ayúdeme a entenderlo.

David se limpió la comisura de los labios con la servilleta y la dejó sobre su regazo.

—Emma, comprendo que tenga curiosidad, pero hay ciertas cosas de mi vida de las que prefiero no hablar. No me siento cómodo.

Suspiré.

—Está bien.

Partió un pedazo de pan y lo impregnó en un pequeño recipiente que contenía salsa picante antes de llevárselo a la boca.

—¿Cómo reaccionaron sus padres cuando les dijo que se marchaba de Londres?

—Me temo que no dijeron nada.

—¿En serio? Eso es que se lo tomaron bien, entonces.

—La verdad es que no se lo tomaron de ninguna manera porque soy huérfana.

Tras haber pronunciado la palabra, noté cómo el movimiento de sus mandíbulas al masticar disminuía poco a poco y su garganta tragaba con dificultad.

—Lo siento, Emma. No tenía ni idea —musitó de forma compasiva—. ¿Quiere hablar de ello?

Todo acudió de forma vívida a mi mente, en un extraño contraste con mi situación actual. Sentí que se me cortaba la respiración al recordarlo y necesité que pasaran unos segundos para hablar.

—Murieron en un accidente de tráfico cuando yo tenía ocho años. Mi tía Margaret se hizo cargo de mí después de eso, así que tuve que dejar mi hogar en Dulverton, al sur de Inglaterra, y mudarme con ella a Londres. —Concentré todos los sentidos en desmenuzar lo que quedaba del filete de pescado para mitigar la desazón que me producía oír en voz alta mi propio relato—. Supongo que habrá oído hablar de Jack el Destripador, ¿verdad? Pues mi tía vivía en Whitechapel, en una de esas callejuelas sórdidas y malolientes en las que se cree que ese cerdo cometió los crímenes. La casa era oscura y estaba llena de humedades, un espanto. —Lo miré y esbocé una sonrisa apesadumbrada—. Dicen que el ser humano es capaz de habituarse a todo, pero le aseguro que, en los veinte años que pasé allí, jamás sentí que fuera mi hogar.

—¿No la trataba bien?

—No, no es eso. Tía Margaret no era una mujer demasiado cariñosa, pero hizo lo posible para que yo saliera adelante. ¿Quiere un poco más de vino?

—Sí, por favor. —David inclinó la copa y se la llené de sauvignon blanc—. ¿Y qué opina su tía de su viaje iniciático?

—No opina nada. Sufrió una apoplejía hace poco y murió. De hecho, ella es la razón por la que estoy aquí.

Apretó los labios de un modo misericordioso y un rictus compungido se le dibujó en el rostro.

—Lo lamento mucho.

—¿Ve como sí éramos compatibles después de todo? Igual que usted, yo también estoy acostumbrada a convivir con el dolor. El caso es que la noche de su muerte descubrí una carta escrita de su puño y letra y un montón de dinero que había ahorrado para mí, algo así como un testamento, ¿comprende? En esa carta me pedía que me marchara de Londres.

Una arruga se dibujó entre sus cejas.

—¿Por qué quería que se marchara?

—Porque tenía la firme convicción de que estaba desperdiciando mi vida.

—¿Y usted está de acuerdo con esa afirmación?

—Espere. Para responder a esa pregunta, antes necesito tomar un poco más de vino. —Me llevé la copa a los labios y dejé que el líquido transparente se deslizara despacio por mi garganta. De pronto, me sentí un tanto fuera de lugar, como si hubiese vuelto a una realidad que ya creía haber abandonado—. La verdad es que estaba atrapada en un bucle. Cada nuevo día era exactamente igual al anterior. No crea que exagero si le digo que mi rutina era exasperante. Llevaba una vida sombría y mi profesión se encargó de ensombrecerla todavía más.

—Kauri me contó a qué se dedicaba en Londres.

Abrí mucho los ojos y dibujé una gran «o» con los labios.

—Así que su amigo y usted han estado hablando de mí, ¿eh?

Observé cómo se revolvía en la silla.

—Kauri habla de usted todo el tiempo. Emma esto, Emma lo otro. Si no supiera que está coladito por esa chica de su tribu, pensaría que usted le interesa. Pero no cambiemos de tema. Decía que su profesión había ensombrecido su vida. Supongo que trabajar en un depósito de cadáveres hizo que se endureciera todavía más, ¿no?

—Supone bien. Desde el accidente de mis padres, mi vida ha girado constantemente en torno a la muerte. Tal vez si hubiera estudiado Literatura como yo quería, como estoy segura de que mi padre habría querido, ahora mismo no estaríamos hablando de esto. Pero tía Margaret siempre decía que ni Blake ni Keats iban a levantar su culo literario de la tumba para pagar el alquiler, así que, cuando tuve la oportunidad de trabajar como auxiliar para el doctor Fitzgibbons, me lancé de lleno a por ello.

—Hizo lo que creía que debía hacer, no lo que quería hacer en realidad.

—Yo nunca he hecho lo que quería hacer, David. No hasta que tomé la decisión de venir a Nueva Zelanda. En cualquier caso, lo que ocurre cuando vives con el olor de la muerte pegado a las narices es que al final dejas de notarlo. En el peor de los escenarios, te vuelves una máquina impersonal de diseccionar, eviscerar y limpiar cuerpos sin identidad ni alma. Hay veces que la costumbre deja en suspensión la condición humana, se lo aseguro.

—Pero usted es una persona llena de vitalidad que desprende luz y energía positiva, Emma. Me cuesta mucho imaginarla como la chica fría y conformista que está describiendo. ¿Qué ha cambiado, entonces?

—Todo. O puede que nada. Puede que esa luz de la que usted habla siempre hubiera estado ahí sin que yo fuera consciente. Dicen que la infancia tiene el poder de cicatrizar con rapidez incluso las peores heridas, pero le garantizo que quedarse sin padres tan pequeña deja una marca muy profunda. Por eso crecí siendo una chica un poco retraída que prefería perderse entre las páginas de un buen libro antes que en una discoteca. Siempre he tratado de salir adelante por mí misma, sin apoyarme en el hombro de nadie. Pero, a la larga, un exceso de blindaje trae consigo consecuencias negativas. Un día todo salta por los aires, alguien te dice que eres fría como la hoja de un bisturí y te das cuenta de que no quieres vivir encorsetada en una existencia en la que solo hay espacio para cuerpos inertes, conformismo y miedo.

—Tener miedo es muy humano.

—Sí, pero no podemos dejar que nos paralice. De vez en cuando hay que lanzarse al vacío, David. Ahora lo sé. La vida es mejor cuando te quitas el disfraz y la disfrutas sin reservas. Nunca olvidaré a mis padres ni el dolor que me ocasionó su pérdida. De hecho, aún hoy se me revuelve el estómago cada vez que me subo a un coche y algunas imágenes confusas del accidente me vienen a la mente. Las heridas siguen abiertas aquí —dije, y me toqué el corazón con la palma de la mano—, recordándome día tras día que nadie podrá devolverme jamás la infancia que me arrebataron. Ya sé que no puedo recuperar el pasado, pero estoy a tiempo de construir un futuro muy distinto al que habría tenido si me hubiese quedado en Londres. Y por eso he venido a Wellington.

Mis palabras lo dejaron paralizado durante unos segundos. Tenía la mejilla apoyada sobre la palma de la mano y no había apartado la mirada de mi rostro en todo el tiempo que me llevó relatar mi historia. Me percaté de que se le habían humedecido los ojos y quizá por eso parpadeaba de forma compulsiva, como si intentara ocultar su conmoción.

—Un penique por sus pensamientos.

Vi que la nuez le ascendía y le descendía con rapidez antes de atreverse a plasmar en palabras lo que sentía.

—Yo... No sé ni qué decir, tengo un nudo en el estómago ahora mismo. Creo que es usted la mujer más valiente, fuerte y honesta que he conocido en toda mi vida.

—Una mujer con debilidades, heridas y cicatrices.

—Todos tenemos cicatrices, Emma.

Aunque su voz trataba de ser firme, no engañaba a nadie. Nos sonreímos estableciendo una especie de muda aceptación, pero la línea de nuestros labios se destensó al instante y permanecimos unos segundos callados, manteniendo una mirada a la altura de las circunstancias.

Me aclaré la garganta y dije:

—Respecto a lo que ocurrió la otra noche en el cuarto de baño..., yo... siento haberlo puesto en una situación tan difícil. Le prometo que no era mi intención incomodarlo.

—Ya lo sé. Pero no debe preocuparse más. Lo que pasó, pasó.
—No va a contarme cómo se hizo esas cicatrices, ¿verdad?

David se arrellanó en su silla como si esta estuviera cubierta de espino. Tomó aire y lo expulsó muy despacio.

—Emma, yo no tengo tanto coraje como usted.
—Dígame al menos si todavía le duelen.
—Hay un límite para el dolor que un corazón es capaz de soportar y yo superé el mío hace tiempo —contestó, mirando cómo se agitaba el vino mientras movía la copa con indolencia, sujetándola por la base.

La voz se le quebró de golpe. Dejó la copa y tomó algo de distancia, como si quisiera alejarse de cualquier pregunta que pudiera incomodarlo. Se frotó la nuca y se obligó a desviar la mirada hacia el muelle, donde la brisa hacía oscilar las embarcaciones de forma lenta y rítmica. Parecía tan frágil que pensé que, si acortaba la distancia entre nosotros y tomaba sus manos ásperas entre las mías, su pena sería un poco más llevadera. Extendí el brazo sobre la mesa, al encuentro de su alma torturada. Pero cuando las yemas de mis dedos estaban a escasos milímetros de rozarle la piel, la irrupción del camarero para preguntarnos si tomaríamos postre me hizo retroceder. Intuía que en cuanto terminásemos de cenar, David querría marcharse, así que, aunque estaba bastante llena, pedí unos Lamingtons[*] con la esperanza de dilatar un poco más el final de la velada.

—¿Le gustaría ver una fotografía de mis padres?

David asintió, enarbolando algo parecido a una sonrisa.

—Es la única que conservo de los tres juntos —apunté al sacarla de mi cartera y acercársela.

Él observó la imagen con atención y me deslizó una breve mirada apreciativa que se precipitó nuevamente sobre la fotografía.

—Se parece mucho a su madre. Tiene el mismo aspecto aniñado que ella. Las mismas pecas en el rostro, los mismos

---

[*] Bizcocho típico de Nueva Zelanda con glaseado de chocolate y coco espolvoreado.

destellos rojizos en la melena castaña, la misma piel cremosa... Son como dos gotas de agua. Pero la expresión audaz es de su padre. —Me devolvió la fotografía—. Sin duda alguna.

—Los echo mucho de menos. A veces, cuando cierro los ojos, me parece verlos de nuevo en nuestra casita de Dulverton. A mi madre, en la cocina, preparando uno de esos deliciosos pasteles de *custard cream** que nadie hacía mejor que ella, y a mi padre, perdido entre las páginas de algún libro de Dickens en su viejo sillón orejero, junto a la chimenea. Pero el sonido de sus voces y de sus risas se ha apagado dentro de mi cabeza. Ya ni siquiera recuerdo cómo olían, y si no fuera por esta foto, tampoco recordaría sus rostros. —Inspiré en un intento de llevar más aire a los pulmones—. Un niño nunca debería crecer sin sus padres.

Las palabras se me deshicieron en la boca sin que presintiera la catástrofe que estaba a punto de cernirse sobre nosotros.

David apretó los párpados en un gesto que destilaba mucho sufrimiento. Yo deseaba decir algo que lo consolara, pero no supe cómo hacerlo; supongo que hay veces en que resulta más fácil creer en lo que no se ve que aceptar lo que se tiene ante las narices. Al cabo de unos instantes, posó los ojos sobre mí y dijo:

—Creo que deberíamos marcharnos ya.

Su mirada había vuelto a endurecerse. Y el alma se me cayó a los pies cuando comprendí que algo había enturbiado sin remedio lo que nos quedaba de noche.

---

* Galleta popular en el Reino Unido. Tiene la estructura de una galleta tipo sándwich con un centro *fondant* con sabor a vainilla.

Veintiuno

—Creo que deberíamos marcharnos ya.

La frase cayó de manera terminante sobre mí, igual que los casquillos de una ametralladora. Tardé un poco más de la cuenta en reaccionar; mi cerebro no era capaz de procesar sus palabras.

—Pero ¿por qué? Todavía no nos han traído el postre y ni siquiera nos hemos acabado el vino.

Levanté la botella con la intención de servirle un poco más, pero él se apresuró a tapar su copa con la mano.

—No. Tengo que conducir.

—Muy bien. Entonces beberé yo —masculé, con un aire altivo pero injusto.

Por el contrario, él mantuvo una insoportable calma rígida.

—Como quiera. Pediré la cuenta mientras tanto.

Iba a añadir algo más, pero me contuve y cualquier reproche murió en mis labios. David llamó con un discreto gesto al camarero y me arrellané en la silla, resignada ante la evidencia de que nuestra relación era una especie de castillo de naipes que yo me esforzaba en construir y él desmoronaba una y otra vez. Muy convenientemente, el ruido parecía haber disminuido en el restaurante, lo que hizo que aquel momento resultase todavía más incómodo. El fino hilo del que pendían mis emociones se rompió y toda la esperanza de una velada en la que parecía que habíamos empezado a tender puentes se esfumó para dar paso otra vez a las miradas hieráticas y al silencio. La convulsión emocional comenzaba a ser la tónica dominante entre nosotros y yo me encontraba dividida entre sentimientos incompatibles.

Protegerme de la tormenta.

O lanzarme a ella sin reservas.

El camino de vuelta hasta el estadio se me hizo eterno; las sombras nocturnas se empecinaban en torpedearlo. David permanecía en un mutismo invariable y la estampa ya no me parecía tan romántica como antes. Caminaba delante de mí, con aire taciturno. Las suelas de su calzado repiqueteaban con decisión sobre el pavimento delatando la urgencia por concluir la cita. A nuestra espalda, la ciudad se apagaba poco a poco igual que mi estado de ánimo. La luna presentaba una palidez casi metálica y el viento, que parecía cargado de lamentos, era frío e invitaba a apretar el paso. Cuando, veinte minutos después, llegamos por fin al aparcamiento, no pude soportarlo más.

—¿He hecho algo mal?

La pregunta quedó suspendida en el aire, espesándolo, durante demasiado rato.

—No, usted no ha hecho nada mal —respondió mientras abría el candado que aseguraba la moto.

—Entonces, ¿qué ha ocurrido para que quisiera irse así, tan de repente? Estábamos bien, ¿no? Al menos, yo he sentido que conectábamos.

—Olvídelo, ¿de acuerdo? Estoy cansado, nada más.

Frases hechas que no querían decir nada, que sonaban huecas.

Asentí y crispé la boca con resentimiento. Nunca había sentido tan cerca la inminencia de mi propia derrota.

—¿Eso es todo lo que va a decir? Le he contado cosas muy personales esta noche, David. Y usted se limita a decir que está cansado. Fantástico.

David exhaló con aire de suprema paciencia.

—No sé qué espera de mí, Emma. De verdad que no lo sé.

—Que me permita acercarme.

Entonces dejó el candado sobre el sillín de mala gana, se cruzó de brazos y me fulminó con una mirada de pupilas en llamas. Claramente, el lenguaje corporal puede usarse muchas veces como un arma.

—¿Y por qué demonios quiere acercarse a mí? —A pesar de que se esforzaba en mantener la calma, una vena serpenteante y pulsátil apareció en su cuello—. Yo no le convengo. Ni a usted ni a nadie. ¿Es que no se da cuenta?

—Pero David…

—Por favor —me interrumpió alzando la mano—, no diga nada más.

La gravedad de su voz se afiló por la inquietud, así que decidí que lo más prudente sería dejar las cosas como estaban. Guardó el candado bajo el sillín, se puso la cazadora y el casco, se subió a la moto y la arrancó. Y todo esto en una secuencia de movimientos marcados por la brusquedad y la tensión corporal. Suspiré abatida; no podía obligarlo a darme más de lo que él mismo estuviera dispuesto a ofrecer.

Me subí detrás y, tratando de ignorar la densa nube de circunstancias que nos separaba, me aferré a su espalda como había hecho otras veces. El paisaje, que se había vuelto espeso y oscuro, se deslizaba a toda velocidad a izquierda y derecha y experimenté un desapacible vértigo en el estómago. Solo teníamos la carretera frente a nosotros, alumbrada por la luz horizontal que proyectaba el faro delantero. De vez en cuando, nos cruzábamos con algún coche en dirección contraria. El movimiento seco de sus músculos dorsales retumbaba en mi pecho con cada cambio de marcha y pensé en lo lejos que estaba de mí, a pesar de la proximidad física. La conexión que había sentido esa noche, como si hubiéramos dejado de vagar por los meandros de la vida al encontrarnos, no había existido en realidad. Solo había sido un espejismo, un oasis imaginario en medio del desierto.

Algo más tarde, en el punto en que la carretera que discurría en paralelo al mar se acababa, David levantó el pie del acelerador y disminuyó la velocidad justo antes de aparcar junto al Hunter's. Nos bajamos de la moto y nos quitamos los cascos casi a la par. Vi que él se demoraba y me atreví a preguntarle si no subía.

—Aún no. Me gustaría quedarme un rato en la playa.

Tuve la tentación de decirle que lo acompañaba, pero me reprimí. Algo me decía que lo mejor era que me mantuviera a una distancia prudencial, que David necesitaba espacio más que nunca y puede que yo también.

—En ese caso, buenas noches. Y gracias por la velada.

—Buenas noches.

Di media vuelta y me dirigí hacia la puerta trasera del edificio.

—Emma.

Su voz aterciopelada detuvo mi movimiento y volteé la cabeza. David apretó la mandíbula y dijo:

—Sigo pensando que eres una mujer increíble.

En su mirada había tristeza, pero no derrota. Quizás aquella era su forma de pedirme que no me rindiera con él. Y que me hubiera tuteado por primera vez desde que nos conocíamos era un detalle a tener en cuenta.

Asentí levemente a modo de despedida y abrí la puerta, que temblaba como si fuera a desprenderse de sus goznes a causa de las ráfagas de viento. Sucumbí a la necesidad de volverme una última vez para advertirle que tuviese cuidado, pero él ya había desaparecido, devorado por la nocturnidad, donde todo parece dramático e irremediable, y las palabras se me quedaron clavadas como espinas en las cuerdas vocales.

Veintidós

La crema de cacao y avellanas se extendió con untuosidad sobre la masa esponjosa del *bagel*. Partí un pedazo con el cuchillo y me lo introduje en la boca con aire ausente. Si es cierta la creencia popular de que los dulces sirven para levantar el ánimo, a mí no me funcionaba aquella mañana.

Me encontraba sola en la cafetería. David se había marchado envuelto en un halo de misterio con el pretexto de un asunto personal que debía atender en el distrito financiero. Había habido poco trabajo y, salvo por el señor O'Sullivan y algún que otro vecino, apenas habían entrado clientes; se notaba que las vacaciones de verano habían comenzado. Entre eso y la forma tan abrupta en la que David y yo habíamos terminado nuestra cita, el día de Nochebuena estaba resultando bastante apagado. Cuando fui consciente de que aquella iba a ser la primera Navidad que pasaría sin tía Margaret, una profunda nostalgia se apoderó de mí. No es que nuestras celebraciones en Whitechapel se hubieran caracterizado por ser muy alegres ni pantagruélicas, que digamos. Lo tradicional era cocinar un pavo asado que solía quedar bastante seco, «por culpa de ese maldito horno que parece rescatado de la Unión Soviética», y un *pudding* de ciruelas con efecto laxante, jugar una partida de naipes y ver el mensaje televisado de la reina Isabel II hasta que el sopor provocado por el jerez terminaba meciéndonos en un duermevela, a menudo interrumpido por una digestión demasiado pesada. Pero eran las Navidades que yo recordaba, las únicas que podía atesorar desde la muerte de mis padres; era lógico que sintiera añoranza.

Por fortuna, Kauri apareció en el local hacia el mediodía y me rescató de la peligrosa red que tejían mis propios pensamientos.

—Parece que alguien tiene la moral por los suelos —apuntó mientras señalaba el *bagel* rezumante de Nutino—. Espero que no tenga nada que ver con vuestra excursión de ayer.

Sonreí y le acerqué el plato para que cogiera un trozo, aunque él declinó el ofrecimiento.

—Hoy me he despertado melancólica, eso es todo.

Era cierto solo en parte.

—Bueno, ¿y cómo fue? ¿Te gustó la experiencia? Reconócelo: el *haka* te pareció alucinante, ¿a que sí?

Asentí.

—Ya lo creo, aunque esos tipos daban miedo —exageré—. No, en serio, fue un partido muy emocionante. Los All Blacks les dieron una buena paliza a los Wallabies.

Una carcajada sardónica le brotó de la garganta.

—Eso ya lo sé. Que os regalara las entradas no significa que renunciara a perderme la Copa Bledisloe, *taku hoa*.

—A propósito de eso, te agradezco mucho el gesto tan generoso que tuviste, pero ahora siento que estoy en deuda contigo. Sé lo mucho que te gusta el *rugby*.

—No seas boba, Emma. No me debes nada. Si lo hice fue porque quiero que David y tú os conozcáis mejor, ya sabes a lo que me refiero —matizó mientras me obsequiaba con una sonrisa pícara.

—Entonces me temo que te has sacrificado en balde.

—No fastidies. A ver, ¿qué ha hecho esta vez? —Chasqueó la lengua con irritación y se sentó en un taburete como si previera que la conversación iba a ser larga—. Cuéntamelo desde el principio. Soy todo oídos.

Tomé aire y comencé el relato.

—Durante el partido estaba tan animado que parecía otro hombre. Si lo hubieras visto, Kauri... ¡Incluso me abrazó al final! Pero se apresuró a aclarar que se había dejado llevar por el calor del momento, así que más vale que borres esa sonrisa triunfal de la boca. Después fuimos a dar un paseo. Llegamos hasta Oriental Bay y se mostró muy atento, charlamos de muchos temas y hasta me compró un helado. ¿Tú sabías que David se dedicaba a la cría de ovejas en la isla Sur?

—Pues no, no tenía ni idea —repuso Kauri con una notable expresión de pasmo en la cara—. Ya te dije que nunca me ha contado nada de su pasado. ¿Qué hicisteis luego?

—Nos sentamos en el embarcadero y me dijo que le parecía una criatura fascinante. Y, para rematar, me invitó a cenar a un restaurante que tenía unas vistas del puerto maravillosas y velas en las mesas.

—¡Bueno, bueno, bueno! —exclamó, acompañando sus palabras de sendas palmadas—. Nunca habría dicho que David Hunter sería la clase de tipo que lleva a una chica a cenar a la luz de las velas y le dice cosas bonitas al oído. Parece que el romanticismo no ha muerto, después de todo.

Casi sentí la pincelada de rubor coloreándome las mejillas.

Kauri entrelazó las manos encima de la barra y me miró con suspicacia.

—Y ahora, dime la verdad. ¿Qué ocurrió para que todo se torciera? Porque es evidente que pasó algo y por eso tienes cara de flor mustia.

—Es la Navidad, que me deprime.

—Sí, la Navidad. Vamos, desembucha. ¿Qué pasó?

Me encogí de hombros.

—Sinceramente, no lo sé. Anoche compartí cosas con David que jamás he compartido con nadie, cosas muy personales. Llegué a sentir que había algo especial entre nosotros, hasta que de repente... ¡Puf! —Chasqué los dedos—. Se esfumó la magia. Ni siquiera sé qué dije para que se le cruzaran los cables y quisiera marcharse del restaurante antes del postre. ¿Puedes creer que la única explicación que me dio cuando le pregunté al respecto fue que estaba cansado? —Apoyé los codos en la barra y escondí el rostro en las manos—. ¡Ay, Kauri! ¿Qué voy a hacer?

—Debes tener un poco más de paciencia con David, *taku hoa*. Creo que nadie ha conseguido acercarse tanto a él como tú. Por lo menos, desde que lo conozco.

Era posible. Pero su incapacidad para hacerme entender qué era eso que tanto lo mortificaba me resultaba desoladora.

Pensé en las cicatrices que tenía en la espalda.

«Hay un límite para el dolor que un corazón es capaz de soportar y yo superé el mío hace tiempo».

—Algo muy grave ha debido de pasarle, Kauri. Y no deja de torturarse por ello.

—Sea lo que sea, puedes estar segura de que David es una buena persona.

—Lo sé.

Kauri dio unos golpecitos sobre la barra que indicaban que daba el tema por zanjado y dijo entre suspiros:

—En fin, no nos pongamos melodramáticos o acabaremos con todas las reservas de Nutino de Míster Simpatía. La verdad es que había venido por otro motivo. Si no tienes planes para mañana, a mi familia y a mí nos encantaría que pasaras la Navidad con nosotros. Los maoríes la celebramos de un modo un poco diferente a los *pakeha*, pero te garantizo que no te aburrirás.

—Iré con mucho gusto, por supuesto que sí. ¿David también está invitado?

—Sí, pero dudo que quiera venir. Siempre declina la invitación.

—¿Y qué hace?

—Pues no lo sé. Quedarse aquí, supongo.

—Pero nadie debería estar solo el día de Navidad. Ni siquiera él.

Kauri alzó las manos en señal de rendición.

—Mira, dejo el asunto en tus manos. Si lo convences para que venga, ambos seréis bienvenidos. Si no, que es lo más probable, te espero en el *marae* alrededor de la una. Dame papel y lápiz y te anoto las indicaciones para que llegues sin problema.

Aquella tienda de *souvenirs* cercana al acuario de Island Bay me llamó poderosamente la atención y, como no tenía nada mejor que hacer, decidí entrar a echar un vistazo. Dentro había de todo: desde postales, crema solar y chocolate Whittaker's hasta una camiseta con el mensaje «Yo sobreviví al efecto 2000», que me pareció tan divertida que no pude resistirme a comprarla. En realidad, lo que me apetecía era hacerle un regalo a David. Quería tener un detalle con él para agradecerle todo lo que había hecho por mí y, por qué no, favorecer un nuevo acercamiento. Me dediqué a explorar por aquí y por allá entre las montañas de objetos en busca de algo que me pareciera lo bastante atractivo.

¿Un llavero?

¿Una concha de abulón?

¿Un kiwi de peluche?

¿Un cenicero con forma de helecho?

Todo me parecía absurdo. Necesitaba encontrar algo que tuviera sentido para él, algo con un significado genuino, así que di otra vuelta por el local. Fue entonces cuando reparé en el expositor de pósteres que había detrás de un montón de *kiwiana*.[*] Me acerqué para verlos mejor y, después de desechar la carátula de *Matrix*, a Pamela Anderson en un sugerente bañador rojo de socorrista y a Nirvana en su mítico concierto desenchufado de 1994 en Nueva York, descubrí un mapamundi. El hallazgo no habría tenido nada de particular si el planisferio no hubiera estado ilustrado con las mejores olas de todos los mares y océanos del mundo y otros detalles como el nivel o la temperatura media del agua y la época del año más conveniente para disfrutarlas. Sin duda, era un regalo idóneo para un adepto al surf como David.

—¿Cuánto cuesta? —pregunté al dependiente.

[*] Artículos e iconos de la herencia de Nueva Zelanda, especialmente de mediados del siglo xx, que se consideran elementos icónicos del país.

—Cuarenta y seis dólares.
No era barato, pero no me importó.
—Me lo llevo.
Lo enrolló, lo envolvió con cuidado y lo metió en una bolsa de papel junto con la camiseta.

※

De vuelta en Owhiro Bay, vi que la playa estaba bastante concurrida. Me pareció divisar a David remando hacia el interior del mar tumbado sobre su tabla, con la espalda arqueada y la cabeza erguida. Una repentina sensación magnética me impidió moverme del sitio y me quedé allí plantada, observando sus movimientos atentamente. El viento soplaba con vigor y encrespaba las olas, altas como muros, de largo recorrido y crestas llenas de espuma, los ingredientes necesarios para practicar surf de forma satisfactoria. David estaba bastante lejos, pero todavía era posible apreciar su figura. De repente, soltó los brazos y se propulsó con agilidad para incorporarse con los pies en perpendicular a la tabla. Desde luego, estaba en buena forma física. Flexionó las rodillas y extendió los brazos. Cuando se aproximó lo suficiente al punto de rompiente, tomó impulso y llevó a cabo un giro amplio en la base que lo llevó por los aires a la cresta, donde cabalgó unos segundos sobre la espuma. A continuación, se agachó hasta volver a la parte baja de la ola. Repitió la maniobra varias veces seguidas, zigzagueando con velocidad sin perder el equilibrio ni una sola vez.
—¡Caray!
Verlo en acción, ejecutando cada movimiento con destreza, era un deleite para los sentidos.
En la siguiente ola, David cogió velocidad en el momento exacto en que esta comenzaba a ahuecarse, sujetó la tabla con una mano y se introdujo dentro del tubo de agua hasta desaparecer tras la enorme masa de espuma. Entonces me tensé. ¿Dónde estaba? ¿Acaso lo había aspirado la ola?

Lo que hice a continuación fue estúpido e imprudente.

En realidad, no hay suficientes adjetivos en el diccionario para describirlo.

Presa de la inquietud, me descalcé con rapidez, dejé la bolsa sobre la arena y corrí hacia la orilla. El tubo no se había cerrado aún, pero no había rastro de David ni de su tabla por ninguna parte, así que me temí lo peor.

—Oh, Dios mío, no...

Sentí que el nudo que me apretaba la garganta se estrechaba un poco más y me metí en el mar sin pensar en las posibles consecuencias. El agua estaba fría, pero ignoré la sensación de agujas que se me clavaban en las costillas y comencé a nadar luchando contra la corriente que me arrastraba hacia las profundidades. No soy una mala nadadora, pero las piernas se me entumecían cada vez más bajo las frías y encrespadas aguas.

—¡David! ¡David! —grité mientras braceaba con torpeza mar adentro.

Pero él seguía sin aparecer.

Las olas me zarandeaban de un lado al otro. Se me estaban cansando los brazos y la visión se me nublaba cada vez más. Traté de mantener el cuello erguido, pero una violenta sacudida me hundió bajo la superficie y me arrastró peligrosamente cerca de las rocas. Noté un intenso sabor a salado en la boca y una punzada en los pulmones. Los oídos se me habían taponado y no veía nada salvo las burbujas efervescentes que me salían por la nariz en un intento desesperado de seguir respirando bajo el agua. Pugnaba con la corriente moviendo los brazos y las piernas al mismo tiempo, pero era en vano; estaba atrapada en un remolino que se empeñaba en aspirarme hacia abajo. Cuando empecé a sentir que los músculos se aterían, una mano me atrapó la muñeca y me impulsó con fuerza hacia la superficie.

—¿Estás bien?

No era la voz de David.

Asentí aturdida, entre toses profusas, y abrí los ojos. Vi a un chico joven con media melena rubia y tez bronceada al que no conocía.

—Sujétate a la tabla.

—Pero tenemos que encontrar a David...

—Oye, no sé quién es ese David. Lo único que sé es que es muy peligroso estar tan cerca de las rocas con este oleaje. Vamos, sujétate a la tabla.

Hice lo que me pidió.

En la orilla, el aire me ayudó a reavivarme. Me senté en la arena para recuperar el aliento sin perder de vista el mar; me preocupaba que David no hubiera aparecido todavía.

—¿Quieres que llame a alguien o que te acompañe a algún sitio?

Negué con un gesto de la cabeza.

—Solo quiero encontrar a David.

Un nutrido grupo de surfistas curiosos se había congregado a unos metros de distancia y oí que especulaban sobre lo que acababa de suceder. Las hipótesis eran de lo más variopintas: o me había intentado suicidar o iba colocada. Curiosamente, a nadie se le pasó por la cabeza pensar que quizá trataba de impedir que el mar se tragara a otra persona. Pero no era momento de preocuparse por nimiedades cuando, tal vez, la vida de David corría peligro.

Mi rescatador señaló hacia el mar.

—¿Es ese de ahí?

En ese instante lo avisté remando a toda velocidad y mi ritmo cardíaco comenzó a aligerarse. Me incorporé de un salto. Empujó la tabla hacia la orilla y salió del agua corriendo a mi encuentro. Estaba pálido y tenía la cara desencajada. Respiraba de forma tan convulsa que el pecho le subía y le bajaba con violencia por debajo del neopreno.

—¡Dios mío, Emma! —exclamó, dejando a un lado la tensión que reinaba entre nosotros en favor de la preocupación inmediata. Me estrechó entre sus brazos y sentí su latido acelerado. Acto seguido, me tomó el rostro entre las manos y lo examinó con preocupación—. ¿Estás bien? Dime que estás bien.

La ansiedad teñía su voz.

—Sí, estoy bien.

—Pero ¿qué demonios ha pasado?

—Que casi se ahoga, amigo —terció el surfista—. Menos mal que yo estaba cerca o de lo contrario…

Me mordí el interior de los carrillos y agaché la cabeza avergonzada.

David expelió el aire visiblemente contrariado, dio las gracias al muchacho y conminó al resto a que se dispersaran con un tono no desagradable, pero sí autoritario.

—Ten más cuidado la próxima vez —me advirtió mi rescatador antes de recoger su tabla y adentrarse de nuevo en el mar.

De repente, estábamos solos. No me concedió un solo minuto de tregua antes de emprender la ofensiva.

—¡¿Es que te has vuelto loca?! —gritó, desesperado—. ¡¿No te das cuenta de que eso ha sido un acto temerario?! ¡¿Se puede saber qué pretendías, metiéndote a lo loco en el mar con este oleaje?!

Las ondas oscuras se sacudían sobre su frente y despedían minúsculas gotas de agua salada. En su rostro había una nota de verdadera angustia.

Tragué saliva y busqué las palabras para explicarme.

—Creía que te había engullido una ola, David. Solo quería salvarte.

La tensión de sus músculos faciales se relajó, pasó de la angustia al desconcierto y cristalizó en una sonora carcajada.

—¿Salvarme? ¿De verdad creías que podrías salvarme tú a mí? ¡Si te saco más de una cabeza y peso el doble que tú! Ay, Emma, no doy crédito. ¿Cómo es posible que seas tan ingenua? O tienes cierta tendencia a la autodestrucción o quieres poner a prueba mi capacidad para protegerte.

Lo aparté de mí de un empujón, ofendida. Empezaba a arrepentirme de haber obrado sin pensar en las consecuencias.

—¡Oye, haz el favor de no reírte de mí, ¿quieres?! ¡Estás consiguiendo que me sienta estúpida!

David levantó las manos en son de paz.

—Vale, lo siento, no era mi intención. Ya sé que has actuado de corazón, pero has sido una imprudente. Si ese chico no hubiera estado en el lugar oportuno en el momento oportuno, la cosa se podría haber puesto muy seria, ¿entiendes lo que digo?

—De todos modos, estoy segura de que tú habrías hecho lo mismo.

—Pero no estamos hablando de mí, Emma, sino de ti. Y si te llego a perder a ti también, yo…

Enmudeció de golpe, como si acabara de darse cuenta de que las palabras habían salido de su boca ajenas a su control. Advertí que le temblaban los labios y en sus ojos había un océano de contradicciones mucho más revuelto que el que se abría frente a nosotros. La suya era la viva imagen de un hombre en cuyo interior se libraba una lucha desaforada.

Apoyé la mano en su brazo y le pregunté:

—¿A quién más has perdido?

No contestó y se limitó a controlar la emoción que le impedía seguir hablando. Las nubes nunca aparecen en la zona del horizonte que esperamos y, en este caso, un cúmulo oscuro como el preámbulo de una tormenta se acababa de interponer entre nosotros sin visos de ninguna luz esperanzadora.

David apretó la mandíbula y parpadeó muy despacio. Guardó silencio y me miró durante unos instantes con un conmovedor semblante dibujado en el rostro. Yo le devolví una mirada suplicante, hasta que entendí que no serviría de nada. Cuanto más deseaba saber de él, menos probable era que hablara.

—Será mejor que vayas a cambiarte de ropa si no quieres coger un catarro —dijo, con torpe indiferencia.

El rugido de las olas estrellándose contra las rocas me abotargó los oídos.

Veintitrés

Hay cosas que se saben con certeza porque pueden comprobarse de forma empírica. Por ejemplo, que el agua hierve cuando alcanza una temperatura de cien grados centígrados, que dos líneas paralelas jamás se cruzan o que toda causa trae consigo un efecto. Siempre. Otras, en cambio, obedecen a percepciones, pero somos capaces de intuir su transcurso sin necesidad de un razonamiento lógico o de una experiencia previa. Podría decirse que eso fue exactamente lo que me sucedió cuando llegué a aquel lugar y percibí de forma clara e instantánea que la Navidad de 1999 iba a ser diferente.

El *marae* se encontraba a una media hora de la costa andando a buen ritmo, en un terraplén cubierto de hierba y arbustos que crecían de forma salvaje junto a un riachuelo con el cauce de piedra. Se trataba de una gran construcción de madera pintada de amarillo, verde y rojo, con un espacio abierto al frente y paredes de junco trenzado, que los miembros de una misma tribu maorí utilizaban como lugar de reunión en ocasiones señaladas. Tenía un tejado a dos aguas cuyos bordes estaban tallados de forma elaborada y que descansaba sobre varios postes clavados en el suelo. Más adelante aprendería que el ángulo superior del pórtico simboliza los antepasados; el caballete, la columna vertebral de la tribu; y las vigas, las costillas de la estirpe familiar. Había bastante gente alrededor del *marae* y el ambiente que se respiraba era festivo, amenizado por los éxitos musicales del momento que sonaban en un viejo radiocasete en alguna parte. Retazos de conversaciones llegaron a mis oídos.

Como esta:

«¿Qué será lo siguiente que venderá el Gobierno? ¿El aire? Primero fue el oro, luego el carbón, después todos los árboles que pudiesen talar y, por último, el pescado que fuesen capaces de enlatar».

O esta:

«No tienes ni idea de cómo se amasa la harina del *takakau*,[*] querida. Si hubieras leído algún libro de Annabel Langbein[†] lo sabrías».

O esta otra:

«La principal razón para pensar que revalidaremos el título es el banquillo. Hay buenos equipos y nos pueden plantar cara, pero nadie tiene jugadores de tanto nivel como los Hurricanes».

Unos niños correteaban de acá para allá y jugaban con un par de perros de raza indeterminada. A un lado del terraplén, un nutrido grupo de hombres se esmeraba en cavar un hoyo en la tierra mientras las mujeres preparaban las mesas a unos pocos pasos de distancia. Para los maoríes, el concepto de comunidad, representado a través del *marae,* es uno de los pilares fundamentales de su cultura. De ahí que todo el mundo participase en los preparativos de la celebración con la alegría de quien siente que está contribuyendo a hacer algo importante. El aire era cálido y no soplaba mucho viento. Después de un breve reconocimiento visual de la zona, divisé a Kauri dentro del hoyo trabajando con una pala. Llevaba la larga melena azabache recogida en una coleta y ropa de trabajo: una vieja camiseta descolorida de la empresa de reparaciones familiar y unos pantalones manchados de cemento. Dejó a un lado la pala y se secó el sudor de la frente con el dorso de la mano; hacía calor y el sol se cebaba especialmente con los que llevaban a cabo los trabajos físicos más pesados. Cuando me vio, esbozó una gran sonrisa y se impulsó con las piernas para salir del agujero. Corrió hacia mí.

[*] Pan tradicional maorí.

[†] Famosa cocinera de Nueva Zelanda y autora de libros de recetas.

—*Meri Kirihimete!* ¡Feliz Navidad, Emma! —exclamó al tiempo que me estrujaba entre sus fornidos brazos. Olía a tierra y a sudor reciente—. Ya veo que has venido sola.

Me encogí de hombros con pesar.

—No me sorprende —añadió.

Había resultado imposible convencer a David de que me acompañara. Se lo había sugerido la noche anterior, después del episodio surrealista de la playa. Al salir de la ducha me lo encontré esperándome en el salón, junto a una reconfortante taza de café, justo lo que necesitaba. ¿Cómo era posible que un hombre así tuviera un concepto tan nefasto de sí mismo? Si no hubiese llevado todavía el traje de neopreno, juro que me habría lanzado a sus labios y lo habría besado. —Mentira. No lo hice porque sentía un miedo reverencial a acercarme a él y que se deshiciera entre mis manos—. Me obligó a prometerle que no volvería a cometer una estupidez semejante y que, en lo sucesivo, confiaría en sus habilidades como surfista antes de lanzarme a una misión suicida. «De acuerdo. Con la condición de que mañana vengas a celebrar la Navidad con los Paretene», le dije en un intento de ponerlo contra las cuerdas. Pero la jugada me salió mal. «No, lo siento. Mañana prefiero estar solo. Ve tú y pásalo bien», concluyó.

—Es el hombre más obstinado que he conocido en mi vida. A veces dudo de si tiene hierro en la sangre o acero —me lamenté.

—Llevas toda la razón. Pero ¿sabes qué? Él se lo pierde. Nosotros procuraremos divertirnos, ¿vale?

Asentí sin mucho entusiasmo.

—¿Para qué es ese hoyo?

—Para el *hāngi*. Es una forma ancestral de cocinar al vapor enterrando los alimentos bajo tierra. ¿Ves a ese de ahí? —Señaló a un chico que se le parecía mucho, aunque era más joven y la mitad de corpulento—. Es mi hermano, Tane. Lo que hará ahora es calentar un buen puñado de piedras volcánicas al fuego en el agujero y, dentro de un rato, cuando estén lo bastante calientes, entre todos nos encargaremos de meter la comida en cestas metálicas para que se cocine sobre las piedras.

—Qué interesante. ¿Y cuál de todos esos hombres es tu padre?

—El alto de la cara tatuada. Se llama Jayden, luego te lo presento. El resto son parientes. Nuestro *whakapapa*[*] es muy extenso.

Me quedé tan absorta contemplando las múltiples líneas de tinta a lo largo del rostro de su padre —un verdadero *moko* arcaico; pensaba que la gente tatuada de esa forma llevaba siglos muerta— que ni siquiera me percaté de que una mujer se había unido a nosotros en ese momento.

—Tú debes de ser Emma, ¿verdad?

Tenía una mirada marrón caoba que transmitía fuerza. El pelo cano, los párpados a media asta y las manchas de su piel hacían pensar que habría dejado atrás la cincuentena; sin embargo, desprendía la vitalidad de una persona más joven. Era de estatura pequeña, aunque no parecía frágil. Observé con asombro que también tenía la barbilla tatuada y ella sonrió mostrando una hilera de dientes irregulares.

—Esta es Drina, mi madre.

—Aunque todos me llaman Dree —puntualizó ella—. *Haere mai!*[†] —exclamó, tras lo cual juntó su nariz con la mía y la frotó con suavidad.

Al principio, me sentí un poco cohibida —el contacto físico con un desconocido nunca ha sido algo del agrado de un británico—, pero Kauri me indicó enseguida que se trataba del *hongi,* el saludo tradicional maorí, y me relajé. Además, el aura de aquella mujer transmitía calidez y longanimidad.

—Le agradezco mucho la invitación, Drina.

—Dree. Y por favor, tutéame.

—De acuerdo, Dree.

[*] Árbol genealógico, origen familiar.

[†] Bienvenida.

—No hay de qué. Los amigos de Kauri siempre son bienvenidos. ¿David no ha querido acompañarte? Ese muchacho se hace mucho de rogar.

Parecía decepcionada, así que tuve que improvisar.

—Me ha pedido que lo disculpes. No se encontraba muy bien y ha preferido quedarse en casa. Debe de ser por el viento, que está cambiando.

Kauri contuvo la risa y Dree meneó la cabeza con un gesto de madre preocupada, pero optó por no comentar nada.

—Hijo, ¿por qué no le muestras a Emma el *marae* por dentro? —Se dirigió a mí—. Ahora mismo andamos bastante ajetreados aquí y me temo que no podremos hacerte mucho caso.

—Pero a mí me gustaría ayudar —objeté.

Dree esbozó una sonrisa que, a pesar de ser dulce, dejaba claro que no había lugar para posibles discusiones.

—De ningún modo.

Su tono era amable, pero el sentido implícito de sus palabras era: «Puede que sea una mujer menuda, pero en casa de los Paretene mando yo».

—Los tiene bien puestos —murmuré una vez se hubo marchado de vuelta a sus tareas.

Kauri arqueó las cejas con resignación.

—No lo sabes tú bien.

Subimos los escalones que conducían a la parte abierta de la casa y atravesamos lo que parecía una especie de recibidor. Mi amigo me indicó que me descalzara y así lo hice. Entramos en una gran sala tallada en madera con motivos inspirados en el entorno natural. A primera vista reconocí telas de araña, escamas de peces y hojas de helecho.

—Esto es el *wharenui*, la sala de reuniones. A alguien que no ha pisado nunca un *wharenui* se lo conoce como un *wae wae tapu*, que significa «pies sagrados», y en teoría debe participar en una ceremonia formal de bienvenida que se llama *pōwhiri*, pero contigo haremos una excepción porque eres casi como de la familia.

Me guiñó un ojo y sonreí con complicidad.

Mientras Kauri me explicaba el significado de las tallas, yo lo observaba todo con una mezcla de curiosidad y fascinación. En su cultura, el arraigo familiar tiene mucho peso y así se percibe en sus representaciones iconográficas. Dice un proverbio maorí que «solo al conocer la genealogía se puede clavar la lanza en la tierra y tener un futuro». Para los indígenas de Nueva Zelanda, desconocer sus orígenes es motivo de vergüenza. Cada *iwi* o tribu tiene asociados sus propios elementos naturales, por eso sus emblemas representan la montaña, el río o el árbol al que pertenecen. Para un maorí, es posible, necesario y un hecho constatable sentir que un árbol es su hermano, que una montaña es su madre o que un río es su antepasado. La tierra no se posee, se pertenece a ella. Y de esa pertenencia surge el vínculo que los identifica con un lugar.

—Háblame de tu tribu.

—Mi familia forma parte de los Te Āti Awa, cuyos ancestros emigraron a Wellington desde la región de Taranaki, en el oeste de la isla Norte, a mediados del siglo XIX. El monte Taranaki es el símbolo de los Te Āti Awa, así que lo verás representado en muchas tallas. Según cuenta la leyenda, hubo un tiempo en que existían dioses-montaña que habitaban en el centro de la isla Norte: Tongariro, Taranaki, Ruapehu y Ngauruhoe. Todos ellos estaban enamorados de la diosa-montaña Pihanga, sobre todo Tongariro y Taranaki, así que comenzaron un terrible combate salpicado de lava, truenos y furiosas tormentas. Finalmente, el poderoso Tongariro derrotó a Taranaki y este acabó desterrado al oeste. Dicen que los días en que las nubes tapan su cumbre, Taranaki llora sin que lo vean, con la mirada clavada en el centro de la isla, en la dirección en la que se encuentra su amada.

Suspiré.

—Qué historia tan romántica.

Kauri rio.

—Mujer, solo es un mito. Uno de los muchos que nutren nuestra cultura.

—Aun así, me parece muy bonito.

—Algún día te hablaré de los *ponaturi*,* los *kraken* y otras criaturas. Ya veremos si te sigue pareciendo «bonito».

Continuamos visitando el resto de las dependencias, que constaban de una pequeña cocina, un almacén, un comedor y un cuarto de baño. El *marae* pertenecía a toda la comunidad, aunque aquel día solo estaban los Paretene y sus parientes más allegados, pues el resto de integrantes del *iwi*, entre quienes se encontraba Whetu, se había desplazado para celebrar la Navidad a Porirua, al norte de Wellington. Kauri me explicó que, en ocasiones especiales, solían quedarse a pasar la noche allí. Por lo visto, la vida en un *marae* era muy comunal. Todos dormían en el *wharenui*, en colchones alineados contra la pared. Comían en el comedor, ayudaban en las tareas domésticas y pasaban tiempo juntos, cantando, jugando o, simplemente, debatiendo cuestiones de interés. De pronto se me ocurrió que era una intrusa, la única que no pertenecía a los Paretene, y aquello me hizo sentir como si me cayera a un pozo de melancolía sin fondo. Pensé en la familia que había perdido a los ocho años de edad, en todos los 25 de diciembre que no había celebrado a su lado, en las oportunidades de dormir, comer o pasar el tiempo con mis padres que el destino me había robado. Y luego pensé en David y me sentí aún más afligida. No soportaba imaginármelo solo en Navidad y deseé que en ese momento hubiera estado allí, conmigo, bajo el auspicio de todo ese calor mágico y un poco místico que me arropaba como un manto.

Kauri me acarició la mejilla de manera amistosa.

—No te pongas triste, *taku hoa*. Hoy es un día para estar alegre. ¿Quieres que te dé una buena noticia? He decidido que voy a confesar mis sentimientos a Whetu esta misma noche, cuando vuelva de Porirua.

Grité de emoción. Chocamos palmas como buenos amigos y me sentí animada de nuevo.

* En la mitología maorí, grupo de criaturas hostiles que viven debajo del mar.

—Es genial que por fin te atrevas a dar el paso, Kauri.
—Quizá tú deberías hacer lo mismo con David.
—Eso solo serviría para alejarlo más de mí.
—Ten cuidado, Emma, o acabarás viviendo como un sueño lo que te niegas a vivir como una realidad.
—No te pongas tan trascendental, por Dios —repliqué en tono de burla y fingí una sonrisa para disimular la amargura de mi desengaño.

Cuando terminamos de ver el *marae* por dentro, volvimos al terraplén. Kauri regresó al hoyo para continuar con los preparativos del *hāngi* y me dejó con su madre y el resto de las mujeres, que pelaban verduras y deshuesaban carne en las mesas. Dree me sirvió un vaso de Lemon & Paeroa y me presentó a su hija, Nanaia, la menor de los tres hermanos, una chica encantadora y preciosa que soñaba con ser escritora; a la nonagenaria abuela Mere, que no hablaba una sola palabra de inglés, pero cuya sonrisa perenne transmitía una tranquilidad de espíritu contagiosa; y al resto de parientes —a partir del tercer nombre, fui incapaz de recordar más—. Insistí en que me dejaran serles de alguna utilidad y Dree acabó cediendo a regañadientes. Me dio un cuchillo y me pidió que cortase la *kumara*, como ellos llaman a la batata, en tiras rectangulares y las depositara en una fuente metálica. Todas me observaban con curiosidad y me hacían preguntas sobre mi vida en Inglaterra. Querían saber si alguna vez había visto a la reina Isabel II en persona o a David Beckham; eran la mar de divertidas. Yo era la única *pakeha*, pero en ningún momento me sentí fuera de lugar; al contrario, fueron muy hospitalarias y simpáticas conmigo.

El corazón se me paró cuando creí oír el ruido de una moto que se aproximaba. Al levantar la vista y dirigirla hacia el otro lado del terraplén vi a David subido a su Yamaha. Se quitó el casco y su mechón plateado se movió de un modo casi poético; juro que aquello fue para mí como una ensoñación. Estaba allí y yo no daba crédito. El hombre que prefería pasar solo la Navidad porque no soportaba estar rodeado de gente había venido. ¿Por qué lo había hecho? Dejé caer el cuchillo sobre el montón de pieles de *kumara* y fui a su encuentro, tratando de disimular la emoción que me embargaba.

—¡David! ¿Qué haces aquí? Creía que no te iban las celebraciones navideñas.

Me dedicó una de esas sonrisas suyas que habían empezado a repetirse con frecuencia en los últimos días, cándidas pero cálidas, y sentí unas ganas irrefrenables de lanzarme a sus brazos. No lo hice, por razones obvias.

—Y no me van —replicó sin bajarse de la moto—. Solo he venido a traerte esto.

Descolgó una bolsa blanca de tela del manillar y al dármela, un delicioso aroma conocido me impregnó las narinas. Eché un vistazo en el interior y vi que estaba repleta de *bagels*.

—Están recién hechos. Dáselos a Dree, ¿quieres?

Me pareció un detalle encantador por su parte que se hubiera molestado en hacer *bagels* expresamente y llevarlos hasta allí, pero, al mismo tiempo, no pude evitar sentir un chispazo de decepción que me atravesó el pecho.

—Entonces, ¿te vas?

—Sí.

—¿No vas a quedarte?

Sus labios dijeron que no, pero su cuerpo, inclinado con cómoda aceptación hacia delante, sugería otra cosa. Permanecimos unos segundos callados. Sentí que su mirada, intensa y penetrante, se derramaba sobre mí mientras yo jugueteaba con la visera del casco, que seguía apoyado sobre el depósito de gasolina.

—Podrías quedarte. Es Navidad.

—Emma, ya hemos hablado de esto.

—Vamos, David…, solo un rato. Al menos ve a saludar a Dree.

Se frotó la barba hirsuta. Estaba a punto de decir algo, pero la voz de Kauri lo disuadió.

—¡No me lo creo! ¡Pero si es el mismísimo David Hunter, que ha decidido honrarnos con su presencia!

Los hombres se dieron un amistoso apretón de manos.

—Apestas a humo —le reprochó David.

Kauri puso los ojos en blanco y repuso:

—*Meri Kirihimete* a ti también, Míster Simpatía. Así que has acabado entrando en razón, ¿eh, cabezota? Sé de una que va a ponerse muy contenta —dijo mientras me daba un codazo en las costillas.

Me ruboricé de inmediato, pero conseguí dominar al instante aquella súbita agitación, que esperaba que David no hubiera advertido.

—Supongo que lo dices por Dree —me apresuré a aclarar.

Kauri adoptó un aire de fingida dignidad.

—Pues claro que lo digo por mi madre. ¿Por quién, sino?

—En realidad, solo he venido para traeros unos *bagels*. Me voy ya. Tengo cosas que hacer.

Su amigo arrugó la nariz, confundido.

—¿Me tomas el pelo, colega? Me da igual lo que tengas que hacer. Tú no te vas. Ya que estás aquí, lo mínimo que podrías hacer es quedarte a echar una mano con el *hāngi*.

—Eso mismo pienso yo —aporté, uniéndome a las alegaciones.

David exhaló y nos miró a ambos como si estuviera en un aprieto.

—No tengo escapatoria, ¿verdad?

—¡No! —exclamamos Kauri y yo al unísono.

A David no le quedó más remedio que acabar cediendo y sentí que, de un modo u otro, todo cobraba sentido de repente. Dree se alegró mucho de verlo. Le dio la clásica bienvenida maorí con el *hongi*, pero enseguida lo abrazó y lo besó de una forma tan sonora y maternal que una pincelada de rubor brotó bajo la barba que poblaba sus mejillas, lo que provocó que el resto de mujeres rieran como gallinas alborotadas.

—¿Te sientes mejor? Emma nos ha dicho que te encontrabas mal.

David forzó una sonrisa y asintió.

—Sí, gracias.

Me deslizó una mirada discreta y me pareció leer «Buena jugada» en sus labios rosados.

—Me alegro de que al final hayas venido. Ya sabes que en esta familia te apreciamos mucho.

—Es mutuo, créeme. Por cierto, esto es para ti. —Le tendió la bolsa con los *bagels*—. Sé lo mucho que te gustan.

Dree se mordió el labio inferior.

—Tú sí que sabes cómo conquistar a una chica.

Todos reímos.

Al otro lado del terraplén, las piedras volcánicas del hoyo parecían haberse calentado lo suficiente, y eso significaba que los hombres de la familia Paretene comenzarían a colocar la carne y las verduras dentro de las cestas metálicas de un momento a otro. Kauri apremió a David para que fueran hacia allá y este me miró con las cejas crispadas en un gesto que denotaba angustia.

—No te preocupes, hombre —lo tranquilizó Kauri dándole palmaditas en el hombro—. Ya sé que tienes ganas de estar con ella, pero te garantizo que Emma no se va a marchar a ninguna parte.

David abrió la boca para decir algo, pero Kauri lo arrastró hacia el hoyo tirándole del brazo. Sentí que me ruborizaba por enésima vez aquel día y me refugié en la tarea que me había asignado Dree.

—Vives con él, ¿verdad? —me preguntó Nanaia.

—De forma temporal, hasta que encuentre una habitación.

—Tienes mucha suerte. Es muy guapo.

Alcé la vista y lo observé sin disimulo. Sí que lo era. Era tan condenadamente guapo que costaba dejar de mirarlo. Se había remangado la camisa hasta los codos, lo que había dejado a la vista sus poderosos antebrazos, cubiertos por una fina capa de vello oscuro. Desde dentro del agujero, Kauri, Tane y Jayden colocaban sobre las piedras las cestas con los alimentos envueltos en papel de aluminio que David les iba pasando a una distancia que me pareció demasiado prudencial. Me fijé en su nuca perlada de sudor y un poco enrojecida por el sol, en su espalda ancha enmarcada bajo unos hombros torneados, en sus manos grandes y callosas, en sus caderas estrechas seguidas de unos muslos y unas rodillas fuertes, en sus nalgas prietas bajo los vaqueros…

Y entonces, me corté.

—¡Maldita sea!

—¿Qué ha pasado? —quiso saber Dree, alarmada.

—No es nada, solo un pequeño corte.

Me metí el dedo en la boca y chupé la sangre. En ese momento, vi que David había vuelto la cabeza y me miraba con un sesgo de preocupación en las cejas.

—Pero estás sangrando. Nanaia, acompáñala al servicio y que se desinfecte bien esa herida.

—Oh, no te molestes. Iré yo misma, ya conozco el camino.

En el cuarto de baño, me lavé las manos a conciencia y, a continuación, abrí el armario alicatado a la pared en busca de algo con que curarme. Cogí un bote de agua oxigenada, una gasa y una tirita y los dispuse en la pila.

—¿Todo bien?

La voz de David me sobresaltó.

—¡Por Dios, qué susto me has dado!

—Lo siento, no era mi intención. ¿Te has cortado?

—Sí, el cuchillo estaba demasiado afilado —afirmé entre suspiros.

Era muy fácil echar la culpa al cuchillo; lo difícil habría sido reconocer que, en realidad, había sido la observación prolongada de sus atributos físicos lo que me había llevado a cometer la torpeza de deslizar la hoja sobre el dedo, en vez de sobre la batata.

—¿Duele?

Parecía preocupado de verdad.

—Solo es un cortecito de nada. —Vertí unas gotas de agua oxigenada en la gasa y presioné con ella sobre la herida durante unos segundos. Miré a David y le sonreí—. Siento que hayas tenido que interrumpir lo que estabas haciendo por algo tan insignificante como esto.

—Nada de lo que te pase es insignificante.

Su voz había cobrado un sorprendente matiz de confesión y faltó poco para que el corazón me estallase. Se aclaró la garganta con rapidez, como si quisiera borrar la huella de su atrevimiento, y se apresuró a añadir:

—Lo digo por esa faceta tuya de kamikaze que descubrí ayer.

—Sí, claro, ya te había entendido.

Retiré el plástico protector de la tirita y me la puse en el dedo.

—De todos modos, te agradezco mucho que me hayas exonerado de la tortura de tener que estar junto a ese hoyo, aunque haya sido de forma involuntaria. No es que me apasione la tarea, precisamente.

—¿Por qué no? Los demás parecen encantados.

No hubo respuesta. La pregunta se quedó flotando en el aire como una hoja seca durante un vendaval y tuve una extraña sensación de *déjà vu*. Sus silencios reiterados comenzaban a dolerme de forma pulsante.

Noté que se tensaba como un cable de acero y exhalé, frustrada.

—Supongo que esta es otra de esas veces en las que yo te pregunto algo y tú te limitas a responder que no quieres hablar de ello.

—Es demasiado personal.

—Ya veo. ¿Sabes una cosa, David? Comunicarse contigo es muy difícil. ¿Puedes decirme al menos por qué has venido?

—Solo quería saber qué te había pasado, eso es todo.

—Me refiero a por qué has venido hoy aquí, al *marae*, a pesar de que no te gusta la Navidad, si sabías que había muchas probabilidades de que los Paretene insistieran en que te quedaras —lo reté con cierto aire de desafío.

Él se tomó su tiempo para contestar.

—Ya te lo he dicho, Emma. Quería traer unos *bagels* para agradecerles la invitación.

Levanté las manos. Me irritaba su incapacidad de ofrecerme una respuesta más honesta, así que me di la vuelta, cansada de que las cosas con él no llegaran nunca a ninguna parte.

Pero los acontecimientos dieron un giro inesperado.

David me tomó de la muñeca y me tiró del brazo con suavidad obligándome a volver sobre mis pasos. Cuando estuvimos frente a frente, me soltó y nos miramos a los ojos sin pestañear; parecía que los pensamientos fluyeran en el azul cristalino de los suyos.

—Lo de los *bagels* es verdad, pero…
—Pero ¿qué?
—Creo que ya lo sabes.
—No, David, no lo sé.

Se humedeció los labios.

—No me resulta nada fácil decirte esto, Emma.
—Inténtalo.

Apretó la mandíbula.

—Verás, yo… Quería… Quería…

Las manos le temblaban aunque luchara por disimularlo frotándose la nuca. Me acerqué un poco más a él y le acaricié el brazo muy despacio, como si tuviera miedo de que fuera a deshacerse entre mis dedos. Él siguió su trayectoria con la mirada.

—Emma… —susurró atormentado.

Percibí cómo se le tensaban los músculos bajo la tela de la camisa.

—¿Qué querías, David?

Era como si, de repente, se hubiera creado una tensión puramente física entre nosotros. La sentí envolviendo partícula a partícula la atmósfera de aquella habitación. Y estoy segura de que David también lo percibió.

Y por eso dijo lo que dijo a continuación:

—Lo siento, no puedo.

Se revolvió bajo mi mano y se apartó de una sacudida. Luego escapó.

Una vez más.

※

Olía de maravilla.

Habían pasado las tres horas reglamentarias para que el *hāngi* estuviera listo y Dree me ordenó que me sentara junto a la abuela Mere mientras ella y el resto de las mujeres se encargaban de servir los platos. Traté de oponerme. No me gustaba estar de brazos cruzados mientras las demás colaboraban, pero la madre de Kauri tenía un carácter fuerte y era inútil llevarle la contraria. David se había sentado frente a mí, entre Kauri y su padre, que no decía gran cosa pero parecía buen tipo. El intercambio de miradas furtivas no había cesado desde que habíamos abandonado el cuarto de baño. Una de esas veces, mientras yo jugaba una partida al *Mu Torere** con Nanaia y David se ocupaba de trasladar una a una las cestas de comida caliente, nos habíamos quedado con la vista fija el uno en el otro más tiempo del debido. Era como si un campo magnético invisible pero palpable mantuviera nuestras miradas prendidas. Entonces, la risueña abuela, Mere, que contemplaba la escena desde su silla de tijera, pronunció unas palabras.

Sonreí confusa, pero Nanaia me lo tradujo enseguida.

—Dice que el amor siempre acaba venciendo a las circunstancias.

Algo más tarde, después de bendecir la gran mesa con una *karakia*,† comenzamos a cenar al aire libre, bajo unas enormes sombrillas que atrapaban los rayos oblicuos del sol de media tarde. Como la buena anfitriona que era, Dree no paró de agasajarnos con comida. La carne y las verduras estaban muy

---

* Juego de tablero de origen maorí.

† Oración que se utiliza para invocar la guía y protección espiritual.

jugosas. Tenían un toque especiado que resultaba de lo más exótico y dejaban un delicioso retrogusto ahumado. La bebida era refrescante y el ambiente, festivo. Todo el mundo reía y cantaba. «¡Guarda tus problemas y sonríe, sonríe, sonríe!»,* aullaban medio borrachos algunos desde el otro extremo de la mesa. Incluso David, que parecía haberse relajado un poco, había abandonado la expresión ceñuda de su rostro y charlaba de *rugby* con Kauri.

—A propósito de eso, fue una pena que tuvieras que renunciar a tus entradas. No te haces una idea del partidazo que te perdiste.

Kauri palideció al instante y me deslizó una mirada fugaz. Ambos sufrimos una especie de sacudida eléctrica en nuestros asientos.

—Espera, espera, espera. ¿Cómo que renunciaste a tus entradas? ¿Y por qué hiciste eso, capullo? —quiso saber Tane, mirándolo de hito en hito con los ojos como platos.

—Esa boca, jovencito —lo reprendió Jayden.

—Por lo visto, vuestra madre le pidió que viniese a arreglar el *marae* —contó David con total naturalidad.

—¿Yo? —preguntó Dree, incrédula.

—Bueno, al menos eso fue lo que me dijo.

—Pues te mintió. —Dirigió una mirada de madre enfadada a su hijo mayor—. ¿Se puede saber por qué mentiste, Kauri?

Juro que en ese momento no me habría importado que me enterrasen en el hoyo del *hāngi*.

—Pues no, no se puede saber. Y será mejor que dejéis el tema de una vez si no queréis que me enfade y vaya a Kmart ahora mismo a devolver vuestros regalos navideños. ¿Está claro?

—Hoy no está abierto, pringado —se mofó Tane.

---

* *Pack up your troubles in your old kit-bag.* Canción bélica popular (1915). La participación de Nueva Zelanda en las dos guerras mundiales y el gran número de bajas sufridas supusieron una llamada al desarrollo de la identidad nacional. De hecho, el Día ANZAC (cuerpos del ejército australiano y neozelandés) es una de las festividades más importantes en ambos países (25 de abril).

Nanaia enarcó las cejas.

—¿Kmart, Kauri? ¿En serio? ¿Es que no había un sitio más cutre?

Kauri exhaló.

—Lo que tiene que aguantar un hermano mayor...

David sonrió de forma burlona y sacudió la cabeza como si hubiera comprendido la argucia de su amigo. Un brillo especulativo iluminaba sus ojos y supuse que habría atado cabos, aunque no parecía molesto, lo cual me tranquilizó bastante.

Fue Jayden quien decidió cambiar de tema preguntándole a David por el Hunter's.

—No me puedo quejar, gracias a Dios.

—Gracias a Emma, querrás decir —apostilló Kauri mientras se llevaba un pedazo de *kumara* asada a la boca.

Estuve a punto de atragantarme con la comida y tuve que aclararme la garganta con un poco de vino antes de hablar.

—No seas exagerado, Kauri. Si el negocio funciona es porque el producto es bueno, no tiene nada que ver conmigo.

—¡Venga ya! Eres demasiado modesta, *taku hoa*. Sabes de sobra que desde que trabajas para Míster Simpatía, la cafetería no solo ha recuperado muchos de los clientes que había perdido, sino que ha ganado unos cuantos más. Nadie pone en duda que los *bagels* son buenos, pero el alma del Hunter's eres tú. Tú les gustas a todos. No como otros. Ejem, ejem...

Fruncí los labios en un gesto de incredulidad.

—De verdad que no creo que sea para tanto.

David decidió intervenir. Me lanzó una mirada franca y directa, sin dobleces ni subterfugios, y expuso su punto de vista.

—Kauri tiene razón. Nunca te lo he dicho, pero, antes de conocerte, había empezado a plantearme si seguir o no con el negocio. No es que fuera mal del todo, pero hay que hacer muchos *bagels* a la semana para vivir con un poco de holgura y eso implica tener que elegir entre pasarse el día entero pegado al horno o detrás del mostrador, y ya sabes lo poco que me gusta esto último.

Sonreí con complicidad. En ese momento tuve la extraña sensación de que estábamos solos en la mesa y que, de algún modo, aunque impreciso, se estaba sincerando conmigo.

—Sí, ya lo sé. Tratar con seres humanos no es tu fuerte.

—Me metí en esto porque me permitía vivir con tranquilidad, pero no contaba con lo estresante que podría ser querer hacerlo todo solo.

—Y mira que se lo habré advertido veces... —farfulló Kauri.

David ignoró las palabras de su amigo. Tomó aliento y prosiguió. Se había erguido en la silla y parecía nervioso; la clase de nerviosismo solemne de cuando se está a punto de confesar algo importante.

—Lo que quiero decir es que me has facilitado mucho las cosas en las últimas semanas. Eres tan comprensiva, paciente y entregada que no tengo palabras suficientes para expresarte mi gratitud. Sé que a veces resulta difícil entenderme, pero te prometo que estoy haciendo un esfuerzo para que no te vayas antes de lo previsto, porque sin ti... —Se frotó la cara y la nuez se le movió de forma convulsa—. Sin ti no sería lo mismo. Sí, Emma. Tú eres el alma del Hunter's. Y yo... Yo no soy más que el tipo que hace *bagels* en la trastienda.

Si me preguntaran quién había sido el artífice del aplauso que tuvo lugar a continuación y que se extendió como la pólvora entre todos los presentes, no sabría qué contestar porque el nudo que me atenazaba el estómago era demasiado fuerte como para prestar atención a otra cosa. Sé que había ruido de voces, copas que tintineaban, risas y silbidos a mi alrededor, pero permanecían en un segundo plano, como un hilo musical olvidado. David y yo nos miramos a los ojos, ajenos a todo y refugiados en la pequeña burbuja de cristal invisible que él mismo había empezado a construir en el instante en que sus palabras habían mostrado el verdadero significado que encerraban.

«Sin ti no sería lo mismo».

Quizá no hablaba de Emma, la empleada, sino de Emma, la chica. Quizá él también sentía algo por mí, a pesar de sí mismo.

Las ganas de reírme, de saltar y de chillar como una adolescente enloquecida casi me derribaron como una ola del océano.

Poco a poco, otros temas ocuparon el espacio de la conversación. Charlamos de muchas cosas: de la convivencia a veces difícil entre los maoríes y los *pakeha,* de la importancia de la recuperación del *moko kauae** entre las mujeres maoríes, del simbolismo del *haka* en el *rugby* —al contrario que en otros países, en Nueva Zelanda no está reservado a las élites. Hay jugadores de origen europeo y de origen maorí— o de los lugares más bonitos del país según los Paretene, como el parque nacional de Tongariro, las cuevas de Waitomo, el poblado maorí de Rotorua o la península de Coromandel.

David se mostró disconforme.

—Vuestra lista no me parece muy justa. Todos esos sitios están aquí, en la isla Norte. ¿Qué pasa con la isla Sur? ¿Acaso no tenemos paisajes bonitos también?

Kauri dejó ir una carcajada.

—Los sureños siempre tan acomplejados —se burló, lo que despertó las risas de sus hermanos.

—David tiene razón —admitió Dree—. No deberíamos olvidarnos del fiordo de Milford Sound, en la isla Sur, que es magnífico. No es de extrañar que Darwin lo llamara «la octava maravilla del mundo».

—No fue Darwin, mamá. Fue Rudyard Kipling —la corrigió Nanaia.

—Sí, bueno, quien sea. —Miró a David—. Quizá podrías llevar a Emma algún día. Debes de conocer bien la zona. ¿No eras de por allí?

Todos mis sentidos se pusieron alerta.

—No exactamente. Soy de Ashburton, en la región de Canterbury. El fiordo está a más de seiscientos kilómetros de distancia, pero está claro que los norteños desconocéis la geografía kiwi en su totalidad.

---

* Tatuaje facial (labios y barbilla) tradicional de las mujeres maoríes.

«*Touchée*».

Dree sonrió con condescendencia.

—¿Cuánto tiempo hace que no vas a la isla Sur?

—Tres años. No he vuelto a pisarla desde que llegué a Welly.

—Lógico. Allí abajo no hay más que ovejas y borrachos —trató de molestarlo Kauri.

Advertí la forma tan significativa que tuvo de revolverse en la silla, hundiendo el cuerpo como si aguantara un peso invisible. No me cabía la menor duda de que David comenzaba a sentirse incómodo porque la madre de Kauri estaba entrando en un terreno pantanoso.

Dree arrugó la nariz y se llevó las manos al pecho con afectación.

—¡Tres años! ¡Debería darte vergüenza, muchacho! —lo regañó como a un niño al que hay que hacer entrar en razón—. Tienes que ir a visitar a los tuyos. Sé que estás ocupado con el negocio, pero tú mismo has dicho que Emma se desenvuelve muy bien, así que ya no tienes excusa; ella puede encargarse de la cafetería en tu ausencia y, si es necesario, nosotros la ayudaremos. La familia es lo más importante, David, lo que nos sostiene cuando todo se desmorona.

Él desvió la vista. Algo se me removió por dentro.

—¿Y qué pasa cuando es la propia familia la que se desmorona? Yo perdí a la mía siendo una niña, Dree. Dime, ¿cuál se supone que es mi anclaje ahora que no me queda nadie?

El ambiente se enrareció de repente y vi compasión en las miradas de todos los que me rodeaban. Odio dar pena, me parece agotador.

—Los recuerdos, Emma —dijo ella, sonriendo con dulzura—. Los recuerdos prevalecen para guiarnos de la forma adecuada y recordarnos quiénes somos. Pero no olvides esto: nunca estarás sola porque familia significa inmortalidad.

Sus palabras y la serenidad con que las pronunció me conmovieron, me llegaron a lo más profundo y el peso que sentía en el pecho se aligeró. Que las certezas alivian es un hecho constatable; solo hace falta que el momento en que llegan sea el oportuno, y no todos lo son. Es necesario haber sufrido para saber qué es el dolor, haber amado para saber qué es el amor y haber perdido para saber que la vida es un juego de toma y daca capaz de juntar los momentos más sombríos con los más luminosos. Pensé en lo que me había dicho David días atrás, que los recuerdos son lo que nos mantienen vivos, y busqué sus ojos. «¿Estás bien?», me preguntó con la mirada. «Sí», respondí con la mía.

Después de los postres, volvieron a inundarnos la alegría, las risas, las conversaciones un poco más livianas y las *waiata*[*] como el villancico *Nga mihi manahau*, que los niños cantaron ataviados con gorros de Santa Claus y orejas de reno luminosas, y acompañados de Tane a la guitarra. En ese momento me di cuenta de algo muy refrescante: me sentía cómoda a pesar de estar rodeada de desconocidos y más en familia de lo que recordaba haberme sentido en mucho tiempo.

Cuando el cielo comenzó a teñirse de una tonalidad púrpura y la temperatura descendió un par de grados, Dree sugirió que continuásemos la celebración en el *wharenui*, donde habría música para que bailásemos y barra libre de bebidas alcohólicas. Yo habría aceptado si David no me hubiera pedido que nos marchásemos justo en ese instante. «Vámonos a casa, Emma», me había dicho al oído con un tono que casi sonó a súplica. Nunca ese término había cobrado tanto significado. Así que, tras el esperado tira y afloja —«¿Ya os vais? ¡Pero si todavía no ha empezado lo mejor! Vamos, quedaos un poco más, al menos hasta los fuegos artificiales. ¡Por el amor de Dios, es Navidad!»—, me despedí de los Paretene con un abrazo y la promesa de que volvería a compartir mi tiempo con ellos muy pronto.

—Ahora nosotros somos tu familia. Puedes venir cuando quieras, no necesitas invitación —dijo Dree—. Y esto también va por ti —añadió mientras clavaba sus ojos sobre David.

[*] Canción.

Antes de que nos marchásemos, la abuela, Mere, nos tomó a cada uno de una mano y puso una sobre otra. Pronunció unas palabras que sonaban ininteligibles y David y yo nos miramos sin comprender nada. Kauri sonrió.

—¿Qué ha dicho? —quise saber.

—Que la oscuridad siempre se ilumina, la tristeza se mitiga y la esperanza vuelve a asomar.

Minutos después, nuestras manos aún seguían unidas.

Veinticuatro

—Un momento, no te vayas a dormir todavía. Tengo un regalo para ti.

David me miró con desconcierto.

—¿Un regalo? ¿Para mí?

Cogí la bolsa de la tienda de *souvenirs* de Island Bay que había apilado junto a mis cosas la tarde anterior y se la entregué.

—Feliz Navidad. Espero que te guste.

—Caramba, gracias —dijo y la tomó notablemente azorado—. Pero no deberías haberte molestado. Yo ni siquiera he pensado en comprarte nada. —Chasqueó la lengua y llevó la cabeza hacia atrás—. Dios, ahora me siento fatal. Soy el peor ser humano sobre la faz de la Tierra.

—Eso no es cierto, David. Además, no tiene ninguna importancia. Solo es un detalle para agradecerte que me hayas dejado quedarme en tu casa.

—No me molesta que estés aquí, ya deberías saberlo.

Tal vez esa fuera su particular manera de decirme que le gustaba tenerme cerca y que había empezado a acostumbrarse a mí.

—¿A pesar de haber invadido tu salón o de no llamar a la puerta cuando estás en el cuarto de baño?

La comisura de sus labios se curvó en una sonrisa preciosa que le llenó de arrugas el contorno de los ojos y me pregunté por qué no lo haría más a menudo.

—¿No vas a abrirlo?

Depositó la bolsa encima de la mesa y miró en su interior. Sacó la camiseta con el mensaje «Yo sobreviví al efecto 2000» y la observó extrañado.

—Fíjate, qué original. Aunque no sé si has acertado con la talla. Me parece que es un poco pequeña.

No pude evitar reírme.

—La camiseta es para mí, bobo. En Inglaterra están tan obsesionados con el tema que me pareció divertida. Tu regalo es ese.

Arrugó las cejas con curiosidad y sacó el tubo que sobresalía de la bolsa. Cuando lo hubo desenvuelto, lo desenrolló y lo estudió con atención.

—Es un mapamundi para surfistas —le expliqué—. Como dijiste que nunca habías salido de Nueva Zelanda, pensé que el surf te daría una buena excusa para hacerlo. Ahí tienes las mejores olas del mundo. Cada vez que cabalgues sobre alguna, márcala en el mapa y así lo recordarás siempre.

Enrolló el planisferio de nuevo y lo sostuvo entre las manos. Me miraba con tal fijeza que resultaba imposible saber lo que pensaba. Una sombra de decepción se cernió sobre mi cabeza.

—¿No te ha gustado? Ya sé que no tiene mucho valor, pero pensé…

David sacudió la cabeza y avanzó hacia mí. Sus cejas y sus labios se crisparon en una mueca que denotaba nerviosismo.

—Claro que tiene valor, Emma. Tiene muchísimo valor. Y por supuesto que me ha gustado. Me ha encantado. ¡Joder, es genial! Es solo que… —Su voz sonó estrangulada por la emoción—. Verás, es que hacía mucho tiempo que nadie me regalaba nada y yo…, bueno, me he quedado sin palabras.

—Entonces no digas nada. Me conformo con que me prometas que dentro de diez años estará lleno de marcas, porque eso querrá decir que habrás dado la vuelta al mundo.

—¿Y qué pasa si el mundo se acaba el día 31 como auguran todas esas mentes preclaras del periodismo y la política?

—En ese caso, habré comprado un mapamundi para nada.

Cuando las risas posteriores a mi comentario se hubieron diluido, nos quedamos mirándonos los labios un instante detenido en el tiempo.

—¿Te acuerdas del día en que nos conocimos? —preguntó de pronto.

Cómo olvidar lo que sentí al descubrir la preciosa cara de ojos tristes que se escondía detrás de aquella voz grave y seductora, oculta en la trastienda.

—Te hablé de la colonia de focas que hay cerca de aquí.

—Red Rocks, claro que me acuerdo. ¿No fue allí donde rescataste a una cría?

David asintió.

—Tú querías ir, dijiste que nunca habías visto a una foca de cerca, pero yo te advertí que era mejor que no fueras sola. —Hizo una pausa y tomó aire—. Me gustaría llevarte, Emma.

—Claro, cuando quieras.

—¿Qué te parece ahora mismo?

—¿Ahora? ¡Pero si ya ha oscurecido!

—No te preocupes, el reflejo de las estrellas ilumina el camino. Y, de todos modos, sabría llegar con los ojos cerrados, así que no debes tener miedo, estás a salvo conmigo —me aseguró. Y yo me dije que sí, que con él a mi lado era imposible que me ocurriese nada—. El paisaje de noche es increíble, apenas hay contaminación lumínica en esa zona.

—Vaya, vaya. Así que eres un romántico, después de todo.

Él rio expulsando el aire por la nariz.

—Romántico o no, tú también te mereces un regalo de Navidad. Es justo, creo que te lo debo.

No necesitó esforzarse mucho para convencerme. Me tomó de la mano con decisión y pusimos rumbo a la playa. Recordaré toda la vida cómo la piel caliente y áspera de su palma se fundió con la mía como si fuera un ungüento contra todos los males del mundo. Allí donde acababa la carretera de Owhiro Bay Parade comenzaba un camino de piedras un tanto escarpado llamado Red Rocks Walkaway que bordeaba la línea de la costa al pie de las colinas. Los vehículos no tenían permitido el acceso, así que tendríamos que caminar alrededor de un par de kilómetros, pero no me importaba mientras David siguiera sujetándome la mano como si le fuera la vida en ello. Anduvimos durante un buen rato sin apenas decir nada. Tan solo nos acompañaba el sonido de las olas y de nuestros pasos. La brisa procedente del mar avanzaba tierra adentro y hacía susurrar a las copas de los pohutukawas de un modo extrañamente tranquilizador.

—Háblame de Ashburton —le pedí.

Me apretó los nudillos de forma inconsciente; era su manera de ponerse alerta.

—¿Qué quieres saber?

—¿Es bonito?

—No tanto como Welly, pero tiene su encanto. Es la principal población del distrito rural de Canterbury y se extiende a ambos lados del río Ashburton. Como ves, los kiwis somos muy originales a la hora de poner nombres.

Sonreí.

—Continúa.

—A ver, qué más. La ciudad en sí no es nada del otro mundo. Tiene algunos edificios históricos de ladrillo y tres o cuatro árboles centenarios. Oh, y la pesca con mosca es una auténtica obsesión para sus habitantes. Pero lo que de verdad te deja con la boca abierta es el paisaje que la rodea. Hectáreas de llanuras, campos enteros de helechos ondulantes y grandes praderas bajo el auspicio de los Alpes Meridionales. No puedo describirte ni la mitad de su belleza, Emma.

—Sin embargo, antes has reconocido que no has vuelto desde que te marchaste.

—Hacerlo me resultaría demasiado duro. Ni siquiera estoy seguro de que pudiera soportarlo.

—Creo que tu amarre con el pasado es demasiado fuerte.

—Sí. Pero ¿sabes qué? —añadió con un matiz esperanzador—. Es la primera vez en mucho tiempo que hablo abiertamente de Ashburton.

Me dedicó una mirada y creí atisbar algo distinto en ella. Seguía habiendo fantasmas tras el azul profundo de sus ojos, pero no parecían tan inquietos. Hubo una pausa repentina en el estallido de las olas y un prolongado siseo profético. Le apreté la mano; fue un gesto mudo, pero decía muchas cosas.

—¿Estás cansada? No falta mucho.

Al poco rato, nos detuvimos cerca de un risco. A nuestros pies, cientos de peñascos de las formas más extraordinarias se derramaban de una manera caprichosa a lo largo de la arena; el agua bañaba las que estaban más cerca de la orilla. David me explicó que se trataba de sedimentos volcánicos milenarios y que, a la luz del día, se apreciaba su peculiar color rojizo.

—Los designios de la naturaleza son insondables —medité acariciando los contornos de una de las rocas.

—Pues sí. Y Nueva Zelanda es la mejor prueba de ello.

Al doblar el último recodo del camino, nos encontramos con una impresionante panorámica. David señaló a lo lejos, allí donde el terreno descendía en una vertiginosa pendiente que se convertía en acantilado.

—El faro de Karori.

El potente haz de luz blanca se reflejaba en el mar formando una larga línea vertical que moría en algún punto a medio camino entre la orilla y las profundidades oceánicas.

—Mira al cielo, Emma.

El firmamento, negro, absorbente y salpicado de luces mágicas, parecía extraordinariamente cercano. Era como si pudiera tocarlo con solo alargar los brazos. Millones de estrellas rutilantes punteaban imitando los latidos de un corazón. En una noche como aquella, desde un lugar como aquel, el movimiento de rotación de la Tierra resultaba casi tangible.

Jamás había visto algo así y me quedé sin aliento.

—Es precioso.

—Sí.

—Me siento tan insignificante ahora mismo…

—Bueno, es lógico. En realidad, los seres humanos somos insignificantes y nuestro destino es desaparecer. Nuestras vidas son meros ciclos cortos que, una vez completados, revelan que nada ha cambiado. En cambio, el milagro de la naturaleza es infinito, su belleza perdura inmutable al paso del tiempo.

Volví la cabeza en su dirección y lo observé fascinada. Me encantaba descubrir la sensibilidad que se escondía bajo aquella férrea costra de dolor.

—No conocía tu faceta de filósofo. Eres una auténtica caja de sorpresas, David Hunter.

Él sonrió con timidez y replicó:

—Y qué te creías, ¿eh? Que me dedique a hacer *bagels* no significa que no tenga la capacidad de reflexionar —alegó en un falso tono de reproche. Continuó hablando—. En invierno, es posible ver la aurora austral desde aquí. Las luces del sur aparecen justo sobre el horizonte por allí y crean unos reflejos increíbles en el agua.

—Me encantaría verlo, debe de ser un espectáculo. Prométeme que vendremos cuando llegue el momento.

—Quién sabe dónde estarás para entonces.

Le propiné un suave codazo.

—¿Otra vez con eso? No tengo ninguna intención de irme a ningún lado, David. Soy feliz en Wellington y, por si todavía no te ha quedado claro, el Hunter's es mi lugar predilecto en el mundo.

—Ya lo sé, Emma. —Esbozó una sonrisa triste—. Pero la experiencia me ha enseñado que es mejor no hacer planes. A veces, el destino puede ser demasiado cruel.

—Y otras, en cambio, cuando ya no esperas nada, te sorprende poniendo en tu camino lo que de verdad le hace falta a tu vida.

—Eres demasiado optimista.

Solté un resuello.

—Es curioso que un kiwi me acuse de eso. —No quería que la melancolía estropeara mi regalo de Navidad, así que cambié de tema—. ¿Fue aquí donde rescataste a la cría de foca?

—Ajá. La marea estaba muy baja y la pobre se había quedado atrapada entre unas rocas. Luchaba por escapar del atolladero, pero no tenía la suficiente fuerza para hacerlo sola, así que la ayudé. Su madre gemía de frustración sin parar; era terrible. Y las rachas de viento tampoco ayudaban. No me rompí la crisma de milagro. Al final conseguí sacarla, aunque una de las aletas delanteras quedó dañada y yo me hice un corte así de grande en la mano.

—¿Te das cuenta de que, si no hubiera sido por ti, ese animal podría haber muerto? No vuelvas a decir nunca más que no eres una buena persona.

Exhaló.

—No soy el mejor hombre que conozco, Emma. Algún día lo entenderás.

Le pasé la mano por el hombro y se lo acaricié muy despacio. Quise decirle que dejara de torturarse por lo que fuera que hubiese hecho y que el pasado debía permanecer en el pasado. Y también quise decirle que me mirase y viera en mí su presente. Su futuro, tal vez.

Pero al final opté por decir:

—Sentémonos a mirar las estrellas.

Caminamos unos pasos a lo largo de la playa hasta que dejamos atrás las rocas y llegamos a la falda del cerro. Nos sentamos el uno junto al otro en un pequeño claro, con las piernas flexionadas y los brazos cómodamente apoyados sobre las rodillas. Nuestras caderas se rozaban en el suelo y ninguno de los dos retiró la suya.

—¿Conoces la leyenda de *Aotearoa*? —preguntó David sin despegar la vista del cielo.

Le dije que no.

—Según los maoríes, la primera persona en llegar a Nueva Zelanda no fue Abel Tasman, el explorador, ni tampoco el capitán Cook, sino Kupe. Kupe habitaba en una tierra llamada Hawaiiki, situada entre Tahití y las islas Cook, y subsistía gracias a la pesca. Kupe competía con su paisano Muturangi por pescar un pulpo gigantesco que atemorizaba a los lugareños y ahuyentaba a los bancos de peces. Un día, el pulpo mordió el anzuelo de Kupe y se desató una lucha feroz entre el pescador y su presa. El hombre y su tripulación trataron día y noche de capturar al monstruo marino, pero este los alejó de la costa y la canoa se internó en aguas profundas. Sin embargo, Kupe era muy valiente y no se amedrentó. Varias semanas después, arrastrada por fuertes corrientes, la canoa llegó hasta la isla de la gran nube blanca —en maorí *Aotearoa,* que fue como la llamó la esposa de Kupe al ver una fumarola de erupción volcánica sobre el cielo— y allí, en lo que hoy conocemos como el estrecho de Cook, el hombre dio por fin caza al pulpo. Aprovechando el descubrimiento de aquel territorio intacto, Kupe y los suyos exploraron sus costas e idearon una suerte de carta náutica de transmisión oral para regresar algún día.

—¿Quieres decir que no se quedó en la isla de la nube blanca?
—No, volvió a su hogar.
—Pues no lo entiendo. Si había sido capaz de encontrar una tierra virgen y paradisíaca, ¿para qué necesitaba volver? Yo no lo habría hecho. Me habría quedado allí y habría empezado una nueva vida. Ya sabes que eso se me da muy bien.
—Bueno, supongo que tenía que contar su hallazgo al resto de la tribu para que la historia pasara de generación en generación. Muchos años después, el clan decidió emigrar en una gran flota de canoas a ese paraíso lejano, siguiendo la ruta que había marcado el heroico pescador. Quién sabe; quizá tú y yo no estaríamos aquí ahora de no haber sido por su decisión.
—Quizá nunca habríamos llegado a conocernos.
—O quizá ni siquiera existiríamos.
—¡Pero eso suena terrible! Sería muy injusto privar al mundo de tus riquísimos *bagels.*
—Sería impensable.
—Apocalíptico.
—El fin de la especie.
—Peor que «el efecto 2000».

Las risas brotaban de nuestras gargantas como un torrente desbordado que llenaba el aire de notas y matices melódicos. Y, después de las risas, nuestras miradas se afianzaron la una en la otra y noté que ese mismo aire vibraba entre nosotros de pura tensión.

—Gracias, David. Este ha sido el mejor regalo de Navidad que me han hecho nunca. Y gracias también por el día de hoy. Ha sido muy importante para mí, de verdad.

La nuez se le desplazó al tragar saliva. Se mordió el labio de forma inconsciente y dijo:

—¿Cómo es posible que no haya nadie especial en tu vida, Emma? No me lo explico.

Mentiría si dijera que no me sentí halagada por sus palabras.

—Había alguien, pero rompimos cuando me fui de Londres. —Me abracé las rodillas y las presioné contra el pecho—. Supongo que no estábamos hechos el uno para el otro.

—¿Lo querías?

—No estaba enamorada de él, si te refieres a eso.

—Yo jamás habría dejado escapar a una mujer como tú. Habría luchado con todas mis fuerzas para que te quedaras a mi lado. O me habría ido contigo, aunque eso hubiera supuesto romper con todo. Eres demasiado valiosa, Emma.

—Afortunadamente, tú no eres como él.

Nos miramos sin decir nada y fue como si el mecanismo que hacía posible el engranaje de dos personas que se habían encontrado sin buscarse se hubiera puesto por fin en marcha. Estaba en el lugar más hermoso del mundo, bajo el manto de las estrellas, junto a David, mi paraíso particular, mi tierra inexplorada, mi segunda oportunidad. Y estaba a escasos centímetros de su boca entreabierta, tan cerca que casi veía su aliento errando por el tortuoso camino de ida y vuelta que discurría de sus labios a los míos. Todo estaba allí. Vivo, salino, rugiente y real. ¿Qué más podría haber deseado?

Tal vez que me hubiera besado como si nunca fuera a amanecer de nuevo.

Pero no lo hizo. Apoyó la mano bajo mi garganta y me apartó con delicadeza. La calidez de su piel me quemaba a través de la tela.

—No es una buena idea.

—¿Tan desagradable sería que te dejaras llevar por una vez?

—Ese no es precisamente el adjetivo que me viene a la cabeza cuando pienso en dejarme llevar contigo, créeme.

—Dicho así, suena como si hubieras pensado en ello largo y tendido.

—Emma, yo te respeto mucho. Muchísimo.

Coloqué una mano sobre la suya, que seguía bajo mi garganta, y noté cómo se tensaba. Su respiración se aceleró al tacto de mi piel, sus músculos se pusieron en estado de alerta. Prácticamente veía sus pensamientos parpadeando igual de rápido que las estrellas del cielo.

—¿Y si te dijera que no quiero que me respetes tanto?

Mi voz sonó mucho más ronca de lo habitual y estoy segura de que oí cómo se le disparaban las palpitaciones del corazón. David retiró la mano, lo que me obligó a apartar también la mía.

—Por favor, Emma. No compliquemos las cosas. Estamos bien así, ¿no te parece?

—¿«Así» cómo?

—Como amigos, supongo.

«Amigos». Nunca una palabra tan llena de significado había sonado tan hueca.

TERCERA PARTE

La paradoja de la fuerza irresistible

Veinticinco

A pesar de que olía a café recién hecho, no pude evitar notar una punzada de decepción al comprobar que David no estaba. Se había ido sin avisar y eso me irritaba. «¿Dónde se habrá metido? Por el amor de Dios, si hoy es 26 de diciembre», me lamenté. En realidad, era absurdo que me sintiera de esa forma porque no me debía ninguna explicación. Al fin y al cabo, solo éramos amigos; él mismo se había encargado de dejármelo claro.

«Estamos bien así, ¿no te parece?».

Suspiré con gran frustración.

Dado que los kiwis suelen aprovechar el *Boxing Day* para ir de rebajas o de pícnic al campo, la cafetería estaba cerrada. Tenía el día libre y ni siquiera sabía qué hacer. Me serví un café y, como no había *bagels*, abrí una caja de galletas Anzac y eché unas cuantas en un plato. El silencio resultaba demasiado molesto aquella mañana, así que encendí la tele y me senté en una mesa. En TV One había un debate informativo en diferido acerca de las posibles consecuencias del «efecto 2000» y comprobé con desagrado que los medios de comunicación neozelandeses eran igual de tremendistas al respecto que los británicos.

Aburrida, cambié de canal hasta que di con uno en el que emitían videoclips de forma ininterrumpida. En pantalla apareció «Everybody hurts», de R.E.M., una canción que en aquel momento me pareció bastante adecuada por lo penoso de mi estado de ánimo —decepción, tristeza, desconcierto—. Me llevé una galleta a la boca y la mastiqué con dificultad. Me costó tragármela; tenía un nudo en el estómago. Por supuesto, los últimos acontecimientos tenían mucho que ver. Y la ausencia de David, más insoportable que nunca, también. Pensé en la noche anterior y en el anhelo que había atisbado en sus ojos antes de que se hubiese ido a dormir. No había pronunciado una sola palabra en todo el camino de vuelta de Red Rocks a casa, aunque no me soltó la mano, y únicamente habló cuando hubo conseguido dominarse a sí mismo. Se giró hacia mí y me atravesó con una mirada torturada. «Espero que al menos uno de los dos sea capaz de conciliar el sueño esta noche», dijo antes de escabullirse hacia su dormitorio. Parecía angustiado, como si lo que había estado a punto de ocurrir entre nosotros hubiera desmontado sus esquemas. También había desmontado los míos, a decir verdad. Nunca un hombre había mostrado la férrea voluntad de no ponerme un solo dedo encima pese a que su mirada, su boca, su respiración y la cercanía de su cuerpo clamasen justo lo contrario.

Pero éramos amigos y compañeros de trabajo, y así debíamos continuar.

«No compliquemos las cosas».

Repasé uno a uno todos los momentos que habíamos vivido el día anterior, desde su inesperada aparición en el *marae* hasta ese mágico interludio en que nuestros labios habían estado a punto de fundirse bajo el cielo estrellado. Una repentina sensación de calor se expandió por mi pecho al imaginar cómo habría sido ese beso. ¿Dulce y cuidadoso? ¿Salvaje y apasionado? ¿O una combinación de los dos? Todas las respuestas eran válidas y me llevaban a una única conclusión: ardía de deseo por David. Lo deseaba tanto que cada músculo, cada hueso y cada tendón de mi cuerpo temblaban con solo pensar en su boca acariciando la mía. Algo había cambiado en él. Tal vez la simetría de su existencia había comenzado a distorsionarse en virtud de un sentimiento que lo llevara en mi dirección. Me había abierto su corazón. A su manera, pero lo había hecho. Y por eso me sentía incapaz de aceptar que hubiese vuelto a cerrarlo tan rápido. David tenía miedo, estaba segura. Se sentía amenazado porque el cómodo mundo en el que habitaba había cambiado de pronto, superando su propia capacidad de adaptación.

Yo había hecho que cambiara.

Era una posibilidad.

Me encontraba perdida en un laberinto de pensamientos cuando Kauri apareció. Estaba muy serio y no había rastro de la sonrisa perenne que caracterizaba su habitual buen humor. Llevaba el pelo suelto y despeinado y su ropa lucía arrugada. Un velo rojizo le cubría los ojos, vidriosos, y enseguida supe que algo no iba bien.

—¿Qué haces aquí tan temprano? ¿No se suponía que hoy te quedabas en el *marae* con tu familia?

—Se suponía —respondió lacónico y se dejó caer en la silla de enfrente.

—No tienes muy buen aspecto.

Se frotó la cara con ambas manos y se reclinó contra el respaldo con lasitud.

—He dormido en la camioneta. Aunque no sé si «dormir» es la palabra más apropiada, teniendo en cuenta que en realidad me he pasado la noche en vela escuchando baladas de Guns N' Roses en el radiocasete. Pero bueno, mejor eso que quedarme en el *marae*.

Lo miré preocupada y le acerqué el plato de galletas; él las rechazó con un leve movimiento de la cabeza. Por lo visto, ninguno de los dos teníamos ánimo para comer.

—¿Dónde está David? —inquirió, escaneando el local de un lado al otro.

—Ni idea. Cuando me he despertado, ya se había ido.

—Una de cal y otra de arena, ¿eh? —comentó con ironía.

—Ya sabes cómo es. Pero ¿por qué no nos centramos mejor en ti? No creo que hayas venido a las... —Miré el reloj—... ocho y cuarto de la mañana para hablar de David. Vamos, suéltalo, no te quedes nada dentro. ¿Qué ha pasado?

Kauri expulsó el aire de los pulmones con vigor y cerró los ojos. Nunca lo había visto tan vencido. Él era un chico alegre en cuyo ánimo no había ni una sola fisura. Sin embargo, aquella mañana parecía que incluso el mero acto de respirar le supusiera un esfuerzo titánico.

Despegó los párpados y fijó la vista en las galletas.

—Anoche hablé con Whetu.

Sentí que el corazón me daba un vuelco.

—¿Y bien?

—La cagué, Emma. Fue una idea pésima.

—¿Por qué dices eso?

—Porque no siente nada por mí. Ella... —Se agarró a los bordes de la mesa y los amuletos de *pounamu* de sus pulseras se agitaron—... está enamorada de Tane.

Apenas pude sofocar la exclamación de asombro que salió de mis labios.

—¿De... tu hermano?

Kauri asintió y un destello de rabia mezclada con pena le iluminó los ojos oscuros y rasgados.

—¿Y él lo sabe?

—Tane no sabe una mierda. ¿Cómo iba a saberlo si en su cerebro de mosquito no hay cabida para otra cosa que no sea el *rugby* y los ligues de fin de semana? Es un maldito inmaduro, pero, por alguna razón que no entiendo, Whetu lo ha escogido a él, así que no tengo otra opción que tragarme el orgullo y ayudarla.

—Ayudarla... ¿a conquistarlo?

—Ya me conoces, soy así de imbécil.

—Eso no es cierto, Kauri. Quieres a Whetu y harías cualquier cosa por ella.

—Sí, como entregársela en bandeja a mi hermano pequeño. Como le haga daño, te juro que... —Se frotó la cara con exasperación y emitió un gruñido—. ¡Mierda! ¿Cómo he podido ser tan estúpido para creer que una preciosidad como ella se fijaría en un animal como yo?

Entonces se derrumbó y su frustración acabó licuándose a través de los lagrimales. Ver a aquel hombre grande como un armario tan vulnerable espoleó la culpabilidad que sentía por haberlo alentado a confesar sus sentimientos. Me incliné hacia delante y lo abracé.

—No eres ningún animal, ¿me oyes? Y si esa chica no se ha dado cuenta de lo mucho que vales, habrá otra que sí lo haga.

Dejé que se desahogase sobre mi hombro y pasaron varios minutos hasta que pude variar la posición. Lo que no me imaginaba al alzar la vista es que me encontraría a David escrutándonos con fijeza desde la puerta. Había algo en su expresión que destilaba ira contenida. Tenía el rostro tan congestionado que pensé que reventaría de un momento a otro. Ahogué una exclamación de asombro y me separé de Kauri a toda prisa. Me sentía igual que un asesino al que han pillado en la escena de un crimen atroz. David era el policía, obviamente. Sé que suena ridículo, pero, por más irracionales que resulten ciertas emociones, a veces es imposible controlarlas.

Noté que el ritmo de los latidos de mi corazón aumentaba. Me aclaré la garganta, la sentía seca y bloqueada.

—David..., no te he oído llegar —dije, y me levanté de un bote.

Los pies me hicieron avanzar en su dirección, como si mi mente hubiera relegado en el cuerpo la toma de decisiones. Kauri permaneció sentado unos segundos más, supongo que enjugándose las lágrimas. Luego se dio la vuelta y saludó a David.

—Hola, tío. ¿Dónde estabas?

Una de dos: o había recuperado el aplomo de golpe o disimulaba delante de su amigo. Típico de los hombres.

David me dedicó una intensa mirada cargada de suspicacia y se dirigió al mostrador. Llevaba unas bolsas con el logotipo de Hammer Hardware que dejó sobre la barra.

—He ido a hacer unas compras. Quiero barnizar las paredes, que buena falta les hace.

—¡Genial! Un poco de bricolaje es justo lo que necesito hoy. Me vendrá bien para despejar la mente —replicó el maorí al tiempo que se incorporaba—. Dame unos minutos y te echo una mano. Vuelvo enseguida.

David asintió en silencio y Kauri desapareció tras la puerta del cuarto de baño.

—¿Ha ocurrido algo? —preguntó. Su mandíbula se endureció—. Lo estabas abrazando como si se hubiera muerto alguien. Y no soy estúpido. Aunque lo haya querido ocultar, sé que ha estado llorando, se notaba.

—Ha sufrido un desengaño amoroso.

Mi respuesta puso en su rostro una nota de liberación.

—¿Eso es todo?

Fruncí el ceño.

—¿Acaso te parece poco que Whetu le haya dicho que no lo quiere?

—El amor está sobrevalorado —repuso con frialdad mientras sacaba de las bolsas los productos que había comprado y los depositaba ordenadamente encima de la barra.

—Pero ¿qué dices? Todos necesitamos a alguien. Sin amor es imposible sobrevivir, es la fuerza motriz del mundo.

David me miró con el gesto contraído.

—Es justo al revés, Emma. El amor es extremadamente frágil. Los finales felices no existen, y cuanto antes lo asumamos, mejor. No me alegro del sufrimiento de Kauri, por supuesto que no, pero creo que el hecho de que esa chica lo haya rechazado es lo mejor que le podría haber pasado. Amar a alguien para acabar perdiéndolo es mucho peor que no haberlo tenido nunca.

Sus palabras se apagaron en medio de un silencio atónito; no podía creer lo que había dicho. Concentré en mi mirada toda la súplica que fui capaz.

—Suenas como si te hubieras rendido.

Esbozó una sonrisa melancólica disfrazada de cinismo y dijo con indulgencia:

—¿Todavía te quedaba alguna duda al respecto?

A pesar de la reticencia de David, decidí echarles una mano. No tenía nada más que hacer y, de todos modos, pasar el día con mis dos personas favoritas siempre era un buen plan. Ayudé a Kauri a retirar las mesas y me aseguré de colocar suficientes hojas de periódico en el suelo para evitar que se manchase.

—¿Estás mejor? —le pregunté en voz baja.

—Un poco más animado. La idea de David de barnizar la pared justo hoy me viene de perlas. —Sonrió—. Oye, gracias por escucharme antes, *taku hoa*.

—Lo que necesites, ya lo sabes.

—Sí, ya lo sé. Eres una buena amiga.

Extendió sus fuertes brazos cubiertos de tatuajes como si fueran alas y me apretó contra su corpulenta figura. La casualidad —o quizá fue otra cosa— quiso que David nos estuviera mirando en ese mismo instante. Carraspeó con una nota de impaciencia, lo que me llevó a separarme de Kauri de inmediato. Vi que había cruzado los brazos sobre el pecho y nos observaba con la mandíbula contraída.

—No es necesario que os toquéis todo el rato como si fuerais adolescentes —profirió entre dientes.

Kauri rio con estridencia.

—¿Eres consciente de lo ridículo que ha sonado eso? ¡No me jodas, David! Emma es mi amiga. Los amigos se dan abrazos. ¿Quieres uno tú también? Vamos, campeón, acércate —se burló, gesticulando—. Para ti también hay.

David resopló y se puso manos a la obra.

Tardamos unas cuantas horas en dejar las paredes del Hunter's como nuevas. Funcionábamos como una máquina bien engrasada. Kauri se encargaba de lijar la superficie para eliminar cualquier resto del barniz anterior, yo limpiaba la madera y David la barnizaba con la brocha. Kauri y yo charlábamos de esto y de aquello y nos gastábamos bromas mientras tanto. Repasábamos los acontecimientos del día anterior en el *marae* e, incluso, canturreábamos canciones de moda. David, en cambio, parecía molesto. No participó en la conversación en ningún momento y se limitó a responder a nuestras preguntas con monosílabos. «Sí». «No». «Puede». Y con bastante tirantez, por cierto. Llegó a pedirnos que nos callásemos porque, según sus propias palabras, nuestros berridos le provocaban dolor de cabeza. Menudo carácter. Cuando terminamos la tarea, pasadas las seis de la tarde, Kauri se ofreció a ir a buscar una pizza para cenar, pero David estaba de un humor de perros.

—Paso. Estoy hecho polvo. Lo único que me apetece ahora es darme una ducha y meterme en la cama.

—Muy bien, vete a dormir, si eso es lo que quieres, pero yo estoy famélico y apostaría el brazo derecho a que Emma también. —Había dado en el clavo—. ¿Qué te parece si luego vamos al cine? En el Roxy aún ponen *Matrix*. ¿La has visto?

—Pues no, pero en Londres oí muy buenas críticas. Sí, vayamos, por qué no.

David arqueó las cejas y frunció los labios en un gesto de fingida sorpresa.

—¿En serio estás pensando en llevarla al cine, Kauri? —Hizo una pausa y meneó la cabeza con aire de desdén—. Vaya, qué poco te ha durado el desengaño amoroso —le espetó.

La expresión de su amigo se demudó por la consternación. Los diminutos ojos de Kauri parecieron agrandarse en su perplejidad. Yo me quedé estupefacta, sin saber qué decir. Su reacción había sido tan inesperada que me sobrepasó.

—Eso ha sido un golpe bajo.

—Será mejor que te vayas —replicó él, alzando la barbilla con soberbia.

El otro le devolvió una mirada de incredulidad.

—¿Qué pasa, David? ¿Es que no tienes lo que hay que tener para invitarla tú?

David tragó saliva.

—Márchate, ¿quieres? Te lo estoy pidiendo educadamente. No me obligues a perder las formas.

Esa repentina arrogancia suya escapaba a mi entendimiento.

Kauri no dijo nada más. Se limitó a asentir con un rictus de amargura en los labios, dio media vuelta y enfiló hacia la puerta. Chasqueé la lengua y lo seguí con determinación. Él ya se encontraba fuera y estaba a punto de subirse a la camioneta, pero mi llamada detuvo su movimiento.

—No sé qué narices le pasa hoy.

—Yo sí lo sé. Solo hace falta ver cómo te mira.

—No me mira de ningún modo en particular. A decir verdad, ni siquiera creo que me mire en absoluto.

—A lo mejor es que no te has dado cuenta todavía.

—En cualquier caso, me da igual. Se ha portado fatal contigo y no hay justificación posible para lo que acaba de hacer. Si me esperas un momento, iré a buscar el bolso —dije mientras señalaba con el pulgar en dirección al local.

—¿Te importa si lo dejamos para otro día? La verdad es que se me han quitado las ganas de hacer planes.

Exhalé.

—Claro, como prefieras. ¿Estás enfadado?

—Pues sí, estoy enfadado. Pero, sobre todo, estoy sorprendido. Desde que lo conozco, jamás lo había visto reaccionar así. Creo que necesitáis aclarar unas cuantas cosas, Emma.

—Oh, no te quepa la menor duda de que lo haremos.

Soné combativa y reconozco que no me disgustó.

—Buena suerte, entonces. Vas a necesitarla —dijo y me dio un ligero apretón en el hombro.

Luego se subió a la camioneta, puso el motor en marcha y desapareció. Y yo sentí un latigazo de ira incontrolable que me sacudió de arriba abajo como un relámpago.

Veintiséis

—¿A qué demonios ha venido eso, David?

No contestó. La pregunta resonó en mis oídos durante un largo rato. Me ignoró y se limitó a seguir recogiendo las hojas de periódico del suelo y a colocar las mesas y las sillas en su posición original.

Me planté delante de él con los brazos en jarras.

—Te he hecho una pregunta y me gustaría que respondieras, si no es mucho pedir.

Estaba tan enfadada que adopté un tono batallador con él. Su comportamiento no tenía excusa de ningún tipo.

David suspiró y me dedicó una mirada inexpresiva. Era imposible descifrar lo que se ocultaba detrás de aquellos gélidos ojos.

—Puede que me haya pasado un poco —reconoció al fin.

Esbocé una risa sarcástica.

—¿Un poco? No, de un poco, nada. Has sido muy grosero con Kauri. Y la verdad, no entiendo por qué. Él es tu amigo, no me parece justo que lo eches de tu casa cuando lo único que ha hecho ha sido ayudarte de forma desinteresada.

—Lo sé. Mañana hablaré con él y asunto arreglado.

—¿Eso es todo lo que tienes que decir en tu defensa?

Pese al matiz retador de mis palabras, David no se alteró ni siquiera un poco. ¡Cómo me enervaba su hermetismo en un momento como aquel!

—De acuerdo. No estoy orgulloso de mí mismo. ¿Satisfecha?

—Te has comportado como un hombre de las cavernas. ¿Qué pretendías demostrar marcando el territorio? Porque eso has hecho.

—Muy bien, se acabó. No me gusta nada el rumbo que está tomando esta conversación, así que la vamos a dejar aquí. Me voy a la cama. Buenas noches.

Hizo un ademán de dar media vuelta, pero lo agarré del codo y lo obligué a permanecer frente a mí. Lo miré a los ojos desafiante, pero él no se arredró.

—A mí tampoco me gusta que hayas estado de morros todo el día sin motivo aparente. ¿Se puede saber qué te hemos hecho Kauri y yo para que nos hayas tratado así?

—No me habéis hecho nada —repuso entre suspiros de indulgencia—. Se me ha nublado el juicio, punto.

—Eso es evidente. Pero ¿por qué?

No contestó. Se ciñó a observarme de una forma tan penetrante que sus ojos podrían haber llegado al núcleo mismo de mi existencia.

Solté un gruñido de exasperación.

—¿Sabes? Lo que más me molesta de todo esto no es que te hayas puesto celoso sin motivos, ni que tampoco tengas los arrestos de reconocerlo. —Hice una pausa y tragué saliva—. Lo que me está matando es que no pierdas ese maldito temple tuyo de una vez y me digas qué quieres de mí.

Lo miré con una expectación sincera, pero él permaneció callado. La respuesta fue solo una caída de párpados más bien confusa que acabó hundiéndose despacio hasta sus propios pies.

—Anoche dijiste que no éramos más que amigos.

—Sé muy bien lo que dije.

Su voz había adquirido un repentino ribete acerado.

—Entonces, ¿qué derecho crees que tienes para ponerte celoso cuando ni siquiera eres capaz de tocarme?

Se humedeció los labios antes de contestar.

—Si no te toqué, fue porque te respeto, no porque no sea capaz de hacerlo; hay una enorme diferencia semántica entre ambos enunciados.

Había herido su estúpido ego masculino.

—El resultado sigue siendo el mismo. Y gracias por ser tan considerado, pero no necesito ningún caballero que vele por mi virtud. No soy una niña desvalida, por mucho que mis pecas te confundan. Sé muy bien lo que me conviene y lo que no.

—Si estás aquí manteniendo esta ridícula batalla dialéctica conmigo es porque en realidad no lo sabes.

Arqueé ambas cejas con incredulidad.

—Vaya, ¿así que ahora te resulto ridícula? Perdona, pero eres tú quien se ha puesto celoso. Eres tú quien ha impedido que haga planes con un amigo.

—No es justo que digas eso. Yo no te he impedido nada, no soy un hombre impositivo y me parece que a estas alturas ya deberías tenerlo claro. Eres libre de ir a ver *Terminator* con quien te dé la gana. Tengo cosas más importantes en las que pensar que en tu maldita agenda personal.

—*Matrix*, no *Terminator*. Y lo habría hecho si no te hubieras puesto pasivo-agresivo. ¿Qué es lo que no soportas exactamente? ¿Que me divierta con otra persona o que no lo haga contigo porque, según tú, no es conveniente? Me gustaría conocer las reglas del juego de antemano.

—Aquí nadie está jugando a nada, Emma.

—Tú sí, David. Estás jugando al gato y al ratón conmigo. Solo que todavía no tienes claro cuál de los dos estás dispuesto a ser. ¿Por qué no dejas de sermonearme con todas esas ridículas excusas sobre las relaciones y te quitas la máscara?

David exhaló con hartazgo, como si quisiera vaciar hasta la última gota de aire de los pulmones. Se frotó la cara con ímpetu y cambió el peso de una pierna a la otra. Parecía tan agotado que casi adiviné las palabras que estaba a punto de pronunciar.

—Hemos entrado en una especie de bucle sin sentido y esta discusión no va a llevarnos a ningún lado.

Me enfurruñé como una niña y crucé los brazos sobre el pecho.

—Porque tú no eres honesto con ninguno de los dos. No sabes lo que quieres, eso es lo que pasa.

Resopló hastiado, o puede que rendido.

—Sé muy bien lo que quiero. Y te garantizo que seguir discutiendo contigo como si fuéramos una… pareja… —Le costó horrores pronunciar la palabra—… no entra dentro de mis planes.

Ojalá esa frase no me hubiera sentado como un puñetazo en el estómago, pero así la encajé.

—Necesito salir a tomar el aire. No aguanto ni un segundo más aquí dentro —sentenció antes de marcharse.

La puerta batió hasta golpear la pared y tembló de arriba abajo con el impacto. A continuación, oí cómo arrancaba la moto. Y en ese instante sentí que acababa de perder algo que nunca había tenido en realidad.

Veintisiete

Su ausencia consiguió que el silencio que inundaba la cafetería fuera ensordecedor. Mientras terminaba de colocar las mesas y las sillas en su posición original, medité sobre lo que acababa de suceder. Me había equivocado de pleno al comparar a David con el tempestuoso, hosco y muy cruel Heathcliff de *Cumbres borrascosas*. David se parecía más a Gabriel Oak, de *Lejos del mundanal ruido,* uno de esos personajes masculinos contenidos y puede que algo desapasionados que abundan en la literatura inglesa de finales del siglo XIX que terminan eclosionando para mostrar una intensidad desbordante. Yo deseaba ese desenlace para David; sin embargo, él no parecía dispuesto a despojarse de su caparazón.

«Amar a alguien para acabar perdiéndolo es mucho peor que no haberlo tenido nunca».

A veces, cuando sus ojos se posaban sobre mí, su mirada era la de un hombre en cuyo interior parecía haberse desatado un incendio. Pero su modo de tratarme y de referirse a la posibilidad de mantener una relación, con una distancia obstinada, ponía de manifiesto que ahí dentro se dirimía una lucha a vida o muerte entre la intención y la acción. El deseo contra la razón; la pasión contra la contención. David albergaba algún tipo de sentimiento hacia mí o no se habría puesto celoso de Kauri. Él mismo lo había dejado entrever al afirmar que «desagradable» no era el adjetivo que le venía a la cabeza cuando pensaba en dejarse llevar conmigo. Pero no me había tocado y era muy probable que se arrepintiese de haber mostrado sus cartas, a pesar de haberlo hecho de una forma tan fugaz. Era muy probable que creyese que había obrado mal y que se estuviese fustigando por ello; conocía su tendencia punitiva en caso de que alguna de las emociones que tanto se esmeraba en preservar saliera a la luz. De ahí que, justo después de que casi me besara, me apartase educadamente con la mano y me dijera que solo podíamos ser amigos (castigo número uno). Y ese alegato pesimista contra el amor (castigo número dos) no había sido más que una forma de refrendarlo.

Pero se había puesto celoso (castigo número tres).

Y yo me estaba volviendo loca.

Recogí los botes de barniz y los llevé al cobertizo, donde se guardaban las herramientas. Se había marchado hacía ya un buen rato, después del episodio que podríamos definir como lo más parecido a una discusión de pareja que tendríamos jamás. Su tabla de surf se encontraba apoyada contra la pared y no pude resistirme a la tentación de acariciar la superficie de fibra de vidrio con los dedos. El contacto me devolvió a la tarde en que, en un insensato y temerario intento de llevar a cabo un acto heroico, me metí en el mar para salvarlo de solo Dios sabe qué, y eso me hizo evocar su abrazo desesperado ante la perspectiva de que hubiese podido pasarme algo.

«Si te llego a perder a ti también…».

La clave de todo residía en el adverbio «también». David había perdido a alguien, aunque quién, cómo y cuándo seguían siendo una incógnita que resolver. Las cicatrices que tenía en la espalda no eran más que el estigma de un dolor tan enquistado que le impedía romper con el pasado y lo obligaba a reafirmarse en la convicción de que él no necesitaba a nadie; no podía necesitarlo. El presente estaba compuesto por retazos de una época anterior que se negaba a dejar atrás. A diferencia de mí, no pensaba en el futuro; él mismo se negaba la posibilidad de su existencia. Reconozco que estaba arrepentida de haberlo presionado para que me mostrase su interior, pero ¿cómo evitarlo? ¿Cómo reprimir las ganas de saber qué era todo eso que le bullía por dentro después de habernos acercado tanto el uno al otro?

Empecé a impacientarme cuando comprobé lo tarde que se había hecho. Sabía que no era una buena idea que David regresara justo en ese momento en que me movía por una fina línea entre la comprensión y el egoísmo y, al mismo tiempo, me moría de ganas de que volviera a casa y me dijese algo. Aunque fuera tan intrascendente como «Parece que se ha levantado viento ahí fuera» o «Voy a preparar té».

Té.

Pensé que sería una buena idea calmar mi torbellino emocional con una taza en soledad y volví al local. El problema era que la dichosa tetera eléctrica seguía estropeada y, como David no se llevaba demasiado bien con la tecnología, tampoco había microondas. Lo que me dejaba una única opción.

Una sombra se cernió sobre mi conciencia.

—Mierda —masculló.

Debería haberme olvidado del té, haber apagado la luz y haber subido al piso de arriba, donde me habría echado en el sofá y me habría escondido bajo la manta de franela por lo menos hasta el año siguiente. Esa debería haber sido la secuencia lógica de mis actos, teniendo en cuenta que mi empleador y dueño de la vivienda donde me alojaba me había advertido en reiteradas ocasiones que los fogones no se encendían bajo ningún concepto.

Pero no lo fue.

Y no lo fue porque una especie de fuerza bruta incontenible me obligó a tensar la cuerda, a traspasar los límites, a burlar las barreras. Quería comprender a David. O, quizá, poner patas arriba sus normas. Quién sabe, a veces actuamos llevados por las motivaciones más irracionales e incomprensibles. Así que rebusqué entre los cajones. De casualidad, encontré una caja de cerillas perdida entre un montón de utensilios y me dispuse a prender una. Pero ni siquiera podía imaginar que David iba a aparecer en el momento exacto en que mi mano derecha sostenía el fósforo que debía encender el fogón cuyo mando manipulaba al mismo tiempo con la izquierda.

—¡Pero ¿qué demonios haces?!

Me volví sobresaltada y me encontré con él frente a frente. Tenía el rostro desencajado y sus ojos destilaban cólera y pánico al mismo tiempo. La conmoción de la sorpresa inicial se disipó y una rabia hiriente entró en oleadas para ocupar su lugar. David se abalanzó sobre mí con la furia de una tempestad, mirándome como si quisiera estrangularme, besarme o las dos cosas a la vez, y me arrebató la cerilla de las manos. La mecha se apagó por el ímpetu de la inercia. La lanzó al fregadero con rapidez, como si en ese insignificante objeto estuvieran concentrados todos los peligros del mundo. Abrió el grifo y dejó correr el agua inútilmente. Observé la escena aterrorizada; jamás lo había visto así, jadeando como un animal enjaulado. Una angustia repentina se adueñó de mí sin previo aviso y sentí que estaba a punto de implosionar.

—Lo siento, David. La tetera eléctrica sigue sin funcionar y yo solo quería…

Las últimas sílabas se habían quedado enredadas en mi voz, obstruyéndola.

Entonces estalló de forma cruel e injusta. O tal vez no. Tal vez me lo mereciese, después de todo. Me agarró por los hombros con las manos tan crispadas que parecían garras y me abrasó con la mirada, como si la ira que lo agitaba por dentro buscara una grieta para salir disparada.

Y lo hizo.

—¡Y una mierda lo sientes! ¡Te advertí que no lo hicieras! ¡Te lo dejé muy claro! ¡Maldita sea! ¡Te he ofrecido un trabajo! ¡Te he abierto las puertas de mi casa! ¡Me he sincerado contigo más que con nadie en mucho tiempo! ¡¿No era eso lo que querías de mí, que fuera sincero?! ¿Y cómo me lo agradeces? ¡Desoyendo la única jodida norma que debías cumplir!

Desvié la vista, incapaz de mirarlo de frente de lo avergonzada que estaba de mí misma. Tampoco podía hablar; en mi garganta había nacido un dolor agudo y creciente que frustraba cualquier intento. Él tenía razón, era una desconsiderada.

David continuó gritándome. La energía y la furia de su voz hicieron que el ambiente se volviera sulfúrico.

—¡Solo te he pedido que te mantuvieras alejada del fuego! ¡Por el amor de Dios, Emma! ¿No te has parado a pensar que tengo mis razones? ¿Por qué has tenido que hacerlo? ¿Acaso querías vengarte de mí por lo de anoche?

Tragué saliva y me atreví a enfrentar su mirada.

—No. No tengo ningún motivo para vengarme de ti. Siempre has sido muy generoso conmigo —musité.

—Entonces, ¿por qué?

Intenté tocarle el rostro para tranquilizarlo, pero él rechazó mi caricia y se revolvió, inquieto. Estaba rojo de ira, las venas le latían en las sienes de un modo casi trágico y jadeaba irregularmente. El mechón plateado le bailaba con frenesí sobre la frente. Me fijé en sus ojos acuosos. Las lágrimas brillaron un momento, contenidas por un espeso velo de pestañas, y solo entonces su coraje flaqueó bajo la viva imagen del sufrimiento. Quise abrazarlo, pero no me permitió que lo tocara. Frustró el llanto a tiempo frotándose con el dorso de la mano y, cuando hubo recobrado la compostura, sentenció:

—Si vuelves a hacerlo, tendrás que marcharte.

Las palabras brotaron arrastradas con una lentitud que suponía una advertencia.

—No volverá a ocurrir, te lo prometo.

—No sé si puedo seguir confiando en ti, Emma.

Su voz sonó remota y quebrada, y llenó la cocina de un sonido mitigado. La puerta desvencijada tembló en sus goznes después de que David saliera dando un portazo. Se había alejado igual de crispado que un gato camino de una pelea. Luego desapareció llevándose con él la tempestad. A mi alrededor, ya solo quedaban los restos del naufragio.

Y, de nuevo, otra pérdida.

Aquella noche, vi su sufrimiento de verdad por primera vez.

Veintiocho

El reloj marcaba la una en punto de la madrugada cuando me desperté, agitada por el ruido procedente del piso inferior. El rastro del barniz fresco todavía flotaba en el ambiente. Salté del sofá, dominada por una incómoda sensación, y me dirigí hacia las escaleras medio aturdida, como si una fuerza poderosa me obligara a hacerlo. A medio camino me pregunté si no habría sido mejor avisar a David. «¿Y si se tratara de un ladrón? El Hunter's siempre está abierto, sería muy fácil colarse y desvalijar la caja registradora». Aún estaba a tiempo de dar media vuelta y llamar a la puerta de su habitación, pero me sentía muy turbada por lo que había sucedido horas antes entre nosotros y el tiempo apremiaba, así que deseché la idea. Bajé los peldaños a oscuras y muy despacio, tratando de minimizar el crujido de la madera bajo los pies descalzos. Los pensamientos me golpeaban de forma atroz y pulsátil con tanta insistencia que tuve que apretarme las sienes para que no se desbordaran. «Vamos, Emma. Un poco de sangre fría», me dije.

Una vez en la cocina, respiré aliviada. David estaba allí. Llevaba los mismos vaqueros viejos que se había puesto para barnizar las paredes y una camiseta blanca de tirantes que se le ceñía a la espalda como una segunda piel y dejaba al descubierto sus hombros masculinos y torneados. La luz de la lámpara del techo se derramaba sobre sus brazos desnudos y proyectaba sombras contra la pared. Sus enérgicos movimientos indicaban que estaba amasando, lo cual me extrañó, dada la hora que era. Me acerqué a él con sigilo y lo observé durante unos segundos desde la retaguardia, sintiendo cada pulsación de la sangre en mis frágiles venas. Estaba fascinada y era incapaz de apartar la mirada de su perfil inquebrantable. Las ondas oscuras y plateadas que se agitaban con cada oscilación. La mandíbula recia y viril bajo aquella barba de tantos días. Los labios carnosos, fruncidos en un evidente signo de concentración. Era tan atractivo que me sentí tentada de tocarlo para asegurarme de que fuera real.

Le tomó un tiempo darse cuenta de que no estaba solo.

Volvió la cabeza en mi dirección y me miró a los ojos con una ceja alzada, sin dejar lo que estaba haciendo. A continuación, su mirada descendió hacia mi cuello y de ahí, a mis pechos, que se transparentaban sin ningún pudor bajo la parte de arriba de mi minúsculo pijama color rosa pálido. La garganta se le contrajo en un gesto delator al tragar saliva y apartó la vista con rapidez. Sentí cómo me ruborizaba y deseé haberme puesto un sujetador.

—¿Qué haces levantada a estas horas? Deberías estar durmiendo —dijo con expresión torturada.

—He oído un ruido y he decidido bajar a echar un vistazo.

David adoptó un semblante inescrutable y unas profundas arrugas surcaron su cara.

—Tú siempre tan prudente, ¿verdad, Emma?

Ignoré su comentario sarcástico de forma deliberada y pregunté:

—¿No es un poco pronto para hacer *bagels*?

—No podía dormir. Amasar me relaja.

—Ya veo. —Me mordí el labio inferior—. ¿Hay… hay algo que te preocupe?

—Cuando diriges un negocio, aunque sea uno pequeño y humilde como este, siempre hay algo que te preocupa.

No mencionó nada de lo que había sucedido en esa misma cocina hacía apenas unas horas, pero, dentro, muy dentro, intuía que aquello le había afectado hasta el punto de robarle el sueño y me sentí terriblemente mal.

—¿Puedo hacerte compañía?

Tenía muy pocas esperanzas de que me permitiera quedarme con él y me preparé para una inminente negativa. Pero, contra todo pronóstico, aceptó. Permanecí a su lado en silencio y, durante los siguientes minutos, me limité a contemplar cómo amasaba la familiar mezcla de harina, agua, sal, azúcar y levadura sobre la rústica mesa de trabajo. Sus grandes manos la moldeaban con paciencia y seguridad, como un amante experimentado que sabe lo que debe hacer para arrancar el placer del otro. En sus movimientos había tanta pasión y delicadeza al mismo tiempo que una oleada de nerviosismo me atravesó de arriba abajo, dejando una calidez a su paso a la que comenzaba a acostumbrarme.

Intenté guardarme el corazón dentro de su sitio y entablé conversación.

—Tienes unas manos mágicas, David. Ojalá supiera hacer los *bagels* como tú.

—No es cuestión de magia, sino de práctica. ¿Te gustaría aprender? —añadió tras una breve pausa en la que me dedicó una mirada enternecedora—. Si quieres, puedo enseñarte.

—¿Harías eso por mí?

—No veo por qué no.

—Entonces hagámoslo ahora.

—De acuerdo. Iré a buscarte un delantal para que no te manches.

—No hace falta. Si tú te manchas, yo también.

David me miró con una rotundidad que me dejó sin palabras. Asintió con resignación y se desplazó unos centímetros a la derecha para cederme su puesto.

—Asumiré que tienes las manos limpias. Lo primero que necesitas es enharinártelas para que la masa no se te pegue entre los dedos —explicó con un tono edificante.

Volteé las palmas como una alumna aplicada y David espolvoreó sobre ellas una buena cantidad. Frotó una y otra con vigor, de manera que la harina quedase bien extendida. A continuación, recogió la masa hasta formar una bola irregular que depositó en el centro de la mesa.

—Muy bien. Empezaremos por el principio. Sujeta el borde de la masa más cercano a ti con una mano. Apoya la otra firmemente en el centro y estírala hacia el lado contrario con la parte inferior. Llévala tan lejos como puedas. Vamos, pruébalo.

—¿Así?

—Sí. Ahora quiero que la recojas con la misma mano y la vayas enrollando poco a poco hacia ti hasta que obtengas una forma más o menos ovalada.

Hice lo que me indicaba.

—Despacio, Emma. Eso es, mucho mejor.

—¿Y ahora?

—Ahora viene la parte más delicada. ¿Estás lista?

Asentí.

—Tienes que darle a la masa un cuarto de vuelta y estirar el borde opuesto igual que has hecho antes. Desgárrala, no tengas miedo.

—¿Que la desgarre? Pues no sé si lo estoy haciendo bien —me lamenté al percatarme de que ese paso no me resultaba nada fácil.

Entonces sucedió algo que me dejó sin respiración. David se puso detrás de mí, con el cuerpo pegado a la espalda y su áspera barba rozándome ligeramente la cara. Me rodeó con sus brazos de acero y colocó las manos abiertas como un abanico encima de las mías. Sentí el calor de su piel envolviéndome igual que un manto y permanecí muy quieta, absorbiendo la catarata de sensaciones que me proporcionaba su cercanía. Luego entrelazó sus dedos con los míos y comenzó a ejercer una suave presión sobre la masa, dirigiendo al mismo tiempo y casi sin que me diera cuenta mis propios movimientos. El roce de sus yemas envió una oleada de fuego líquido que se extendió por cada rincón de mi cuerpo.

—El secreto está en el tacto, en la punta de los dedos —dijo con un ritmo pausado y cadencioso.

Su aliento me rozó la oreja y un escalofrío me atravesó.

—Desgarra la masa, Emma. No tengas miedo. Desgárrala hasta convertirla en una membrana tan fina y traslúcida que podrías romperla con un solo movimiento si quisieras.

De pronto, me pareció que el ambiente estaba tan cargado de electricidad que noté cómo se me erizaba la piel. Un deseo inconmensurable de apretarme contra su cuerpo duro y firme me poseyó y así lo hice. La ligera presión que noté en la espalda consiguió que me ardiera la sangre. El aire era cada vez más pesado y sofocante; empezaba a respirar con dificultad.

David hundió con discreción el rostro en mi pelo e inspiró.

—Hueles muy bien.

Sonó instintivo y privado, como un pensamiento pronunciado en voz alta de forma involuntaria, y el corazón comenzó a latirme tan rápido que temí que se me fuera a salir de la caja torácica.

—Es tu champú. El mío se había terminado y he usado el tuyo, espero que no te importe.

—No me importa. Puedes usarlo siempre que quieras.

Nuestras manos continuaban unidas en perfecta comunión, pero, en algún punto, habían dejado de amasar. Sin embargo, ninguno de los dos parecía tener la más mínima intención de desenterrarlas de la masa.

—Siento mucho lo de antes —reconocí.

—Yo también lo siento. No debería haberte gritado.

—Y yo no debería haberte desobedecido. No sé por qué lo he hecho. Quizá soy una kamikaze estúpida e ingrata, pero quiero que sepas que no volverá a pasar.

David exhaló.

—Prométemelo. Prométeme que ni siquiera se te pasará por la cabeza.

Giré levemente la cabeza en su dirección y mis labios le rozaron la barbilla.

—Si tú me prometes que confiarás en mí otra vez.

—No he dejado de hacerlo en ningún momento, Emma. Solo lo he dicho porque estaba muy cabreado. Cabreado, asustado..., no sé cuál es la palabra que define mejor mi estado de ánimo. Cuando te he visto con la cerilla en la mano..., yo... te juro que... —David me apretó las manos con una fuerza sobreprotectora—. Me ha dado tanto miedo que he reaccionado de forma excesiva.

Y entonces lo entendí todo. La verdad se abrió ante mis ojos como un claro en mitad del bosque.

—Le tienes pánico al fuego.

Noté cómo sus músculos se tensaron a mi espalda, pero permaneció callado; había vuelto a retraerse en sí mismo.

—Las cicatrices que tienes en la espalda son quemaduras, ¿verdad? —insistí.

Pero él siguió rehuyéndome. Se aclaró la garganta y se irguió.

—Se sabe que la masa está lista cuando es lo bastante elástica para...

Acomodé la cabeza en su pecho y observé el movimiento agitado de su nuez.

—... dar forma a los *bagels*.

Desenterré una mano y le acaricié la nuca. Mis dedos se curvaron entre sus ondas.

—No voy a dejar que sigas haciéndote pedazos, David —susurré.

Posé los labios sobre su cuello y lo besé con ternura. Fue un beso tímido, pero lo suficiente prolongado como para provocar que se endureciera de cintura para abajo. David liberó las manos y se separó de mí de un respingo. Me di la vuelta y vi cómo me miraba, con los ojos abiertos y las pupilas dilatadas como perfectas circunferencias oscuras; estaba turbado. Tenía restos de harina por todas partes, en el cuello, en la barba y en los brazos, y aquello me despertó una ternura incomprensible. Parecía más frágil y vulnerable que nunca.

—Emma, no puedo hacer esto.

Su voz era una súplica.

—¿Cómo estás tan seguro si ni siquiera lo intentas?

—No necesito intentar nada. Sé que si te pongo una mano encima, seré incapaz de detenerme a tiempo.

Lo abordé y le acaricié el hombro con delicadeza, muy despacio, como si tuviera miedo de que pudiera desintegrarse entre mis dedos. El impacto de su belleza resultaba deslumbrante, con esos ojos azules que brillaban como estrellas en el firmamento.

—¿Quién dice que tengas que detenerte?

David dejó ir un suspiro torturado. Su boca se cernió sobre la mía, lo bastante cerca como para aspirar mi aliento entrecortado, pero sin llegar a rozarla. Contrajo los labios con frustración y un deseo contenido. Éramos dos voluntades de acero enfrentadas la una a la otra.

—Nunca he conocido a un hombre con tanta resistencia como tú —me lamenté mientras dejaba caer la mano con lasitud a lo largo de su brazo.

Él tragó saliva con dificultad, se inclinó sobre mí y me tomó de las mejillas con desesperación.

—Puede que tenga mucha resistencia, pero ahora mismo estoy a punto de perder el control y no quiero que eso suceda. No quiero hacerlo, Emma. No quiero besarte, ni arrancarte la ropa como si fuera un animal hambriento, ni morder cada centímetro de tu cuerpo desnudo, ni tampoco saborear tu piel. ¿Entiendes lo que digo? Y si no quiero es porque lo deseo con todas mis fuerzas desde que vi tu hermoso rostro lleno de pecas por primera vez. —Hizo una breve pausa y me contempló con auténtica devoción—. Dios, estaría loco si no lo deseara.

Su voz se había cargado de unos matices distintos, insólitos hasta ese momento, y sonaba mucho más grave y ronca que de costumbre. Un firme latido se apoderó de mi pecho y bajó por mi abdomen hasta la confluencia de mis muslos. Sentí que me deshacía entre sus manos como una piedra caliente.

—No debes tener miedo de mí, David.

—No es de ti de quien tengo miedo, pequeña kamikaze. —Apoyó la frente contra la mía y cerró los ojos tensando los párpados, como si sintiera un dolor insoportable y tratara de resistirlo—. Maldita sea, Emma... Creo que voy a perder la cabeza si no te beso ahora mismo.

Entonces posó la mano bajo el lóbulo de mi oreja y me atrajo hacia sí con una determinación inusitada. Se había rendido por fin y la rigidez dio paso a una deliciosa sensación de entrega total. Me besó de un modo apasionado, como si necesitara aferrarse a mí para no ahogarse en el profundo océano de emociones en el que acabábamos de sumergirnos. Sus labios apresaron los míos con tanta posesividad que supe que ya le pertenecía sin remedio. Cerré los ojos y todo a mi alrededor dejó de existir. La percepción del tiempo y del espacio desaparecieron de mi mente convertidos en meras ideas abstractas cuyos contornos desdibujados ni siquiera reconocía. No había nada más allá del perímetro de aquellos labios calientes cuya geografía había explorado tantas veces en mi imaginación. Y así, boca con boca fundida, me dije que mi lugar en el mundo era ese.

Que estaba ahí.

Que lo había encontrado en él.

Por fin.

Llevé las manos a su cuello y enredé los dedos en su pelo. Su respiración se aceleró hasta convertirse en un jadeo. Sus besos se volvieron cada vez más exigentes y su lengua, menos delicada. Mi cuerpo empezaba a desprender un calor perentorio y me apreté contra él buscando la manera de calmarlo. Su erección se clavó en mis muslos con un descaro indiscutible. Un segundo o una eternidad más tarde, David logró apartarse unos milímetros. Temí que fuera a detenerse, pero su necesidad era tan grande como la mía. Echó a un lado la masa —bendita fuera por habernos llevado al punto en que nos encontrábamos— y, de pronto, me alzó en vilo con sus potentes brazos y me sentó sobre la mesa de madera.

Cielos. Aquello fue increíblemente *sexy*.

—Solo una noche. Solo esta noche —susurró al tiempo que me separaba las piernas y se colocaba entre ellas.

—Solo esta noche —repetí, subyugada por el deseo.
Pero yo sabía que no sería suficiente.
David respiraba con más agitación cada vez y su torso subía y bajaba de forma violenta. Noté un ligero temblor en sus manos cuando estas se deslizaron por debajo de mi ropa y reptaron sobre mi piel con una lentitud letal. Me sentía húmeda y densa. Anhelante de fricción. Cuando por fin abarcó mis pechos y los acarició, dejé ir un gemido de placer animal.
—Yo también quiero tocarte.
Traté de quitarle la camiseta, pero en cuanto percibió que mis dedos ansiosos se aproximaban a su espalda, se puso rígido y me inmovilizó agarrándome de las muñecas.
—No —susurró—. Por favor.
Me soltó de inmediato y le acaricié la mano con suavidad.
—Soy yo, David. Soy Emma. Estás a salvo.
Le besé el dorso con angustia. Luego el deseo ocupó su lugar y me llevó a lamerle el pulgar ante su atento y torturado escrutinio; sabía a harina. David me miraba en llamas y cualquier capacidad de raciocinio que le quedase se había dispersado tan rápido como chispas en una hoguera.
—Me estás matando —gruñó, dominado por la lujuria.
No hubo respuesta, pero tampoco hizo falta. Nos entregamos al frenesí de los besos urgentes y desesperados. Su lengua se hundió en mi boca, en mi cuello, en la curva de mi hombro, en mi garganta, en mis pechos. Y yo me rendí a todas aquellas sensaciones nunca antes experimentadas. La piel me ardía con cada caricia de sus labios inflamados. No pensé en nada cuando sus manos ávidas me bajaron los pantalones, que se deslizaron a lo largo de mis piernas hasta caer al suelo; estaba demasiado enajenada. Después se desabotonó los vaqueros y liberó la imponente erección frente a mí. El deseo se volvió líquido entre mis piernas.
—¿Estás segura?
—Fóllame de una vez —contesté con un hilo de voz primaria.

Esperó unos segundos con sus ojos brillantes y oscurecidos fijos en los míos. Luego me sostuvo por las caderas y se introdujo en mi interior de manera controlada, como si quisiera asegurarse de que mi cuerpo no sufriera con el impacto. Gemí de placer y me aferré a sus hombros clavándole las uñas. Él apretó la mandíbula y siseó.

—Es mucho mejor de lo que me había imaginado —dijo entre suspiros, volviendo a arremeter contra mí, con un poco menos de mesura esta vez.

Gemí de nuevo.

—Más rápido… Por favor.

Él intensificó el movimiento y sentí que el pacer se desbordaba hasta alcanzar todas mis terminaciones nerviosas. Estaba más excitada de lo que recordaba haberlo estado en toda mi vida. Arqueé el cuerpo y él se echó encima de mí, y acto seguido me penetró tan profundamente y con tanta dureza que creí que me partiría por la mitad. Enrosqué las piernas alrededor de su cintura y lo invité a que llegara aún más lejos. Miró hacia el techo con los ojos entrecerrados; parecía que suplicase. Después me miró a mí, entrelazó sus manos con las mías a la altura de mi cabeza y, sin aminorar el ritmo, dijo:

—Quiero recordarte siempre así, tan deliciosa como ahora.

El corazón se me aceleró y una nueva oleada de placer me sacudió la pelvis a traición. Jadeé y me retorcí bajo su cuerpo deseando que terminase con la tortura y, al mismo tiempo, que se quedase dentro de mí para siempre. Su mechón plateado se agitaba con cada embate y el sudor le recorría la frente en forma de pequeñas perlas. Cuando le advertí de que estaba a punto de alcanzar el orgasmo, sus ojos se cubrieron de un velo brillante y oscuro y se le tensó la mandíbula. La explosión fue violenta y despiadada. Me sentí como si la piel se me desprendiera mientras me caía por un precipicio a cámara lenta y sin control. Y grité. Grité tan fuerte que David me tapó la boca con la mano mientras convulsionaba, a pesar de que nadie podía oírnos. Él se apretó contra mí de forma prolongada y vibrante, y emitió un hosco sonido que salió de lo más profundo de sus entrañas.

—Emma... Emma... Emma...

Perdí la cuenta de todas las veces que dijo mi nombre mientras alcanzaba la cumbre del placer, sacudido por un devastador temblor que le contrajo el rostro hasta que adoptó una expresión animal. Después, exhausto y sudoroso, se dejó caer sobre mí y sentí cómo se deshacía tras haberse derramado sobre mis muslos.

Exhalé y le acaricié el pelo.

—David.

—¿Sí?

—Me estás aplastando.

—Ah, perdona.

Me besó en la curva del hombro y se incorporó. Hice lo mismo a continuación y nos quedamos mirándonos sin saber muy bien qué hacer. Él se frotó la nuca; yo desvié la vista. Fue un momento extraño, dominado por la incómoda y catastrofista sensación de que la magia se había esfumado.

—Voy a...

—Sí, será mejor que...

Ambos sonreímos con evidente nerviosismo. Me limpié un poco, recogí mis pantalones del suelo a toda prisa y me los puse mientras él se abotonaba los vaqueros.

—Estás llena de harina. Deberías darte una ducha —apuntó.

—Tú también. —Me mordí los labios—. ¿Por qué no subes conmigo?

—Ve tú. Yo... —David dirigió la mirada hacia la mesa—. Me quedaré a arreglar este desastre.

Tragué saliva y el agrio sabor de la decepción me estalló en el paladar.

—Como quieras.

Me esforcé en componer una mueca de sonrisa y giré sobre los talones, pero antes de haber dado siquiera un paso en dirección a la puerta, David me agarró de la muñeca y me obligó a volver la cabeza.

—Dime que estarás bien.

«Solo una noche. Solo esta noche».

—Sí, David. Estaré bien —mentí.

Veintinueve

«Amanecer». Nunca una palabra había entrañado significados tan contrapuestos entre sí.

La mañana inundaba el salón con los primeros rayos oblicuos de sol que se colaban tímidamente por la ventana. Cientos de minúsculas partículas de polvo flotaban en la estrecha franja de luz derramada sobre el sofá. Apenas había dormido, así que me costó espabilarme; una y otra vez sucumbía al sopor. Las acaloradas acciones de la noche anterior contrastaban con la frescura del aire matinal. No quería que las horas pasadas resultasen banales a la luz del día, ni percibir que las palabras o los gestos ya no tenían la misma resonancia. Pero sabía que, en cuanto David y yo estuviéramos frente a frente, la discordancia entre lo que sentía y lo que mostraban sus acciones me rompería el corazón.

Intenté ordenar mis pensamientos, pero se dispersaban igual que guijarros desparramados en el suelo. Me notaba extraña, no era dueña de mí misma. En mi cuerpo, aún dolorido, permanecía intacto el mapa invisible que él había trazado con la boca y las manos. Había lugares de mi anatomía que todavía conservaban un rastro de placer y revelaron su sensibilidad cuando pensé en lo que habíamos hecho. Tuve unas ganas incontrolables de llorar, no sé si de gozo o de tristeza, pues ambos sentimientos me asaltaban por igual, y necesité cada resquicio de mi voluntad para mantener las lágrimas a raya. Me obligué a poner fin a mi drama personal y me levanté del sofá con una catastrófica sensación de incertidumbre. Por mi cabeza circulaban infinidad de posibilidades. «Que sea lo que tenga que ser», me dije para tratar de insuflarme valentía.

Después de una ducha tibia que se encargó de purgar los últimos vestigios del sueño, bajé. Todo apuntaba a que aquel iba a ser lo que vulgarmente se conoce como «un día de mierda».

Las cosas empezaron a torcerse en cuanto puse los pies en la cocina. David ni siquiera me miró cuando le di los buenos días, nerviosa y esperanzada. Estaba de mal humor porque el horno se había estropeado antes de que los *bagels* hubieran terminado de cocerse —parecía que todo se estropeaba en el Hunter's, tarde o temprano— y, a no ser que hubiera un milagro, eso significaba que nos veríamos obligados a abrir la cafetería sin un miserable panecillo que ofrecer a la clientela. Además, el seguro no cubría la reparación de ningún aparato a menos que este se hubiera estropeado como consecuencia de una tormenta, un terremoto o alguna otra catástrofe natural, y no era el caso.

Traté de ser constructiva.

—¿Por qué no llamas a Kauri? Estoy segura de que puede ayudarte a repararlo, ya sabes que es un manitas.

David me dirigió una mirada de reproche.

—Te recuerdo que ayer no nos despedimos de un modo precisamente amistoso.

—Bueno, razón de más para llamarlo. Así le pides disculpas por tu nefasto comportamiento.

—Emma, no empieces —replicó poniendo los ojos en blanco—. Esta mañana no estoy para sermones.

Levanté las manos en señal de rendición.

—Vale, haz lo que quieras. Es tu negocio.

Agotado, se masajeó el puente de la nariz y me espetó:

—Exacto, es *mi* negocio. Y ahora, si no te importa, necesito pensar en cómo voy a solucionar este desastre. A solas.

Había sido cuidadoso escogiendo las palabras, pero su significado era inequívoco: quería que me fuera. Dolida, contemplé la escena que acababa de tener lugar y supe que se había cumplido el peor de los presagios. La certeza de su arrepentimiento me hizo pedazos y sentí un enorme vacío en mi interior contra el que traté de rebelarme a toda costa. Acciones apresuradas, consecuencias desoladoras. Sin embargo, no lograba sacarme de la cabeza las imágenes de lo que había compartido con él. Y aquella maldita mesa de madera rústica sobre la que nos habíamos dejado llevar no ayudaba. Nos visualizaba juntos una y otra vez, con las manos enlazadas y hundidas en la masa como una hermosa metáfora de la casualidad que había unido nuestros caminos. Veía cómo todas sus reticencias terminaban aniquiladas por ese primer beso tan ansiado. Y nos veía abrazados, buscando refugio el uno en el otro, manchados de harina y despeinados, despojados de la ropa y de los miedos, su piel fundida en mi piel, sus ojos clavados en los míos, su existencia como una prolongación de la mía. Había sido tan increíble… Demasiado increíble para repetirlo. Pero había aceptado los términos y condiciones de su entrega, de nada servía lamentarse ahora.

Dejé a David farfullando imprecaciones contra el horno y me dispuse a abrir la cafetería con una extenuante sensación de derrota planeando sobre los hombros. La mayoría de los clientes protestaban cuando les comunicaba que no habría *bagels* hasta nuevo aviso y aquello hizo que se formara en mi estómago una bola de irritación condenada a hacerse más grande a medida que pasaba el día. Casi todos se marchaban tal y como habían llegado, hecho que aventuraba unas preocupantes pérdidas económicas si el contratiempo no se solucionaba con rapidez. También estaba el aburrimiento. Después de barrer, limpiar el mostrador y limpiar el polvo de las sillas y las mesas, me quedé sin ideas para matar el tiempo. Tenía por delante una monótona extensión de horas y lo único que podía hacer era enredar y desenredar la madeja de mis pensamientos y esperar. Pero ¿esperar qué, exactamente? Por suerte, el bueno del señor O'Sullivan se dejó caer por allí y eso me permitió distraerme un rato.

—Empezaba a sentirme inútil —confesé mientras le servía una buena taza de café—. No estoy acostumbrada a ver esto vacío. Es un auténtico desastre que el horno se haya estropeado, ¿no le parece?

—Lo que me parece es que sintoniza usted demasiado con las preocupaciones ajenas, señorita Lavender.

—Pero ¿qué dice? Cualquier cosa que afecte a David me afecta a mí también —repliqué, puede que con un exceso de ímpetu.

El hombre arqueó las cejas y esbozó una sonrisa torcida.

—Así que esa es la razón por la que hoy parece distinta.

—¿A qué se refiere?

—A que está usted más bonita que nunca. Radiante como un jardín en primavera. Diría que incluso su piel luce más brillante que de costumbre. Y, sin embargo, se la ve triste. Solo se me ocurre un motivo que pueda justificarlo y no creo que sea ese horno.

Tragué saliva y un gusto agridulce me subió al paladar. Saber que era tan transparente no ayudaba a disminuir mi malestar.

—Usted siempre tan perspicaz, señor O'Sullivan.

Al cabo de un rato, en un momento de insoportable quietud, me armé de valor y entré de nuevo en la cocina. El panorama allí dentro era aún más desolador. David había desmontado la caja de conexiones del horno y había al menos media docena de piececitas esparcidas sobre la mesa. Luchaba con desesperación contra el aparato armado únicamente con un viejo destornillador.

—¡Maldito trasto inútil! —exclamó y lo arrojó al suelo con violencia.

Se frotó la cara y exhaló agobiado. Me dolió verlo tan ofuscado, así que me acerqué a él por la espalda y, de forma no premeditada, llevé las manos a sus hombros para invitarlo a calmarse.

—No vas a conseguir nada poniéndote así —le dije en un tono conciliador.

Noté que estaba muy tenso y comencé a masajear la zona con delicadeza. Él no me rechazó; al contrario, relajó la cabeza y la dejó caer hacia abajo al mismo tiempo que un gemido placentero salía de su boca. Donde fuera que lo tocase, sus músculos, duros como una piedra, ondeaban hasta acabar distendiéndose bajo mis dedos. La piel le ardía a través de la tela de la camisa y su respiración se volvía cada vez más pesada. Sentí las pulsaciones descontroladas por todo el cuerpo, incluso en las palmas de las manos.

—Llama a Kauri, David. No deberías enfrentarte a esto tú solo.

De pronto, se puso rígido. Volvió la cara a un lado, con la respiración siseante entre los dientes apretados, luchando por no sucumbir a mi contacto.

—He dicho que no. —Fue contundente. Se sacó mis manos de encima con un movimiento brusco y se alejó de mí. Recogió el destornillador del suelo y volvió a centrarse en la estéril tarea de tratar de reparar aquel cacharro—. Y no insistas más, ¿quieres?

Resoplé con gran frustración.

—¿Por qué tienes que ser tan terco? ¿Y por qué demonios no me miras? ¿Tan desagradable te resulto hoy?

David se frotó la nunca fatigado, con el gesto inconsciente de un hombre ofuscado por el desgobierno de sus emociones, exhaló y me miró. Había un nuevo brillo incandescente en aquellos ojos.

—Claro que no —dijo con una suavidad que escondía un toque acerado—. Pero tu presencia me perturba.

Fui incapaz de reprimir una carcajada sarcástica.

—Ah, ¿sí? Pues no me pareció que te perturbara mucho anoche —le espeté, resentida.

Pero no sirvió de nada. David se dio la vuelta, impasible e inalcanzable, y se refugió en la seguridad de su maldito horno estropeado. Era innegable que yo había abierto una grieta en sus bien apuntaladas defensas, como innegable era la distancia que se había instalado entre nosotros de nuevo.

Acciones y consecuencias.

Me obligué a mí misma a no sentir porque, de lo contrario, me vendría abajo, y no podía permitir que eso sucediera.

—En fin, será mejor que te deje tranquilo.

Las cosas empeoraron cuando, algo más tarde, un tipo con acento australiano y rechoncho como un gato domesticado al que no había visto en mi vida me gritó de muy malas maneras que el café que le había servido era una porquería.

—Señor, le garantizo que es el mismo que preparo todos los días y nadie se ha quejado hasta ahora. —En otras circunstancias habría dejado así las cosas, pero estaba tan enfadada con el mundo que fui incapaz de detener el flujo de palabras que salieron de mi boca—. A lo mejor tiene el paladar atrofiado.

El hombre se arreboló de golpe y abrió tanto los ojos que parecía que se le fueran a salir de las órbitas de un momento a otro.

—¡Pero qué grosera! ¿Cómo se atreve a hablar así a un cliente? ¡Habrase visto! *¡Pommie* tenía que ser! ¡Exijo ver al dueño de esta pocilga ahora mismo!

—Oiga, un respeto. Esto no es ninguna pocilga. —Lo apunté con el dedo índice—. Y si no le gusta cómo hago el café...

—¿Qué pasa aquí?

La voz grave de David irrumpió en el espacio y cuadré los hombros de forma automática.

—¿Es usted el dueño? —preguntó el tipo.

David asintió con un gesto enérgico, aunque sin perder la expresión de alarma del rostro.

—Bien, pues sepa que su empleada es una maleducada. Me ha acusado de tener el paladar atrofiado.

—¡Y usted ha dicho que mi café era una porquería y ha llamado «pocilga» a la cafetería! —me envaré.

—Si yo fuera usted, la pondría de patitas en la calle, amigo.

Los dientes del australiano asomaron por la comisura de sus labios conformando una ridícula sonrisa de vencedor. David colocó un brazo delante de mí a modo de barrera, como si quisiera impedir que me acercara demasiado a ese hombre que comenzaba a revelarse como un molesto grano en el culo, y se dirigió a él. Noté que adoptaba una actitud protectora conmigo y sentí una punzada en el plexo solar.

—Gracias por la sugerencia, «amigo» —remarcó en un tono intencionadamente sarcástico—, la tendré muy en cuenta. Y ahora, si no le importa, lárguese.

El australiano se quedó petrificado y borró su estúpida sonrisa. David avanzó un par de pasos en su dirección. El ceño que le arrugaba la frente le confería una apariencia severa y amenazadora.

—¿Está sordo, Cocodrilo Dundee? ¡Que se largue! ¡Y no venga más por aquí, ¿me ha entendido?!

Su expresión facial pasó de la indignación al pánico en un santiamén.

—Ustedes los kiwis son unos incivilizados —lo acusó mientras lo señalaba con el dedo índice—. ¡No pienso volver a poner un pie en este país de salvajes!

Y dicho esto, se apresuró a levantarse del taburete y desapareció. Fue entonces cuando solté hasta la última gota de aire que retenía en los pulmones.

—Así que eres un tipo duro.

David esbozó esa sutil mueca de sonrisa que tanto me gustaba por prodigarse en contadas ocasiones y mi día comenzó a iluminarse.

—No voy a permitir que nadie te falte al respeto. Me da igual si se trata de un cliente o de la mismísima Margaret Thatcher.

Tuve que reírme.

—Lo más probable es que Thatcher se hubiera mostrado más implacable que ese pobre australiano; por algo la llaman la Dama de Hierro. ¿Has conseguido arreglar el horno?

—No. —Se pasó las manos por la cara y suspiró—. Intuyo que tendré que comprar uno nuevo y mi economía no es precisamente boyante en estos momentos.

—Vaya, lo lamento. Oye, ¿por qué no te tomas un café? —pregunté tras una breve pausa—. Llevas toda la mañana encerrado en la cocina, necesitas un descanso.

—Sí, me vendrá bien.

Se quedó de pie, con los codos apoyados sobre el mostrador, y le serví una taza.

—Le ofrecería un *bagel,* señor—dije con un tono teatral mientras se la tendía. Él la sujetó con ambas manos—. Verá, el dueño del negocio, un chico guapísimo aunque con muy mal carácter, los hace exquisitos, pero, por desgracia, el horno se ha estropeado, así que tendrá que conformarse con este repulsivo veneno para australianos.

David se rio abiertamente y me dedicó una mirada de adoración.

—Tú también eres guapísima, ¿sabes? La chica más guapa en muchos kilómetros a la redonda. Y no tengo tan mal carácter —refunfuñó antes de llevarse el café a los labios—. ¡Qué asco! —maldijo entre toses. Soltó la taza y la dejó sobre la barra—. ¡Está malo de cojones, Emma!

—¿De verdad?

—Joder, ya lo creo. No me extraña que Cocodrilo Dundee quisiera que te despidiese.

Empezamos a reírnos sin reservas, como si estuviéramos poseídos por algún tipo de fuerza sobrenatural, hasta que las risas se fueron apagando poco a poco y nuestras miradas se convirtieron en fuego cruzado.

Me armé de valor y di el primer paso.

—No vamos a hablar de lo que pasó anoche, ¿verdad? Vamos a fingir que no ocurrió.

David tragó saliva con dificultad y se mordió el labio inferior en un gesto inconsciente. Comenzó a golpearse los muslos con los nudillos y observé que los nervios se habían adueñado de su cuerpo.

—Preferiría dejar las cosas como están. Créeme, es mucho mejor así.

Luché por endurecer y cerrar mi corazón, pero las palabras que quería decir me revoloteaban en la garganta como si tuvieran alas y el esfuerzo por contenerlas era agobiante.

—¿Mejor para quién, David? Porque a mí me cuesta hasta respirar. Me falta el aire. No me concentro y lo hago todo al revés. ¿Por qué crees que me ha salido tan malo el café? No puedo dejar de pensar en lo que hicimos anoche. Y cuanto más pienso en ello, más injusto me parece que estés siendo tan frío conmigo.

—No estoy siendo frío contigo —se defendió.

—Sabes que sí. Llevas todo el día evitándome.

—No. Llevo todo el día intentando arreglar el horno, que es muy diferente.

Me reí con cinismo, expulsando el aire por la nariz.

—¡Oh, por favor! Deja de buscar excusas baratas, ¿quieres? Te ha venido de perlas que se estropeara precisamente hoy, ¿verdad? Así podías quedarte encerrado en tu maldita burbuja sin ni siquiera tener que mirarme a la cara.

—Para mí tampoco es fácil. Yo no... —Unas profundas líneas de tensión aparecieron entre las espesas cejas. Las pestañas le ensombrecían los ojos—. No sé cómo manejar esto.

—Al menos dime que significó algo para ti.

David me tomó una de las manos y la apretó contra su corazón hasta que sentí su latido acelerado. El cansancio, el miedo y una pasión profunda e intensa se reflejaron en su rostro.

—Eres la única realidad sólida que tengo a mi alcance, Emma.

—Pero hay algo que te atormenta. ¿Por qué no me lo explicas?

—¿Quieres saberlo? Muy bien, te lo diré. —Me sujetó la cabeza con ambas manos y dejó volar sobre mí una mirada intensa—. Lo que me atormenta es que me toques como hace un rato y me excite tanto que tenga que luchar contra mí mismo para no comportarme como un depravado. Lo que me atormenta es no haber podido dejar de pensar en ti ni un solo segundo desde anoche. Lo que me atormenta es que tu olor siga impregnado en mis dedos y que tu sabor no se me vaya de la boca. Lo que me atormenta es la necesidad insana de besarte que siento ahora mismo. Y todos los sentimientos que has despertado en mí y que yo ya creía muertos y enterrados para siempre también me están volviendo loco. Pero lo que peor llevo es saber que te haré daño. Eso me está asfixiando, Emma.

Sus palabras arrancaron una a una las emociones de mi interior. Cuando me soltó, me invadió un vacío desolador.

—¿Cómo puedes estar tan seguro de que vas a hacerme daño?

Apretó la mandíbula como si calibrara una respuesta y desvió la mirada. Las dudas, la pausa en sus labios; le costaba hablar de ello.

—Porque la espalda no es lo único que tengo lleno de cicatrices —contestó con un hilo de voz apenas audible.

—Déjame ayudarte, David.

Cerró los ojos.

—No me lo merezco. No te merezco.

Y se fue.

Minutos después, aún flotaban en el aire las palabras que acababa de pronunciar, como las ondas que se extienden sobre la superficie del agua cuando se arroja una piedra.

Treinta

La camioneta de Kauri se detuvo delante de la puerta de la cafetería alrededor de veinte minutos después de que le hubiera lanzado un desesperado SOS telefónico. Cogí el bolso, cerré el local y subí a su vehículo. Él me escudriñó como si me evaluara y dijo:

—Tienes pinta de necesitar una cerveza.

—O dos.

—*Ka pai.*[*] Tus deseos son órdenes, *taku hoa*.

Arrancó el motor y nos fuimos de allí sin que hiciera falta que ninguno de los dos dijera nada. Al menos, por el momento. David aún no había vuelto, pero temía que lo hiciera justo entonces —lo que quizá provocaría nuevas fricciones entre él y su amigo—. Por eso respiré aliviada en cuanto Kauri se dirigió hacia el nordeste por Adelaide Road y dejó atrás el Hunter's. En una emisora de radio puesta al azar sonaba «Erase / Rewind», de The Cardigans, y me tomé la libertad de subir el volumen; me gustaba mucho esa canción. Dejé caer la cabeza con abandono contra la ventanilla y suspiré. El paisaje que se extendía a mi lado no consiguió captar mi interés aquel día.

—Se ha estropeado el horno y el seguro no lo cubre —anuncié.

—¿En serio? Pues menuda putada.

—David se ha pasado todo el día intentando repararlo sin éxito.

---

[*] Bien.

—¿Y por qué no me habéis llamado? No me habría importado pasarme y echar un vistazo a ese cacharro —me reconvino.

—No creas que no se lo he sugerido, pero ya lo conoces.

Kauri resopló.

—Iré mañana a primera hora, se ponga como se ponga.

—¿Ya no estás cabreado con él?

—Por supuesto que lo estoy, ese *pakeha* es un orgulloso de mucho cuidado. Pero también es mi amigo y no pienso dejarlo tirado.

Sonreí agradecida.

The Malthouse estaba situado en Willis Street y, según Kauri, era uno de los mejores *pubs* de la ciudad. El olor acre de la cerveza y el aroma de la carne asada invadían hasta el más oscuro de los rincones. Nos sentamos en unos rústicos taburetes de madera, alrededor de un barril que hacía las veces de mesa, flanqueado por unas toscas y enormes columnas, y pedimos un par de pintas y unas alitas de pollo para picar que tardaron un buen rato en traernos. El local estaba tan lleno de gente y la música, tan alta —una pegadiza canción *country* neozelandesa— que costaba mantener una conversación sin elevar el tono de voz. Mientras los camareros iban de acá para allá con ajetreo, Kauri parloteaba acerca de lo mucho que le gustaba la cerveza de aquel sitio. «Nada que ver con esa bebida aguada y con sabor a meados que sirven en la mayoría de *pubs* de Courtenay Place». Mencionó que había tratado de convencer a David en incontables ocasiones para que se animara a probarla, pero, por supuesto, había sido en vano, porque «Míster Simpatía no sabe divertirse».

Agarré la jarra y clavé la mirada en su contenido.

—Me he acostado con él —solté de golpe.

Mis palabras congelaron el movimiento de sus labios.

—¿Cómo? ¿Que te has…? Vaya, eso es… bueno. Supongo. ¿No? —titubeó. Parecía confuso.

—No lo sé. Hay momentos en los que actúa como si se arrepintiera de que lo hayamos hecho y me trata con una frialdad increíble. Y otras, en cambio, parece que está deseando repetirlo.

Kauri hundió los labios en la espuma de la cerveza. Dio un trago y sus ojos chisporrotearon sobre el borde la jarra.

—¿Y qué quieres tú, *taku hoa?*

—Yo... quiero estar con él. Pero creo que David y yo nos encontramos en planos existenciales completamente distintos.

—Mira, Emma. Voy a ser sincero contigo, ¿vale? No tengo ni idea de si se arrepiente o no de haber... ya sabes... —Movió las manos con desmayo—. No hace falta que te diga que David nunca me cuenta nada, y menos ahora, que está enfadado conmigo. Pero hay una cosa que tengo clara y es que, desde que lo conozco, jamás lo he visto mirar a una mujer. A ninguna. Tú eres la primera que altera su equilibrio.

Ahogué las penas en un largo trago de cerveza.

—No creo que haya alterado nada —me lamenté con un tono lastimero.

—Ah, ¿no? ¿Entonces cómo explicas su reacción de anoche? Se puso celoso, Emma, lo que significa que, como mínimo, se siente atraído por ti. De lo contrario, no se habría comportado como un verdadero capullo conmigo, porque hasta ayer él y yo jamás habíamos discutido.

—Me siento fatal.

Kauri se llevó una alita de pollo a la boca.

—Pues no deberías —dijo mientras la masticaba—. No voy a negar que me dolió que creyera que intentaba levantarle a su chica. A ver, no me malinterpretes; eres bastante mona para ser *pommie,* pero la amistad está por encima de todo. Hay quien opina que un hombre y una mujer no pueden ser amigos, pero no es mi caso. Tú eres mi amiga, Emma, y siempre voy a respetarte. De todos modos, entiendo a David. Debió de sentirse amenazado y por eso actuó así. A veces, un hombre tiene que hacer lo necesario para proteger lo que es suyo. Yo habría hecho lo mismo. —Se interrumpió y me dedicó una mirada afligida—. Excepto si eso implicara discutir con Tane, claro. Puede que Whetu lo prefiera a él, pero es mi hermano y para mí no hay nada más sagrado que la familia.

—¿Cómo lo llevas?

—Mentiría si te dijera que no estoy jodido, porque lo estoy, y mucho. Todavía no he reunido el valor para mirar a Tane a la cara, y eso que compartimos habitación. Pero al menos he dormido en casa y no en la camioneta, lo cual es un avance. De todos modos, lo importante ahora mismo eres tú, no mi patética vida amorosa. ¿Te ha revelado algo acerca de sus intenciones?

Tomé aire con fuerza y lo expulsé de forma lenta y controlada, como si me preparara para llevar a cabo un gran esfuerzo.

—David no quiere estar conmigo, Kauri.

—Pues yo diría que hay signos más que evidentes que indican lo contrario. ¿De verdad necesitas que te los enumere, Emma? Un hombre como él no se habría acostado con una chica si no albergara algún tipo de sentimiento hacia ella; David es demasiado íntegro. Lo que pasa es que estará hecho un lío; hay demasiada *whakama** en su alma.

—Pero ¿por qué?

Kauri se encogió de hombros y suspiré abatida.

—Oye, ¿por qué no echamos una partida a los dardos?

Acepté. Me vendría bien pensar en otra cosa que no fuera David durante un rato.

O no pensar en absoluto.

---

* Culpabilidad.

Treinta y uno

—¡Alice! ¡No! ¡No, por favor! ¡Alice!

Desperté sobresaltada por los gritos, que procedían del dormitorio de David, y me levanté del sofá de un bote. Habían sonado como un apabullante alarido y me asusté. Era noche cerrada y la casa estaba a oscuras, pero eso no impidió que corriera inquieta a su habitación y empujara la puerta sin detenerme a pensar en cortesías. Se retorcía bajo la sábana y un rictus de angustia le contraía el semblante. La pálida luz de la luna entraba por la ventana abierta y se derramaba sobre su rostro, iluminándolo parcialmente. Me senté en el borde de la cama y lo zarandeé con cautela.

—David. David, despierta.

Abrió los ojos de golpe y me miró aturdido, con las cejas unidas en una súbita expresión de duda. Tenía la frente húmeda y respiraba de forma agitada.

—Solo es una pesadilla —aclaré.

La confusión de sus ojos se atenuó unos pocos grados. Se incorporó despacio y se sentó sobre el colchón con las piernas flexionadas. La sábana resbaló y reveló los masculinos contornos de su torso desnudo. Se frotó la cara con ambas manos y sofocó un gemido agónico. Una ráfaga de viento juguetón se coló por la ventana.

—Voy a buscarte un vaso de agua. Vuelvo enseguida.

De improviso, cerró la mano en torno a mi muñeca y la apretó con anhelo.

—Espera, no te vayas. No me dejes solo.

—Vale, me quedo aquí.

—Gracias —susurró.

Le cogí la otra mano, que tenía crispada en un puño sobre las rodillas, y le acaricié los nudillos para tranquilizarlo.

—¿Quieres contarme lo que estabas soñando?

Negó de forma casi imperceptible.

—Abrázame, por favor —me suplicó, expuesto y vulnerable.

Lo acuné entre los brazos y noté cómo se apretaba contra mí con desesperación, como si buscara algo sólido a lo que aferrarse. Los haces de luz plateada que se filtraban a través de la ventana creaban sombras caprichosas que revoloteaban sobre la cama. David apoyó la mejilla en mi hombro y se confesó.

—Tengo pesadillas a menudo. A veces me pregunto si no sería mejor que estuviera muerto. Al menos, este dolor insoportable se acabaría de una maldita vez.

Sentí en el pecho la reverberación de su voz rota, corrompida por la amargura.

—No digas eso, David. No te atrevas siquiera a pensarlo. Estás vivo. Sigues respirando. Puede que los sueños no siempre traigan las respuestas adecuadas, pero las segundas oportunidades existen. Sea lo que sea lo que te atormenta, te garantizo que no durará para siempre. Sanarás y te recompondrás por dentro. Y estoy dispuesta a recordártelo las veces que haga falta.

—¿Cómo es posible que todavía no hayas desistido conmigo?

—Porque eres demasiado fascinante y yo estoy demasiado fascinada.

—Lo único que hago es intentar apartarte de mi lado, Emma.

—Pues está claro que no se te da lo bastante bien.

Levantó la cabeza ligeramente y acercó su rostro al mío. Y cuanto más se acercaba, más me parecía que el mundo a mi alrededor se desintegraría de un momento a otro. Su semblante experimentó un cambio y el aturdimiento inicial dio paso a la atracción. Entonces me miró la boca de forma sostenida y la intensidad de su mirada perforó la oscuridad. Pasó el pulgar sobre mis labios, instándome a abrirlos, y me besó sin ambages. La caricia de su aliento me sumergió en un mar de sensaciones contradictorias y me aparté de él, sin que el gesto necesitara apoyarse en palabras. Pero David habló por mí. Me tomó la cara con una delicadeza envolvente que contrastaba con la aspereza de su piel y susurró:

—No puedo conformarme con una sola noche.

Sentí un débil estremecimiento en las profundidades del pecho, una suave presión en el esternón.

—Yo tampoco. Pero tengo miedo de que mañana pienses que te has precipitado y vuelvas a alejarte de mí.

David cerró los ojos y, cuando los abrió de nuevo, advertí en ellos un velo de deseo furioso y atormentado.

—Necesito estar dentro de ti otra vez. Y lo mucho que lo necesito me está rompiendo trozo a trozo. —Me mordió el labio inferior e hizo brotar en mi cuerpo un torrente de placer anticipatorio—. Dime que tú lo necesitas tan desesperadamente como yo —susurró sobre mi boca—. Dímelo, Emma. —Volvió a morderme—. Dímelo.

Aquello me arrancó un gemido involuntario. Enterré los dedos en su pelo, húmedo de sudor, y tironeé de sus ondas rebeldes.

—Yo también lo necesito, David. Lo necesito como el aire que respiro.

Me lancé a besarlo cautiva de un impulso incontrolable sabiendo que, por más que me hubiese esforzado en buscar, no habría encontrado en todo mi ser una sola fibra capaz de obligarme a abandonar la calidez de su boca. Lo deseaba, fueran cueles fuesen las consecuencias. Sus besos derribaron mis defensas e hicieron que me estremeciera al descubrir mi propia sensualidad. Rodamos sobre el colchón, las lenguas se enredaron en una danza ardiente y David se echó encima de mí y me aprisionó bajo el peso de su cuerpo. Cerré los ojos mientras me besaba, pero eso no impidió que absorbiera todos los detalles de su regia masculinidad: la firmeza de sus contornos, la suavidad del abundante vello oscuro de su pecho, el embriagador aroma a hombre que emanaba de su piel, la arrolladora dureza de la erección que se me clavaba entre los muslos. Mis manos se aferraron a sus hombros y de ahí descendieron con lentitud a lo largo de la espalda desnuda. Noté cómo se tensó cuando mis dedos estuvieron a escasos milímetros de traspasar la frontera inviolable que delimitaban sus costillas, así que me detuve. David supo interpretar la intención detrás del gesto. Me miró a los ojos y dijo muchas cosas sin necesitar palabras. Cosas que tenían que ver con el hombre que había sido antes de mí y con el que podría llegar a ser después de nosotros. Luego se arrodilló frente a mis piernas y me desnudó despacio.

—Eres tan especial, Emma… —susurró.

Sentí que sus ojos me traspasaban la piel y ardí por dentro.

La caricia de sus labios fue lenta, agónicamente prolongada. Primero descendieron sobre la cima de mis pechos y los besaron, centímetro a centímetro. A continuación, trazaron un delicioso sendero invisible y casi imperceptible a lo largo de mi vientre ondulante. Al llegar a la confluencia de mis muslos, sopló con delicadeza por encima de mi ropa interior y, al instante, noté cómo se humedecía la tela.

—Quiero probarte.

Un matiz primario tiñó su voz y me estremecí de excitación. No me estaba pidiendo permiso, aunque tampoco lo habría necesitado, pues en aquel punto, y casi sin ser consciente de ello, mis piernas ya se habían abierto de par en par y lo invitaban a aliviar el denso y resbaladizo tormento que se alojaba entre ellas. Cerré los ojos y me sometí a los caprichos de su boca.

—Oh, David…

Gemía y jadeaba. Jadeaba y gemía. Estaba fuera de mí. Sin poder contenerme, arqueé el cuerpo al compás del sinuoso ritmo de su lengua y le supliqué, obnubilada, que pusiera fin a aquella tortura. Pero mis palabras solo consiguieron espolear la lujuria que lo dominaba. David me agarró de los muslos ejerciendo sobre ellos una fuerte presión y elevé las caderas, anhelantes de fricción.

—No pares, por lo que más quieras.

No paró. Y después, todo se tambaleó.

Ni siquiera esperó a que cesaran los espasmos. Con rapidez, se quitó los calzoncillos y los lanzó al suelo. Se inclinó sobre mí y, agarrándose el pene con la mano, me penetró con tanto ímpetu que parecía que las venas de las sienes le fuesen a explotar. Sentí que me llenaba por completo y volví a arder.

—Me estaba volviendo loco —confesó, entre exhalaciones de gemidos que se precipitaban contra mi cara y mi garganta.

Era *sexy*, condenadamente *sexy*, verlo así de excitado. Y era una experiencia increíble ser la causante de esa excitación que lo llevaba a desprenderse de cualquier atisbo de contención anterior. Enrosqué las piernas alrededor de sus caderas y llevé las manos a sus nalgas firmes. Las apreté contra mí y David respondió incrementando el ritmo de sus embestidas.

—Sigue hablándome, por favor, sigue.

Sus palabras desafiaban los límites de lo soportable y se encadenaban en un rugido enajenado mientras seguía clavándose en mí con urgencia y desvelo, buscando arrojarnos a los dos al vacío. Lo miré a los ojos. Los tenía en blanco, dominados de forma inevitable por la ceguera del éxtasis inminente. Supe que el final estaba cerca y me apreté contra él con una necesidad animal.

—Quiero que nos corramos juntos —le pedí, a punto ya de perder la cabeza.

No hizo falta nada más. Me embistió por última vez y una devastadora oleada de placer intenso nos sacudió a ambos al mismo tiempo. Inmediatamente después, me miró de un modo que hizo que lo entendiera todo. Para él, igual que para mí, aquello no había sido solo sexo, sino algo mucho más intenso. Un peregrinaje íntimo hacia las profundidades de su propio corazón. Una fuerza posible que nacía de una debilidad real. David se había atrevido a acercar el oído a mi piel para escuchar el rumor de la vida y sentir su florecimiento. Había dejado de pertenecer al pasado durante un rato y me había pertenecido a mí, al momento, a aquella cama en la que habíamos ahogado nuestros gemidos como una estrella fugaz que se extingue en la noche. Y me pregunté si, tal vez, había comenzado a asumir que él también se merecía una segunda oportunidad.

Treinta y dos

Su silueta se recortaba contra el cálido resplandor del pequeño flexo. Diminutas gotas de sudor le resbalaban con indolencia desde el cuello hacia el torso cincelado por la afición al surf y morían entre el crespo vello púbico en el que se apagaba el eco de su placer. Deseé recorrer cada centímetro de aquella piel reluciente y tersa con la yema de los dedos, pero me contuve. Inspiré, apoyé las manos púdicamente sobre el vientre y me dediqué a contemplar el techo. Sin embargo, la visión del yeso resquebrajado no brindó alivio alguno a las tribulaciones de mi mente. Volví la cabeza en su dirección y, con la garganta contraída por la inquietud, me atreví a expresar el pensamiento que daba vueltas en mi cabeza desde que su cuerpo se había separado del mío.

—Supongo que ahora es cuando me pides que me vaya.

David recostó un codo sobre la almohada y adoptó la postura de un hombre que está a punto de enunciar una verdad incuestionable.

—¿Por qué piensas eso, Emma? No soy ningún canalla.

—No, claro que no. Pero eres imprevisible.

Sonó a reproche.

Dejó escapar un suspiro de contrariedad y me miró de hito en hito. La luz de la lámpara de noche me permitió apreciar las vetas diminutas en el iris que había tras sus espesas pestañas: trazos de azul intenso y de un cegador celeste; en mi vida había visto un par de ojos igual.

—No me arrepiento de haberlo hecho, si es lo que te preocupa —dijo con un tono firme y suave al mismo tiempo.

Deslizó una delicada caricia a lo largo de mi brazo y, al llegar a la mano, su palma, caliente, se fusionó con la mía—. Estar contigo es fantástico, pequeña kamikaze.

Me encantaba que me llamara así.

—¿Te refieres al sexo?

—Me refiero a *esto*. A estar aquí contigo. Ahora. Hacía tanto tiempo que no me sentía de esta manera...

—¿Relajado?

—Vivo.

La palabra resonó con un eco en mi cabeza. «Vivo, vivo, vivo»; fue un instante de perfecta felicidad.

Nos miramos en silencio durante un tiempo indefinido, desnudez con desnudez, absorbiendo cada segundo que pasábamos juntos, cada parpadeo, cada exhalación. Su expresión era extraña. Por un lado, parecía feliz. En las líneas de su rostro se adivinaba esa sensación de paz que sucede a la rendición, a la aniquilación de todo subterfugio. Pero, por el otro, parecía consciente de que, en cualquier momento, un golpe de realidad fortuita podría sumirlo de nuevo en ese vórtice de oscuridad impenetrable en el que estaba atrapado.

Un nudo de incertidumbre me atenazó el estómago y sentí la urgencia de resolver la ecuación.

—¿Por qué yo, David? ¿Por qué me has elegido?

—Yo no te he elegido a ti, Emma; *tú* me has elegido a mí. —Los dedos de su mano derecha se curvaron entre mi pelo y tiraron con suavidad de un tupido mechón que contempló con detenimiento—. Y lo has hecho porque eres una mujer fuerte y valiente que sabe lo que quiere y tiene el don de aceptar a las personas tal y como son. Tal vez debería ser yo quien hiciese la pregunta. ¿Por qué a mí?

—Porque aúnas todo lo que deseo en un hombre: inteligencia, humildad, generosidad y coraje. Porque eres sencillo y complejo a la vez. Y porque haces que sienta cosas totalmente nuevas para mí, cosas que no había sentido por nadie.

Arqueó una ceja con un gesto interrogante.

—¿Ni siquiera por ese novio tuyo inglés?

Percibí un lejano rastro de recelo en su voz y sonreí.

—Ni siquiera por él.

—Entonces debo considerarme un privilegiado —afirmó y esbozó una leve sonrisa que dejaba entrever su satisfacción—. Pero me parece que me sobrestimas. Yo no soy el hombre que has descrito.

—Eres exactamente *ese* hombre, David. Pero estás empeñado en verte como un planeta solitario que gira y gira sin órbita porque una poderosa fuerza oscura lo mantiene alejado de la luz del sol.

La expresión de su rostro se tiñó de compasión. Me acarició la mejilla con el dorso de la mano y dijo:

—Emma, me importas más de lo que soy capaz de expresar con palabras. Pero soy un hombre muy dañado y no pienso arrastrarte conmigo al infierno.

—Estás instalado en una guerra permanente contra ti mismo. ¿No crees que te mereces una tregua?

Se separó de mí con obstinación y se dejó caer sobre su lado de la cama con los brazos cruzados por detrás de la nuca.

—David, escúchame. Yo siempre he deseado encontrar mi lugar en el mundo, pero hasta que te conocí no entendí que lo que buscaba no era un lugar, sino una persona.

—Esa persona no soy yo, créeme.

—Deja que lo decida yo, ¿quieres?

Él negó con la cabeza.

—No entiendes nada.

—¿Y cómo esperas que lo haga si lo único que me ofreces son silencios y evasivas? Cuéntamelo, por favor. Cuéntame qué te pasó en Ashburton. ¿Qué te causa tanto sufrimiento?

David apretó los párpados con fuerza.

—No, Emma. Tolero afrontar las consecuencias de lo que sucedió, pero no soporto hablar de ello. —Volvió la cabeza en mi dirección—. Te he dado mi cuerpo, pero no me pidas que te dé también mi alma, porque no puedo.

Hubo un silencio. Uno de esos silencios glaciales más difícil de manejar que cualquier palabra que se pronuncie con el ánimo de hacer daño. No podía soportarlo, así que lo rompí.

—Esa reticencia a aceptar que tienes derecho a rehacer tu vida es por Alice, ¿verdad? —pregunté, adoptando un fortuito tono de despecho.

David se incorporó de golpe y me atravesó con una mirada que parecía un lanzallamas.

—¿Qué sabes tú de ella?

En sus ojos había un brillo acusador y un inquietante presentimiento comenzó a atenazarme el estómago.

—Nada, pero has gritado su nombre en sueños. ¿Quién es?

Cualquier destello de esperanza se extinguió. David se levantó y se puso los calzoncillos a toda prisa, como si tuviera la intención de abandonar el dormitorio de inmediato. Me senté alarmada sobre el colchón y me cubrí con la sábana.

—¿Adónde vas?

—A darme una ducha. —Abrió el armario y sacó ropa limpia—. Pronto amanecerá y todavía tengo que solucionar lo del horno. Puedes quedarte aquí, si quieres.

Esbocé una risa sarcástica.

—Por el amor de Dios, estamos en mitad de una conversación. ¿Te das cuenta de que cada vez que intento romper esa red de seguridad con la que te proteges sales corriendo?

David exhaló agotado y se frotó la cara despacio.

—Entonces deja de intentarlo. Y no veo razón para seguir discutiendo sobre este tema —sentenció de un modo brusco y concluyente.

—Por una vez, ten el valor de no huir y habla conmigo.

Pero él ya había zanjado el asunto. Al salir, cerró la puerta y un silencio pesado llenó la habitación. El viento continuó colándose por la ventana. Y yo me sentí vacía.

Treinta y tres

Dejé escapar un suspiro largo y lento y reuní el coraje necesario para vestirme y abandonar la habitación. No tenía sentido que me quedase allí. Algo me empujó a salir de la casa y dirigir mis pasos descalzos a la playa. Cuando cerré la puerta a mi espalda y caminé hacia el exterior, el olor a salitre llegó con fuerza. La luz del amanecer había comenzado a romper el azul índigo nocturno y a transformarse en una cálida franja rosácea que asomaba entre la bruma. La caricia del sol aún no había calentado la arena y esta se esparcía entre los dedos de mis pies, lo que me proporcionaba una sensación de bienestar. A aquella hora, la brisa era fresca pero agradable. Las olas se levantaban, alcanzaban su cénit y morían en la orilla junto a las conchas, las plumas de cormorán y las algas. Las gaviotas más madrugadoras parecían burlarse del viento y volaban en hermosas espirales rumbo al sur. Observé el tono metálico del mar. Respirar el aire de aquella playa salvaje y solitaria era una de las cosas que más me gustaban en el mundo. Me aportaba serenidad, justo lo que necesitaba en ese momento. Resignada, me llevé una mano al pecho, donde se acumulaba la tristeza como si fuera un saco de plomo, y antes de que el torbellino de pensamientos que me acechaban se asentara en algo parecido al orden, noté que sus brazos me envolvían en una manta. La conocida fragancia de su champú aleteó en el ambiente.

—No vayas a resfriarte.

Comprendí que, en cierto modo, aquello era una especie de disculpa y sospeché que iba a aceptarla. Me di la vuelta en una lenta progresión y lo miré. Tenía el pelo mojado y vestía unos vaqueros y una vieja camiseta blanca que se ajustaba a su cuerpo de forma natural.

—¿Por qué te empeñas en dinamitarlo todo?

Un rictus de angustia rompió la simetría de su rostro.

—Emma, esto es lo que soy. Te dije que te haría daño y, como ves, no te engañaba.

—¿Qué quieres de mí, David?

—Yo... —Se mordió el labio inferior en un gesto que denotaba ansiedad—. No lo sé. Estoy confundido. No creo que sea capaz de mantenerme en el plano de la amistad, pero la idea de tener algo contigo me aterra.

—¿Por qué?

—Porque no soportaría perderte. Y sé que, tarde o temprano, eso va a pasar.

La respuesta bastó para que se me formara un nudo en el estómago, pero fue insuficiente para conseguir que me alejara de él.

—Me gustaría saber en qué te basas para pensar así.

David me miró con una expresión compungida y el malestar que reflejaba su cara me reveló parte de la batalla que se libraba en su mente. Los músculos de la mejilla se le tensaron bajo la barba.

—En la certeza de que hay recuerdos que arden sin fin.

Me esforcé por tratar de entender el críptico laberinto de palabras que salía de su boca y se disolvía en mi mente y, entre suspiros de frustración, hablé.

—Me estoy volviendo loca. Quiero saber qué escondes. Quiero saber cómo te hiciste esas quemaduras que me prohíbes tocar. Quiero saber a quién perdiste en el pasado, por qué huiste de Ashburton y por qué no has regresado desde que llegaste a Wellington. Y quiero entender por qué no te concedes otra oportunidad. Lo necesito. Sé que te duele mucho hablar de ello, pero necesito entender de dónde sale ese miedo para ayudarte a luchar contra las sombras de tu pasado. —Me llevé la mano al pecho—. Quiero ayudarte más que nada en el mundo.

—¿Qué te hace pensar que quiero luchar?

Sonreí con pesar; estaba convencida de que diría algo así.

—Estás aquí. Y no hay mayor prueba que esa.

David suspiró.

—Es posible que no te gusten mis respuestas.

Sus palabras rasgaron el aire cargado de sal que mediaba entre nosotros.

—Estoy preparada para lo que tengas que contarme, no importa lo duro que sea.

Asintió.

—Ni siquiera sé por dónde empezar.

—¿Qué tal si empiezas por el principio?

Noté las fuertes palpitaciones del pulso en la yugular y el lento redoble de los tambores de mi mente anunció que todo estaba a punto de transformarse. David tomó aire y clavó la mirada en el horizonte. El sol naciente bañaba ya las olas con un cálido barniz rosado.

—Siempre he sido granjero. Soy hijo, nieto y bisnieto de granjeros. Crecí entre ovejas y pastos y aprendí a hacerme cargo del ganado cuando apenas era un crío. Era un trabajo muy duro y exigente, pero no conocía otra cosa, así que acabé acostumbrándome. No fui a la universidad, aunque ya sabes que me habría gustado estudiar Biología. Sin embargo, gracias a lo que ganaba en las competiciones de esquileo, ahorré lo suficiente para hacerme con una pequeña parcela en una zona aislada en plena llanura de las tierras altas. Cuando tenía veinticuatro años, en una de esas competiciones, conocí a la que sería la mujer de mi vida y me enamoré de ella.

«Alice». Distinguí un destello de dolor en las profundidades azuladas de sus ojos y el corazón me dio un vuelco.

—¿Estás segura de que quieres oír esto, Emma? —preguntó arrugando la frente con sensible preocupación.

—Continúa, por favor.

—Está bien. —Sus pies empezaron a jugar nerviosamente con la arena, enterrando y desenterrando las puntas de las zapatillas deportivas—. Nos casamos enseguida y construimos nuestra propia granja en aquel terreno. Al poco tiempo, comenzamos a criar merinas y a venderlas en las subastas que tienen lugar por toda la región de Canterbury. Éramos muy felices por aquel entonces, nos queríamos mucho. Por desgracia, las deudas no tardaron en empezar a acumularse, así que nos vimos obligados a trabajar el doble para salir adelante. Tuve que volver a las competiciones de esquileo y eso me obligaba a pasar mucho tiempo fuera de casa. Demasiado —matizó con un deje de arrepentimiento—. Mi mujer se ocupaba prácticamente sola de la granja y, aunque nunca se quejó, en el fondo yo sabía que la vida que llevábamos la estaba consumiendo. Una noche la encontré llorando. Al parecer, algunas ovejas habían enfermado y el veterinario había dicho que no se podía hacer nada por ellas. Estaba tan abatida que tuve que sacrificarlas una a una con mis propias manos. Después de eso, me pidió que vendiésemos la propiedad y empezáramos de cero en cualquier otra parte. Estaba harta de Ashburton y de las ovejas, no podía más. Yo le pregunté: «¿Y a qué demonios me voy a dedicar si no sé hacer otra cosa?». Y ella respondió: «Tú podrías hacer lo que te propusieras, Dave. Hasta vender *bagels* en Wellington».

El aire se escarchó de repente.

—Ella creía en ti.

David sonrió con tristeza.

—Mucho más de lo que merecía. Pero yo no estaba dispuesto a echar por la borda lo que tanto esfuerzo me había costado levantar. Mi tierra, mis ovejas, mi granja... Toda mi vida se concentraba en esos pocos acres y sacarlo adelante era lo único que me importaba. Aquello casi me costó el matrimonio, fui un jodido egoísta y la hice sufrir mucho. Lo malo es que, cuando entendí que nada de eso era lo verdaderamente importante, ya era demasiado tarde.

Tragué saliva y noté que me ardía la boca. La certeza de que lo que contara a partir de ese momento me dolería cristalizó en mi cerebro como el hielo en la superficie de un estanque.

—Hubo un cambio en nuestra vida y las cosas se calmaron.
—¿Qué clase de cambio?
—Uno importante, dejémoslo así. Mis suegros se mudaron a la granja para ayudar a mi mujer mientras yo recorría la isla Sur en busca de ejemplares que mejorasen la cantidad y la calidad de la producción de lana. Una de aquellas noches en las que regresaba de una subasta, vi una columna de humo desde la carretera y enseguida supe que algo andaba mal, así que aceleré. Estuve a punto de chocar contra una cerca en el camino, pero temía por mi familia y cada minuto podía resultar decisivo. Te juro que nunca había sentido tanto miedo como en ese momento. Cuando llegué, la granja ardía sin control y las ovejas balaban agónicamente desde el redil. Los bomberos dijeron que fue un cortocircuito.
—¿Y... tu familia?
—Dentro.
Me llevé la mano a la boca, horrorizada.
—Dios mío...
—Ni siquiera lo pensé. Me cubrí la nariz con el brazo y desatranqué la puerta de casa; no me preguntes cómo porque ni yo mismo lo sé. Aquello era horrible, el maldito infierno. No se veía nada, había fuego por todas partes y el humo hacía que el aire fuese irrespirable, pero distinguí la voz de mi mujer pidiendo auxilio, así que luché contra las llamas y emprendí una búsqueda desesperada. Por el camino, una viga de madera incandescente se desprendió del techo y me golpeó en la espalda; de ahí mis quemaduras. Cuando los encontré, ya era demasiado tarde. —Negó con la cabeza—. No llegué a tiempo, Emma. Ellos... se quemaron vivos. Yo... oí cómo gritaban mientras las llamas los devoraban y no pude... no pude... Mierda.

La voz se le apagó. David hundió el rostro en las manos y rompió a llorar. El pasado que tanto había luchado por enterrar acababa de despertar y lo zarandeaba con violencia. Sentí que el corazón me estallaba en miles de pedazos diminutos, como si hubiera implosionado. Oh, Dios mío. ¿Cómo no iba a tener pánico al fuego? ¿Cómo podía sentir tanta pena y a pesar de ello ser capaz de sobrevivir? Nadie puede volver a ser el mismo después de haber pasado por algo así. Lo atraje hacia mí y lo abracé con fuerza, envolviéndolo conmigo en la manta y tratando de ser para él el salvavidas que necesitaba en aquel momento de absoluta vulnerabilidad.

—Nunca debí dejarla sola. Nunca.

Sus pulmones se dilataban en rápidas inspiraciones y sus manos se aferraban a mi espalda con la desesperación de un hombre que conoce las sacudidas de la desolación y las profundidades del dolor.

—David, fue un accidente.

—Pero si hubiera llegado antes, podría haberlos salvado. Podría haberlos salvado y ahora ella estaría viva.

Mientras derramaba el pasado sobre mi hombro, entendí que lo que había debajo de toda aquella piel quemada era un sentimiento de culpa tan poderoso que le impedía vivir sin caer en el abismo insondable de la mera supervivencia.

—Hiciste todo lo que pudiste.

—No fue suficiente. No fue suficiente, maldita sea. Fui un puto egoísta. Si hubiera vendido la granja como ella quería…

—No te tortures más, por favor. No fue culpa tuya —musité mientras le acariciaba la espalda para que se tranquilizara.

Dejé que se vaciara. Algo me decía que llevaba mucho tiempo queriendo llorar sin conseguirlo. Cuando por fin se hubo calmado, se apartó de mí, se sorbió la nariz y me miró como un eco inconsciente de sí mismo.

—Ya conoces mi historia, Emma. Por eso nunca he vuelto a Ashburton. ¿Me entiendes ahora cuando te digo que no puedo darte lo que quieres? Lo que pasó sigue demasiado presente en mi día a día, no hay esperanza para mí. No recuerdo su voz, ni el color de sus ojos, ni el tacto de su piel. Pero ese maldito resplandor anaranjado —dijo, y cerró los párpados con rabia—, esos gritos de desesperación y ese nauseabundo olor a carne quemada que me golpeó en la cara en cuanto abrí la puerta… Dios. Los tengo grabados en la cabeza.

Inspiré profundamente y me armé de valor para hacerle la pregunta cuya respuesta temía más que ninguna otra.

—¿Todavía la amas?

David me miró a los ojos con una honestidad brutal.

—Siempre la querré, de un modo u otro. Pero la intensidad de mis sentimientos se ha diluido con el paso del tiempo, igual que su imagen. Mira, Emma, hasta que apareciste en mi vida, jamás había vuelto a mirar a otra mujer. Imaginarlo siquiera habría sido un insulto a su memoria, ¿entiendes? Y ahora, en cambio… —Se tocó el pelo con nerviosismo—. Ahora no dejo de pensar en ti. Ojalá pudiera ser siempre el hombre que soy cuando estoy en la cama contigo, pero todo lo que tengo enquistado aquí dentro me lo impide. Te mereces algo mejor, Emma. A alguien mejor que yo, que sea capaz de cuidar de ti y protegerte. No sé, alguien como Kauri, por ejemplo.

Le cogí la mano, pero se soltó y me sentí desamparada al instante.

—Pero quiero estar contigo, no con nadie más.

—Emma, escúchame. Sé muy bien cuál es el precio de la pérdida y no volveré a pagarlo, te lo aseguro.

—No vas a perderme. Nunca. Porque en mi mundo todo se reduce a ti. Cada aliento, cada latido, cada parpadeo. Todo.

—¡Maldita sea! —exclamó. Sacudió la cabeza en un gesto de frustración que hizo que el mechón grisáceo se le balanceara—. ¿No entiendes que no puedes salvarme, pequeña kamikaze?

—Es cierto, no puedo. Pero sí puedo estar a tu lado mientras tú tratas de salvarte a ti mismo.

Entonces se rindió. Me agarró de las mejillas y me besó con la devastadora furia de una tormenta. Y entendí que se esforzaba para que recordara ese beso como el último. Después, unió su frente a la mía y susurró:

—No te enamores de mí, Emma. No lo hagas, por favor. Por tu bien y por el mío.

Tras pronunciar esas palabras, me abandonó en medio de aquella playa salvaje y solitaria que parecía una prolongación de su misma existencia.

—Demasiado tarde —dije en voz alta cuando estaba segura de que no me oía.

Ahora el cielo era de un blanco doloroso.

Treinta y cuatro

El horno volvió a funcionar a pleno rendimiento aquella misma mañana. Tal y como me había asegurado la tarde anterior, Kauri apareció en el Hunter's a primera hora. Yo estaba sirviendo el café a un parroquiano cuando el maorí apareció por la puerta. Me saludó con efusividad y se dirigió a la cocina, donde se encontraba David. Dejé al cliente inmerso en la lectura de un artículo del *Post* acerca del cambio en las licencias para la venta de bebidas alcohólicas aprobado recientemente por el Parlamento y agucé el oído.

Terco como siempre, David se mostró renuente a aceptar su ayuda.

—No hacía falta que te molestaras en venir —le soltó con aspereza—. Puedo arreglármelas solo. Ayer por la tarde estuve en el cibercafé de la calle Manners y busqué información; ya sé cómo repararlo. (Y así fue como supe en qué había empleado el tiempo David después de su huida).

Kauri dejó ir un resuello de sarcasmo y replicó:

—¡Vaya, pero si has descubierto internet! ¡Nada más y nada menos que en 1999! —Oí cómo resoplaba—. Reconócelo, vamos. No serías capaz de arreglar este horno tú solo ni teniendo el mejor manual de instrucciones del mundo.

—¿Me estás llamando inútil?

—No, solo digo que cada uno tiene su especialidad. La tuya es hacer *bagels;* la mía, reparar cacharros.

—También sé hacer otras cosas —se defendió David.

—Sí. También sabes cómo joder a un amigo cuando te lo propones.

Hubo un silencio y contuve la respiración. David fue el encargado de romper el hielo pocos segundos después.

—La otra noche me comporté como un imbécil. Lo siento. No sé qué me pasó.

—Yo sí lo sé, *cuz*, y no te juzgo por ello. Por mi parte, está todo olvidado. Pero te sugiero que te aclares antes de que sea demasiado tarde. Un horno estropeado tiene fácil arreglo, pero un corazón roto es más difícil de recomponer.

De nuevo, un silencio. Esta vez fue Kauri el primero en profanarlo.

—No sé qué te ocurrió en el pasado, nunca has querido contármelo, aunque intuyo que debe de tratarse de algo muy jodido. Lo único que sé es que debes seguir adelante. Parafraseando a Mark Renton: *Choose life.**

—¿A quién?

—No me digas que no has visto *Trainspotting*... En fin, da igual. Lo que quiero decir es que la vida es como una noria que gira sin parar. Puede que a veces nos dé vértigo, pero hay que tener las pelotas suficientes para subirse a ella y contemplar el mundo desde arriba. Nunca al revés. Quedarse en tierra es de cobardes, amigo.

Esa, damas y caballeros, era la voz de un hombre valiente.

—Oye, ¿no te parece que es demasiado temprano para una charla tan trascendental? No puedo permitirme otro día de pérdidas, así que pongámonos manos a la obra cuanto antes, si no te importa.

Y esa, la de un hombre empeñado en que su corazón permaneciese anclado al dolor.

Unas pocas horas más tarde, el aroma de los *bagels* y de la amistad restablecida volvía a revolotear en el ambiente y pude respirar tranquila. Sin embargo, los días sucesivos a la confesión de David en la playa fueron difíciles de soportar. Apenas hablábamos. Su interacción conmigo se vio reducida a unos

---

* Escoge la vida.

cuantos gestos de asentimiento y encogimientos de hombros evasivos envueltos en una permanente expresión de tristeza. Estaba tan ausente que su presencia era para mí un aullido insoportable. Habíamos vuelto a la casilla de salida. Con la diferencia de que, ahora, contaba con la suficiente información y experiencia para saber que se estaba comportando de un modo deliberadamente frío. David quería que lo viera de la misma manera en que él se veía a sí mismo: como un hombre inútil en lo sentimental y merecedor del castigo que con tanta crueldad le había impuesto el destino. Quería que comprendiese que no era apto para amar —ya no— y que, una vez lo hubiese hecho, me alejara de él para ahorrarnos a ambos un sufrimiento innecesario. No lo había expresado con palabras, pero sus silencios revelaban mucho más que cualquier cosa que hubiese podido decir. La creencia de que había fallado como marido porque no había hecho lo bastante para salvar a su mujer lo mortificaba.

Si no la hubiera dejado sola.

Si hubiera llegado antes.

Si hubiera vendido la granja.

Demasiadas variables en una única ecuación.

Pero yo me negaba a dar por válido ese terrible sentimiento de culpa que lo atenazaba porque sé muy bien lo volátil que es la vida. Tanto que su curso es capaz de cambiar en un solo instante sin que podamos hacer nada por evitarlo. Tía Margaret solía decir que para morirse lo único que hace falta es estar vivo y no le sobraba ni un ápice de razón. «En un parpadeo, estás friendo unos huevos con beicon para desayunar mientras escuchas el programa de radio de Brian Matthew[*] y, al siguiente, estás tendida en el suelo de la cocina, ahogándote en tu propio vómito». David no tuvo la culpa de que su mujer y sus suegros perecieran en aquel terrible incendio y, desde luego, es demasiado arriesgado aventurar que él podría haber cambiado el transcurso de los acontecimientos, de haber tomado

---

[*] Famoso locutor inglés de la BBC desde 1954 hasta 2017.

una decisión u otra. No estaba en su mano porque el destino siempre acaba cobrándose su precio. Sí, tarde o temprano lo hace. ¿Podría haber cambiado yo la suerte de mis padres aquel fatal domingo de julio del 79 si no me hubiera empeñado en que fuésemos a Dartmoor? Nunca lo sabré, pero creo que es muy poco probable. Por lo que a mí respecta, hace tiempo que dejé de sentirme culpable o responsable de su muerte. Cuando David me contó su historia, traté de que entendiese que su pasado no era relevante, que no lo definía como hombre y que no interfería en mis sentimientos, así como tampoco debería interferir en los suyos. Oponerse a lo inevitable es tan inútil como nadar contra la corriente de un río caudaloso. Y la pasión de nuestros encuentros había dejado claro lo inapelable de lo que sentíamos el uno por el otro. Pero, por más que lo intentase, era incapaz de empuñar el hacha que rompiera el mar de hielo que lo abrazaba por dentro, así que tuve que resignarme una vez más a que se envolviera en una bruma de reserva y me tratara con distancia.

A veces, lo observaba cuando no se daba cuenta. Estudiaba cada uno de sus movimientos en busca de una pista que pusiera de manifiesto sus intenciones respecto a nosotros. Rectifico. No había ningún «nosotros», no en los términos que yo deseaba. Durante el día lo llevaba mejor. Supongo que el trajín de la cafetería en esos últimos momentos del año me ayudaba a mantener la mente ocupada. Pero por las noches, cuando la luna proyectaba su luz plateada en el cielo y una serenidad aletargada reinaba bajo el susurro del viento, me rompía por dentro. Saber que lo único que me separaba físicamente de David era una pared constituía una auténtica tortura para mí. Lo deseaba. Y como lo deseaba, aliviaba mi dolorosa tensión en un silencio apenas soportable, excitada y atemorizada a partes iguales por el riesgo a que me descubriera. Lo hacía pensando en él, fotogramas incompletos de la efímera tregua que habíamos sellado en la cama. Su boca suave de besos húmedos y gemidos ahogados. El interminable sendero de gotas de sudor que le recorría el torso desnudo. La mirada perdida en el placer. El balanceo del trémulo mechón ceniciento. Sus tendones de acero. El suave ronroneo de su voz abandonada. Después, aliviado el cuerpo pero no el alma, soñaba que algo suave acunaba la sacudida al caer del cielo de sus brazos, a mil metros por segundo. David era mi tensión y mi desgarro. Mi desvelo por las noches y mi primer pensamiento del día. Me había enamorado sin remedio y me sentía superada por la necesidad de compartirlo todo con él. Pero no podía darme lo que yo quería y esa convicción me martilleaba en las sienes con una insistencia que conseguía apagarme el ánimo, a pesar de mis esfuerzos por mantener la esperanza a flote. El recuerdo de su mujer era un campo de minas que se interponía entre ambos y, si me aventuraba a traspasarlo, acabaría saltando por los aires. «Bastante te has arriesgado ya, pequeña kamikaze», me advertía la voz de mi conciencia. Y, por eso, un molesto runrún cobró fuerza durante los últimos días de 1999. Podía soportar su ausencia durante el día, pero me resultaba imposible por la noche; era superior a mí.

Tenía que buscar otro lugar donde vivir. Y tenía que hacerlo cuanto antes.

Treinta y cinco

En apariencia, aquel no distaba de ser un fin de año como cualquier otro, a tenor del ambiente festivo y acelerado que se respiraba en el Hunter's. Todo el mundo se mostraba feliz o, al menos, dispuesto a aparcar las preocupaciones y la habitual premura de lo cotidiano hasta que el calendario impusiera su nuevo orden mundial. Se bebía y se comía a destiempo, se perdonaban los defectos del prójimo y se magnificaban sus virtudes. La generosidad del espíritu se extrapolaba al bolsillo a modo de acicate y, como resultado, se gastaba más. Y, por supuesto, en un vano intento de autocorrección moral, se confeccionaban las clásicas listas de propósitos bienintencionados que jamás se cumplirían.

- Dejar de fumar.
- Practicar deporte tres veces por semana.
- Aprender un nuevo idioma.
- Donar dinero a la beneficencia.

O que tal vez sí se cumplirían.

- Buscar un lugar en el que vivir.

Pero, en realidad, el 31 de diciembre de 1999 no era un fin de año como otro cualquiera. La sombra de la incertidumbre planeaba sobre nuestras cabezas como un amenazante bombardero. «Cuando el nueve-nueve devenga en cero-cero, las máquinas no sabrán qué año es y se apagarán». Y mientras la gran mayoría de la población de ambos hemisferios aguardaba el momento del cara a cara con la verdad —a saber, que la debacle informática pusiera el mundo patas arriba y este comenzara a devorarse a sí mismo—, en mi pequeño ecosistema todo se reducía a unas pocas palabras.

—Necesito hablar contigo, David.

Había esperado oportunamente a que se vaciara el local, algo que no sucedió hasta bien entrada la tarde. Yo no tenía planes para aquella noche. Había pensado en llamar a Kauri y decirle que fuéramos juntos a Te Aro para ver los fuegos artificiales —a diferencia de la Navidad, que se consideraba un acontecimiento de suma importancia, los maoríes no celebraban la Nochevieja; ellos se regían por la aparición en el cielo del *Matariki*, un cúmulo estelar más conocido como Pléyades cuyo avistamiento anuncia el comienzo de un nuevo año según su cultura—, pero aún no lo había hecho y, a juzgar por lo tarde que era ya, supe que no lo haría.

David, que en esos momentos estaba recogiendo las bandejas de *bagels* del aparador, frunció el ceño y protestó.

—¿Ahora? Mejor en otro momento. Me gustaría ir a hacer surf después de cerrar, no se me ocurre mejor forma de despedir el año.

Ni siquiera me miró. A decir verdad, parecía haberle molestado que lo interpelara y eso hizo que me hirviera la sangre. Chasqueé la lengua con una sonoridad prodigiosa. No me anduve por las ramas.

—¿Hasta cuándo piensas seguir castigándome?

—Yo no... —Se interrumpió. Exhaló con hastío y apoyó las manos en el marco del aparador. Dejó colgar la cabeza y apretó los párpados—. No estoy castigándote, Emma. Solo intento que todo esto duela menos.

Su tono era ahogado y triste, y, a pesar de que trató de disimularlo, no pudo.

Moví la cabeza en un gesto de desaprobación.

—Muy bien. Allá tú si quieres seguir fingiendo que no hay nada entre nosotros. Me largo. Feliz Año Nuevo.

Cerré los ojos y me froté las pestañas húmedas. Quizá me había expresado con demasiada causticidad, pero David no me lo ponía nada fácil. Me di la vuelta y me alejé del mostrador. Un paso, dos pasos, tres pasos. No podía derrumbarme frente a él.

Y entonces el mundo tembló bajo mis pies.

Literalmente.

Todo ocurrió tan rápido que apenas fui consciente de ello. Hubo una primera sacudida y, a continuación, otra mucho más intensa que provocó que el suelo y las paredes oscilaran como en un castillo hinchable. El ruido de cristales rotos y la fuerte detonación que la sucedió —más tarde supe que había explotado un transformador de energía eléctrica en una de las casas aledañas— me abotargaron los oídos y, durante una breve fracción de tiempo, me quedé petrificada, como sumida en un estado de vacío autoinducido, mientras todo se desmoronaba a mi alrededor. Primer error. Las mesas se tambaleaban y las sillas volcaron una detrás de otra como piezas de dominó en cuestión de segundos. El reloj de Lemon & Paeroa y el póster de los All Blacks cayeron al suelo. El televisor, que estaba anclado a la pared, se desprendió de su soporte y también se estrelló. La misma suerte corrieron la docena de tazas, platos, vasos y cucharillas que reposaban encima de la sufrida barra. Me llevé la mano a la boca y sofoqué un grito. «Un terremoto», me dije sin que la angustia consiguiera sacarme del inmovilismo. «Dios mío, un terremoto». Fue la voz de David, que permanecía agazapado debajo del mostrador, en el otro extremo de la barra, lo que me obligó a reaccionar.

—¡Emma! ¡Échate al suelo! ¡Vamos, rápido!

Como si hubiera recobrado la conciencia de mí misma después de un trance, me agaché a toda prisa, sin tener en cuenta dónde me encontraba exactamente. Segundo error. Una taza se despeñó en ese mismo momento y me golpeó en la frente. Enseguida noté el líquido caliente que fluía en dirección a la sien a través de la brecha. Me toqué con los dedos y experimenté una enorme desazón cuando vi la sangre.

—¡Ponte a cubierto! ¡Colócate debajo del mostrador!

Desde mi posición, justo enfrente de la puerta de la cocina, vi cómo los cacharros volaban por los aires y se estrellaban contra el suelo. Cerré los ojos y apreté los párpados con fuerza; la visión era terrorífica. Fue entonces cuando entré en pánico y comencé a llorar, presa de la ansiedad. Tercer error.

—¡Emma, por el amor de Dios, ponte a cubierto! —insistió David desde la otra punta de la barra—. ¡Es peligroso estar ahí!

El sistema de protección civil de Nueva Zelanda recomienda que, en caso de terremoto, hay que buscar refugio bajo los dinteles de las puertas o de algún mueble sólido, como mesas o escritorios, o bien junto a un pilar o pared maestra y mantenerse alejado de ventanas, cristaleras, vitrinas, tabiques y objetos que puedan caer y golpearnos. Como kiwi y, por lo tanto, acostumbrado a la alta actividad sísmica del país, David tenía claro el procedimiento. Pero yo no podía moverme, me había quedado paralizada a causa del miedo que me producía lo que experimentaba y así se lo hice saber.

—¡No puedo! —sollocé.

—¡Solo tienes que desplazarte unos centímetros a tu izquierda! ¡Puedes hacerlo! Vas a ponerte a cubierto a la de tres, ¿entendido? ¡Una, dos y tres! ¡Ahora!

Con el corazón en un puño, los ojos anegados en lágrimas y los estertores de la ansiedad aprisionándome la garganta, me arrastré como pude hasta la barra, que me sirvió de techo protector. Dejé caer la espalda contra el aparador, cuyo interior estaba lleno de cristales, flexioné las piernas y me quedé muy quieta. En el aire, había un olor acre, como de humo. Cada inspiración se me aferraba a la garganta y me punzaba los orificios nasales.

—Tengo miedo.

Noté que David alargaba el brazo y se esforzaba en darme alcance. Estiré el mío y cuando nuestras manos se tocaron, él cubrió mi palma con la suya.

—No permitiré que te ocurra nada malo. Nunca. ¿Confías en mí?

Ladeé la cabeza para mirarlo y, a pesar de que el mundo se desintegraba a mi alrededor, sentí que él era sólido y real. El caos crea oportunidades.

—Confío en ti.

Los temblores cesaron enseguida y aquel ruido ensordecedor se apagó. No sabría precisar con exactitud cuánto tiempo había pasado, pero tenía los músculos entumecidos y la sangre de la frente estaba reseca. David corrió hacia mí. Sus brazos me alzaron del suelo con facilidad y me estrecharon contra su pecho. La tormenta de lágrimas que brotaba de mis ojos no pareció abrumarlo en absoluto.

—Ya está, pequeña kamikaze, ya ha pasado —susurró mientras me acunaba con suavidad.

Poco a poco, mi respiración adquirió un ritmo regular, acompasado a sus tiernas caricias, y las lágrimas se secaron en mis ojos. Me sentía a salvo con él. Separé mi cuerpo del suyo unos centímetros y sentí cómo me acariciaba con la mirada.

—¿Te duele? —preguntó, refiriéndose a mi herida.

Negué con la cabeza.

—No parece grave, nos ocuparemos de curarte más tarde. Ahora tenemos que salir de aquí. Es probable que haya réplicas y estamos muy cerca del mar; podría haber un tsunami. No ha sido un terremoto demasiado severo, pero debemos extremar las precauciones. Lo mejor es que nos dirijamos al interior. Iremos a casa de Kauri. Solo espero que la moto arranque.

David me agarró de la mano, pero, al dar media vuelta y ver la magnitud del estado en el que había quedado la cafetería, me detuve sobrecogida.

—Dios mío, está destrozada… —me lamenté al observar el amasijo de cristales con una mueca de horror.

—No te preocupes por eso. El Gobierno destina un fondo para cubrir los primeros daños en caso de terremotos como este. Volveremos en cuanto sea seguro y lo arreglaremos. Levantaremos el Hunter's de nuevo. —Apoyó su frente contra la mía y me tomó de las mejillas con las manos bien abiertas—. Juntos. Tú y yo. Pero ahora debemos irnos. Cada minuto que permanezcamos aquí será como jugar a la ruleta rusa.

Treinta y seis

El Servicio Geológico de los Estados Unidos, encargado de monitorizar la actividad sísmica en todo el mundo, informó de que el terremoto del 31 de diciembre de 1999 había registrado una magnitud de 6,2 en la escala de Richter, lo que lo clasificaba como «fuerte», teniendo en cuenta la tabla que cataloga la intensidad de estos fenómenos. Los seísmos comprendidos en dicha categoría pueden llegar a destruir áreas pobladas hasta en ciento sesenta kilómetros a la redonda, aunque los efectos de aquel no habían sido tan devastadores. Se produjeron grandes daños materiales y cortes de electricidad y, según informó la televisión local, dos personas resultaron heridas de gravedad, una por la caída de una chimenea y otra, por un vidrio. Pero, gracias a Dios, no hubo que lamentar víctimas mortales. Y dado que el epicentro tuvo su origen unos cuarenta kilómetros al noroeste of Wellington, el Centro de Alertas de Tsunamis del Pacífico tampoco avisó de ningún maremoto.

Pero de todo esto no nos enteraríamos hasta el día siguiente.

Cuando llegamos a casa de Kauri, aún seguía aturdida. El trayecto desde Owhiro Bay hasta la urbanización en la que vivían los Paretene no era muy largo y se presentó sin complicaciones. En apariencia, la carretera principal no se había visto afectada y, salvo por algún tronco que se había desplomado contra el arcén, se circulaba con relativa normalidad. Vecinos y veraneantes abandonaban la costa en tropel, lo que ocasionó que se formaran retenciones en algunos puntos, aunque no tardaron mucho en disolverse. Al tomar el desvío hacia la serpenteante pista forestal que se adentraba en el valle, el miedo a que un nuevo temblor nos sorprendiera sobre la moto en aquella zona montañosa, donde el riesgo de desprendimientos se multiplicaba, me inmovilizó como los tentáculos de una medusa. Menos mal que la suerte estaba de nuestro lado y no fue así.

Todos los miembros de la familia Paretene se congregaban en el porche de la vivienda, una rústica construcción cercana a un aserradero. Kauri y su padre, Jayden, evaluaban el impacto del seísmo en la fachada mientras Tane se encargaba de poner en marcha un generador eléctrico que hacía un ruido espantoso. Nanaia abanicaba a la abuela, Mere, que estaba sentada en una hamaca de madera, y Dree barría los cristales. Dos perros que estaban en un corral hecho de alambre empezaron a ladrar cuando nos acercamos.

—¡Mirad! ¡Son Emma y David! —exclamó Nanaia al vernos llegar.

A excepción de la abuela Mere, cuya movilidad era reducida, todos corrieron a recibirnos emocionados.

—*Kia ora!* Gracias al cielo que estáis sanos y salvos. Estábamos muy preocupados por vosotros —dijo Kauri, que nos abrazó a ambos.

Después del intercambio de preguntas de rigor —«¿Está todo el mundo bien?», «¿Se sabe ya si ha sido muy severo?», «¿Ha sufrido muchos daños la cafetería?»—, Dree expresó su preocupación por la herida que tenía en la frente y se ofreció a curármela mientras instaba a todo el mundo a entrar dentro de la casa, pues el ruido del generador imposibilitaba una conversación fluida.

—Menudo fin de año, ¿eh? —se lamentó, mientras empapaba un algodón en agua oxigenada con el que limpió la sangre a continuación.

Me costó responder.

—Perdona, Dree. Todavía estoy asustada. Es la primera vez que experimento algo así.

—Lo entiendo, *taku hine*.* Pero, tranquila, te acabarás acostumbrando; *Aotearoa* es tierra de temblores. Siempre y cuando tengas la intención de quedarte aquí, claro.

—Por supuesto que tengo la intención de quedarme.

Dree sonrió con calidez y las hipnotizantes líneas de tinta de la barbilla parecieron ensancharse.

—Eso me parecía. Y ahora, deberíamos empezar a limpiar ese desastre. *Ka tata te po*, la noche se acerca. ¿Me echas una mano?

—Por supuesto.

La casa era grande pero acogedora. Además del amplio cuarto de baño, contaba con seis habitaciones —siguiendo el típico patrón de las antiguas viviendas estatales que abundan en todo el país—, una gran cocina americana con isla en el centro y un salón decorado al estilo maorí, con fotos de la familia por todas partes y multitud de libros interesantes de historia y cultura neozelandesas, como, por ejemplo, la biografía de Joseph Michael Savage† o un tratado de antropología polinesia de Te Rangi Hīroa.‡ Convinimos en que David y yo nos quedaríamos a pasar la noche y que regresaríamos a Owhiro Bay al día siguiente, cuando el servicio eléctrico y las comunicaciones se hubieran restablecido. Algo más tarde, con la vivienda limpia de escombros y cristales, Dree preparó una deliciosa tortilla de chanquetes conocida como *whitebait fritter*, puré de piña, pan frito maorí y una buena fuente de ensalada, y nos sentamos todos a cenar en el patio trasero. Yo no tenía demasiado apetito, pero ella insistió en lo importante que era recuperar la normalidad cuanto antes.

—Deberíamos abrir una botella de vino, que la vida hay que celebrarla —sugirió Jayden—. Voy a por una, enseguida vuelvo.

---

* Mi niña.

† Primer ministro de Nueva Zelanda del 6 de diciembre de 1935 al 27 de marzo de 1940. Militaba en el Partido Laborista.

‡ *Sir* Peter Henry Buck (1877-1951). Médico, político y antropólogo de origen maorí por parte de madre.

Minutos después, el corcho saltó ruidoso y una pequeña nube de vapor blanquecino brotó del cristal. Dree sirvió las copas. Jayden levantó la suya en un impreciso brindis, *kia ora koe,* y el tintineo del cristal chocando contra el cristal me acarició los oídos. Mientras cenábamos, el patriarca de los Paretene me explicó con tono edificante que Nueva Zelanda registra cerca de catorce mil terremotos cada año, de los cuales entre cien y ciento cincuenta tienen la suficiente potencia como para percibirse. Wellington suele llevarse la peor parte, dado que una falla pasa por el mismo centro de la ciudad, lo que deriva en una actividad sísmica elevada, superior incluso a la media neozelandesa.

—Pero los wellingtonianos estamos curtidos contra las catástrofes naturales. —Carraspeó—. En 1855, se produjo un terremoto en Wairarapa, al norte de la capital, con toda probabilidad el más devastador que haya sufrido el país en toda su historia. Se estima que tuvo una magnitud de 8,2 en la escala de Richter y que provocó movimientos de tierra verticales de hasta dos y tres metros. Después de aquello, la mayoría de las construcciones de la ciudad se hicieron de madera, ya que se trata de un material mucho más flexible en caso de cataclismo.

Kauri simuló que roncaba y sus hermanos le rieron la gracia.

—Por Dios, deja ya de aburrir a la chica, *pāpā*.

Jayden movió la mano con gesto desmayado y la conversación cambió de cariz.

—De todos modos, estoy impaciente por saber qué dirán los apocalípticos del «efecto 2000» sobre el terremoto —comentó el hombre en tono jocoso—. ¿Tú qué opinas?

Tomé aire antes de contestar.

—Siempre he sido bastante escéptica con respecto a ese tema, señor. Pero tengo que admitir que por un momento he llegado a creer que el mundo se iba al garete de verdad. Me da vergüenza reconocerlo porque sé que es absurdo y que la única explicación plausible es puramente geológica.

David intervino.

—Hoy has estado sometida a mucho estrés, es lógico que el miedo te haya sugestionado. Pero no ha sido más que una coincidencia.

—Una coincidencia un poco macabra —farfullé.

De pronto, la abuela Mere pronunció unas palabras en maorí y todos asintieron en voz alta, *ae, ae*. David y yo nos miramos desconcertados.

—¿Qué ha dicho? —pregunté.

Kauri lo tradujo para nosotros.

—Ha dicho que Rūamoko tira de las cuerdas que manejan la Tierra.

Fruncí el ceño.

—¿Podrías ser un poco más específico?

—Claro, *taku hoa*. Verás, Rūamoko era el hijo menor de Rangi, Dios del cielo, y Papa, Diosa de la Tierra. Los cuerpos de Rangi y Papa estaban unidos desde el origen de los tiempos y esa unión había sumido al mundo en la oscuridad. Pero sus hijos querían que la luz volviera a penetrar en el universo, así que los separaron, lo que provocó que las lágrimas de Papa inundaran la tierra. En un intento por aliviar su dolor, decidieron ponerla bocabajo para que Rangi y ella no se vieran el uno al otro. Sin embargo, Rūamoko estaba todavía en el pecho de su madre, por lo que quedó atrapado en el mundo subterráneo. Para mantenerlo caliente, se le dio el fuego. Se dice que los terremotos y la erupción de los volcanes se producen cuando Rūamoko se mueve inquieto en el interior de la Tierra.

—Desde luego, es una explicación mucho más fascinante que «el efecto 2000».

—A Emma le encantan las leyendas maoríes, ¿sabéis? —apuntó David. Y me dedicó una mirada de adoración que no pasó desapercibida para ninguno de los integrantes de la mesa.

—Tío, límpiate las babas, ¿quieres? —bromeó su amigo, gesticulando de forma exagerada.

David se revolvió incómodo en su silla y yo me ruboricé.

Terminamos de cenar cerca de las once y, poco a poco, nos fuimos retirando. Dree me preparó una infusión de manuka —«Tiene muy mal sabor, pero es útil contra el insomnio; te vendrá bien», adujo— y nos acompañó a David y a mí a la habitación de invitados en la que íbamos a dormir. Eché un vistazo rápido y registré una cómoda de madera contra la pared, unas cortinas de lino en la ventana, varias badanas de tonos cálidos en el suelo y una cama individual.

—Supongo que no os importará compartirla, ¿verdad?

David y yo nos engarzamos en una mirada electrizante, pero la rompimos enseguida. Él se frotó la nuca para disimular; yo me mordí el interior de la mejilla. Pero Dree no era tonta.

—La habitación es pequeña, pero es la única que cuenta con cuarto de baño propio, así que estáis de suerte. Podéis ducharos si queréis, hay toallas limpias en la cómoda. En fin, si necesitáis cualquier cosa, lo que sea, hacédmelo saber, ¿de acuerdo? Mi dormitorio es el que está al fondo del pasillo. Buenas noches, tortolitos. Y procurad descansar.

Esto último lo dijo levantando las cejas en un claro gesto de advertencia maternal.

A continuación, nos dio un beso en la frente a cada uno y desapareció.

Treinta y siete

Mientras esperaba a que David saliera de la ducha, me senté en el borde de la cama y traté de calmar los nervios desenredándome la melena mojada con los dedos. Aunque estaba agotada, sabía que me costaría conciliar el sueño. Una ansiedad imprecisa se había adueñado de mi estado de ánimo y la adrenalina me corría por las venas rugiendo como la lava. Demasiadas emociones.

Cuando la puerta del cuarto de baño se abrió a los pocos minutos y el vapor invadió la estancia, sentí que me tranquilizaba. Pero la tranquilidad duró muy poco. Yo había tenido la decencia de ponerme una vieja camiseta de la empresa familiar que había encontrado en la cómoda, pero él iba en calzoncillos. Su cuerpo desnudo, aún sonrosado por el calor del agua y la fricción de la toalla, resplandecía con un brillo suave a la luz desvaída de la habitación. Tragué saliva atormentada y aparté la vista. Ajeno a mi turbación, David se sentó a mi lado y el olor a jabón me acarició el olfato.

—¿Te sientes mejor?

—Creo que sigo en *shock*. Dree dice que debo acostumbrarme a los terremotos, pero dudo que sea capaz. No hago más que ver las imágenes del Hunter's destrozado en mi cabeza. Si cierro los ojos, siento otra vez la sacudida. Dios, ha sido horrible... Y yo he sido una auténtica imprudente que se ha ganado a pulso el apodo de «kamikaze». —Exhalé—. No sé qué habría hecho sin ti, David. Lo más probable es que hubiese muerto aplastada por un alud de objetos punzantes o algo así.

David me tomó de la mejilla y me obligó a ladear la cabeza para confrontar su mirada.

—No digas eso, por favor. Nadie muere en Wellington, ¿recuerdas?

Sonreí con pesar y me concentré en observar mis rodillas desnudas.

—¡Vaya, pero si ya es medianoche! —exclamó de pronto. Alcé la cabeza y me fijé en el pequeño reloj despertador que había sobre el mueble—. Y parece que seguimos de una pieza, después de todo.

—Eso quiere decir que al menos nosotros hemos sobrevivido al temido «efecto 2000». ¿Crees que los ordenadores habrán soportado el cambio de los cuatro dígitos o se habrán vuelto locos?

Alzó una ceja de forma teatral y me siguió la corriente.

—Es muy probable que en estos momentos se esté librando una auténtica guerra tecnológica ahí fuera. Pero, en cualquier caso, no lo sabremos hasta dentro de unas horas. Mientras tanto, será mejor que intentemos descansar; quién sabe a qué peligros tendremos que enfrentarnos mañana.

Decía mucho de nosotros que fuéramos capaces de bromear, dadas las circunstancias.

—Feliz Año Nuevo, David.

—Feliz Año Nuevo, Emma.

—¿Has pedido tu deseo?

Sentí la salvaje corriente de excitación que emanaba de su mirada cuando respondió:

—No me ha hecho falta.

Sin embargo, se limitó a darme un beso casto en la frente. A continuación, se incorporó, agarró uno de los cojines que había encima de la cama, lo ahuecó con las manos y lo colocó sobre las badanas.

—¿Adónde vas? —pregunté desconcertada.

—Pues a dormir.

—¿En el suelo?

—Me temo que la cama es demasiado estrecha.
—Pero...
—No te preocupes. Estaré bien —atajó mientras se echaba.

Su voz sonó fría y controlada, como distanciada de sus deseos.

—Vale, como quieras. Buenas noches, David.

La mía, teñida por la decepción.

—Buenas noches, Emma.

Su abandono me erizó la piel. Apagué la luz y me acurruqué bajo la sábana con la sensación de que había un error enorme en la escena. Quería que David estuviera a mi lado, que me abrazara y me dijera que todo saldría bien; nada más. No necesitaba promesas ni grandes gestos aquella noche. Lo único que necesitaba era la cálida certeza de su compañía. Pero ¿qué derecho tenía a imponerle mis deseos cuando él no hacía más que sublevarse contra ellos? No podía presionar a un hombre cuya esperanza había sido arrasada por el fuego; era injusto. Me hice un ovillo y cerré los ojos, pero el ruido de mis pensamientos se empeñaba en boicotear mis planes. Pensé en lo paradójico que resultaba que me hubiera sentido tan segura entre sus brazos con los ecos del terremoto todavía presentes y, en cambio, tan desconsolada ahora que lo peor ya había pasado.

O eso suponía yo.

Una sensación de angustia repentina me obligó a encender la luz. David abrió los ojos alertado desde su posición.

—¿Qué pasa, Emma?

—En una escala de cero a diez, ¿cuántas posibilidades hay de que se produzca una réplica esta noche?

—No lo sé, no soy experto en sismología.

—Ya, pero según tu experiencia...

—Pues... —Se frotó los ojos y contuvo un bostezo—. Diría que entre siete y ocho, aunque no estoy del todo seguro. Oye, ¿por qué no intentas poner la mente en blanco y descansar?

—Me encantaría, créeme. Pero, teniendo en cuenta que es muy probable que se me caiga el techo encima en mitad de la noche, no creo que lo consiga —repuse de forma sarcástica.

David suspiró.

—¿Quieres que duerma contigo en la cama? Puede que eso te ayude.

El corazón me dio un vuelco.

—Puede. S-sí, definitivamente me ayudaría.

—Vale. Hazme un poco de sitio.

Me arrinconé todo lo que pude para dejarle espacio, pero se trataba de una cama bastante estrecha, así que era inevitable que nuestros cuerpos se rozasen. Tumbados bocarriba, con los brazos rígidos a ambos lados del tronco y la vista fija en las amplias vigas de totara tallada del techo, parecíamos un par de desconocidos.

Aquello seguía estando mal. Terriblemente mal.

—David.

—¿Sí?

—Estoy un poco incómoda. Tal vez si pudieras…

—Por supuesto, perdona. ¿Qué te parece si…? —Levantó el brazo y lo echó hacia atrás, como invitándome a que me acercara. Dudé un instante y lo miré a los ojos con incertidumbre. Él me devolvió una mirada cargada de ansiedad—. Por el amor de Dios, Emma. Ven aquí, que no muerdo.

Creía que no me lo pediría nunca.

Apoyé la cabeza en su torso y dejé que me rodeara con el brazo. De la corriente eléctrica que fluía entre su piel y la mía resultaba una calidez reparadora que se expandía sobre mi pecho; aquella sensación se parecía mucho a la seguridad. Busqué la palabra que definiera mejor cómo me sentía en ese momento y la primera que me vino a la cabeza fue «hogar».

—¿Podemos hablar un rato? —le pedí.

—Claro. ¿De qué quieres que hablemos?

—Me gustaría saberlo todo de ti.

—Ya sabes todo lo que hay que saber de mí.

—Me refiero a cosas triviales como, por ejemplo, tu comida favorita, el libro que has leído más veces o el tipo de música que te gusta.

—Bueno, eso es fácil. Mi comida favorita es el asado Hogget de mi madre. El libro que he leído más veces, *A good keen man*, de Barry Crump, aunque estoy seguro de que cualquier kiwi respondería lo mismo. Y en cuanto a la música, me quedo con la de Oasis.

Pausa.

Erguí la cabeza y lo miré.

—¿Lo dices en serio?

—Muy en serio. Pero, para tu información, negaré rotundamente haber reconocido que me gusta un grupo inglés, en caso de que alguien me pregunte.

—Lo tendré en cuenta. De todos modos, Blur es mejor que Oasis.

David arqueó las cejas y me dispensó una caída de párpados incrédula.

—Estás de coña, ¿no? ¡Venga ya, Emma! No hay una sola canción en toda la discografía de Blur que supere a «Wonderwall».

—Vale, puede que lleves razón en eso, pero, al menos, Damon Albarn no es un maldito borracho como Liam Gallagher. ¿Sabías que ese tipo es capaz de beberse hasta treinta pintas de cerveza en una sola tarde? Lo dijo en una entrevista para el *Sun*.

—No me sorprende, viniendo de un británico.

—«No me sorprende, viniendo de un británico» —lo imité en tono de burla—. Eres un capullo.

Un resuello de fingida indignación salió de su boca.

—¿Cómo me has llamado?

—Capullo —contesté con un ribete desafiante en la voz.

David teatralizó un mohín.

—Repítelo, si te atreves.

—Capullo.

—Muy bien. Tú te lo has buscado.

Ni siquiera lo vi venir. Cuando me di cuenta, David estaba sentado encima de mí y me sujetaba por las muñecas con una mano mientras me hacía cosquillas con la otra.

—¡David, para! —grité mientras me retorcía de risa. Sentía la tortura de sus dedos por todas partes, en el cuello, en la cintura, detrás de las rodillas. Pataleé, pero no sirvió de nada.
—Perdona, ¿has dicho algo? Este capullo está un poco sordo.
—¡Por favor! ¡Te lo suplico! ¡Tengo muchas cosquillas!
—Vaya, no me digas...

Luché para liberarme del peso de su cuerpo, pero todos los intentos fueron en vano; tenía más fuerza que yo y, a juzgar por su cara de psicópata, se lo estaba pasando en grande con la situación.

—¿Quieres... parar... de una vez? —conseguí articular—. ¡Vamos a despertar a todo el mundo!

Por fin se detuvo. Relajó la presión sobre mis muñecas, aunque no me soltó. Mi respiración acusaba un ritmo irregular debido a la agitación y me ardían las mejillas. Las risas se apagaron hasta quedar reducidas a un eco lejano y la mueca de su rostro se deshizo de forma progresiva. David adoptó un semblante serio y dejó volar sobre mí una mirada de pupilas ardientes.

—Ahora mismo estás preciosa —susurró con una voz ronca e incitante.

Vi rendición en sus ojos. Entrega. Deseo. Y unas ganas infinitas de cubrir mi boca con la suya y besarme hasta la extenuación. Así que me humedecí los labios y los abrí a modo de invitación porque esas ganas eran recíprocas. Y esperé. Esperé a ciegas, con todos los sentidos embotados por la dureza impaciente que revelaba su proximidad. Pero no lo hizo. No me besó. Tal vez porque en sus ojos, que aquella noche parecían el espejo de su alma, también había rabia. Rabia contra sí mismo. La clase de rabia que experimentas cuando das por perdido algo que, en el fondo, no quieres soltar. Y las ganas, convertidas ya en necesidad, me propiciaron un aguijonazo de dolor insoportable.

David tragó saliva con dificultad y musitó:
—No debemos, Emma.

Mi cuerpo me pedía que lo retuviera y mi corazón, que lo dejara marchar. Él deseaba estar conmigo, lo deseaba tanto como yo, pero el horror del pasado se había atrincherado en su interior y había diluido sus deseos entre el miedo y la culpabilidad. Dicen que la peor batalla es la que uno no se atreve a librar y aquella noche lo comprendí mejor que nunca. David creía que la suya estaba perdida de antemano y, por eso, había escogido no luchar. En su idioma, no luchar significaba sellar su corazón a cal y canto. Envasarlo al vacío y protegerlo de un nuevo desgarro. Pero, por más que me doliera su postura, no podía reprochársela porque eso solo añadiría más sufrimiento a su existencia. Lo único que podía hacer para salvarlo de un nuevo abismo era rendirme.

Así que me rendí.

—Será mejor que tratemos de dormir —propuse con asepsia.

Él asintió.

—Sí, será lo mejor.

A continuación, se echó a un lado y apagó la luz.

—David.

—¿Sí?

Inspiré profundamente. Que supiera que debía rendirme no quería decir que resultara fácil.

—Creo que ya va siendo hora de que recuperes tu espacio y de que yo encuentre el mío. Es lo que quería decirte antes del terremoto.

—Comprendo.

Y eso fue todo lo que dijo.

Treinta y ocho

De entre todas las cosas que estaban destinadas a suceder a la mañana siguiente, la última que habría esperado era que David se marchase de casa de los Paretene sin mí.

—¿Dónde está? —pregunté a Dree al entrar en la cocina.

—Se ha ido hace un par de horas. Ha dicho que tenía que arreglar la cafetería. También ha dicho que estabas dormida tan profundamente que no quería despertarte. —Sonrió—. Ese muchacho se preocupa de veras por ti, *taku hine* —añadió, empleando un tono condescendiente—. De todas formas, Kauri quiere ir a echarle una mano, así que él mismo te llevará. Y ahora, a desayunar.

Los *pikelets** olían de maravilla, pero el nudo que me oprimía el estómago me impedía comer, así que le dije a Dree que sería suficiente con un vaso de zumo de kiwi. Aunque no parecía muy conforme, se abstuvo de replicar; que fuera tan comprensiva era una de las cosas que más me gustaban de ella. El pequeño televisor que había sobre la isla de mármol estaba encendido. La sintonía del boletín informativo del canal 3 irrumpió en el espacio en el mismo momento en que Dree se disponía a iniciar una conversación, lo cual hizo que cambiara de idea. Se secó los restos de kiwi de las manos con un paño y subió el volumen del aparato. Yo agradecí mentalmente que estuviera más interesada en los titulares del día que en mi deplorable estado de ánimo.

«Un terremoto de magnitud 6,2 en la escala de Richter se registró ayer por la tarde en las inmediaciones de Wellington.

---

* Panqueques que se toman para desayunar o con el té de la tarde.

El seísmo, cuyo epicentro tuvo lugar a cuarenta kilómetros al noroeste de la capital, ha provocado multitud de daños materiales, así como cortes en el servicio eléctrico que, a estas horas, ya se ha restablecido. Afortunadamente, no hay víctimas mortales. El terremoto fue el causante de que las celebraciones de Nochevieja o se vieran interrumpidas en las regiones de Wellington y Manawatu-Wanganui. Un fin de año el de anoche sobre el que el mundo entero llevaba meses especulando, aunque, según ha podido saber esta cadena, ha pasado por Oceanía sin dejar constancia de ningún cataclismo informático. Aquí, en Nueva Zelanda, el apocalíptico efecto 2000 no aparece por ninguna parte. Habrá que esperar a que el resto del hemisferio se despierte para saber si los misiles de las potencias nucleares permanecen en sus silos, si los aviones continúan volando o si hay disturbios masivos por falta de dinero o alimentos, relacionados con un fallo informático. Y en otro orden de cosas…».

—Parece que no ha habido colapso y el mundo sigue en su sitio, a pesar de todo —comentó Dree.

«El mío no», pensé. «El mío está del revés».

Alrededor de veinte minutos más tarde, estaba sentada en la camioneta de Kauri, rumbo a Owhiro Bay.

—Tengo que pedirte un favor.

—Tú dirás, *taku hoa*.

—Necesito… Necesito volver a quedarme en tu casa esta noche. Y es posible que mañana también. Solo hasta que encuentre otro sitio. Se lo habría pedido a tu madre, pero me daba vergüenza; no tengo tanta confianza con ella todavía.

Kauri me lanzó una breve mirada de desconcierto y volvió a fijar los ojos en la carretera.

—¿Habéis discutido David y tú?

Negué con la cabeza.

—Entonces, ¿por qué tienes tanta prisa en irte de su casa?

Sentí que debía ser sincera con mi amigo.

—Porque creo que lo estoy asfixiando con mi presencia.

—¿Que lo estás asfixiando? —Enarcó las cejas y frunció los labios en un claro gesto de escepticismo—. Pues lo siento, pero no es la impresión que tengo yo; al contrario. Hace tres años que conozco a David Hunter y jamás lo había visto tan a gusto con alguien como lo vi anoche contigo. ¡Todos lo vieron, por el amor de Dios! Que me parta un rayo ahora mismo si ese hombre no está enamorado de ti.

—No está enamorado de mí, Kauri.

—Ah, ¿no? ¿Y cómo estás tan segura? ¿Acaso se lo has preguntado?

—Creo que David no puede enamorarse de nadie. Su pasado está tan enquistado en su alma que no se lo permite. Él… —Cerré los ojos y me masajeé las sienes mientras soltaba el aire por la nariz muy despacio. Hablar de aquello no me resultaba nada fácil—. Me ha contado su historia. Lo que le ocurrió en Ashburton fue terrible y le dejó una huella tan profunda en el corazón que no podrá olvidarlo jamás. Ese dolor vivirá para siempre con él, recordándole insistentemente todo lo que perdió. Y yo… no tengo derecho a pedirle nada.

El tamborileo de sus dedos sobre el volante indicaba que estaba procesando lo que había dicho y calibrando una respuesta.

—Así que tiras la toalla.

Sonó a reproche.

—Bueno, ¿y qué quieres que haga? —pregunté, volteando las palmas de las manos en señal de rendición—. Yo no puedo obligarlo a pasar página, Kauri. No puedo. Y lo último que quiero es que mis sentimientos lo arrastren a una nueva espiral de sufrimiento. David no se merece algo así, ya ha sufrido bastante.

—Estás cometiendo un grave error, ¿sabes?

—Considéralo un acto de amor.

—No, *taku hoa*. Un acto de amor sería que apostaras por él; lo que tú estás haciendo es dejar la partida a medias.

Solté un resuello de indignación.

—¿Vas a darme lecciones tú, Kauri? Precisamente tú —enfaticé elevando el tono de voz.

—Si te refieres a que no he tenido pelotas para pelear por Whetu, no, no las he tenido. Pero hay una gran diferencia entre mi situación y la tuya, y es que, a mí, ella no me quiere. ¡Oh, vamos, Emma! ¿Dónde te has dejado las agallas? ¿En Inglaterra? Tú también tienes una historia, ¿no? Todos la tenemos. Pero, por muy dura que sea, el juego de la vida no puede detenerse. Somos fruto del pasado, no sus prisioneros. Creo que, en el fondo, muy en el fondo, David es consciente de que estar contigo es lo mejor que le puede pasar, pero tiene miedo porque se ha acostumbrado a convivir con sus propias miserias y sabe cómo manejarlas. Debes permanecer a su lado y enseñarle a vencer ese miedo.

—No voy a hacer nada que pueda perjudicarlo. Querer a David también significa apartarme de su camino. Y se acabó, no pienso seguir hablando de este tema —sentencié de forma rotunda—. La decisión está tomada.

Kauri esbozó una sonrisa triste.

—Tomar decisiones basándose únicamente en la posibilidad de lo que podría suceder es un error.

Resoplé agotada.

—¿Podemos dejarlo ya? —Junté ambas palmas en actitud de ruego—. Por favor.

—Está bien, está bien. —Cerró una cremallera imaginaria en su boca, pero enseguida la volvió a abrir para añadir—: Y sí, puedes quedarte en casa todo el tiempo que quieras, claro que sí.

⚜

Recuerdo muy bien la intensa sensación de pérdida que me acompañó durante aquella mañana. La recuerdo porque había experimentado algo parecido en otras ocasiones a lo largo de mi vida. David se había encargado de revisar de forma minuciosa la vivienda, así que, cuando Kauri y yo llegamos, nos centramos en la cafetería. Por suerte, no había daños estructurales que lamentar ya que la acción del terremoto se había limitado a unos cuantos destrozos que, si bien otorgaban al lugar un aspecto desolador, tenían fácil arreglo. Acordamos que yo me dedicaría a retirar escombros y cristales rotos mientras ellos se ocupaban de otras tareas que requerían de la fuerza y la destreza de las que yo carecía, como anclar el televisor a la pared, que milagrosamente no se había estropeado con la caída, reparar las grietas del techo o colgar los estantes de la cocina que se habían desplomado al suelo con el temblor. Las horas fueron cayendo del reloj envueltas en un silencio tácito que solo interrumpíamos de vez en cuando y si era estrictamente necesario. «Pásame esa herramienta». «¿Dónde quieres que coloque esto?». «Necesito más bolsas de basura y se nos han acabado». Ninguno de los tres teníamos ganas de hablar, enredados en una espesa telaraña reflexiva. Kauri quizá pensase en Whetu. Yo pensaba en David. Y David… Digamos que era imposible saber en qué pensaba porque se había vuelto a poner la máscara *ocultaemociones*. Sin embargo, había algo triste flotando entre él y yo. Algo hueco, vacío, indeterminado, como en un punto muerto. Parecía que el terremoto hubiera arrancado parte de lo que éramos. O que el paso de un año a otro nos hubiera drenado por dentro.

Pero no.

No había sido el terremoto ni el nuevo año, sino nosotros mismos.

Al caer la tarde, una vez el Hunter's había recuperado prácticamente su apariencia original, sentí que la necesidad de entender qué le pasaba a David por la mente había cuajado en mi interior, así que aproveché que Kauri estaba evaluando los daños en el cobertizo para acercarme a él. David se encontraba en la parte trasera de la cocina, apilando sacos de harina.

—¿Estás bien? —pregunté con un hilo de voz.

No solo no interrumpió lo que hacía, sino que, además, evitó mirarme. Un signo inequívoco de instinto de supervivencia.

—Todo lo bien que se puede estar, dadas las circunstancias —contestó con un tono aséptico.

No especificó a qué se refería exactamente, aunque supuse que hablaba de las consecuencias del terremoto, nefastas para el negocio.

—Me habría gustado que me despertaras esta mañana. Oye, ¿puedes dejar esos sacos un momento y mirarme? Estoy intentando mantener una conversación contigo.

—Emma, todavía hay mucho que hacer.

Asentí y alcé las manos a modo de rendición.

—Vale, como quieras. En fin, yo… solo venía a decirte que en cuanto hayamos terminado, recogeré mis cosas y me iré. Voy a quedarme en casa de Kauri hasta que encuentre algún sitio mejor. —Bosquejé una mueca que pretendía convertirse en una sonrisa, pero apenas se quedó en el intento—. A ti ya te he molestado bastante, ahora ha llegado el turno de los Paretene.

—Muy bien. ¿Vendrás a trabajar mañana?

—Por supuesto que sí, David. Seguiré viniendo hasta que…

Solo entonces se detuvo. Dejó caer uno de los sacos al suelo con derrotismo y se atrevió a mirarme a los ojos. Sus pupilas luchaban por contener la decepción, pero eran demasiado transparentes.

—En el fondo, siempre he sabido que acabarías dejando el Hunter's —anunció con voz queda.

Tragué saliva.

—Ojalá no tuviera que hacerlo, pero tú y yo sabemos que es lo mejor para ambos.

David compuso una mueca cínica y en sus ojos ardió un infierno.

—¿Sabes qué? No es necesario que vengas mañana, ya me las arreglaré sin ti. Si quieres irte, vete. Pero hazlo de una vez —sentenció, esta vez muy enfadado.

Acepté la contundencia de sus palabras con un desánimo privado, sin que ningún gesto por mi parte lo delatase.

Treinta y nueve

Estar sentada sobre aquel viejo sofá verde con la convicción de que esa sería la última vez era muy doloroso. Había perdido la cuenta de las noches que había pasado allí. ¿Ocho? ¿Diez? ¿Doce, tal vez? Quizá no fueran muchas, pero atesoraban tantos desvelos llenos de preguntas sin respuesta y tantos amaneceres con el rastro aromático del café y de la harina que tenía la sensación de que había transcurrido toda una vida en aquel pequeño salón sin que me hubiera dado cuenta.

En realidad, no quería irme. Hacerlo significaba alejarme de David, de sus ojos azules de chico atormentado, de sus deliciosos *bagels,* de las conversaciones con el señor O'Sullivan y de esos paseos tranquilos en Owhiro Bay que constituían ya una especie de liturgia reflexiva. Todo aquello se había convertido en mi hogar. ¿Estaba preparada para dejarlo atrás?

Buena pregunta, aunque retórica.

Mi ejemplar de *Cumbres borrascosas* aún permanecía sobre la mesa contigua al sofá; no había vuelto a leer desde la noche en que descubrí el estigma de David y se presentó ante mí como el grito de horror que sus labios no se atrevían a proferir. Acaricié la cubierta con suavidad y lo abrí por la página que estaba marcada.

«Mis mayores desdichas en este mundo han sido las de Heathcliff y cada una de ellas la he visto venir desde el primer momento y la he padecido; él es mi principal razón de existir».

Con la mirada volando una y otra vez sobre el mismo párrafo, noté en mi voluntad signos de flaqueza al pensar que, del mismo modo que Catherine sufría por el dolor de Heathcliff, yo sufría por el de David, así que me obligué a recordar las razones por las que debía marcharme. Si me iba ahora, nos protegería a ambos de la peligrosa red que mis sentimientos se empeñaban en tejer.

No era un abandono; era supervivencia.

Cerré el libro y traté de apartar cualquier pensamiento de la cabeza. No había ninguna necesidad de prolongar la agonía y Kauri llevaba ya un buen rato esperándome abajo, así que lo mejor sería que me diera prisa en recoger mis cosas. Me disponía a hacerlo cuando oí un ruido de pasos. Giré la cabeza en dirección a la puerta y vi a David, que se aproximaba hacia mí. Traía el pelo revuelto, como si se lo hubiera tocado con nerviosismo, y las cejas arrugadas en un inequívoco signo de angustia.

—Ah, eres tú, David —murmuré al tiempo que me alisaba los pantalones para disimular la intranquilidad que me provocaba su inesperada presencia—. ¿Puedes decirle a Kauri que estaré lista dentro de nada, por favor?

—Kauri se ha ido.

—¿Que se ha ido? ¿Adónde?

—A casa.

—Pero se suponía que nos íbamos a marchar juntos.

—Se lo he pedido yo.

El desconcierto me impidió preguntar, pero David se apresuró a despejar la incógnita.

—No quiero que te vayas —dijo de un modo rotundo.

Por un momento, temí ahogarme en el calamitoso mar de dudas en que se estaba convirtiendo mi cabeza, así que busqué un asidero rápido.

—Si te sientes culpable por cómo me has tratado antes...

David recortó la distancia que había entre nosotros, la física y también la emocional, y me colocó el dedo índice sobre los labios dejando la frase inconclusa.

—No quiero perderte, Emma. Desde que estás aquí, este lugar tiene más luz de la que ha tenido nunca. Así que, por favor, quédate.

Inspiré profundamente para intentar aclarar mi mente, que seguía a la deriva.

—Me temo que eso no sería bueno para ninguno de los dos.
—Pero ¿por qué no?
Pausa.
—Porque quiero más, David. Y tú no puedes dármelo.

Entonces, tomó mi rostro con suma delicadeza entre sus ásperas manos y me miró como si en aquel preciso instante toda su capacidad de resistencia se hubiera extinguido.

—He intentado mantenerme lejos de ti. He intentado luchar contra este torbellino de sentimientos, Dios sabe que lo he intentado con todas mis fuerzas. Pero estás en mi cabeza día y noche, doblegándome, aniquilando mi voluntad y desmantelando mis defensas, y ya no puedo más. No quiero seguir luchando contra lo inevitable, Emma. —Hizo una pausa y dejó volar sobre mi rostro una mirada de rendición—. Quiero pertenecerte. Y que tú me pertenezcas a mí. Solo un necio arrancaría de sus brazos a una mujer como tú.

Aquella repentina avalancha de sinceridad me dejó sin palabras y no supe qué decir, así que dejé que la prudencia hablara por mí.

—La sombra de tu pasado es alargada.

Pero aquello no era prudencia, sino miedo. Un miedo irracional, aunque al mismo tiempo irreprochable, que me llevó a darme la vuelta para esconderme de la insoportable honestidad de su mirada. Me apoyé en el quicio de la ventana y fijé la vista en el paisaje. En el horizonte, el cielo se había tornado ahumado y rojo; el mar parecía hecho de agua y sangre caliente.

Sentí su presencia a mi espalda y contuve el aliento, expectante ante lo que diría a continuación.

—Estoy harto de vivir en el pasado, Emma. Te conté mi historia para que dejaras de albergar esperanzas conmigo. Pensé que, si te hablaba con franqueza de lo que pasó en Ashburton, te alejarías de una vez por todas de alguien tan emocionalmente en ruinas como yo. En cierto modo, intentaba protegerte. No quería que te ahogaras en el lodazal de culpa y resentimiento en el que llevo tres años hundido. —Puso la mano sobre mi hombro y lo apretó—. Dios, he sido tan cobarde… Creía que no podría entregarte mi corazón porque eso significaría traicionar lo que una vez fui. Y entonces dijiste que te ibas y… comprendí que ya era tuyo. Yo… quiero intentarlo. Sé que no será fácil, pero también sé que cuando me abrazas haces que todo lo que está roto se vuelva a unir. Emma… Emma, por favor, mírame.

Me di la vuelta despacio y lo hice. Y cuando volvimos a estar frente a frente, sentí que el azul de su pupila trémula llegaba hasta el fondo de mi alma.

—No soy más que un hombre deshecho pidiendo a la mujer de la que se ha enamorado que lo ayude a rehacerse —dijo con la voz áspera.

Temblé. Todas las fibras de mi cuerpo se agitaron a la vez, como espigas de trigo bailando al son de un vendaval. David me sujetó entre sus brazos y advertí su angustia.

—Quédate conmigo —me suplicó—. Todo lo que tengo ya es tuyo. Todo. No es mucho, pero es real.

Lo inesperado ocurre. Atraviesa la realidad como un filo cortante y la transforma, alterando el orden natural de las cosas. Un muro irrompible se rompe. Una palabra impronunciable se pronuncia. Una paradoja irresoluble se resuelve. O una lágrima que no estaba destinada a derramarse acaba por fin derramándose. La vida no es ningún camino de rosas, pero, de vez en cuando, nos obsequia con dulces bofetadas de música.

Es lo que yo llamo «algún pequeño milagro».

Uno no puede escoger de quién se enamora. Simplemente, sucede; es incontrolable, como un chispazo. Pero sí puede escoger quedarse. Y quedarse significa ser valiente a pesar del miedo y atreverse a bucear en las profundidades del alma, donde habita lo más oscuro, pero también lo más hermoso del ser humano.

Y yo escogí lo mismo que David había escogido: ser valiente.

Así que llevé las manos a su nunca y tiré hacia mí con delicadeza.

—Me quedo contigo.

Él cerró los párpados con fuerza, como si por fin hubiera encontrado el alivio necesario a su tensión, y, sin mediar palabra, se inclinó sobre mí y cubrió mi boca con la suya.

Cuarenta

Nos desnudamos el uno al otro muy despacio y sin pretensiones, buscando únicamente el contacto. La luz crepuscular que entraba por la ventana del salón iluminaba las líneas de nuestros cuerpos y dotaba la escena de una apariencia muy cercana a la ensoñación. No podíamos dejar de tocarnos. Allí donde antes hubo ropa, ahora había manos que recorrían largas distancias de piel a modo de desagravio, como si en cada uno de sus dedos habitasen todas las caricias que nos debíamos. Después, desprovistos ya de cualquier barrera, nos fundimos en un elocuente abrazo del que nos costaría deshacernos.

Aunque, en realidad, todavía quedaba una barrera que derribar.

El impulso que me llevó a hacer lo que hice a continuación nacía de la necesidad y, como todas las necesidades, era imperiosa. Al principio, se tensó y articuló un «no» que sonó estrangulado; era lo que sucedía cada vez que notaba que las yemas de mis dedos se deslizaban sobre su espalda. Sus espesas cejas castañas vacilaron inquietas, señal inequívoca de la angustia que le provocaba que irrumpiese en su zona cero particular, así que dejé las manos quietas y a una distancia lo bastante prudencial de las quemaduras. Consideré la posibilidad de retirarlas del todo, pues de ningún modo deseaba que sufriera, y así lo habría hecho de no ser por un pequeño detalle que marcaba una gran diferencia respecto a las otras veces que lo había intentado: David no había cerrado los ojos.

—No quiero que sientas lástima por mí —confesó, sin dejar de mirarme.

—¿Por qué dices eso?

—Porque cuando tocas a alguien como tú lo estás haciendo, te asomas a una ventana abierta a su pasado.

—Lo que siento no se parece en nada a la compasión. Esto —dije, y moví las manos en dirección descendente y me detuve a la altura de las costillas, cuando sentí bajo las yemas el tacto áspero y rugoso de las cicatrices— no te define, pero forma parte de lo que eres. Y yo lo acepto sin condiciones. Te acepto, David. Con todo lo bueno y todo lo malo que me has mostrado. Así que, por favor, jamás vuelvas a privarme de tu piel.

David vació hasta el último átomo del aire de sus pulmones y asintió. La rigidez de su musculatura desapareció poco a poco, al calor de la caricia sanadora que le proporcionaban mis manos.

—Emma Lavender, eres el mejor remedio que conozco —afirmó.

—¿Para las quemaduras?

—Y para los corazones rotos.

La bonita sonrisa que dibujaron sus labios le llenó el rostro de surcos que se extendían desde los párpados hasta las mejillas. Entonces supe que acabábamos de derribar la última barrera. Al abrazo lo relevaron los besos y a estos, al principio suaves y, luego, ardientes como el vapor, la irrefrenable urgencia del deseo. Caímos encadenados sobre el sofá, con los cuerpos juntos y las respiraciones acompasadas, y David se encajó entre mis piernas como la pieza de un puzle. Me lamió el lóbulo de la oreja y me excité. Mientras lo hacía, su mano ávida descendía muy abierta desde mis pechos hasta la curva de mis caderas para subir, a continuación, por la cara interior de los muslos. En ese punto, un calor intenso se extendió a lo largo de mi cuerpo como aceite hirviendo y gemí bordeando el límite del autocontrol. Enterré los dedos entre sus ondas castañas, que habían adquirido una leve tonalidad rojiza con el ocaso lumínico de la tarde, y tironeé de forma salvaje.

—David... —articulé entre suspiros.

Lo que vi en sus ojos fue a una bestia hambrienta. Su rostro se contrajo, obnubilado de excitación, como si los sonidos que brotaban de mi garganta y la humedad que impregnaba sus dedos lo hubieran dotado de un repentino instinto animal. Noté su pene duro como una roca presionando contra mi pubis con exigencia y supe que había llegado el momento de abandonarse a la promesa del placer. Era palpable que a ambos nos sobraban las ganas. A tientas, busqué en el estrecho espacio que permitía el encaje de nuestros cuerpos y cuando encontré lo que quería, lo conduje con la mano hacia mi interior. David se clavó en mí como un dardo en la diana y nuestras bocas, abiertas en un jadeo mudo, se encontraron a medio camino. Permaneció quieto un instante y todas las sensaciones se amplificaron.

—Si supieras lo mucho que me costó resistirme a esto anoche…

Su voz grave percutió en mis oídos teñida de deseo y me provocó un aguijonazo de placer. Luego comenzó a moverse. Me penetró con un ritmo lento, hipnótico y firme, sin apartar los ojos de mí ni un solo segundo, acaso haciendo suyos los trazos de placer que se manifestaban en mi rostro, y hundí los dedos en su espalda. Poco a poco, el movimiento se convirtió en una dulce y frenética tortura, y el fuego líquido que nos mantenía unidos se reveló incontenible bajo aquella ardiente atmósfera de gemidos y jadeos.

—Quiero quedarme dentro de ti para siempre —susurró, subyugado por el placer.

—Y yo que te quedes, amor.

—Dilo otra vez.

—Amor… Amor… Amor…

Cuando el éxtasis nos alcanzó, nos encontró al filo del delirio. Una intensa descarga eléctrica se desplomó sobre nuestros cuerpos exhaustos. El efecto fue el mismo que el súbito estallido de un trueno.

Lo último que me apetecía era moverme, así que, a pesar de que sabía que la postura me acabaría resultando incómoda, permanecí quieta bajo el bastión protector de su cuerpo. Se estaba demasiado bien así, sin ayeres ni mañanas que enturbiasen la plenitud de aquel momento mágico. El relajo con el que su cabeza reposaba sobre la curva de mi cuello y la mano que jugueteaba distraídamente con un mechón de mi pelo denotaban la serenidad con la que aceptaba la intimidad compartida. Poco a poco, la respiración volvió a su cauce y la sensación de ingravidez que me había embargado con el orgasmo fue reemplazada por la conciencia activa aunque pacífica de todos los músculos, huesos y órganos de mi cuerpo. Si había en el mundo una sola palabra que pudiera definir cómo me sentía, esa era «plenitud».

Deslicé las puntas de los dedos a lo largo de su espalda, entregándome al placer liberador que suponía acariciarlo sin coto.

—¿Sabías que la piel es el órgano más grande del cuerpo humano? Si estirásemos toda la de un adulto sobre una superficie ocuparía unos dos metros cuadrados, más o menos.

David emitió una especie de sonido gutural y enseguida añadió:

—No me digas que lo comprobaste cuando trabajabas como auxiliar forense.

Fue inevitable que me riera con su comentario.

—Claro que no. En la sala de autopsias no hacíamos ese tipo de cosas.

—Te confieso que cuanto más lo pienso, menos me encaja que una persona como tú tuviera un trabajo tan espantoso. ¿Cómo podías soportarlo?

—Te acabas acostumbrando, créeme. Y eso es lo espantoso de verdad. Si he aprendido algo es que la muerte no es la mayor pérdida a la que debemos enfrentarnos en la vida, aunque a veces sea absurda y tremendamente injusta. La mayor pérdida es lo que muere dentro de nosotros mientras estamos vivos.

La ilusión, la esperanza, la fe, la fuerza para seguir adelante, la empatía... Creo que... sabes de lo que hablo.

Asintió con un leve movimiento de cabeza y noté cómo la barba de su mejilla me raspaba en la clavícula. Continué hablando.

—Lo entendí cuando murió tía Margaret. De algún modo, ella hizo que me diera cuenta de que había perdido muchas de esas cosas por el camino; digamos que ese fue su legado. La buena noticia es que, a diferencia de la muerte, nada de eso es irreversible. Solo hay que estar dispuesto a dar un golpe encima de la mesa en el momento adecuado, con la energía adecuada. ¿Sabes? Siento que en los últimos meses de mi vida he recuperado todo lo que Londres me quitó durante años. La ilusión, la esperanza, la fe, la fuerza para seguir adelante y la empatía. Es como si Wellington me lo hubiera devuelto.

Irguió la cabeza muy despacio y me miró como si, en realidad, aquellas palabras le hubieran acariciado el alma. Los ojos se le iluminaron cuando dijo:

—Tu tía se sentiría muy orgullosa de ti si te viera ahora mismo. Y también tus padres, dondequiera que estén. Eres una mujer especial, Emma. Fuerte, valiente y honesta. Gracias a Dios que no te has rendido conmigo, porque no habría sido capaz de perdonarme por haberte empujado a que te apartaras de mi vida.

—Creo que deberías dejar de ser tan duro contigo mismo.

Me besó con delicadeza en los labios por toda respuesta y apoyó la cabeza sobre mi pecho esta vez.

Nada más lejos de mi intención que estropear la armonía del momento, así que decidí reconducir la conversación.

—Tengo curiosidad por saber qué le has dicho a Kauri para que se fuera.

—La verdad. Que necesitábamos hablar.

Su franqueza despreocupada me sorprendió, dado que David era un hombre reservado en extremo con su vida privada y con la manifestación de sus emociones.

—¿Y qué te ha dicho?

—Que solo se marcharía si dejaba la farsa de una vez. Para tu información, no me lo ha puesto nada fácil. Me ha soltado un sermón interminable sobre lo difícil que es encontrar a la persona adecuada. También ha dicho que tú eras esa persona, pero que yo era un maldito *pakeha* obstinado y que debía quitarme la venda de los ojos o acabaría arrepintiéndome. Ese hombre se convierte en un auténtico *hooligan* cuando se trata de la gente que quiere, así que no me ha quedado más remedio que confesarle lo que siento por ti. Aunque eso él ya lo sabía, claro. Mmm. Me pregunto cómo es posible que lo supiese —añadió en un falso tono suspicaz.

—Tal vez eres más transparente de lo que imaginas.

—O tú demasiado irresistible. En cualquier caso, cuando le he contado que tenía la intención de impedir que te fueras, prácticamente me ha empujado hacia la escalera de una patada en el culo antes de desaparecer. Pero, eso sí, también se ha encargado de advertirme que no la cagara o me las verías con él.

Me reí expulsando el aire por la nariz.

—Kauri es un buen amigo.

—Lo es.

—Se alegrará de saber que por fin tú y yo... —Me interrumpí y me quedé callada. ¿Qué etiqueta debía poner a lo que había nacido entre nosotros? No lo sabía ni tampoco tenía muy claro si estaba preparada para saberlo—. En fin, lo que sea.

David se inclinó sobre mí de nuevo, con los codos flexionados a la altura de mis hombros, e inspiró. Una hebra de mi cabello voló y aterrizó sobre mis ojos; él la apartó con delicadeza.

—¿Todavía dudas de mí?

—No es eso. Es solo que... supongo que necesito acostumbrarme a esto. Hace un rato creía que iba a perderte para siempre y ahora... míranos. Todo ha sucedido de forma tan inesperada que ni siquiera he tenido tiempo de procesarlo. Jamás pensé que podrías...

A duras penas fui capaz de contener el nudo que se me había formado en las cuerdas vocales y que me impidió concluir la frase.

—¿Enamorarme de ti?

Asentí.

Su modo de mirarme, como si estuviera en la cima del mundo, era distinto. La sonrisa trémula que asomaba en una esquina de sus labios, la expresión de felicidad de su rostro, era algo que nunca antes había visto en él.

—Hace tres años me prometí a mí mismo que nunca más sentiría algo parecido a lo que siento ahora. Estaba convencido de que ya no volvería a experimentar ese estremecimiento de placer al entrelazar los dedos con otra persona. Entonces llegaste tú, con tus pecas y la luz cegadora de tu aura, y me pareciste preciosa. En todos los sentidos. Y yo…, bueno, me asusté. El problema es que los sentimientos acaban aflorando, por mucho que uno intente refrenarlos. ¿Conoces esa sensación en la que parece que lo estás viendo todo a través de un cristal muy grueso? Las personas, las cosas, la vida… No hay nada a tu alcance. Tú has roto ese cristal, Emma. Mira, no sé adónde nos llevará todo esto, pero te aseguro que estoy deseando averiguarlo. Voy en serio contigo, amor. Para mí, eres como un amanecer entre las sombras.

—Dilo otra vez.

—Amor… —Un beso—. Amor… —Otro beso—. Amor… —Otro más. Y mi corazón se desbocó.

—¿Crees que seremos felices?

—Creo que haremos todo lo que esté en nuestras manos para serlo.

Después, me dio el beso definitivo, el que ensalzaría el valor de sus palabras.

Algo más tarde, cuando los feroces rugidos de mi estómago revelaron que no había comido nada en todo el día, nos vestimos y bajamos a la cocina. El plan era preparar algo rápido y volver a subir, y debo confesar que la idea de cenar en el salón acurrucada junto a David, por más sencilla que fuera, me pareció muy romántica. Mientras me dedicaba a cortar pepinos para hacer una ensalada, él sacó un par de botellines de cerveza de la nevera y los abrió presionando el tapón contra el borde de la encimera —nunca he sido capaz de hacer algo así, por lo que admiro a quienes tienen esa habilidad—. Se quedó uno y dejó el otro en la mesa. Acto seguido, me rodeó por la espalda, me retiró el pelo a un lado del cuello y apoyó el botellín contra mis labios para darme de beber. La cerveza estaba tan fresca que se me deslizó por la garganta proporcionándome un placer instantáneo. Dejé ir un gemido de forma inconsciente. Su otra mano descendió lentamente hacia mi cadera y me estremecí.

—No hagas eso, pequeña kamikaze —me advirtió con una voz áspera—. Oírte gemir me pone muy caliente y me temo que esa vieja mesa no resistiría otro asalto.

Me mordí el labio, juguetona.

—¿Nunca has oído eso de que los peores miedos nacen de la anticipación? —repliqué al tiempo que llevaba una mano hacia atrás y la cerraba sobre su bragueta. La tela de sus vaqueros se tensó de inmediato.

David gruñó.

—Joder... Pero ¿cómo es posible que tenga ganas de follarte otra vez?

Dicho esto, dejó la cerveza a un lado, me dio la vuelta con brío y me atrajo hacia sí agarrándome de las nalgas. Sentí sus músculos de acero y la firmeza de su torso apretado contra mi pecho. Y también sentí cómo su escandalosa erección me presionaba el muslo. Jugueteamos con las lenguas sobre los labios del otro antes de deslizarlas hacia el interior de las bocas de mutuo acuerdo. Sin dejar de besarnos, atiné a desabrocharle a toda prisa el cinturón y los vaqueros, y colé la mano en el interior de sus calzoncillos. David jadeó, excitado. Un profundo río de lava me arrasó por dentro y me pregunté a qué clase de hechizo me habría sometido ese hombre para despertar en mí un deseo incapaz de agotarse.

—Mierda, Emma… —protestó con abandono mientras lo acariciaba lentamente—. Vas a acabar conmigo y el año no ha hecho más que empezar.

Y, entonces, en mitad del fuego cruzado, la frialdad de una voz inesperada que llegó seguida de un carraspeo apagó la llamarada.

—Feliz Año Nuevo, Dave. Y… compañía.

Cuarenta y uno

—Pero ¿qué demonios...? ¿Qué haces tú aquí?
David se apartó de mí con el semblante demudado en un gesto de asombro y se apresuró a abrocharse el pantalón. Traté de recomponerme, pero estaba sumamente avergonzada. El hombre, que aguardaba en la puerta de la cocina con un sombrero marrón de tipo australiano en las manos y una pequeña bolsa de viaje junto a los pies, era alto y de constitución fuerte. Tenía el pelo blanco y ondulado, la piel tostada, quizá por años de trabajo al aire libre, y unos ojos azules que, a pesar de mostrarse cubiertos por un espeso velo mate que les restaba brillo y afeados por los surcos de la experiencia, debieron de ser bonitos en otro tiempo. Eché un vistazo fugaz a su vestimenta: camisa blanca de lino, pantalón color crema y unas sandalias de cuero viejas aunque dignas. Daba la sensación de haberse esforzado en escoger las mejores prendas de su armario para la ocasión, pero distaba de parecer un hombre sofisticado.
—Siento mucho la interrupción —se disculpó, mostrando la suficiente prudencia como para no mencionar ni una palabra sobre el episodio que había estado a punto de presenciar—. Solo quería saber si estabas bien. Anoche, cuando oímos lo del terremoto, intentamos telefonearte, pero la línea no funcionaba. Estábamos tan preocupados por ti que pensamos que lo mejor sería que me acercara a comprobarlo por mí mismo. Oye —señaló con el pulgar hacia atrás—, ¿cómo es que la puerta de la entrada estaba abierta?
David enarcó las cejas y obvió la pregunta.

—¿Que te acercaras? ¡Pero si hay seis horas por carretera hasta Picton y tres más en transbordador!

—Bueno, ¿y qué querías que hiciera? ¿Esperar a que llamaras tú? —le reprochó—. Y ahora ven aquí y dame un abrazo, por Dios, que hace tres años que no te veo.

David obedeció, aunque tuve la impresión de que el contacto por su parte era demasiado breve y algo reticente.

—Vaya, qué poca educación —se lamentó después el hombre, dirigiéndose a mí—. Soy Simon Hunter, el padre de Dave.

En ese instante, el corazón comenzó a latirme a un ritmo anormal.

Me tendió la mano y, a pesar de que por dentro me sentía como un barco en zozobra, se la estreché imprimiéndole toda la firmeza de la que fui capaz. Eso sí, le di la izquierda porque con la derecha le había tocado el pene a su hijo y eso habría sido del todo inapropiado. Traté de no titubear.

—Emma Lavender. Encantada, señor Hunter.

Él sonrió con calidez y admito que me relajé un poco; parecía agradable.

—Llámame Simon, por favor. Así que este es tu local —añadió mientras lo miraba todo con curiosidad—. Y supongo que ese trasto tan grande es con lo que preparas tus famosos *bagels*. —Silbó con asombro—. ¡Fíjate, pero si es enorme!

—Ese trasto tan grande se llama «horno», papá.

Simon ignoró el impertinente tono aleccionador de su hijo.

—No parece que el terremoto haya causado muchos estragos. ¿De cuánto ha sido esta vez?

—De 6,2. Pero no te dejes engañar por las apariencias. Llevamos todo el día de reparaciones y aún no hemos terminado. Mañana nos tocará arreglar el cobertizo. Y ahora que has comprobado que sigo vivo, dime, ¿piensas quedarte mucho tiempo? —preguntó David con hostilidad.

Simon sonrió con pesar y me preguntó:

—¿Contigo también es tan hospitalario?

—Pues... yo...

No supe qué decir. Aquello estaba resultando bastante incómodo. Aunque desconocía el motivo, era consciente de la tensión que imperaba entre ambos —más por parte de David, que parecía haber levantado un muro de contención frente a su padre— y no tenía ni idea de cómo debía actuar. Supuse que lo mejor sería mantenerme en una posición neutral y eso fue lo que hice.

David puso los ojos en blanco.

—Papá, déjala tranquila.

—Calma, muchacho, solo bromeaba. Y por mí no te preocupes, me quedaré un par de días nada más, lo último que quiero es molestar.

—Muy bien, pero tendrás que dormir en el sofá.

Miré a David con el ceño fruncido y él se encogió de hombros.

—Ningún problema. Ya sabes que serví en la Armada Neozelandesa; he dormido en sitios mucho peores. Oye, ¿por qué no hablas con tu madre? Está muy disgustada, no has llamado por Navidad. ¿Recibiste la postal? —No esperó respuesta. Empezó a revolver en su bolsa y sacó una caja que contenía un teléfono móvil sin estrenar—. Me lo compré ayer, en Christchurch. No tengo ni la más remota idea de cómo funcionan estos cacharros modernos, pero Imogen insistió en que estuviéramos comunicados; ya sabes cómo es. Por favor, Dave, llámala.

Un halo de súplica triste había envuelto las últimas palabras de Simon, pero lo único que obtuvo de su hijo fue una fría contestación.

—Más tarde.

—Como quieras. De hecho, me gustaría darme una ducha, si es posible.

—Claro. Acompáñame arriba.

—¿Arriba?

—Sí, papá, vivo aquí —protestó, poniendo de relieve que le molestaba tener que dar explicaciones. Su tono se dulcificó cuando me miró y añadió—: Vuelvo enseguida.

Asentí y David me besó con ternura en la mejilla. Luego, su padre y él desaparecieron y el silencio, solo acompañado por el zumbido del frigorífico, se adueñó de la cocina. En ese momento, me abrazó la extraña sensación de que me perdía algo. Aquella duda, si bien razonable, solo sirvió para atenazar mi estado de ánimo, algo alterado desde que Simon Hunter había hecho acto de presencia. Reflexioné unos instantes acerca de lo ocurrido. ¿Por qué David se mostraba tan hostil, a pesar de que hacía tanto tiempo que no veía a su familia? En concreto, desde que Alice y sus padres perecieron en el incendio de la granja. Decidí aparcar la inoportuna pregunta de forma temporal y me centré en terminar de preparar la ensalada.

David tardó unos minutos en regresar.

—Debería empezar a plantearme muy seriamente si lo de dejar la puerta abierta es buena idea —masculló.

—No pareces muy contento con la visita.

—La verdad es que no. No sé por qué demonios ha tenido que venir. Le di mi dirección por pura cortesía, no para que se presentase aquí cuando le viniera en gana.

—Estás siendo un poco injusto, ¿no crees? Tus padres no te ven desde hace tres años, David. No los has llamado por Navidad ni te has molestado en dar señales de vida tras el terremoto. Ponte en su lugar, es lógico que estuvieran preocupados por ti.

—Si no lo he hecho, será por algo —murmuró con desdén.

Su salida de tono me irritó. Aquello era muy desconsiderado por su parte.

—Tienes suerte de que tus padres estén vivos. Ojalá yo pudiera decir lo mismo de los míos. Aunque, si lo estuvieran, te garantizo que los trataría como es debido.

David se masajeó el puente de la nariz y exhaló.

—Vale, llevas razón. Pero ¿qué quieres que te diga, Emma? Ver a mi padre supone revivir ciertas cosas de mi pasado y justo ahora no me viene bien.

—¿Hay algo que deba saber? —lo apreté.

Me rehuyó la mirada, pero avancé en su dirección y lo obligué a confrontarme.

—David, si no confías en mí, esto no tiene ningún sentido.

—No digas eso. Claro que confío en ti y claro que esto tiene sentido. Es solo que… ha sido un poco impactante volver a verlo después de… ya sabes. No me lo esperaba y supongo que me ha pillado con las defensas bajas, eso es todo.

—¿Seguro? —pregunté con recelo.

—Sí. Ven aquí —susurró al tiempo que me tomaba entre sus brazos—. Lo único que me apetecía esta noche era perder el condenado mundo de vista y tenerte solo para mí.

Su mirada se prendió en la mía, en una especie de súplica muda que me desarmó por completo. Estábamos a punto de fundir nuestras bocas en un beso cuando oímos a Simon carraspear. Su hijo resopló malhumorado y se separó de mí. El hombre se había cambiado de ropa y tenía el pelo húmedo.

—¡Ah! ¡Qué bien me ha sentado la ducha! Lo necesitaba, después de tantas horas de viaje. Por cierto —Mostró la bolsa de papel que traía y se la tendió a David—, antes no me he acordado de darte esto. Tu madre te ha preparado asado Hogget. Lo ha hecho con mucho cariño, sabe cuánto te gusta. —Sonrió con orgullo paternal—. Espero que nos acompañes, Emma; mi mujer tiene la manía de cocinar para todo un regimiento y hay comida de sobra.

—Con mucho gusto —concedí.

—Estupendo. Hijo, ¿por qué no calientas la carne mientras nosotros ponemos la mesa?

—No tengo microondas —repuso David.

—Bueno, no importa. Puedes usar ese horno inmenso, ¿no?

—¿Te has vuelto loco? ¿Es que quieres que mis *bagels* huelan a carne guisada? No, ni hablar.

—Entonces caliéntalo en una cazuela y listo. —Agitó el brazo con el que sostenía la bolsa impacientemente, pero su hijo no se inmutó.

—Los fogones no se encienden, papá.

Simon esbozó un gesto de desconcierto.

—¿Se han estropeado por el terremoto?

—No.

—Pero ¿entonces…?

—A ver, cómo te lo digo… No se encienden porque yo no quiero, ¿de acuerdo? Y, por favor, no insistas más.

Aunque parecía confuso, Simon asintió en silencio y dejó caer el brazo con lasitud. Sus miradas divergieron, cada una en dirección opuesta a la otra, y, en aquel punto, puede que con demasiada osadía, decidí que había llegado el momento de intervenir.

—Señor Hunter.

—Simon, por favor.

—Sí, lo siento, Simon. ¿Tiene algún inconveniente en comerse la carne fría?

El hombre arqueó las cejas con aire incrédulo y dudó.

—¿Que si tengo…? ¿Fría? ¿Lo dices en serio? Bueno, eso no es muy ortodoxo, que digamos. No quiero ni pensar en lo que me haría Imogen si llegara a enterarse. —Exhaló—. Pero, dadas las circunstancias, supongo que podría hacer una excepción.

—Bien, se lo agradezco. ¿Y tú, David?

—El asado Hogget de mi madre está delicioso de cualquier manera, así que no, ningún inconveniente.

Suspiré, aliviada.

—Pues no se hable más. Nos comeremos la carne fría y santas pascuas.

✦

Reconozco que Simon Hunter me gustó de inmediato. Parecía la clase de persona que nunca —o casi nunca— se enfada porque goza de una paciencia infinita. Daba la sensación de ser honrado, perseverante y sencillo; buena gente igual que su hijo, con el que compartía un gran parecido, no solo físico, que se reveló ante mis ojos en forma de gestos y coletillas a medida que los minutos compartidos avanzaban en el reloj. Diría que también era un hombre discreto, pues no se refirió en modo alguno a la naturaleza de mi relación con David.

—Así que eres de Londres —comentó mientras se servía un poco de cerveza.

—En realidad, soy de Dulverton, un pequeño pueblo al sur de Inglaterra. Aunque he vivido casi toda la vida en la capital. —Partí un pedazo de carne y me lo llevé a la boca junto a unos guisantes. Simon me observó expectante mientras masticaba—. Mmmm... Cielos, esto está buenísimo incluso frío. Felicite a Imogen de mi parte, por favor.

A mi lado, David esbozó una leve sonrisa que podría interpretarse como un «Ya te lo dije» y siguió concentrado en disfrutar del exquisito asado de su madre.

—Lo haré, no te quepa la menor duda. Si alguna vez voy a Londres, me encantaría visitar el estadio del Arsenal; seguro que es espectacular. ¿A ti te gusta el fútbol?

Arrugué la nariz.

—*Not my cuppa.**

—Le interesa más el *rugby*, papá —terció David. Me miró y me guiñó el ojo con disimulo—. Emma es tan kiwi como tú y como yo.

Simon alzó su vaso.

—Dios defienda a Nueva Zelanda. —Tras beber, emitió un suspiro de placer—. Cuéntame, ¿qué te trajo a este país?

—Me apetecía cambiar de aires y digamos que tuve una revelación. «Si los ojos ven un horizonte, los pasos encuentran el camino». La frase no es mía, pero define muy bien lo que me pasó.

—¡Caramba! Para que luego digan que a los ingleses les faltan pelotas. En fin, supongo que elegiste bien. Nunca había estado en Wellington antes, pero parece un buen sitio para empezar una nueva vida.

---

* Abreviatura coloquial de *Not my cup of tea*, 'No es santo de mi devoción'.

No se me escapó la mirada de soslayo que lanzó a David.

—Oh, sí. Es una ciudad agradable y llena de vida —tercié.

—No como Ashburton, que es un aburrimiento, ¿verdad, papá?

Simon asintió, recogió con el tenedor los trozos de patata y zanahoria que quedaban en su plato y se los metió en la boca.

—Ya lo creo. Lo más interesante que ha pasado últimamente es que Charles Vance ha sido amonestado por no mantener el ganado asegurado dentro de la cerca. No es la primera vez que una de sus ovejas rompe el vallado y campa a sus anchas por la carretera.

David resolló.

—Así que el viejo Charlie sigue haciendo de las suyas, ¿eh? Ese tipo está loco de atar. —Se apuntó la sien con el dedo índice para ilustrar su observación—. ¿Te acuerdas de aquella vez, en el Domain,* cuando se desnudó delante de todo el condado y comenzó a rascarse como si estuviera poseído?

—¡Ja! ¿Cómo iba a olvidarme? El muy descerebrado había estado revolcándose con Adele y tenía pulgas hasta en el agujero del culo.

Padre e hijo estallaron en carcajadas.

—¿Quién es Adele? —inquirí.

—Su oveja predilecta —respondió David.

—Vaya… Ya veo lo aburrido que es Ashburton.

Me sumé al alborozo, que, poco a poco, se disipó al calor de otras anécdotas que nos hicieron reír de nuevo y que, para tranquilidad de mi espíritu, auguraban que no todo estaba perdido entre David y su padre. En ese momento decidí concederles algo del tiempo a solas que ambos necesitaban para reencontrarse y me levanté de la mesa con el pretexto de ir a hacer café.

Mientras ponía en marcha la cafetera, oí que Simon dijo:

—Te veo bien, Dave. Mejor de lo que esperaba.

---

* Campo de críquet de Ashburton.

—Eso es porque estoy bien, papá.

—Me alegro mucho, hijo. De verdad. Y tu madre también se alegrará cuando se lo cuente. ¿Cómo va el negocio?

—No es una mina de oro, pero prospera de forma adecuada. Sobre todo, desde la llegada de Emma. Los clientes la adoran.

Dibujé una sonrisa privada.

—Bueno, es comprensible; la chica es encantadora.

—Lo es.

—¿Puedo hacerte una pregunta?

Supuse que David habría dicho que sí, aunque no lo escuché. Simon bajó el volumen de su voz un par de octavas, por lo que tuve que esforzarme en aguzar el oído.

—¿Tus intenciones para con ella son honestas?

El corazón comenzó a palpitarme de un modo tan salvaje y estridente que, por un momento, temí que lo oyesen. Contuve el aire durante lo que me pareció una eternidad y aguardé en vilo la respuesta de David.

—Emma no es ningún capricho —dijo por fin.

Mi cuerpo, que se había tensado de golpe, encontró la manera de volver a relajarse.

—Lo sé, hijo. Te conozco y sé que no eres como esos tipos que utilizan a las mujeres para que les calienten la cama. Además, tengo ojos en la cara y he visto cómo la miras. Lo que quiero decir es si ella sabe lo de…

El inoportuno borboteo del café impidió que escuchara el resto de la frase, pero supuse que Simon se referiría a las trágicas condiciones de la muerte de Alice. Tampoco capté del todo lo que contestó David, aunque deduje que le habría dicho que sí.

Apagué la cafetera, me di la vuelta y dispuse tres tazas sobre la barra. Lancé una mirada de reojo hacia la mesa y observé que Simon acariciaba con paternal ternura la mano de David, que estaba reclinado en la silla con la cabeza gacha, en clara actitud de derrota.

—Voy a ser sincero contigo, Dave. Me hace muy feliz que hayas encontrado a una persona que te complemente. Lo que pasó, pasó. Los hombres no estamos hechos para permanecer solos mucho tiempo y tú eres demasiado joven para caer en el pozo de la soledad. Emma me gusta, parece una buena chica, y os deseo lo mejor. Pero hay algo que debes solucionar para pasar página de verdad y lo sabes. ¿No crees que ya va siendo hora de que te enfrentes a tus demonios y des la cara?

Su hijo apartó la mano con brusquedad y se revolvió en su silla como si estuviera enredado en una zarza.

—No es lugar ni momento para discutir sobre eso —repuso entre dientes.

Un malestar repentino se apoderó de mí y noté que el pulso me temblaba al servir el café. ¿De qué demonios hablaban? ¿De quién? Empezaba a sospechar que no se trataba de Alice.

—«Eso» no desaparecerá por mucho que te empeñes en darle la espalda. Por el amor de Dios, David. Ya han pasado tres años. Ella se merece…

David dio un sonoro puñetazo encima de la mesa.

—¡¿Quieres hacer el favor de callarte de una vez?! Si has venido hasta aquí para decirme lo que tengo que hacer, puedes ahorrártelo. —Se incorporó—. ¡Y se acabó! ¡No pienso seguir escuchándote!

—Pero Dave… Hijo…

—¡Déjame en paz! —le espetó, furioso.

El portazo que dio al salir hizo que las paredes del Hunter's retumbaran. Simon y yo cruzamos una mirada de preocupación.

—Lo… Lo siento —musité.

—No es culpa tuya, cielo —replicó esbozando una sonrisa triste.

—Iré a buscarlo. Tal vez si hablo con él pueda hacer que entre en razón.

Simon meneó la cabeza.

—Tranquila, se le pasará. Oye, si no te importa, me gustaría irme a dormir. Estoy muy cansado —anunció al tiempo que se levantaba de la mesa.

—Por supuesto.
Acto seguido, tiré el café al fregadero.

Pasaban veinte minutos de la medianoche cuando regresó. El ruido inconfundible de sus suelas desgastadas arrastrándose por el pasillo destensó los nudos que tenía en el pecho. Los aflojó, pero no los deshizo, no del todo; todavía llevaba mal sus ausencias, esa imprevisible tendencia suya a escapar, sin visos de ser corregida solo porque yo hubiera irrumpido en su vida. Dejé el ejemplar de *Cumbres borrascosas* encima de la mesita de noche sin haber sido capaz de concentrarme en su lectura y aguardé a que entrara en el dormitorio. Un ligero temblor se adueñó de mis dedos cuando vi que el picaporte se movía. Apenas un segundo después, la puerta se abrió y David se deslizó en sigilo hacia el interior. Me miró expectante; los ojos le chisporroteaban bajo las espesas cejas castañas. El halo de luz blanquecina del pequeño flexo nocturno le iluminó el rostro y reveló las pinceladas de rubor de sus mejillas. Tenía la respiración alterada y la frente perlada de sudor.

—Hola, Dave.

Fui yo quien rompió el hielo. Y lo hice porque quería que supiera que no estaba enfadada con él a pesar de haber desaparecido.

—Preferiría que siguieras llamándome David.

Se sentó a mi lado, en el borde de la cama, y se descalzó sin intervención de las manos. Un puñado de arena salió disparado de sus zapatillas deportivas y se esparció por el suelo.

—De acuerdo, David. ¿Cansado?

—Más por los pensamientos que por la caminata. He ido a Red Rocks —aclaró—. Necesitaba estar solo un rato y poner mi cabeza en orden.

—Espero que lo hayas conseguido.

David se frotó la cara con indolencia y la aspereza del sonido me puso la carne de gallina.

—Ojalá fuera tan fácil.

Sonó como si estuviera lejos de allí. Lejos de aquella habitación y lejos de mí. Lo rodeé por la espalda y cubrí sus manos con las mías. Entonces sentí que todos los músculos de su cuerpo se relajaban poco a poco y supe que había vuelto; estar juntos físicamente era reparador para ambos.

—Es agradable volver a casa y encontrarte en la cama —susurró volteando la cabeza en mi dirección.

—Es agradable que vuelvas.

Suspiró.

—Lo siento. Sé que no te lo estoy poniendo nada fácil.

—Oh, tranquilo, me van los retos. No me llaman «kamikaze» porque sí.

La suave vibración de una risa discreta le sacudió el abdomen. Tras un breve silencio, observé que apretaba la mandíbula.

—Creo que he tocado fondo —musitó, aunque me pareció que lo decía más para sí mismo que para mí.

—Eso significa que a partir de ahora solo puedes ir hacia arriba.

—¿Cómo consigues tener siempre una respuesta adecuada?

—Pues no lo sé. Puede que sea un don o algo.

David se rio expulsando el aire por la nariz y aquello, aunque sabía que sería momentáneo, me hizo incomprensiblemente feliz. Luego se echó a mi lado, bocarriba, con los brazos junto al cuerpo y las manos apretadas en un puño del que no parecía ser consciente. Yo me estiré también, de costado, flexioné el codo y apoyé la mejilla en la palma de la mano izquierda.

—Siento que esta noche no haya resultado como esperábamos —se lamentó, con la mirada perdida en el techo.

—Lo importante es que ahora estamos juntos.

Posé la mano derecha sobre su pecho y él me la besó. Luego, un silencio tan solo quebrado por el sonido de su respiración invadió la estancia.

Pero ese silencio no era más que una bomba de relojería.

—¿Quieres contármelo? —me atreví a preguntar.

David cerró los ojos como si le doliera la vida. O como si el momento que había intentado evitar a toda costa hubiera entrado en tromba por la puerta y no hubiese forma de esquivarlo.

—Sé que hay algo más —insistí—. No sé qué es, pero está ahí, planeando sin cesar sobre tu cabeza, de eso no me cabe ninguna duda. Y también sé que os está destrozando por dentro a tu familia y a ti.

Y otra vez, silencio por toda respuesta. A veces, manejar el silencio es más difícil que manejar la palabra.

—David, por favor, cuéntamelo.

—No puedo —confesó con la voz teñida de angustia.

—¿Por qué?

—Porque me estaría arriesgando a perderte.

—Te dije que te aceptaba con lo bueno y con lo malo.

—Lo sé, pero esto es demasiado terrible incluso para un espíritu generoso y comprensivo como el tuyo.

Después de eso ya no supe qué más decir. Así pues, no era cierto que siempre tuviese una respuesta adecuada. Traté de ignorar el malestar pulsátil de mi pecho y me limité a observar a David mientras el barro articulatorio del cansancio lo vencía y todas las líneas de expresión de su rostro se destensaban poco a poco y le otorgaban un aspecto angelical y alejado de lo corruptible. A medida que los miedos y las dudas se apagaban, los párpados, cada vez más pesados, acabaron por echar el cierre y mis pensamientos cayeron en el limbo de los sueños más profundos.

Cuarenta y dos

El olor a salitre era tan intenso que se adhería a las fosas nasales con cada respiración mientras bordeábamos la línea de la costa por The Esplanade. Costaba caminar. Más que soplar, aquella mañana el viento rugía y las olas del mar lamían las rocas con furia y las abandonaban a regañadientes. Un albatros volaba en círculos sobre un cielo tan pálido que, en vez de azul, parecía blanco.

Simon tosió.

—Esta humedad y este condenado viento del demonio van a acabar conmigo —se lamentó, tratando por todos los medios de que su sombrero no saliera volando—. Cielo, dime que no falta mucho, por favor.

—Descuide. En menos de cinco minutos habremos llegado a la parada del autobús.

El hombre me miró como si se arrepintiera de haber aceptado mi oferta y cabeceó. Continuamos andando. La idea se me había ocurrido hacía un rato, cuando me lo había encontrado desayunando solo en la barra de la cafetería. Simon removía apáticamente el interior de una taza de café que se había quedado vacía. Tenía los hombros caídos y parecía triste. Al verme, forzó una de esas sonrisas que no pueden engañar a nadie. Le di los buenos días y quise saber si había dormido bien, más por cortesía que por un interés real; él me respondió que sí, aunque yo mejor que nadie sabía lo incómodo que podía resultar el sofá hasta que uno se acostumbraba. Me extrañó que su hijo, cuyo lado de la cama llevaba frío un buen rato, no estuviera con él y así se lo hice saber. Un ligero rictus de amargura asomó a sus labios y me dijo que David se encontraba en el cobertizo.

Por lo visto, había amanecido de tan mal humor esa mañana que, cuando Simon le ofreció su ayuda para arreglarlo, este le contestó tajantemente que no.

Según Simon, la conversación que mantuvieron entonces fue más o menos esta:

—Oye, ¿por qué no dejas que te ayude? Puede que sea viejo, pero no estoy impedido. Tengo dos buenas manos y conocimientos básicos de albañilería.

—Te lo agradezco, pero no. Kauri vendrá enseguida y se ocupará de todo.

—¿Un maorí?

—Sí, papá, un maorí. ¿Tienes algún problema con eso?

—Por supuesto que no, hijo. ¿Acaso crees que tu padre es como esos supremacistas blancos de extrema derecha de Christchurch? Esa gentuza es la vergüenza de Nueva Zelanda y escupo sobre ellos una y mil veces. Dime, ¿a qué se dedica tu amigo? ¿Es… decente?

—Tranquilo, no es ningún traficante de drogas ni forma parte de ninguna peligrosa banda de moteros maoríes. Sus padres son dueños de una pequeña empresa de reparaciones. De hecho, si no hubiera sido por ellos, no sé si habría levantado el negocio. Los Paretene siempre me han ayudado de forma desinteresada. Son como mi familia, ¿sabes? Así que hazme un favor y márchate con tus prejuicios a otra parte.

Simon estaba desolado. No porque David lo hubiese echado del cobertizo alegando que era un racista —«Emma, te juro por lo más sagrado, que no tengo nada en contra de los maoríes; simplemente, me ha sorprendido que mi hijo tenga un amigo de esa etnia, eso es todo. Quizá no soy más que un pobre hombre de campo que no ha entendido que los tiempos de la segregación ya pasaron»—, sino porque su hijo, su propio hijo, le había soltado a bocajarro que ahora su familia era otra. Y esas palabras tenían el poder de hacer añicos el corazón de cualquier padre. Pensé que mi deber era levantarle el ánimo, así que tuve una idea.

—¿Le gustaría que fuéramos juntos a pasar el día al centro de Welly, Simon? Ya que ha venido hasta aquí, sería una pena que regresara a Ashburton sin haber visitado la ciudad.

Al principio se mostró reticente.

—Cielo, te lo agradezco mucho, pero no creo que debas malgastar tu tiempo con un viejo acabado como yo. Además, seguro que a David no le parece bien.

—Lo primero, usted no es ningún viejo acabado. Lo segundo, no se ofenda, pero cómo «malgasto» mi tiempo es algo que solo decido yo. Y lo tercero, déjeme a David a mí.

A Simon se le iluminó el rostro y me observó complacido.

—Tienes carácter, ya lo creo que sí. No me extraña que mi hijo beba los vientos por ti.

Pero las cosas no resultaron tan fáciles como yo creía. Cuando entré en el cobertizo, David estaba tan concentrado retirando escombros que ni siquiera me vio.

—Me encantaría amanecer a tu lado alguna vez. Odio despertarme y que ya te hayas ido.

Sorprendido, levantó la vista en mi dirección sin soltar la escoba que tenía entre las manos. El gesto ceñudo daba cuenta de su innegable malhumor aquella mañana.

—Tenía cosas que hacer —repuso de forma escueta.

De modo que estábamos otra vez en ese punto. «Fantástico», pensé.

—En fin, yo… solo he venido a avisarte de que tu padre y yo nos vamos al centro. Supongo que no te importa, ¿verdad? Salta a la vista que no nos necesitas a ninguno de los dos —espeté, resentida.

De pronto, David contrajo el rostro en una evidente mueca de turbación y observé cómo masticaba la ira antes de dejarla salir.

—Pues sí, sí me importa. Si tiene ganas de hacer turismo, que vaya él solito.

—Ha sido idea mía, en primer lugar. ¿Y a qué viene ese tono? No sé por qué te empeñas en tratarlo tan mal. ¿Es que no te das cuenta de que lo único que quiere es recuperar a su hijo?

—Emma, por favor, no empieces. Esta mañana no estoy de humor para oír monsergas, ¿vale?
—Tú nunca estás de humor, al parecer.
—Pues lo siento, pero así son las cosas.
Crispé la boca con irritación y alcé las manos en señal de rendición.
—¿Sabes qué, David? Quédate aquí con tu maldita amargura, si es eso lo que quieres.
Giré sobre los talones airada y me dirigí hacia la maltrecha puerta del cobertizo con una bola de rabia ascendiendo por el esófago a la velocidad de la luz, pero su voz grave ancló mis pasos al suelo.
—Espera. —Oí cómo dejaba caer la escoba y, a continuación, se acercó a mí. Me abrazó por detrás, con las manos entrelazadas en mi abdomen y la áspera barbilla apoyada en la curva de mi cuello—. Lo siento —musitó—. Lo siento mucho.
Experimenté un hormigueo debajo de la piel, un calor febril que nacía en el centro de mi pecho y que se extendía por las venas con rapidez. Era lo que sucedía cada vez que David me tocaba.
—Soy un estúpido. ¿Podrás perdonarme?
Di media vuelta y, luchando contra el tropel de emociones que me sacudían, lo miré a los ojos.
—Yo sí, David. ¿Y tú? ¿Podrás perdonarte tú?
—No lo sé —susurró.
—Pues deberías intentarlo. Creo que te sentirías en paz contigo mismo y con el mundo.
—El problema es que no creo que nunca logre sentirme del todo bien —admitió con pesar.
Despacio, llevé la mano a su rostro y lo acaricié suavemente.
—Tal vez, si me contaras qué es eso que te causa tanto sufrimiento y que parece haberse magnificado con la visita de tu padre…
—No.
La negativa fue contundente.

Entonces se apartó de mí y recogió la escoba. Su cara congestionada tenía una expresión primitiva, algo que era incapaz de identificar. ¿Odio hacia sí mismo, quizá?

Suspiré frustrada.

—Tengo la sensación de que hemos vuelto al principio. Quiero que esto funcione, David, de verdad. Pero mientras siga habiendo secretos entre nosotros y culpa sobre tu conciencia, esta relación no podrá prosperar.

Él apretó la mandíbula, pero no replicó.

—Nos vemos más tarde —dije antes de irme.

⁂

Hacer de cicerone no había sido tan malo, después de todo. Simon resultó una compañía de lo más agradable que aceptaba con gusto cualquiera de mis propuestas. «¿Hay algo en particular que quiera hacer?», le había preguntado en el autobús. Y él había respondido que, dado que no conocía Wellington, cualquier cosa le parecería bien. La ciudad había recuperado el pulso tras el terremoto, así que, a pesar del fuerte viento que soplaba para tormento de Simon, nada acostumbrado a las inclemencias de Windy Welly, pudimos ir de acá para allá sin problema. Era 2 de enero y en la calle todo el mundo se preguntaba sobre el fundamento de los avisos apocalípticos de infinidad de expertos. ¿No había ocurrido nada grave porque el mundo había tomado las medidas oportunas o porque las consecuencias del «efecto 2000» se habían magnificado? Decidimos empezar nuestro recorrido turístico visitando el Parlamento de Nueva Zelanda y el Beehive, donde están ubicadas las oficinas de la primera ministra, Helen Clark. «Así que aquí es donde se supone que trabajan todos esos *legisladrones*, ¿no?», había dicho mientras contemplaba embelesado el techo abovedado del edificio, de estilo neoclásico eduardiano. Muy cerca de allí se encontraba la majestuosa catedral anglicana de San Pablo, que no impresionó mucho a Simon porque, según sus propias palabras, que hacían gala de un innegable orgullo sureño, la de Christchurch era mil veces más bonita. Como teníamos hambre, nada más salir de la catedral fuimos a The Thistle Inn, una antigua taberna de Mulgrave Street cuyas paredes estaban llenas de poemas de la famosa escritora Katherine Mansfield, donde nos sirvieron un delicioso menú del día consistente en una sopa de tomate con pan de ajo, un plato de gambas salteadas en mantequilla y abundante cerveza fría.

Durante la comida, charlamos de esto y de aquello. Simon me habló de Imogen, la madre de David, con la que llevaba cerca de medio siglo casado sin que sus sentimientos hubiesen mermado ni una pizca, lo que me pareció tan romántico que, incluso, me arrancó un suspiro. La definió como una mujer increíblemente testaruda —«¿No te recuerda a *alguien?*»—, pero con un corazón tan grande que no había espacio suficiente en su pecho para cobijarlo. También me habló de lo costoso que era mantener una granja en los tiempos que corrían. Que si los proveedores, que si las facturas y los impuestos, que si la electricidad, que si el veterinario y el tratamiento de la lana posterior al esquileo… Eso sin contar todas las cabezas de ganado que caían enfermas al año y morían, lo que generaba numerosas pérdidas económicas. Y para colmo, la región de Canterbury estaba sumida, por aquel entonces, en la peor sequía que había sufrido en años.

—David hizo bien de dejar atrás todo eso —admitió Simon.
—Lo dice como si hubiera tenido otra opción.
—Cielo —repuso usando un tono condescendiente—, te aseguro que en esta vida siempre hay otra opción.

A Simon le apetecía estirar un poco las piernas, así que, después de comer, nos dedicamos a callejear sin prisa por la zona de Te Aro. Por suerte, el viento había decidido concedernos un respiro y el paseo resultó bastante más placentero que por la mañana.

—Háblame de ti, Emma. Quiero saberlo todo sobre la muchacha que ha ocupado el corazón de mi hijo.

Empecé por lo más básico: mi edad, mi gran afición a la lectura y un gusto de reciente descubrimiento por las cosas más pequeñas de la vida, como por ejemplo, los deliciosos *bagels* de David. Eso le hizo sonreír. Le hablé también del que había sido hasta hacía poco mi aburrido día a día en Londres entre la morgue judicial de Westminster y la oscura, húmeda e impersonal casa de tía Margaret en Whitechapel. Eso le dibujó una mueca de desencanto en el rostro. Y, como no era posible saltarme esa parte, le conté que era huérfana. Eso lo entristeció.

—Entonces, ¿no tienes a nadie más? —preguntó, preocupado.

—Por supuesto que sí. Tengo a David, a Kauri y a su familia. Y si quiere, puedo incluirlo a usted también en la lista; parte con ventaja solo por el hecho de ser kiwi.

Simon sonrió con ternura.

—Sería un honor para mí —reconoció mientras se quitaba el sombrero como un galán—. A propósito, ¿puedo preguntarte qué es lo que tanto te atrae de Nueva Zelanda?

—Bueno, según mi experiencia, aquí la gente es alegre, ingeniosa y atenta. Las calles son seguras y limpias, nada que ver con las de Londres, la cerveza siempre está fría, el sol brilla a menudo y tienen a los All Blacks, así que ¿quién podría culparme por haberme enamorado perdidamente de su país, Simon? La vida no puede ser mucho mejor que esto —añadí, señalando a mi alrededor.

Silbó.

—¡Fíjate! Y eso que, por el momento, solo conoces Wellington.

—Y Ashburton. Claro que solo de oídas —maticé.

El rostro se le contrajo en una mueca interrogante.

—¿Dave te ha hablado de cómo era su vida allí? —preguntó con prudencia.

—No mucho. Pero lo suficiente, tratándose de él.

El hombre esbozó una sonrisa afligida.

—¿Sabes? No siempre ha sido así, tan arisco y reservado para todo. Es verdad que nunca le ha gustado malgastar las palabras, pero antes al menos era un muchacho cariñoso y amable al que le encantaba ir de pesca con su padre.

—Lo sigue siendo. Solo hace falta rascar un poco debajo de esa superficie dañada para ver que ese muchacho sigue ahí. David es un ser humano maravilloso, Simon.

El hombre inspiró profundamente dejando que el aire vivificante de Wellington le llenara el pecho.

—¡Me he perdido tantas cosas en estos tres años, querida Emma! He visto una tabla de surf en el cobertizo; estaba rota, imagino que a causa del terremoto, ni siquiera sabía que le gustara el surf. Pero cuanto más te conozco, más cerca de él me siento. Eres como un hilo invisible que nos mantiene unidos. De no haber sido por ti, es probable que hubiese vuelto a la isla Sur aún más preocupado por mi hijo de lo que llegué. Sé que todavía hay muchos huecos oscuros en su alma, pero también sé que ha encontrado en ti a la persona que puede ayudarlo a llenarlos de luz otra vez. Y, por ello, debo darte las gracias.

—Nada de eso. En todo caso, deme un abrazo y estaremos en paz.

Simon extendió los brazos, invitándome a ir a su encuentro.

—Oh, ven aquí, pequeña —musitó con la voz teñida por la emoción.

Ni siquiera podía imaginar cuánto me había recordado a su propio hijo con aquel entrañable gesto.

Después del paseo, restablecidas ya las emociones, nos sentamos a tomar una refrescante limonada en las inmediaciones de la Reserva Basin, el campo de críquet más antiguo de todo el país, y, después de eso, nos acercamos hasta el Old Bank Arcade en busca de un regalo para Imogen, porque, según me había asegurado el propio Simon, si se atrevía a poner un pie en la granja con las manos vacías, su esposa le arrancaría la cabeza y se la daría de comer a las ovejas. Tras mucho revolver aquí y allá, se decidió por una pulsera de *pounamu* y un paquete de chocolatinas infantiles Curly Wurly. Esto último me extrañó, aunque no dije nada al respecto.

«Quizá Imogen sea una mujer golosa. No sería nada raro; tía Margaret también lo era».

Algo más tarde, propuse a Simon que nos perdiéramos un rato por el barrio del puerto, para mí, una de las zonas con mayor encanto de Wellington, pero él alegó que si daba un solo paso más, se le fundirían los pies.

—Emma, yo no puedo más, estoy molido. Apiádate de este pobre viejo y vayámonos a casa, ¿quieres? Uno ya no tiene edad para estar todo el día de acá para allá.

—¿Tan pronto? ¡Pero si todavía no ha visto el jardín botánico! Hay unos kowhai* magníficos allí arriba.

—No te ofendas, cielo, pero las plantas no me interesan lo más mínimo; eso es cosa de David —dijo moviendo la mano como si espantara moscas—. Deberías ir con él, le fascina todo eso. ¿No te ha dicho que quería ser biólogo? En fin, la próxima vez que venga traeré a Imogen conmigo. Le encantará conocerte.

Y con la promesa de que no dejaría que pasaran otros tres años para volver, pusimos rumbo a la parada de autobús más cercana. Durante el trayecto a Owhiro Bay, pensé en lo paradójica que a veces era la vida. Simon había venido desde muy lejos para reencontrarse con su hijo y comprobar en primera persona la vida que llevaba. Sin embargo, iba a regresar sin haber probado sus *bagels* ni haber intercambiado más que unas pocas palabras con él, que solo habían servido para prender la mecha y que todo acabase saltando por los aires. Constatar que había pasado más tiempo conmigo que con David me entristeció. Aquello no era nada justo. Simon era un buen hombre y, aunque hubiese tratado de disimular su malestar para que los ánimos no se viesen más afectados de lo necesario, yo sabía que, en el fondo, estaba muy dolido por la situación. ¿Por qué David se había mostrado tan hostil con él? ¿Qué sucedía en la familia Hunter? Las preguntas me martilleaban la cabeza con

---

* Árbol nativo de Nueva Zelanda.

tanta insistencia que incluso tuve que sujetarme las sienes para impedir que me explotase.

Necesitaba respuestas.

Y las necesitaba con urgencia.

Por eso, cuando el autobús llegó a The Esplanade y el aire salino de la playa nos recibió golpeándonos la cara, decidí que ya había sido suficiente. No podía soportar esa incertidumbre ni un solo segundo más, así que me planté frente a Simon y reuní todo el aplomo para decirle:

—Sé que hay algo más aparte de lo de Alice, pero su hijo no quiere decirme de qué se trata y yo... me estoy volviendo loca porque necesito conocer todas sus costuras para ayudarlo. No hay nada en este mundo que desee más que ayudarlo a que su angustia desaparezca, ¿comprende?

Simon compuso una expresión confusa apuntalada por unas cejas crispadas y la boca entreabierta y me pregunté si mi discurso no habría sonado demasiado atropellado. Me aparté un mechón de pelo que me cosquilleaba la cara mecido por el viento y miré al hombre de hito en hito.

Su marcada nuez se desplazó unos milímetros.

—Entonces tú... ¿sabes de la existencia de Alice?

Asentí con la cabeza.

—David me contó lo del incendio, aunque le costó mucho hacerlo. No le gusta hablar de lo que pasó y lo entiendo; es demasiado duro para él.

—Mi hijo ha sufrido mucho, Emma. Muchísimo. Y todavía sufre. No está bien. Puede que lo parezca, pero no lo está. ¿Crees que no me he dado cuenta de que le tiene pánico al fuego y que por eso no quiere que se enciendan los fogones de su cocina?

—¿Y acaso se le puede recriminar por ello? —lo reté por encima del rugido de las olas—. Perdió a Alice y a sus padres en un accidente horrible. ¿Y sabe qué es lo peor de todo? Que se siente tan culpable por sus muertes que vive convencido de que podría haber hecho más de lo que hizo para evitarlas. Su hijo no es capaz de perdonarse a sí mismo, Simon. Y ese enorme sentimiento de culpabilidad que arrastra no es más que una jaula de barrotes transparentes.

De pronto, noté que algo variaba en el ambiente, como un súbito cambio en el viento. El sol de media tarde acentuó las arrugas de preocupación que se habían dibujado alrededor de los ojos de Simon.

—Espera un momento. ¿Has dicho que David perdió a Alice en el incendio?

—Sí, eso he dicho, que perdió a su mujer. ¿Por qué?

El hombre dejó escapar un suspiro, como si intuyera que estaba a punto de dar una noticia terrible. Luego se quitó el sombrero y lo sostuvo entre las manos con el pulso tembloroso. Sus ojos brillantes dudaron un momento antes de responder y entonces supe que cualquier cosa que dijera a continuación modificaría para siempre el curso de los acontecimientos.

—Porque Alice no es su mujer. Alice es su hija. Y está viva.

Cuarenta y tres

Durante un breve lapso tuve la sensación de que el mundo se había paralizado. Como si el tiempo se hubiera quedado suspendido en un instante anterior, congelando el movimiento de las olas del mar y el batir de las alas de los pájaros, deteniendo las respiraciones y los latidos de todo ser vivo, neutralizando el sonido y desmontando la lógica de cualquier ley física universal. Algo así como una especie de «efecto 2000» particular. La cabeza comenzó a darme vueltas como si estuviera ebria y sentí que perdía el equilibrio. Incapaz de mantenerme en pie, tuve que apoyarme contra el tronco de un pohutukawa, cerrar los ojos y respirar para serenarme. Simon hablaba, pero su voz no era más que un murmullo de fondo demasiado débil para sobreponerse al ruido ensordecedor de la maraña de pensamientos acelerados que rebotaban de un lado a otro de mi corteza cerebral, amenazando con volverme loca.

«David tiene una hija».

«Una hija que me ha ocultado dejando que creyera que se trataba de su mujer».

«Pero ¿por qué? ¿Por qué la noche en que lo oí gritar su nombre en sueños no me contó la verdad?».

Noté que el corazón se me aceleraba de tal forma que en mis venas comenzó a pulsar algo más parecido a la lava que a la sangre. Estaba enfadada. O más que enfadada, decepcionada, que era mucho peor. Pero, aunque juzgarlo habría sido lo más fácil, no caí en la tentación de hacerlo porque no tenía ningún derecho. Primero, porque si algo he aprendido a lo largo de los años es que las cosas no tienen por qué ser siempre blancas o negras; existe una escala de grises de diferente matiz entre un extremo y el otro. Y segundo, porque yo no estaba en su piel.

Yo no era David.

Abrí los ojos de golpe y miré a Simon, que me escudriñaba con preocupación.

—¿Cómo se llamaba su mujer?

—Tamzin. Se llamaba Tamzin. Y, por tu reacción, está claro que no lo sabías.

—Lo cierto es que... —Suspiré cansada, como si lleváramos horas hablando del asunto—... ignoraba que David tuviera una hija. ¿Cuántos años tiene?

—En marzo cumplirá cuatro.

—¿Cuatro? Pero eso quiere decir que era muy pequeña cuando se incendió la granja.

Simon asintió.

—Así es. Solo tenía nueve meses.

«Dios mío, no era más que un bebé», pensé al tiempo que sofocaba un grito de horror con la mano.

—Por suerte, David la rescató a tiempo del fuego. Pero, a cambio, se quemó la espalda y perdió a Tamzin y a sus padres. ¿Te das cuenta, Emma? La vida siempre te exige algún sacrificio. Mira —dijo al tiempo que se sacaba la cartera del bolsillo del pantalón y rebuscaba en su interior. Me mostró una pequeña fotografía—, esta es mi nieta. —Una gran sonrisa se le dibujó en los labios—. La alegría de mi vida.

Era una niña preciosa de cabellos dorados como el oro y unos ojitos color avellana que miraban a la cámara con la curiosidad y la inocencia propias de su edad.

—Pero ¿por qué nunca me ha hablado de ella, Simon? Ayúdeme a entenderlo, por favor.

El hombre se llenó el pecho de aire y guardó la cartera.

—Vamos, te lo contaré por el camino, aquí hace mucho viento —me apremió mientras me tendía el brazo para que me agarrara a él.

El sol aún no se había ocultado tras el horizonte, pero las sombras que proyectaba en el suelo se me antojaron oscuras y afiladas como la noche.

O como los secretos de David.

—La pérdida de Tamzin supuso un enorme trauma para mi hijo —comenzó a relatar Simon—. Todos sufrimos mucho a raíz de ese maldito incendio que nunca debió ocurrir, pero David no volvió a ser el mismo después de lo que pasó. Me atrevería a decir que ninguno volvimos a serlo. Estaba tan destrozado que no fue capaz de ir al cementerio a despedirse de ella. Tamzin había sido el gran amor de su vida y las circunstancias de su muerte fueron demasiado trágicas. Él se sentía culpable de que se hubiera quemado viva y no hacía más que repetir que no había hecho lo suficiente para salvarla. A ella y a sus suegros, claro. —Simon meneó la cabeza con pesar y chasqueó la lengua—. Como si entrar a ciegas en una granja en llamas aun a riesgo de morir calcinado no bastara.

Le apreté el brazo a modo de consuelo y le pedí que continuase; no faltaba mucho para que llegáramos al Hunter's y quería escuchar toda la historia.

—Cada vez que veía a su hija, veía a la propia Tamzin reflejada en sus pequeños ojos y el corazón se le rompía un poco más. Ni siquiera soportaba mirarla sin que la culpa lo asfixiara, así que dejó de cogerla en brazos, de jugar con ella, de alimentarla o de cambiarle los pañales. Simplemente, dejó de ser su padre. A Imogen y a mí apenas nos dirigía la palabra si no era para discutir. Supongo que resultaba más fácil estar enfadado con nosotros que triste. Cuando ya no pudo más, se marchó. Mi mujer y yo nos quedamos con la niña. Al poco tiempo nos escribió para contarnos que estaba en Wellington y que planeaba abrir una cafetería y dedicarse a hacer *bagels*. Si quieres que te diga la verdad, no sé de dónde sacó el dinero, porque de la indemnización que le pagó la compañía aseguradora de la granja jamás ha tocado un solo dólar. Y me imagino que ya conoces el resto de la historia.

Simon exhaló. Y como era consciente del enorme esfuerzo que debía de suponer para él remover todo aquello, esperé un poco antes de preguntar:

—¿Y desde entonces no ve a su hija?

—No le interesa saber nada de mi nieta, actúa como si la niña no existiera. ¿Por qué crees que nunca ha vuelto a Ashburton, que apenas llama o que ni siquiera se molesta en contestar las cartas que le escribimos?

—Por eso discutió con él anoche, ¿verdad?

—Sí —concedió, arrastrando la voz—. Y la razón por la que David no te ha hablado de Alice es porque su hija no le importa.

Era duro, terriblemente duro, ser testigo del dolor que se empeñaba en golpear a aquella familia. Las lágrimas pugnaban por salir de mis ojos mientras trataba de procesar y entender lo que me acababa de contar Simon. No obstante, había algo en sus palabras que no encajaba del todo, una especie de nota disonante que no supe identificar en un principio, pero que no tardó en revelarse ante mí como una verdad incuestionable. Fue en ese preciso instante cuando comprendí por qué David se había referido tantas veces a sí mismo como una persona horrible. No se trataba solo de que no hubiera podido salvar a Tamzin y a sus padres del incendio, sino que, además, había abandonado a su hija. Había fallado como marido, pero, sobre todo, había fallado como padre. Y eso lo mortificaba de tal manera que incluso tenía pesadillas.

Lo que me llevó a una segunda conclusión.

—Alice sí le importa, Simon.

—Entonces, ¿por qué no va a buscarla? ¡Mi nieta necesita a su padre, por el amor de Dios!

Medité la respuesta unos segundos.

—No lo sé. Puede que tenga miedo de no ser lo bastante bueno para ella como está convencido de que no lo fue para Tamzin. O que crea que no sería capaz de protegerla si le ocurriese algo malo. O tal vez sienta que ha pasado tanto tiempo que ya no es posible recuperarla. No voy juzgar a su hijo, Simon. Tres años pueden parecer una eternidad, pero no representan más que un suspiro cuando se trata de superar una pérdida; créame, sé muy bien de lo que hablo. Quizá David no está preparado todavía para recuperar a Alice. O quizá sí, pero no sabe cómo hacerlo porque esa siniestra criatura que lo atormenta día y noche lo confunde y atenaza su voluntad.

Simon cerró los ojos un momento, como si quisiera evadirse de todo aquello. De aquel lugar y de aquel viento que nos zarandeaba con la misma violencia que zarandean las verdades que uno todavía no está listo para escuchar. Cuando volvió a abrirlos, advertí vergüenza tras el velo mate que le cubría las pupilas.

—Ni siquiera estás enfadada con él —advirtió sin que sonara a reproche.

—Lo único que David se merece es que lo quieran, Simon.

—Lo amas de verdad, ¿no es así?

No me tembló la voz.

—Con todo mi corazón.

—Pero no hace mucho que lo conoces.

—Eso no importa. Con él he aprendido que el amor no se mide en tiempo, sino en intensidad.

—Entonces, ayúdalo a salvarse, Emma. Te lo suplico. Creo que solo tú puedes hacerlo.

—Lo intentaré con todas mis fuerzas, se lo prometo.

Y, al punto, su vergüenza se tornó en un halo brillante de esperanza.

Cuarenta y cuatro

Owhiro Bay era un lugar de contrastes, un escenario natural que rezumaba dramatismo. Si uno llevaba la vista hacia un lado, se encontraba con las colinas de ondas suaves e incitantes que pintaban el paisaje de un verde apacible. Al otro lado, en cambio, las olas del mar arremetían con tal ferocidad contra las rocas descarnadas y batidas por el viento del sur que daba la impresión de que fueran a romperse por la mitad. Aquella parte del mundo representaba como ninguna otra el estado de lucha perpetua al que está sometido la naturaleza para preservar su equilibrio y que yo conocía tan bien.

Exactamente la misma a la que está sometida el alma humana.

Los minutos que siguieron transcurrieron en un silencio solo alterado por el graznido lejano de las aves marinas. Cuando llegamos al punto exacto en que The Esplanade se bifurcaba en dos caminos —uno que desembocaba en la playa y otro que se perdía en la falda de la montaña—, nos detuvimos de mutuo acuerdo, sin necesidad de decir nada. Hice visera con la mano y vi que la vieja camioneta roja de Kauri estaba aparcada delante del Hunter's, junto a un enorme saco lleno de escombros. Eran más de las siete de la tarde, por lo que supuse que, si no habían terminado aún con el cobertizo, no les quedaría mucho. Si todo iba bien, al día siguiente abriríamos la cafetería y, con suerte, Simon no se marcharía de Wellington sin haber probado los exquisitos *bagels* de su hijo. Esos pensamientos aligeraron un poco la presión que sentía en el pecho y me dibujaron una sonrisa melancólica en los labios.

—Parece que voy a conocer a ese maorí —masculló Simon, esbozando una mueca de circunstancias.

Lo regañé con la mirada. No me gustaba el tono que había empleado al pronunciar la palabra «maorí», y pensé que las confesiones que nos habíamos hecho me otorgaban la suficiente confianza como para hacérselo saber.

—Kauri es un buen chico, así que entre ahí y trate de ser amable con él. Oh, y no se deje influenciar por sus tatuajes, su melena o su ropa oscura. Solo espero que su última noche en Wellington no se vea enturbiada por otra discusión con David.

Simon me observó con gesto incrédulo.

—¿Es que tú no vienes?

Arrugué la nariz y negué con la cabeza.

—Necesito un momento a solas.

La mueca de fastidio que me devolvió lo decía todo, aunque no le quedó más remedio que asentir.

—Supongo que es comprensible. Bueno, allá vamos. —Resopló angustiado, sujetando el sombrero con tanta fuerza que ni siquiera el viento habría podido arrancárselo de las manos—. Que Dios me asista.

Lo observé caminar con pasos inciertos hacia la cafetería hasta que la distancia comenzó a robarle la silueta. Entonces me quité las sandalias y me adentré en la playa. La arena se hundía ligeramente con cada pisada. En la orilla, la espuma blanca se abrazó a mis tobillos y una ráfaga me levantó el vestido. Dejé vagar la vista sobre el mar hasta posarla en la ola que un surfista cabalgaba a lo lejos, tan grande que tuve la impresión de que estaba a punto de romper encima de mí. No me gusta llorar porque siempre he creído que el llanto es un síntoma de debilidad del que se abusa demasiado y que debería reservarse para los auténticos golpes del destino. Pero en ese metafórico momento de mi existencia supe con certeza que las lágrimas estaban a punto de destruir todos mis diques de contención. La primera no tardó en aparecer. Rodó por la mejilla derecha hasta encontrarse con el dorso de mi mano. A la segunda la siguió una tercera y, luego, ya no pude parar. Y no sé por qué, pero aquello me reconcilió con el mundo. Tal vez, porque había entendido que la vida está llena de pérdidas y reencuentros que necesitan llorarse para que el alma humana mantenga su propio equilibrio, igual que la naturaleza. Vivir es caminar por el filo de una navaja y, quizá por eso, las pieles menos heridas acaban siendo las más defectuosas. No sé, puede que seamos más frágiles de lo que estamos dispuestos a reconocer y más fuertes de lo que podemos llegar a imaginar.

Algo más tarde, cuando sentí que todas las emociones que bullían en mi interior se apaciguaban, respiré hondo y llené los pulmones del aire de aquella playa de arena negra y belleza salvaje con la que sentía una especie de conexión esencial. Olía a sal, a algas secas y a rocas mojadas. Y, sobre todo, a la seguridad del hogar. Pero también flotaba en el ambiente la tensión que anticipaba lo que estaba a punto de ocurrir.

—Hoy las olas son un auténtico espectáculo. —Su voz hizo que se me erizara el vello. David me abrazó por la espalda rodeándome el pecho y me agarré a sus antebrazos como si fueran un asidero—. Si el terremoto no me hubiese destrozado la tabla, me metería ahora mismo en el agua en busca de una buena serie. Tendré que comprar otra. —Pausa—. Te he echado de menos.

Noté que su barba me cosquilleaba la oreja y esbocé una sonrisa privada.

—Yo también a ti —dije mientras acariciaba el interior de sus muñecas, que parecían de seda al tacto.

—Mi padre me ha dicho que estabas aquí. ¿Va todo bien? —preguntó con prudencia.

De repente sentí que una garra me estrujaba la garganta y las palabras se quedaron atascadas sin encontrar cauce alguno a su salida. La tensión del momento se concentró en sus brazos. Con un movimiento apremiante, me hizo dar la vuelta y me observó con creciente preocupación.

—Amor, ¿qué ocurre? —Me pasó las yemas de los pulgares por las mejillas, que aún estaban húmedas, y sus labios dibujaron un mohín de tristeza—. ¿Por qué has estado llorando?

Me mordí el interior de los carrillos, algo que hago siempre que los nervios intentan traicionarme. Quería hablar, pero algo me arañaba la voz desde dentro y me resultaba imposible articular ningún sonido.

—Por Dios, Emma, di algo —me apremió con un marcado tono de súplica—. ¿Ha pasado algo con mi padre? ¿Te ha… te ha dicho algo?

Un temblor casi imperceptible había acompañado a sus labios durante la pregunta y enseguida deduje que intuía lo que sucedía. Tomé aire.

—David, sé lo de tu hija —me oí decir a mí misma.

No fue fácil.

Su gesto se descompuso de pronto en un amargo rictus de rabia mezclada con vergüenza, pero no dijo nada, no hizo falta. Sus ojos hablaban por sí mismos, igual que su boca, crispada con dureza como si intentara contener alguna palabra impulsiva de la que sabía que acabaría arrepintiéndose.

—No te enfades con él, por favor. Sé que habrías preferido que no me lo contara, pero no lo ha hecho con mala intención.

David exhaló un suspiro.

—Ya lo sé. Mi padre es un buen hombre —reconoció al fin.

En ese instante experimenté una acuciante necesidad de vomitar todas las preguntas que se amontonaban en mi cabeza, pero lo último que quería era añadir más peso a la carga que llevaba sobre los hombros, así que tuve que conformarme con formular solo una.

—¿Por qué no querías que lo supiera?

Él me devolvió una mirada que traslucía una tristeza inmensa y un poso de vergüenza, y se encogió de hombros.

—Supongo que tenía miedo de decepcionarte cuando descubrieras la clase de hombre que soy en realidad. —Apretó la mandíbula y desplazó la vista hacia el mar—. Un fraude. Un cobarde. Un mal padre capaz de abandonar a su hija de nueve meses porque perdió las agallas en aquel maldito incendio. Un miserable. Un…

La voz se le fue rompiendo conforme emergía de su interior. Y en ese momento desfiló ante mis ojos el afilado puñal de culpa que se clavaba con saña en la herida de su alma. La ferocidad de algunos sentimientos no conoce límites.

Tuve que abrazarlo; David necesitaba un escudo que lo protegiera de esa daga.

—Basta, por favor. No sigas torturándote. No eres ningún fraude. No eres nada de todo eso que has dicho. Solo eres un hombre que ha pasado por una experiencia tan traumática que el dolor se le ha enquistado aquí dentro. —Puse la mano sobre su pecho y la mantuve ahí unos segundos—. ¿Por qué eres tan duro contigo? —Conocía la respuesta a esa pregunta. A veces, el peor juez es uno mismo—. ¿Acaso no estás harto ya de sufrir, David?

—Mucho. Muchísimo —admitió, derrotado—. Pero no sé cómo cerrar de una vez por todas este condenado duelo.

—Para empezar, aceptando que no tuviste la culpa de que Tamzin y sus padres murieran en el incendio.

Una gota silenciosa se precipitó en caída libre desde su lagrimal al mismo tiempo que un cormorán alzaba el vuelo. El lomo del ave, brillante y negro como la noche, lanzó un poético destello.

—Tamzin —susurró—. Hacía tiempo que no oía pronunciar su nombre en voz alta.

—¿Te molesta oírlo de mis labios?

David negó con la cabeza.

—¿Sabes? Tienes una niña de casi cuatro años preciosa. Una muñequita rubia como el oro y con los ojos del mismo color que las avellanas. Tu padre me ha enseñado una foto. ¿Has visto alguna recientemente?

Él asintió con gesto descompuesto.

—Es muy bonita, ¿verdad? Simon dice que se parece mucho a tu mujer.

—Tamzin tenía los mismos ojos —reconoció con un hilo de voz.

Para entonces, una segunda lágrima le nublaba ya la mirada.

—David, escúchame —dije mientras envolvía su rostro entre mis manos—. No sabes lo duro que es crecer sin padres. Quedarse huérfano cuando ni siquiera se tiene la edad suficiente para recordarlos deja una herida demasiado profunda para un corazón tan pequeño. La infancia pierde gran parte de su inocencia cuando la vida te golpea así. Alice tuvo la desgracia de perder a su madre, pero todavía tiene a su padre. Te tiene a ti, David. Y te necesita. Os necesitáis el uno al otro. Así que, ¿por qué no dejas el pasado en el pasado y te concedes una segunda oportunidad?

David se aferró a mis manos.

—No sé si puedo hacerlo, Emma.

—Sí, claro que puedes. Puedes y debes. Te lo debes a ti y se lo debes a tu hija. ¿Es que no quieres verla crecer? ¿Compartir tu día a día con ella? ¿Ser partícipe de sus sueños? ¿Guiarla en los momentos difíciles y disfrutar de los memorables? ¿No quieres volver a ser su padre y construir una vida a su lado, David?

La heladora sensación que me embargaba aumentaba con cada interrogante que le planteaba. Era el vacío de mis propias carencias. Era todo lo que yo misma me había perdido desde que aquel accidente de coche me arrebató a mis padres un fatídico domingo de julio del 79.

—Te aseguro que no hay ni un solo día en que no me arrepienta de haberla abandonado. Ojalá pudiera volver atrás y hacer las cosas de otro modo. Ojalá hubiera sido más fuerte, más valiente. Pero no lo fui. No estuve a la altura y ahora estoy pagando muy caro el precio de mi cobardía. Me preguntas si quiero recuperar a mi hija y la respuesta es que sí, por supuesto que quiero recuperarla. Pero ha pasado tanto tiempo desde que me fui que me aterra dar un paso en falso. Si vuelvo a caer, no lo resistiré.

—Si vuelves a caer, te volverás a levantar. Todas las veces que haga falta, hasta que el suelo se rinda. Te lo prometo.

—Haces que todo suene tan fácil, Emma…

—Tengo un don, ¿recuerdas?

David esbozó una sutil mueca de sonrisa que me iluminó el corazón. Después, unió su frente a la mía y, muy cerca de mi boca, susurró:

—Siento mucho haberte hecho llorar.

—No has sido tú. Digamos que ha sido la vida.

—¿Por qué eres siempre tan comprensiva conmigo? —preguntó entre suspiros.

Respiré hondo. Los pulmones se me llenaron de su olor, del salitre del aire y de humedad.

—Porque te amo, David. De un modo que me consume. —Era la primera vez en mi vida que lo decía. Quizá porque era la primera vez que lo sentía de verdad. Tragué saliva, llené el pecho de aire y lo expulsé despacio; lo que iba a decirle a continuación no era fácil, aunque lo hubiese meditado—. Y precisamente por eso, porque te amo, creo que lo mejor es que te deje ir.

Entonces se apartó de mí y me observó con el ceño fruncido y la boca abierta en un rictus de incomprensión. Parecía realmente confuso.

—No te entiendo. ¿Qué significa que lo mejor es que me dejes ir? —preguntó alarmado.

—Que debes volver a Ashburton y recuperar a tu hija.

—¿Quieres decir… solo?

A David se le congeló el semblante y me dio la sensación de que perdía una tonalidad cromática.

—Sí, eso es justo lo que quiero decir.

—Pero yo no quiero que nos separemos, Emma —suplicó con la voz rota—. Ven conmigo. Por favor.

—No creo que eso sea lo más sensato. Yo tampoco quiero que nos separemos, pero para derribar a los fantasmas que te acechan es necesario que vuelvas al punto de partida y te enfrentes a ellos tú solo. Lo he estado pensando y me parece que es la única solución. Tienes que reconciliarte con el hombre que fuiste alguna vez.

David permaneció en silencio un instante, reflexivo y ausente, siguiendo con la vista el vuelo rasante del cormorán sobre el agua. El mechón plateado de su cabello bailaba al compás del viento sin que pareciera consciente, absorto como estaba en el debate que con toda probabilidad tenía lugar en su fuero interno.

Por fin, hinchó el pecho y liberó el aire muy despacio.

—Si me fuera, ¿me esperarías, Emma? —preguntó entonces.

Sonreí. Mi nombre sonó como un caramelo deshaciéndose en su boca.

—Siempre, David. Siempre.

Después, al trasluz de la gran mancha anaranjada que comenzaba a hundirse ya bajo la línea del horizonte, me besó como si supiera que aquella sería la última vez en mucho tiempo.

Cuarenta y cinco

Había mucho bullicio, el propio de cualquier cafetería a primera hora de la mañana. Los clientes entraban y salían, y el aire otoñal de abril, que comenzaba a ser fresco aunque no desapacible, se colaba por el resquicio de la puerta. La moderna cafetera de reciente adquisición apenas disfrutaba de unos pocos segundos de tregua efímera entre un café y otro, y el incesante tintineo de las cucharillas en las tazas conformaba el particular hilo musical que acompañaba la escena. También lo hacían las conversaciones a media voz. Y la televisión, a la que casi nadie prestaba atención a pesar de que su volumen estaba bastante alto. En pantalla, imágenes que relataban con cierto tono sensacionalista el controvertido caso de Steven Wallace, el joven que había sido tiroteado hacía varias noches en Waitara por un agente de policía por motivos que todavía no estaban lo bastante claros.

—Se lo han cargado porque era maorí, está clarísimo —se lamentó Kauri, sentado en la barra—. Apuesto a que si hubiera sido *pakeha*, las cosas habrían terminado de una forma muy distinta.

A su lado, el señor O'Sullivan trataba de resolver un crucigrama.

—Veamos, células presentes en el tejido nervioso. Ocho letras. —Golpeó insistentemente con el bolígrafo sobre el periódico.

—¿Neuronas? —sugerí mientras terminaba de colocar los *bagels* en el aparador.

El señor O'Sullivan frunció los labios. Comprobó que la palabra encajaba en las casillas y asintió complacido.

—Neuronas, eso es. Justo lo que les hace falta a muchos jóvenes en este país —añadió al tiempo que dirigía una severa mirada reprobatoria hacia Kauri.

Este puso los ojos en blanco, pero no replicó. Sabía que tenía la batalla perdida de antemano con el señor O'Sullivan, así que se limitó a apurar su café. A continuación, se levantó del taburete, sacó un billete de cinco dólares del bolsillo de la chaqueta y lo dejó encima de la barra. Sabía lo que eso significaba, así que me apresuré a meter unos cuantos *bagels* en una bolsita de papel y se la di.

—Ten, para el camino. Los acabo de hacer, todavía están calientes.

Una gran sonrisa de agradecimiento le iluminó la cara. Partió un pedazo de uno sin sacarlo de la bolsa y se lo llevó a la boca. Masticó con fruición.

—Mmmm… Cada día te salen más buenos, *taku hoa*. Si sigues así, superarán pronto a los de David.

Noté que se me encendían las mejillas y deduje que me había ruborizado.

—Imposible. La técnica de David es insuperable.

—Tú siempre tan modesta.

—Lleva razón el muchacho, señorita Lavender —terció el señor O'Sullivan para asombro de Kauri—. Sus *bagels* no tienen nada que envidiar a los de Hunter y a la vista está que la cafetería funciona perfectamente sin él. Dígale de mi parte cuando hablen que no tenga prisa en volver.

No contesté. La ausencia de David se coló en mis pensamientos y me agarrotó las cuerdas vocales. Aunque supongo que la expresión de mi cara lo decía todo.

Kauri chasqueó la lengua con irritación.

—Tiene usted la sensibilidad de un pez, señor O'Sullivan —lo reprendió—. ¿Sigues sin tener noticias suyas? —añadió dirigiéndose a mí, esta vez con un tono más suave.

Asentí en silencio. El puño que me apretaba con saña por dentro no me permitía hablar.

David se había marchado pocos días después de nuestra catártica conversación en la playa. Finalmente, y tras mucho meditarlo, había aceptado que debía enfrentarse al pasado de una vez por todas. Quería recuperar a su hija y ser para ella el padre que no había sido, aunque no saber cómo iba a hacerlo lo aterraba.

—¿Tú crees que lo lograré? —me había preguntado por la noche, abrazados en la cama después de habernos entregado el uno al otro como si nos debiéramos la vida.

—No lo sé, David. Supongo que será complicado, sobre todo al principio. Pero has decidido dar el paso y eso es lo que cuenta.

Recuerdo muy bien la cara de circunstancias que puso su padre cuando, a la mañana siguiente, David le pidió que llamara a su madre para avisarla de que iba a quedarse unos días más en Wellington.

—Pero dile que no se preocupe, no serán muchos. Solo hasta que Emma esté preparada. Si no, no podré irme tranquilo.

—No lo entiendo. ¿Irte adónde?

—A Ashburton, papá. Me voy contigo.

Simon tardó unos segundos en reaccionar.

—Pero... ¿y el Hunter's? ¿Es que vas a cerrarlo?

—Nada de eso. Ella se encargará de todo.

Así lo habíamos decidido la noche anterior. «Sé que lo harás bien», me había dicho él con un deje de orgullo que me imprimió la seguridad que me hacía falta. Tenía miedo de no estar a la altura. Llevar un negocio no era lo mismo que hacer de camarera y, a decir verdad, yo carecía de experiencia para lo primero. Mi mente era un océano de dudas, pero David me necesitaba. Había depositado toda su confianza en mí y fallarle en un momento tan crucial de su vida no era una opción.

Pasé los días posteriores perfeccionando mis *bagels* como una alumna aplicada y empapándome de todo lo que debía saber para que el negocio no se fuera al traste en su ausencia. Proveedores, facturas, materia prima, impuestos..., ese tipo de cosas. Fue agotador, pero consiguió que me mantuviera distraída. Estar ocupada era la única forma de no pensar demasiado en que David se iría sin una fecha de regreso definida.

La mañana en que él y su padre tomaron el *ferry* de Interislander que los llevaría a Picton lloré de nuevo. No quería hacerlo, y mucho menos delante de ellos, pero el remolino de sentimientos que se había desatado en mi interior actuó como un torpedo contra la línea de flotación que me mantenía a salvo.

—Vaya, no sé qué me pasa últimamente —me excusé mientras me secaba las lágrimas con el dorso de la mano—. Debe de ser el aire de esta ciudad, que está cargado de partículas.

David esbozó una sonrisa nasal y me abrazó con una ternura sobrecogedora. La calidez de sus manos en mi espalda era reconfortante y la agradecí.

—Emma, esto es temporal. Lo sabes, ¿verdad?

Asentí. Esa certeza sería la que me ayudaría a seguir adelante después.

—Siento de veras que hayamos tenido que interrumpir esto justo cuando empezaba, pero te prometo que volveré pronto y lo retomaremos en el punto exacto en que lo hemos dejado.

Puede que pareciese que habían cambiado las tornas y que David se sentía más seguro que yo, pero, aunque mostrase convencimiento, su voz era poco más que un susurro esforzado. A él también le resultaba difícil despedirse.

Lo miré y observé un destello en sus ojos azules.

—No vuelvas pronto, David. Hazlo cuando estés preparado. Lo nuestro puede esperar.

Me tomó de las mejillas suavemente y unió su frente a la mía como hacía cuando necesitaba demostrar la intensidad de sus sentimientos.

—¿Te he dicho alguna vez que eres lo mejor que me ha pasado en mucho muchísimo tiempo?

—No me acuerdo.

Rio expulsando el aire por la nariz.

—Entonces déjame que te refresque la memoria: Emma Lavender, eres lo mejor que me ha pasado en mucho muchísimo tiempo.

Luego selló sus palabras con un beso tan arrollador que necesité sujetarme al cuello de su camisa para mantener el equilibrio. David tenía la habilidad de hacer que mis cimientos se tambalearan en los momentos y lugares más insospechados. En un puerto atestado de gente a punto de embarcar, por ejemplo. Ni siquiera el trajín de las decenas de pasajeros que se dirigían al muelle a toda prisa parecía capaz de poner fin a la maravillosa energía que habíamos creado en ese instante. Pero el tiempo acabó escurriéndose entre nuestros dedos como arena fina y nos obligó a restablecer el orden.

Simon, que se había alejado varios metros para concedernos un poco de intimidad, se acercó a nosotros con una nota de culpabilidad dibujada en el rostro.

—Hijo, tenemos que irnos ya —lo apremió.

David asintió en silencio. Recuperó su bolsa de viaje del suelo y se la colgó del hombro. No se apresuró; tal vez buscaba retrasar en la medida de lo posible el encuentro con una realidad sobre la que no tenía certezas. Tragó saliva y, antes de darse la vuelta, me miró por última vez y dijo:

—Te llevaré siempre en mi pensamiento.

Después, cuando el *ferry* no era sino una mancha lejana sobre la lámina de agua, un nuevo reguero de lágrimas brotó de mis ojos.

Hacía mucho tiempo que no me sentía tan arrasada por la tristeza.

De eso habían pasado ya casi cuatro meses. El paso del tiempo había desnudado el calendario extraordinariamente deprisa, pero no había habido ni un solo día desde entonces en que su ausencia no me pesara en el ánimo. Lo echaba muchísimo de menos y lo veía en todas partes. Lo veía en la cocina, con su eterno delantal blanco anudado a la cintura y los antebrazos manchados de harina. En la playa, libre y feliz tras conquistar el corazón de una ola. A lomos de su moto, que permanecía cubierta por una funda de lona en el cobertizo. En cada página de cada libro que leía —y leía más que nunca. Sobre todo, desde que me había sacado el carné de la biblioteca pública de Island Bay y me dejaba caer por allí al menos un par de tardes a la semana—. En las letras de las canciones de Oasis que escuchaba en mi nuevo *discman* cuando paseaba los domingos por las calles de Welly —«*Because maybe, you're gonna be the one that saves me*». ¿Quién me iba a decir que acabaría considerando «Wonderwall», un auténtico himno para toda una generación, la canción más romántica de todos los tiempos? No sé qué opinarían los hermanos Gallagher al respecto, aunque, con franqueza, me importa un bledo—. Y lo veía en mi cama, suya en realidad, en la que me acostaba cada noche sabiendo que no dejaría de sentirme una invasora hasta que él no volviera a ocuparla conmigo.

Kauri golpeó la barra con los nudillos y me devolvió al momento presente.

—Perdona, me he distraído un poco. ¿Qué decías?

—Que es muy extraño que David lleve tanto tiempo sin llamar. —En parte lo era y en parte no. Sobre todo, teniendo en cuenta que solo lo había hecho en una ocasión desde que se había marchado—. ¿Qué te dijo la última vez que hablasteis por teléfono?

—Ya te lo conté, Kauri. Que estaba tratando de adaptarse a su nueva vida lo mejor que podía.

La expresión de incredulidad que se reflejó en su cara lo decía todo.

—¿Y te pareció que estaba bien o…?

—Sí, más o menos. Lo bien que se puede estar, dadas las circunstancias —lo tranquilicé.

En realidad, eso no era rigurosamente cierto. Había notado a David muy angustiado durante aquella conversación telefónica. Un miedo cerval a dar un paso en falso le impedía acercarse a su hija sin el omnipresente parapeto de sus padres. Las pesadillas habían vuelto a asaltarlo por las noches y el ambiente de tensión que se respiraba en la granja de los Hunter cada vez que Imogen encendía el fuego para cocinar lo habían llevado a pasar más tiempo con las ovejas en las llanuras que en casa con la niña.

—Esto no está funcionando, Emma. Lo estoy haciendo todo al revés. Soy un desastre que no vale ni para ser padre.

Lo había dicho mientras lloraba sin cortapisas. Juro que en ese momento habría dado mi brazo derecho y también el izquierdo por estar a su lado y ofrecerle un poco de consuelo.

—Cálmate, por favor. Nadie dijo que sería fácil. —Pausa—. Quizá… deberías plantearte hacer terapia.

Otra pausa.

—¿Estás insinuando que necesito un loquero?

—Sí, David. Creo que un poco de ayuda profesional no te vendría mal. Ojalá yo la hubiera tenido cuando perdí a mis padres. Es posible que hubiese crecido siendo una niña un poco menos retraída. Piénsalo, al menos.

Sin embargo, tras un silencio catastrofista, masculló que no tenía nada que pensar y colgó. Era evidente que mi sugerencia le había herido el orgullo —la negación es muy común en el estrés postraumático, según he leído— y de ahí que no hubiera querido volver a ponerse en contacto conmigo desde entonces. Tal vez podría haberlo llamado al cabo de unos días, incluso pensé en hacerlo usando como excusa que necesitaba comentarle algo de la cafetería. Pero si no lo hice fue porque consideraba que debía respetar sus tiempos sin imponerle condiciones, aunque eso implicara que la incertidumbre, la angustia y una rabia muy humana me comiesen por dentro.

La voz de Kauri me sacó de mi ensoñación de nuevo.

—Bueno, pero tú anímate, ¿eh? Estoy seguro de que volveréis a estar juntos muy pronto.

Sonreí sin convencimiento. Sus palabras eran bienintencionadas, pero no obraron el efecto tranquilizador deseado. Quería creérmelas, lo necesitaba. De hecho, una parte de mí confiaba en que así fuese. Pero había otra que perdía la fe conforme pasaban las semanas sin que supiera nada de él.

—Mierda, es tardísimo —se lamentó Kauri al mirar el reloj—. Tengo que estar en Petone dentro de quince minutos para una reforma. Joder, mi padre me va a cortar las pelotas. Dile a mi hermana cuando termine de hacer lo que sea que esté haciendo en el baño que hoy vendrá Tane a recogerla. Me voy. Nos vemos, Emma.

❦

Algunas cosas habían cambiado en el Hunter's durante los últimos meses. Antes de irse, David había contratado a la hija menor de los Paretene para que me echara una mano, un gesto que tanto sus padres como yo le agradecimos enormemente. Nanaia era una chica responsable y trabajadora que aprendió rápido el oficio. Pero no solo eso. Además, su compañía ayudaba a que el tiempo pasara más deprisa. Como el resto de su familia, estaba muy comprometida con la cultura maorí y, puesto que aspiraba a publicar una novela en su lengua materna en un futuro no muy lejano, ahorraba hasta el último dólar que ganaba en la cafetería para pagarse un curso de técnicas de escritura.

Como cada tarde a esa hora, Nanaia roció el mostrador ya vacío con una buena cantidad de líquido limpiacristales y se dispuso a secarlo con un paño.

—Menos mal que he tenido la precaución de guardar unos cuantos *bagels* para mi madre, porque hoy tampoco nos ha sobrado ni uno —comentó.

Emití una especie de sonido afirmativo y volví a concentrarme en el recuento de la caja.

—Cambiando de tema, esta noche hay una conferencia en el Museo Pātaka sobre la representación de la mujer en la literatura maorí, y Andrew y yo queremos ir. ¿Por qué no vienes con nosotros? Después podríamos cenar en algún sitio barato. ¿Qué te parece? ¿Te animas?

—Suena bien, pero no creo que a Andrew le apetezca tener carabina.

—No sé qué insinúas, solo somos amigos —se defendió.

Dejé ir una risita nasalizada.

—¿Estás segura de que él lo tiene tan claro?

—¿Podríamos centrarnos en el tema en cuestión, por favor? —me cortó Nanaia, que se había puesto roja como un tomate.

—Sí, claro, perdona. De todos modos, no es asunto mío. La verdad es que esta noche preferiría quedarme en casa. La semana ha sido dura y estoy agotada.

Nanaia resopló.

—Esa excusa ya la pusiste el viernes pasado. Y el anterior también. Kauri dice que empiezas a parecerte demasiado a David.

—Eso dice, ¿eh?

—Sí. ¿Y sabes qué? Creo que tiene razón. Deberías divertirte de vez en cuando, Emma. En fin, volveré a intentarlo la semana que viene.

El sonido del motor de un coche y el crujido de la tierra del camino bajo los neumáticos indicaba que Tane había llegado. Nanaia terminó de recoger, se puso la chaqueta y enfiló hacia la puerta.

—¿Cierro con llave?

—Descuida, yo me encargo.

—Vale. Nos vemos mañana.

—Que te diviertas.

En la soledad de la cafetería, exhalé de alivio. Apreciaba que los Paretene se preocupasen por mí, pero había momentos en los que mi estado de ánimo oscilaba tanto de un extremo a otro que prefería estar a solas. Aquel era uno de esos momentos. Pospuse echar el cerrojo de la puerta y fui a la cocina para prepararme un té, otra de las costumbres que había instaurado desde que David no estaba. Encender los fogones era una más, así que llené un cazo con agua y lo puse a calentar. A continuación, introduje en una taza un par de bolsitas de té negro Bell —no era Tetley, ni mucho menos, pero se dejaba beber—. Mientras esperaba, me pregunté si era correcto que encendiese los fogones sin el conocimiento de David. Traté de dar con una respuesta satisfactoria, pero no lo conseguí. Fuera cual fuera, implicaba una comunicación que había dejado de existir y que no mostraba visos de restablecerse en breve. Me abstraje contemplando el incipiente burbujeo del agua y suspiré.

—¿Qué pensaría David si me viera ahora mismo?

Formulé la pregunta en voz alta, sin esperar que alguien fuera a responder.

Pero lo inesperado también ocurre.

—Pensaría que, para ser británica, no tienes mucha idea de cómo se hace un buen té. ¿Es que nunca te han dicho que el agua no debe hervir?

El corazón se me desbocó, la sangre se me heló en las venas y cualquier palabra que hubiese querido pronunciar nació muerta en mi garganta.

Era él. Estaba allí. Había vuelto.

Cuarenta y seis

Bum bum. Bum bum. Bum bum. Las palpitaciones que me golpeaban las sienes se hicieron cada vez más rápidas e intensas. No podía darme la vuelta, una extraña sensación me paralizaba de arriba abajo. La posibilidad de que el reencuentro con David no fuese como había imaginado me daba un miedo atroz. Es lo que ocurre con el exceso de expectativas, que acostumbra a derivar en una gran decepción.

—Emma, mírame.

Su voz grave y profunda llenó el espacio y hasta el último centímetro de mi piel se erizó. Respiré hondo, como si así pudiera disolver la caótica maraña de pensamientos que me bombardeaba la mente en aquel momento, y me giré muy despacio. Tobillos. Rodillas. Cintura. Cuello. Cuando estuvimos frente a frente, contuve el aliento. Se había afeitado la barba y un saludable tono revestía de dorado sus mejillas ahora desnudas. Resultaba aún más atractivo de lo que recordaba.

—Hola —dijo con una tímida sonrisa. Dejó su bolsa de viaje en el suelo—. He vuelto.

No contesté de inmediato, no fui capaz. La culpa fue del montón de preguntas que se me agolpaban en la garganta. Todas tenían prisa por salir y, al mismo tiempo, temían ser pronunciadas. Permanecí en silencio, con los maxilares tensos, los dedos hormigueantes y me dediqué a estudiar cada facción, cada expresión de su hermoso rostro. Era el mismo hombre y, sin embargo, parecía distinto. Más joven. Más fuerte. Más en paz consigo mismo. Redimido, quizá.

—Vas demasiado abrigado —observé. Me refería al grueso jersey blanco de cuello alto que llevaba.

—Eso es porque en el sur hace más frío que aquí —argumentó. A continuación, señaló en mi dirección y, sin perder la calma, apuntó que el agua estaba rebosando a mi espalda.

—¡Mierda! —exclamé. Me había olvidado por completo del té. Apagué el fuego con rapidez y me disculpé con él, aunque no parecía que mi incursión en el terreno vedado de los fogones lo hubiese alterado lo más mínimo—. Si hubiera sabido que ibas a venir, habría utilizado la tetera eléctrica.

—¿Ya funciona?

—En realidad es nueva. La compré hace poco en Hammer Hardware, solo que todavía no la he estrenado, no me preguntes por qué. La cafetera también es nueva, no sé si te has fijado al entrar. Estaba rebajada y pensé: «Renovarse o morir». Hace un café muy bueno. Con mucho cuerpo. O eso creo. Al menos es lo que dicen los clientes.

Me di cuenta de que David se divertía a costa de mi repentina y ridícula verborrea y decidí cerrar el pico.

Exhalé.

—En fin, yo… siento haber encendido los fogones sin tu consentimiento.

—No te preocupes, no lo necesitas. De ahora en adelante, puedes hacerlo siempre que quieras —repuso en un tono conciliador.

Sus palabras me pillaron desprevenida.

—Ya. Me tomas el pelo, ¿no?

David esbozó una sonrisa condescendiente.

—En absoluto. El señor Reynolds cree que la exposición gradual es la mejor forma de que supere el estrés postraumático.

—¿El señor Reynolds?

—Mi psicoterapeuta.

Arqueé las cejas en un acto reflejo y crucé los brazos.

—Vaya. Veo que al final aceptaste mi consejo.

La frontera que separaba el asombro del resentimiento era muy delgada. Había marcados tintes de reproche en mi voz y reconozco que una parte de mí se sintió culpable por ello. ¿No era yo la que siempre había abogado por dejar que David librara solo su propia batalla personal? Entonces, ¿dónde había quedado mi comprensión?

—Por suerte. Lo cierto es que la terapia me está ayudando mucho, así que debo darte las gracias. Y… supongo que también te debo una disculpa.

Solté una risita sardónica que no auguraba nada bueno.

—¿Por haberme colgado el teléfono cuando te lo sugerí o por haberme hecho el vacío durante todo este tiempo?

«Ya está. Ya lo he dicho».

Noté la bilis en cada una de las palabras que le había escupido y, al punto, cerré los ojos, arrepentida. No me reconocía en esa impulsividad; yo era una persona reflexiva, siempre lo había sido.

—Lo siento —musité entre suspiros. Dejé caer los brazos con lasitud a ambos lados del cuerpo—. No tengo ningún derecho a exigirte explicaciones.

David rompió su distancia de seguridad, prudente hasta ese momento, y un acogedor aroma a ropa limpia me abrazó al acercarse.

—Tienes todo el derecho del mundo a exigirme explicaciones. Y voy a dártelas.

—No sé si eso es muy justo, David. Yo tampoco te he llamado a ti.

—Querías darme espacio, por eso no lo has hecho; lo entiendo perfectamente. Pero también comprendo que estés dolida conmigo. No te merecías tanto silencio por mi parte.

Tragué saliva. De pronto sentí que todos los argumentos coherentes que tenía preparados se habían esfumado. Lo único que me quedaba eran proyectiles.

—He llegado a pensar que ni tu negocio ni yo te importamos lo más mínimo.

—Pues no es así, te lo garantizo.

—Entonces, ¿por qué? —fue lo único que pude expresar, incapaz ya de gobernar mis emociones.

—Porque necesitaba encontrar mi propia voz, aunque ni yo mismo fuese consciente de cuánto.

La serenidad que destilaba me sorprendió.

—¿Y la has encontrado?

David dio un paso en mi dirección. Y otro. Y luego, otro más. Se acercó tanto que volví a experimentar ese mismo cosquilleo en el estómago de siempre.

—Si no, no estaría aquí —confesó sosteniéndome la mirada.

Un impulso indómito me llevó a acariciarle la mejilla. Lo hice lentamente, disfrutando de su suavidad. No había asperezas, ni arrugas ni desigualdades en aquel territorio inexplorado.

—Estás muy guapo sin barba. Pareces más joven.

Sonrió. Me atrapó la mano y me besó la palma con suavidad.

—Gracias. Me afeité porque mi hija decía que raspaba.

Qué bonitas sonaron aquellas palabras en sus labios y cuánta felicidad traslucían. Mi corazón se llenó de calidez al oírlas y cualquier rastro del sabor amargo de su ausencia desapareció de golpe.

—¿Cómo es?

—¿Alice? Una niña preciosa, cariñosa con todo el mundo y muy despierta. Oh, y tiene una imaginación desbordante. ¿Sabes lo que me dijo un día? Que antes de ser su papá no podría haber sido un bebé porque tengo demasiado pelo. ¡Si hubieras visto lo convencida que estaba de su propio argumento! —No pude evitar unirme a sus carcajadas, aquello era hilarante—. Tengo muchas ganas de que os conozcáis —continuó cuando se apaciguaron las risas—. Una de las dos conclusiones a las que he llegado en estos meses de retiro es que mi hija y tú sois lo mejor que tengo. La otra es que las ovejas ya no me interesan. Prefiero los *bagels*. Y prefiero Welly.

—¿Tuviste dudas en algún momento?

Reconozco que me costó formular la pregunta.

David inspiró y llevó la cabeza hacia atrás ligeramente, como si se diera impulso. Acto seguido, se apoyó de espaldas contra la encimera, tomó una de las dos bolsitas de té que permanecían desangeladas en la taza y se puso a juguetear con ella. De pronto, toda su atención se concentraba en el movimiento de sus dedos. Y la mía también.

—Mentiría si te dijera que no. Nada más empezar la terapia, fui a visitar la tumba de Tamzin. El señor Reynolds consideraba que era una de mis grandes asignaturas pendientes y que debía hacerlo para cerrar el duelo, y eso hice. Pero no contaba con lo difícil que me resultaría despedirme de ella. También fui al lugar donde estaba la granja antes de que se quemase. Lo único que hay allí ahora son acres y acres de tierra baldía. Aquel día lloré mucho. Se me removieron demasiadas cosas por dentro y... —Carraspeó. Dejó a un lado la bolsita de té y se bajó el cuello del jersey—. ¿Te importa que me sirva un vaso de agua? Me noto la boca un poco seca.

Asentí en silencio porque el nudo que se me acababa de formar en la garganta me había dejado sin habla.

Después de beber, se frotó la cara con indolencia y suspiró.

—Me confundí, Emma. Por eso no volví a llamarte. No pude. Lo siento —añadió, y dejó volar sobre mí una mirada sincera de arrepentimiento.

—No pasa nada. Duele, pero lo entiendo. Tuvo que ser muy duro para ti. ¿Te sirvió al menos la terapia?

—Mucho. Aunque, si te soy sincero, al principio no lo veía claro. Para empezar, la consulta del señor Reynolds está en Christchurch, a más de una hora en coche desde Ashburton, y tenía que ir tres veces a la semana, una auténtica paliza. Y ya sabes que soy muy reservado, así que imagínate lo difícil que fue para mí desnudar mi alma ante un desconocido.

—Creo que algo así le resultaría complicado a cualquiera.

—Es posible. La parte positiva es que, a medida que transcurrían las sesiones, me sentía mejor. Más fuerte, más seguro de mí mismo, un auténtico superviviente —matizó gesticulando con ímpetu.

—Y esa fortaleza renovada fue la que te permitió acercarte a Alice.

David esbozó una sonrisa que desprendía ternura.

—En realidad, fue ella quien se acercó a mí.

—Es lógico. Los niños son muy curiosos.

Nos sostuvimos la mirada durante un buen rato, hasta que David me tomó de la cintura y me atrajo hacia sí, desarmándome con el gesto. Su calor corporal era muy agradable. Más que agradable, reparador.

—Cielos, Emma... —Sus ojos sobrevolaron sin prisa cada rincón de mi rostro—. No te imaginas las ganas que tenía de volver a ver tu preciosa cara llena de pecas. He pensado mucho en ti. Muchísimo. Todo el tiempo. En todas partes. Sé que mi manera de actuar te ha llevado a creer lo contrario, pero te aseguro que mi meta siempre ha sido volver a tu lado. Es solo que... —Se mordió el labio inferior con nerviosismo—. Necesitaba eliminar cualquier resquicio de duda antes de dar el paso.

—¿Y lo has hecho?

—Al cien por cien.

No titubeó, ni siquiera pestañeó.

Noté cómo la tensión de mis hombros desaparecía y los puños que descansaban sobre su pecho se deshicieron. Quería ir más allá. Quería rendirme ante las circunstancias y abrazarlo. Pero, por alguna extraña razón, sentía que aún no era el momento.

—Parece que ese señor Reynolds ha hecho un gran trabajo contigo.

—Bueno, tengo que continuar yendo a terapia hasta que pueda afirmar que el fuego ya no me da miedo, y me temo que para eso aún queda mucho tiempo. Por desgracia, los traumas no desaparecen de un día para el otro.

—¿Eso significa que vas a volver a la isla Sur? —pregunté quizá con un tono demasiado enérgico, sin poder disimular mi decepción ni un ápice.

David exhaló. Su aliento me voló un mechón de pelo que él mismo recolocó al instante.

—Quiero contarte algo, Emma. Verás, hace unos días, coincidiendo con las primeras nieves de Mount Hutt, me llevé a la niña de acampada. Montamos una tienda de campaña en un bosque de hayas cerca del río Rakaia y nos quedamos a pasar la noche. Fue genial, ¿sabes? De algún modo, estar a solas con mi hija en plena naturaleza, pescando truchas y avistando cigoñuelas negras, sirvió para consolidar nuestra relación. O al menos, así lo sentí. El caso es que estábamos a punto de irnos a dormir, yo ya le había contado el cuento de Jemima Pata-de-Charco que tanto le gusta, y de repente, me hizo una pregunta que me dejó completamente helado.

—¿Qué pregunta?

—Que si yo era su papá, por qué no vivía con ella y con los abuelos.

—¿Y tú qué le dijiste?

—Nada. No fui capaz de pronunciar una mísera palabra. Ella se durmió enseguida, pero yo me pasé toda la maldita noche pensando en qué demonios debía hacer con mi vida. Menos mal que llegué a una conclusión.

No abrí la boca. Temía que su respuesta me destrozara por dentro.

—No voy a renunciar a nada de todo esto. —Señaló a su alrededor—. Mi vida está en Wellington, entre las paredes de esta cafetería, lo he entendido por fin. Tampoco voy a renunciar a Alice y, por eso, quiero que venga a vivir aquí. No ahora, sino dentro de un tiempo, cuando esté preparada. No puedo separarla de golpe de las personas que han cuidado de ella desde que era un bebé porque sería demasiado traumático. —Pausa. David me tomó de las manos y me acarició los nudillos con las yemas de los pulgares. El corazón se me aceleró un instante y, aunque intenté frenarlo, me di cuenta de que no era posible—. Y tampoco voy a renunciar a ti porque te amo. Te amo desesperadamente, Emma. Por muchas razones, más de las que soy capaz de enumerar. Pero, sobre todo, porque, de no haber sido por tu empuje, mi alma se habría quedado hundida en el dolor. Has cuidado de mí durante todo este tiempo y ahora soy yo quien quiere cuidar de ti. La pregunta es si quieres tú. ¿Quieres formar parte de mi proyecto de vida, Emma Lavender?

Dicen que la capacidad de amar de forma intensa es proporcional a la fuerza del carácter y ahora sé que es cierto. En ese instante fui consciente del gran poder de transformación que había en nuestra relación. Por eso era tan resistente, porque nosotros lo éramos; habíamos aprendido a serlo juntos, pero también separados, luchando contra las adversidades del destino. Podríamos con todo. Siempre. Y no habría catástrofe en el mundo capaz de acabar con nosotros.

Ni siquiera la muerte podría.

Solté por fin el aire que había retenido.

—Sí quiero, David. Claro que sí.

Las arrugas de su ceño se relajaron y en su boca se dibujó una sonrisa tan luminosa como el sol de otoño que se colaba por algún resquicio de la ventana. David me atrajo hacia sí, instando a mis caderas a acercarse hasta que nuestros cuerpos encajaron el uno con el otro. Y entonces lo abracé; por fin estaba preparada.

—Voy a hacer todo lo que esté en mi mano para que seas feliz. Te llevaré a recorrer Nueva Zelanda entera en mi moto. Y luego, a Italia, a una villa en la Toscana rodeada de viñedos. Te enseñaré a hacer surf. Oh, y a jugar al *rugby* también. Cocinaré asado Hogget para ti todos los domingos. Escucharé a Blur cada día de mi vida, si es preciso. Y construiré una gran estantería para que la llenes de esos aburridos libros del siglo pasado que tanto te gustan.

—¿Cómo de grande?

—De récord Guinness, muñeca.

Sonreí y lo miré a los ojos.

—Todo eso suena realmente bien, *muñeco*, pero lo único que necesito para ser feliz ahora mismo es que me beses sin parar de aquí hasta que anochezca.

David teatralizó un mohín.

—Pero en abril se hace de noche muy temprano.

—Entonces, bésame hasta el amanecer.

Epílogo

Tres años más tarde

Lo que más me gusta del mundo después de la tarta Pavlova y *Buscando a Nemo* es ir a recolectar conchas a la playa. Mis favoritas son las de *pāua* porque parecen pequeños tesoros de color azul brillante. Lo malo es que aquí, en Owhiro Bay, no se encuentran muchas de esa clase. Papá dice que hay un sitio en la otra punta de la isla Norte llamado península de Aupori donde abundan las conchas de *pāua*. También dice que la playa más larga de Nueva Zelanda está allí mismo y que tiene unas dunas tan altas como toboganes. Ojalá pudiéramos ir en verano, pero papá ha dicho que nada de vacaciones hasta que las obras estén terminadas.

Antes, papá vivía en una casa tan pequeña que ni siquiera había espacio para Buzzy Bee,[*] así que tuvo que construir otra más grande junto a la cafetería. Bueno, en realidad, la construyó tío Kauri porque papá estaba demasiado ocupado haciendo *bagels* para pagar «el maldito préstamo bancario». Lo de vender también bizcochos y pasteles fue idea de Emma. Emma es la mujer de papá. No es mi verdadera mamá, pero para mí es como si lo fuera porque me hace trenzas, me lee los libros de *Milly, Molly*[†]

---

[*] Juguete popular en Nueva Zelanda. Abeja con las alas giratorias que se mueven y hacen un chasquido mientras el juguete es arrastrado por el suelo.

[†] Serie de libros infantiles creados por la autora neozelandesa Gill Pittar que narra las aventuras de dos niñas, una blanca y otra maorí, para promover la diversidad cultural.

y me deja que la ayude a hacer galletas. ¡Me encanta jugar con ella a meter las manos en la masa! Emma es muy guapa y papá se pasa el día acariciándole el pompis. Últimamente también le acaricia la barriga. A lo mejor le duele y por eso vomita por las mañanas. A mí siempre me acaba doliendo la barriga cuando como más de dos onzas de chocolate seguidas. Entonces papá me da uno de sus masajes mágicos y se me pasa.

Papá me contó hace tiempo que mi verdadera mamá está en el cielo y que esa es la razón por la que se puso tan triste. Cuando uno está triste no tiene ganas de jugar ni de ver la tele ni de comer, así que tiene que ir al médico de la tristeza para que lo ayude a ponerse bien. Ahora papá está recuperado y por eso ya no vivo con los abuelos. La verdad es que no los echo mucho de menos porque vienen de visita a menudo. La abuela Imogen siempre le da las gracias a Emma por cuidar tan bien de mí y de papá. La última vez que estuvieron aquí fuimos todos al Museo Te Papa y aprendí un montón de cosas nuevas. He decidido que de mayor voy a ser bióloga, que es una mezcla entre exploradora, veterinaria y buscadora de conchas profesional. El abuelo Simon dice que papá también quería ser biólogo, pero yo creo que prefiere hacer surf a buscar conchas. En su habitación, hay un gran mapa del mundo lleno de marcas de colores. Las verdes son las playas en las que ya ha hecho surf, casi todas cerca de Wellington. Y las amarillas, en las que espera poder hacerlo algún día, «cuando ahorremos lo suficiente para salir de Nueva Zelanda». También hay unas cuantas fotos muy bonitas de papá y Emma en blanco y negro. Mi preferida es una en la que salen juntos haciendo surf. Yo también quiero que papá me enseñe, pero él dice que todavía soy muy pequeña.

Me gusta mucho mi nueva casa. No es que la granja de los abuelos no me gustase, pero aquí veo la playa desde la ventana de mi cuarto. Mi cuarto está al lado del de papá y Emma. A veces hacen mucho ruido y no me dejan dormir. Papá le hace daño a Emma casi todas las noches y ella grita muy fuerte, igual que hago yo cada vez que la abuela Imogen me desenreda el pelo. Pero creo que a Emma le gusta que papá le desenrede el pelo porque siempre le pide que siga. Cuando le pregunté a tío Kauri si a él le gustaba que le desenredasen el pelo tanto como a Emma, primero se echó a reír y luego dijo algo así como que, por desgracia, él llevaba demasiado tiempo peinándose solo. Tío Kauri suele cuidar de mí los sábados, que es cuando papá y Emma tienen más trabajo en la cafetería. Unas veces vamos al cine; otras, a merendar *pikelets* a casa de la señora Paretene; y otras, a ver algún partido de *rugby* con el tío Tane y sus novias. A mí me gusta mucho el *rugby*. De mayor, además de bióloga, también quiero ser jugadora de los All Blacks. El tío Tane dice que eso no puede ser, pero no veo por qué no, si tía Nanaia siempre dice que los chicos y las chicas somos iguales.

Hoy, tía Nanaia les ha dicho a papá y a Emma que iba a dejar la cafetería porque tiene un «contrato editorial». Papá y Emma se han puesto muy contentos y la han felicitado. Yo no entendía por qué se alegraba todo el mundo, porque, en realidad, la noticia era muy triste. Al principio, he llorado, pero luego tía Nanaia me ha prometido que hará todo lo posible para que sigamos viéndonos a menudo y se me ha pasado un poco el disgusto. Hace un rato, mientras cenábamos, le he preguntado a papá por qué Emma y él se habían alegrado de que tía Nanaia dejara la cafetería, si siempre han dicho que es una buena empleada. Papá ha contestado que es bueno que tía Nanaia vuele.

—Pero, papá, ¿cómo va a volar tía Nanaia sin alas?

Papá se ha reído y me ha explicado que eso era una metáfora.

—¿Qué es una metáfora?

—Pues, a ver... Digamos que es una manera de identificar a una persona, animal u objeto con otro que tenga una característica en común.

—¿Como cuando a veces decimos que el cielo llora?

—Muy bien, eso es. Decimos que el cielo llora, pero en realidad queremos decir que está lloviendo.

—Entonces, ¿por qué es bueno que tía Nanaia vuele aunque no tenga alas?

—Porque eso significa que sus sueños se van a cumplir, lo cual es muy importante.

—¿Y los míos también se van a cumplir?

—Depende de cuáles sean.

—Primero, que quiten las matemáticas de todos los coles del mundo. Y segundo, tener un hermanito. O una hermanita.

Entonces, papá y Emma se han mirado de una forma un poco rara y se han puesto a reír.

—Me temo que habrá que seguir estudiando matemáticas de momento, cielo —ha dicho él.

Nota de la autora

Las fechas de algunos de los acontecimientos históricos aquí narrados se han modificado ligeramente para encontrar su acomodo en la trama. En este sentido, cabe destacar que el Westpac Stadium de Wellington, antes conocido como WestpacTrust Stadium, no fue inaugurado hasta el 3 de enero del 2000. El segundo encuentro y último de la Copa Bledisloe de 1999 se disputó en realidad en el Stadium Australia de Sídney el 28 de agosto y lo ganó la selección australiana de *rugby*. Dicha victoria supuso que fuera Australia la que se alzara con el título. El 31 de diciembre de 1999 no se registraron movimientos sísmicos en la región de Wellington de la intensidad descrita en la novela. El artículo titulado «Nadie muere en Wellington» que figura en el número de octubre de 1999 del *National Geographic* es ficticio.

Agradecimientos

Según explica la geografía, las antípodas son un lugar de la superficie terrestre diametralmente opuesto a otro. Es decir, el punto más alejado de nuestra ubicación y el que nos encontraríamos si trazásemos una línea recta imaginaria atravesando el centro de la Tierra. La antípoda exacta de España es Nueva Zelanda y se encuentra a 19 883,80 kilómetros de distancia. Un viaje muy largo que no habría sido capaz de llevar a cabo sin ayuda. Por ello, quiero dar las gracias a todas las personas que, de alguna forma u otra, me han acompañado en esta gran travesía que ha durado cerca de un año. En primer lugar, a Salva, mi marido y la mitad de todo. Estoy segura de que cualquier línea recta que trazaran desde mi ubicación me acabaría llevando a ti. A mi familia, por creer en mí a pies juntillas. Papa, eres el mejor librero del mundo entero, sigue así. A Principal de los Libros, por haber renovado su confianza en esta humilde autora. Gracias a Elena, mi editora, por apuntarse al viaje una vez más y a Cristina, por la maravillosa cubierta que me ha regalado. Me ha tocado la lotería con vosotras. A Sandra, Yola y Noemí, Las Grau, que empezaron siendo lectoras y se acabaron convirtiendo en un pilar básico de mi vida. Esto no sería lo mismo sin nuestras reuniones de los viernes en el Café Europa y lo sabéis. A Marina y a Javier, por esa guía que me ha dado tanto. Devolvérosla es la excusa perfecta para ir a haceros una visita muy pronto. A la simpatiquísima Rosalie Ross, de Whangarei, por ser mis ojos y mis oídos en Nueva Zelanda durante estos últimos meses. A Nick Grant, de Christchurch, por compartir conmigo su aterradora experiencia en el devastador terremoto que sacudió su ciudad en 2011. A Robin Hardiman, de Nottingham, por enseñarme, entre muchas otras cosas interesantes, que los británicos miden su peso en *stones*. A Mana Timu por la inmersión en la fascinante cultura maorí. *Kia ora!* A Raúl, siempre tan generoso, por arrojar luz en los temas más espinosos que aparecen en la novela. A Laia, que hizo de mi primera Feria del Libro de Madrid una experiencia única e inolvidable. Repetiremos, espero. A Anna y a Clara, por aclarar que psicología y psiquiatría no son lo mismo. A Maru, campeonísima, por inspirarme cada día con esas maravillosas fotos de Richard Madden. Eres un amor de niña, te pongas como te pongas. A Montse, de Escaparate Literario, por ser mi hermana mayor, y a Edu y a Marcos, de Algunos Libros Buenos, por el apoyo incondicional y las risas. Sin vosotros, los autores estaríamos perdidos. Al señor T., mi pacientísimo lector cero y laboratorio de ideas. Y por supuesto, a ti que estás leyendo estas líneas. Gracias de corazón por haberte embarcado conmigo en el viaje. Ojalá haya valido la pena.

También de Carmen Sereno

Carmen Sereno

Maldito síndrome de Estocolmo

Serie Estocolmo 1

Ganadora del Premio Chic

CHIC

Carmen Sereno

Azul Estocolmo

Serie Estocolmo 2

De la ganadora del **Premio Chic**

CHIC

Principal de los Libros te agradece la atención
dedicada a *Nadie muere en Wellington*,
de Carmen Sereno.
Esperamos que hayas disfrutado de la lectura
y te invitamos a visitarnos
en www.principaldeloslibros.com,
donde encontrarás más información
sobre nuestras publicaciones.

Si lo deseas, también puedes seguirnos
a través de Facebook, Twitter o Instagram
utilizando tu teléfono móvil
para leer los siguientes códigos QR: